GRETA MILÁN
DIE LEGENDE DES PHÖNIX
DUNKELAURA

GRETA MILÁN

DIE LEGENDE DES PHÖNIX

DUNKELAURA

Band 1

Ravensburger

1 3 5 4 2

Originalausgabe
Copyright © 2023 by Greta Milán
© 2023 Ravensburger Verlag GmbH
Dieses Werk wurde vermittelt durch die
Michael Meller Literary Agency GmbH, München.

Lektorat: Tamara Reisinger, www.tamara-reisinger.de
Umschlaggestaltung: KattPhatt
Verwendetes Bildmaterial von © ondrejprosicky/AdobeStock
Illustrationen auf S. 6–7 und 339: Greta Milán
Verwendetes Bildmaterial von © nikiteev_konstantin, © YummyBuum,
© Porcupen, © Oleksandra Klestova, © Kit8.net, © navegantez und
© In Art, alle von Shutterstock

Alle Rechte dieser Ausgabe vorbehalten durch
Ravensburger Verlag GmbH,
Postfach 2460, D-88194 Ravensburg

Printed in Germany

ISBN 978-3-473-40228-1

ravensburger.com

Für Sanni.
Mit ihrem wunderschönen Licht.
Mit ihrer kostbaren Seele.

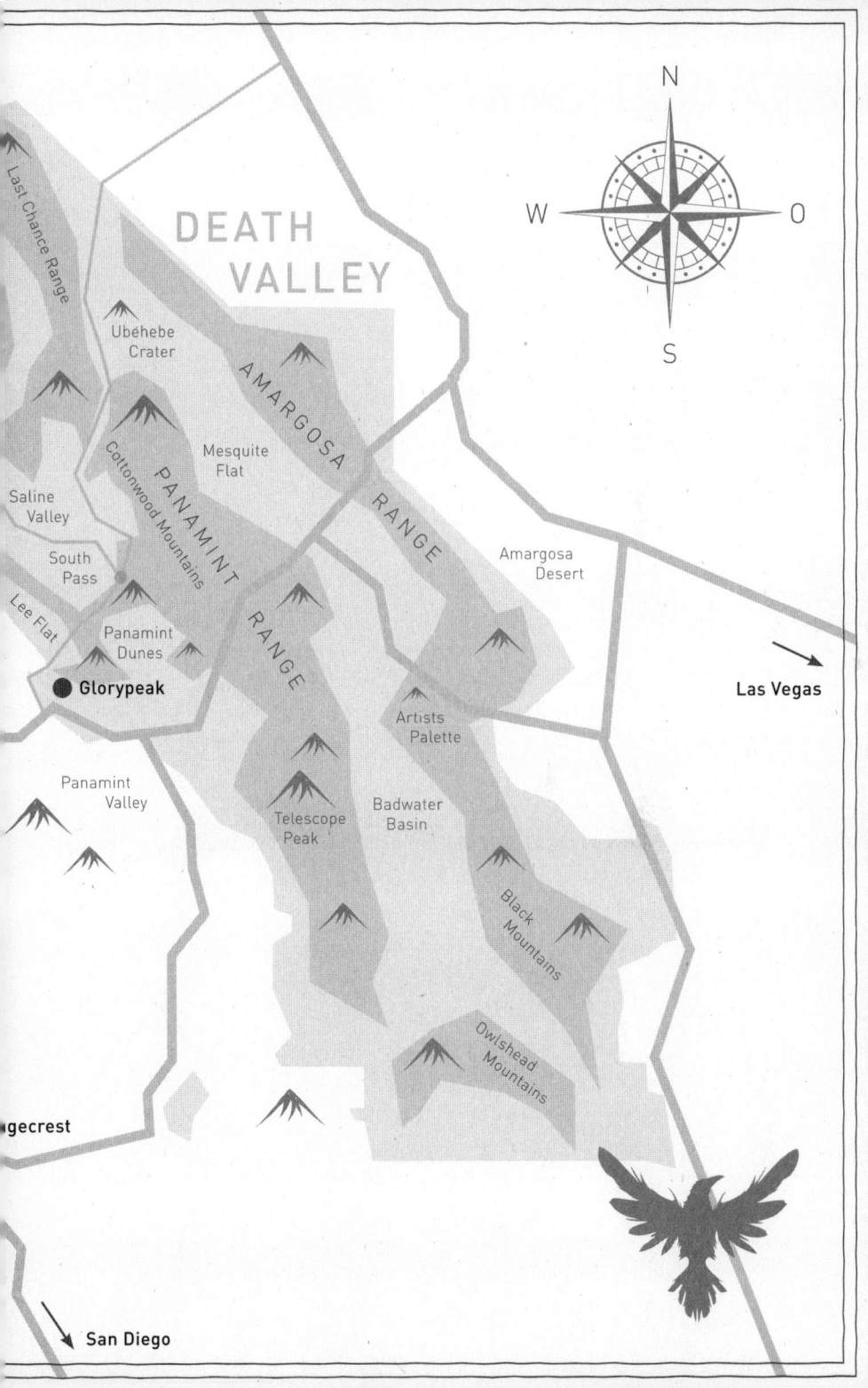

Nur mit Licht in der Seele
vermag es ein Mensch, wahrhaft gut zu sein.

Prolog

»Daddy, wann kommt Mommy wieder?«

Es war das erste Mal, dass Eden Bricks Hilflosigkeit in den Augen ihres Vaters sah, und obwohl sie erst fünf Jahre alt war, begriff sie, dass sich an diesem Tag etwas für immer geändert hatte.

»Weißt du, Spätzchen, Mommy hat sich entschieden, für eine Weile fortzugehen«, antwortete er, während er die Bettdecke um ihre schmale Hüfte feststopfte. Seine Mundwinkel zitterten, als er sie anlächelte.

Eden runzelte die Stirn. »Hat sie uns nicht mehr lieb?«

»Sie wird uns immer lieb haben«, antwortete er, während er seiner Tochter zärtlich eine braune Haarsträhne hinters Ohr strich. »Aber ich fürchte, meine Launen haben es ihr manchmal zu schwer gemacht.«

Seine Launen waren tatsächlich nicht immer leicht zu verstehen. Es gab Tage, an denen saß er ganz still und stierte eine leere Leinwand an. An anderen Tagen hatte er große Augen und zitterte wie Eden, wenn sie schlecht geträumt hatte. Und dann gab es diese Tage, an denen er wie ein lustiger Clown herumhüpfte und alles mit Farbe vollspritzte. Auch Eden. Damit brachte er sie immer zum Lachen. Aber ihre Mutter mochte die Sauerei nicht.

Edens Vater lehnte sich vor und drückte seine Stirn auf Edens schwarze Stoffkatze. Sie war an den Ohren ganz ausgefranst, weil Eden immer daran zupfte, wenn sie nervös war. »Es ist meine Schuld, dass sie gegangen ist.«

Eden verstand nicht, warum er das dachte. Schließlich hatte er ihre Mutter gebeten zu bleiben. Er wusste es nicht, aber sie hatte gelauscht und genau gehört, wie er sie angefleht hatte zu bleiben.

Langsam streckte Eden die Hand aus und strich über seine zerzausten Haare. Bunte Farbspritzer hingen darin. »Das stimmt nicht, Daddy.«

Er machte ein Geräusch. Es klang wie Lachen und Weinen.

»Erzählst du mir eine Gutenachtgeschichte?«, fragte sie, um ihn abzulenken. Sie mochte es nicht, wenn er traurig war.

Seufzend hob er den Kopf und rieb sich über die Augen. »Was für eine Geschichte möchtest du denn hören?«

Sie zuckte mit den Schultern. »Weiß nicht. Irgendein Märchen.«

»Leider kenne ich nicht besonders viele Märchen«, erwiderte er verlegen. »Aber ich könnte dir etwas vorlesen.«

Entschieden schüttelte Eden den Kopf. Sie kannte alle Bücher in ihrem Zimmer. Ihre Mutter hatte sie ihr oft vorgelesen, und Eden wusste, dass sie sie noch schlimmer vermissen würde, wenn ihr Vater das jetzt auch tun würde. »Hat Granny dir nie Märchen erzählt, bevor sie zu Grandpa in den Himmel gegangen ist?«

»Hmm«, machte er und dachte kurz nach. Dann hellte sich sein Gesicht auf. »Doch, eins schon.«

»Und welches?«, fragte sie neugierig.

Er richtete sich wieder etwas auf und kräuselte die Stirn, als müsste er erst mal überlegen, wo die Geschichte begann. Dann sah er lächelnd auf seine kleine Tochter herab. »Einst wurde ein Phönix im Licht der Sonne geboren. Sein Gefieder war prächtig anzusehen. Es schimmerte in allen möglichen Rot- und Goldtönen, die du dir vorstellen kannst. Manchmal erstrahlte es auch in reinstem Weiß.«

»So funkelnd wie ein Diamant?«, fragte sie staunend.

Er nickte. »O ja. Genau so.«

Eden drückte die Stoffkatze enger an sich. »Und was ist dann mit dem Phönix passiert?«

»Der Phönix war so alt wie die Zeit und konnte ewig leben. Aber alle fünfhundert Jahre verbrannte er und wurde aus seiner Asche wiedergeboren.«

Diese Vorstellung erschreckte Eden. »Hat das nicht wehgetan?«

»Bestimmt nicht. Schließlich kehrte er jung und kräftig in die Welt zurück.« Er zwinkerte ihr zu. »Keine Rückenschmerzen mehr.«

Sie kicherte.

»Über Jahrtausende hinweg bereiste der Phönix die Welt«, fuhr ihr Vater fort. »Er beobachtete die Menschen und beschützte sie, wann immer ihnen ein Leid drohte.«

Eden runzelte erneut die Stirn. »Was für ein Leid?«

»Zum Beispiel schlimme Krankheiten. Er hatte nämlich Heilkräfte, weißt du?«

»Cool.« Eden zog das Wort in die Länge, um ihre Begeisterung auszudrücken.

»Na, jedenfalls führte der Phönix ein glückliches Leben. Er wachte über die Menschen und freute sich mit ihnen, wenn ihnen Gutes widerfuhr. Doch eines Tages erhob sich eine mächtige Armee böser Soldaten, angeführt von einem noch viel böseren Mann namens Elijah J. Wheeler.«

Eden prustete los. »Was ist das denn für ein komischer Name?«

Ihr Vater grinste. »Keine Ahnung. Deine Granny hat erzählt, dass er so hieß. Aber wir können uns auch einen anderen Namen ausdenken, wenn du willst.«

Nachdenklich schob Eden die Unterlippe vor. »Nein«, sagte sie schließlich, »ich will die Geschichte so hören, wie du sie kennst.«

»Okay, also dann.« Edens Vater räusperte sich, bevor er die Stimme senkte. »Also, dieser Mister Wheeler war so richtig gemein. Er mopste kleinen Mädchen nicht nur ihre Lieblingskaugummis, sondern war getrieben von Hass. Er hatte außerdem ganz besondere Kräfte, mit denen er immer mehr Soldaten auf seine Seite zog. Niemand konnte ihn aufhalten.«

Eden schnappte nach Luft. »Nicht mal der Phönix?«

Bedauernd schüttelte ihr Vater den Kopf. »Nicht mal der Phönix. Die fiesen Männer waren einfach zu zahlreich geworden. Die Menschen, die gegen sie kämpften, hatten keine Chance.«

»O nein!«, wimmerte Eden und rutschte ein Stück unter die Decke.

»Es sah wirklich nicht gut aus«, sagte ihr Vater traurig, tätschelte aber zugleich beruhigend ihren Bauch. »Doch da hatte der Phönix eine Idee: Er schenkte den tapfersten und ehrenhaftesten Kämpfern seine Federn, woraufhin sie ebenfalls besondere Kräfte erhielten. Sie nannten sich Phönixkrieger.«

»Und diese Phönixkrieger haben Mister Wheeler und seine Armee besiegt?«

Anthony nickte lächelnd. »Sie haben sie fertiggemacht.«

»Ein Glück«, erwiderte Eden erleichtert und stellte sich vor, wie der Phönix strahlte, während er in den Sonnenuntergang flatterte. »Und wo ist der Phönix jetzt?«

Edens Vater zögerte einen Moment. »Er ist verglüht.«

»Was?« Enttäuscht verzog Eden das Gesicht. »Aber du hast doch gesagt, er lebt ewig.«

»Weißt du, Spätzchen. Das ist eine komplizierte Sache mit der Liebe. Man muss Opfer bringen.« Zärtlich streichelte er seiner Tochter über das Haar. »Als der Phönix seine kostbaren Federn verschenkte, wusste er, dass er dadurch seine Unsterblichkeit verlieren würde. Er tat es trotzdem, um die Menschen zu retten, die er liebte.«

Darüber musste Eden erst mal nachdenken.

»Würdest du dein Leben für mich opfern?«, fragte sie schließlich leise und spürte, wie ihr Herz schneller schlug.

Ihr Vater beugte sich vor und drückte ihr einen Kuss auf die Stirn, bevor er ihr fest in die Augen sah. »Es gibt nichts, was ich nicht für dich tun würde, mein kleiner Paradiesvogel.«

1
EDEN

»Jo, Eden, sieh dir das an!«

Stirnrunzelnd ließ ich die Spiegelreflexkamera sinken und blinzelte gegen das grelle Sonnenlicht an, das die winzige Rasenfläche des Koshland Parks im Herzen von Hayes Valley flutete. San Francisco hatte in diesem Stadtviertel nicht viele grüne Oasen zu bieten. Deshalb war es an diesem Nachmittag inmitten der Sommerferien ziemlich voll hier. Auf dem Spielplatz ein Stück weiter war jedes Klettergerüst mit Kleinkindern bedeckt, sodass der Eindruck entstand, die Teile selbst wären lebendig. Eltern besetzten die umliegenden Bänke, und ein paar Leute nutzten das schöne Wetter, um mit ihren Hunden spazieren zu gehen. Der Park war ein Stück Idylle inmitten des Großstadttrubels.

»Eden!«

Die Stimme wurde nun ungeduldiger, weshalb ich meine Aufmerksamkeit zurück auf die fünf Jugendlichen richtete, die vor mir auf der Wiese herumlümmelten, während ich als ihre Aufsichtsperson im Schneidersitz auf einer Steinmauer saß und mit meiner Kamera experimentierte. »Was ist los, Javier?«

Javier war erst dreizehn, hatte aber die große Klappe eines Siebzehnjährigen. Wahrscheinlich wollte er damit seine geringe Körpergröße kompensieren, denn er hinkte den anderen beiden Jungs und deren Freundinnen um einen halben Kopf hinterher. Er rückte sein Basecap zurecht, warf einen Hacky Sack in die Höhe und fing ihn mit dem Schirm der Mütze auf. Dann grinste er stolz. »Krass, oder?«

»Total«, stimmte ich ihm schmunzelnd zu, während Camille die Augen verdrehte.

Eigentlich war sie mit Javiers Kumpel Ace zusammen. Allerdings bahnte sich da ein waschechtes Teenie-Drama an, denn ihr Blick zuckte trotz ihrer zur Schau getragenen Gleichgültigkeit immer wieder zu Javier. Sie mochte ihn, und zwar mehr als Ace gutheißen würde – wenn er es mal schaffte, die Nase von seinem Handy zu nehmen.

Britney, die mit ihren zwölf Jahren Javier in Sachen loses Mundwerk in nichts nachstand, ließ eine Kaugummiblase platzen. »Mir ist langweilig.«

»Geh shoppen«, brummte Himal. Er lag auf dem Rücken, hatte die Arme hinter dem Kopf verschränkt und reckte sein Gesicht der Sonne entgegen.

Britney warf ihm einen giftigen Blick zu, den er nicht mitbekam, da er die Augen geschlossen hatte. »Du weißt genau, dass ich mir keine neuen Klamotten leisten kann, Arschloch!«

»Keine Kraftausdrücke, Leute«, tadelte ich sie und fühlte mich plötzlich widerwärtig spießig für eine Achtzehnjährige.

Himal grinste. »Du kannst ja Eden anpumpen. Vielleicht kauft sie dir ein T-Shirt ohne Loch.« Blind streckte er die Hand nach Britney aus und zupfte am Saum ihres Shirts, das so stark zerschlissen war, dass sich der billige Stoff bereits auflöste.

Die Kleidung der anderen Kids sah nicht besser aus, und mir wurde schwer ums Herz. Ich hätte ihnen allen unglaublich gern neue Klamotten gekauft. Einen ganzen Schrank voll. Aber leider hatte ich weder die finanziellen Mittel noch die Erlaubnis dazu. Schließlich war ich als Trainee im Youth Center dazu verpflichtet, alle Kids gleich zu behandeln. Ich durfte niemanden bevorzugen, damit sich auch niemand vernachlässigt fühlte. Denn diese Ungerechtigkeit erlebten die meisten Kinder zu Hause schon oft genug.

»Ich brauche keine Almosen«, fauchte Britney und zog so fest an ihrem Zopfgummi, dass sie sich mit Sicherheit ein paar Haare ausriss.

»Stimmt«, pflichtete ich ihr bei, hob meine Kamera und spähte durch die Linse.

Britneys Gesichtsausdruck war kämpferisch. Sie weigerte sich, ihr Schicksal hinzunehmen, was sie in meinen Augen nur noch stärker machte. Die Sonne schien auf sie herab, und ein heller Schein umgab ihren Kopf, sodass ihr dunkelblondes Haar engelsgleich erstrahlte.

Ich drückte den Auslöser, ließ die Kamera sinken und betrachtete die Aufnahme auf dem Display. Dann lächelte ich zufrieden. »Du bist auch so wunderschön, Brit.«

Obwohl ich dem Mädchen ansehen konnte, dass sie neugierig war, bewegte sie sich nicht vom Fleck. In ihren dunklen Augen schimmerte Schmerz, den ein Kind niemals ertragen sollte.

Das Leben hatte es nicht besonders gut mit diesen Kids gemeint. Die meisten wohnten südlich von Hayes Valley im Mission District, der größtenteils von Armut und Kriminalität geprägt war. Trotzdem kamen sie fast jeden Nachmittag nach der Schule zum Youth Center, ließen sich bei Hausaufgaben helfen und träumten davon, dieser Hölle eines Tages zu entfliehen. Leider schafften das die wenigsten.

Frust ballte sich in meinem Magen zusammen, doch ich schob ihn entschlossen beiseite und rutschte von der Mauer. Meine Füße kribbelten, als ich zu den Kids ging. Ich hockte mich neben Britney ins Gras und hielt ihr einladend die Kamera hin. Doch nicht sie, sondern Javier und Camille rutschten an mich heran und schauten auf das Display.

Javier stieß einen schrillen Pfiff aus. »Oh, là, là, Chica.«

»Wow, Britney!«, rief Camille aus, und diesmal war da keine Gleichgültigkeit in ihrer Stimme, sondern aufrichtige Bewunderung. »Das Foto ist der Hammer.«

Die Reaktion der beiden weckte nun doch auch Ace' Neugier, und er schaffte es endlich, sich von seinem Handydisplay zu lösen.

Auch Himal setzte sich auf, um das Foto zu begutachten.

»Gar nicht mal so übel«, befand er, und Ace stimmte ihm zu.

Britney wurde rot. »Es ist doch nur ein blödes Foto.«

Falsch. Es war nicht nur ein Foto, sondern ein Zeugnis davon, welche innere Kraft in dem Mädchen ruhte, auch wenn ich den Lichteffekt der Sonne leider nicht eingefangen hatte.

»Ich könnte nie so ein tolles Foto machen«, sagte Camille und sah mich voller Bewunderung an. »Das hast du bestimmt von deinem Dad.«

»Was hat Edens Dad damit zu tun?«, fragte Javier irritiert.

Ace stöhnte genervt. »Er ist ein Künstler, du Idiot. Das hat Miss Rod uns doch erzählt. Von ihm ist dieses riesige Metallteil auf dem Octavia Boulevard.«

»Echt?« Javier sah mich mit großen Augen an. »Die ist von deinem Vater?«

Ich nickte und bemühte mich um einen neutralen Gesichtsausdruck. Es war nicht so, dass ich nicht stolz auf meinen Vater war, weil er vor fünfzehn Jahren ein Kunstwerk auf einer der höchstfrequentierten Straßen in Hayes Valley erschaffen hatte. Aber seither hatte sich vieles verändert. Der große Anthony Bricks war nur noch ein Schatten seiner selbst und lebte zurückgezogen in unserer Dachgeschosswohnung in der Oak Street. Er ging nur noch vor die Tür, um seine Bilder in die Galerie eines Freundes zu bringen, wenn das Geld knapp wurde, oder um im Asia Store an der Ecke diese Glasnudelsuppe zu kaufen, nach der er praktisch süchtig war.

»Voll krass«, sagte Himal und klang fast widerwillig beeindruckt. »Und was baut er jetzt gerade?«

Ich lächelte milde. »Gar nichts. Er malt hauptsächlich Bilder.«

Wirres Zeug in abstrakten Formen und ohne erkennbares Thema. Das war nicht immer so gewesen. Früher hatte Dad atemberaubende Porträts und Landschaften gemalt. Doch in letzter Zeit waren seine Bilder genauso chaotisch wie sein Verstand. Der Anblick machte mich traurig, weshalb ich sein Atelier inzwischen kaum noch betrat. Ich war überzeugt, dass Dad professionelle Hilfe brauchte. Doch der Psychiater, zu dem ich ihn vor einigen Monaten geschleift hatte, hatte meine Sorge nur belächelt und Dads Launen als künstlerisches Temperament abgetan. Ich wollte gern eine weitere Meinung einholen, aber dazu fehlte mir das nötige Geld.

»Yo, kannst du auch ein Foto von mir machen?«, fragte Javier und wackelte vielsagend mit den Augenbrauen. »Dann kann ich meine neue Nachbarin beeindrucken.«

Camille biss die Zähne zusammen.

Jepp, da bahnte sich definitiv ein Drama an.

»Na klar«, erwiderte ich trotzdem. Nicht, weil ich mich selbst für eine Künstlerin hielt. Ganz im Gegenteil. Ich konnte nicht mal einen geraden Strich malen, geschweige denn ein richtiges Bild mit Ölfarbe. Aber ich wollte, dass Javier sich selbst genauso sah, wie ich ihn sehen konnte. Denn trotz seines losen Mundwerks war er ein sensibler Junge. Er haderte ständig mit sich und fürchtete sich mehr als alles andere vor einer Zukunft ohne Perspektive, zumal seine Schulnoten aufgrund einer Leseschwäche nicht gerade die Besten waren.

»Hammer!« Javier sprang auf, nahm eine Pose ein, die nur ein Dreizehnjähriger cool finden konnte, und grinste auf mich herab.

Belustigt kam ich ebenfalls auf die Beine, da die Froschperspektive für Porträts nicht wirklich geeignet war. Ich hob die Kamera und nahm ihn ins Visier. Sonnenlicht fiel auf ihn herab, und wie bei Britney verlieh sie dem Jungen einen leichten Schimmer. Nur ganz dezent, kaum sichtbar. Aber dennoch hübsch.

Ich wollte gerade den Auslöser drücken, um Javiers freches Grinsen einzufangen, als ich eine Bewegung hinter ihm wahrnahm. Gut zwanzig Meter entfernt schlurfte ein Kerl den Kiesweg entlang. Er war vielleicht Mitte zwanzig, groß, hager. Er trug zerschlissene Jeans und trotz der sommerlichen Hitze einen dicken Hoodie. Etwas war seltsam an ihm. Allerdings konnte ich nicht auf Anhieb ausmachen, was das war. Erst als Javier einen Schritt nach links machte und ich erneut den diffusen Schimmer wahrnahm, der den Jungen umgab, fiel mir der Unterschied zu dem fremden Kerl auf. Denn obwohl dieser ebenfalls mitten in der Sonne ging, schien er jedes Licht zu absorbieren.

Eine Gänsehaut kroch meinen Nacken hinauf. Ich wünschte bei Gott, ich könnte behaupten, dass ich so etwas bisher noch nie gesehen hatte. Leider besagte ein Ordner namens *Shadys* auf meinem Laptop, dass das nicht stimmte.

Seit ich vor zwei Jahren mit dem Fotografieren angefangen hatte, waren mir insgesamt acht solcher Leute begegnet, die nicht nur ein ungutes Gefühl in meiner Magengegend auslösten, sondern auch irgendwie düster wirkten. Es waren Frauen und Männer unterschiedlichen Alters, die mal mehr mal weniger ausgemergelt aussahen und bei denen ich abgesehen von der Abwesenheit besagten Schimmers keinerlei Gemeinsamkeiten feststellen konnte. Allerdings musste ich zugeben, dass ich mich auch niemals mit einem von ihnen unterhalten hatte, denn davon riet mir bei Bauchgefühl entschieden ab. Also hatte ich zu gleichen Teilen verunsichert und fasziniert ein paar Bilder von ihnen geschossen und war anschließend in die entgegengesetzte Richtung abgehauen.

Auch jetzt rumorte ein ungutes Gefühl in meiner Brust, und am liebsten hätte mir ich die Kids geschnappt und wäre mit ihnen zurück zum Youth Center gesprintet. Aber das wäre eine völlig überzogene Reaktion gewesen, und ich konnte mir lebhaft vorstellen, was Miss Rodriguez dazu sagen würde. Schließlich kannte sie die Gerüchte, die sich um meinen Vater rankten, und ich wollte sicher nicht, dass sie sein Verhalten für erblich hielt.

Also riss ich mich zusammen, machte lediglich ein paar Schnappschüsse von dem Typen und konzentrierte mich anschließend wieder auf Javier. Der nahm an, dass ich die ganze Zeit über ihn fotografiert hatte, und warf sich von einer seltsamen Pose in die nächste.

Die übrigen vier Kids lachten. Doch das störte ihn nicht. Stattdessen setzte er sogar noch eins drauf, indem er mit seinem Cappy einen auf Fred Astaire machte.

Im Augenwinkel sah ich, wie Shady Nummer 9 ein paar Meter von uns entfernt vorbeischlurfte. Mir blieb kurz das Herz stehen, als er seine Schritte verlangsamte und uns beobachtete. Aber zu meiner Erleichterung setzte er seinen Weg schließlich fort, als ihm keiner von uns Beachtung schenkte.

Ich atmete erleichtert aus und konzentrierte mich wieder auf die Kids. Nach einer Stunde hatte ich über zweihundert Bilder von ihnen gemacht. Morgen würde ich die schönsten ausdrucken und ihnen schenken, damit sie niemals vergaßen, wie wundervoll sie waren. Denn mehr konnte ich leider nicht für sie tun.

Als wir zurück ins Youth Center kamen, zerstreute sich unsere Gruppe, und ich machte mich auf den Weg zu Miss Rodriguez' Büro. Es befand sich in der ersten Etage des dreistöckigen Gebäudes und war lediglich mit einem Schreibtisch samt Computer, zwei Stühlen sowie einem Aktenschrank ausgestattet. Trotzdem hatte sich Miss Rod einen gemütlichen Arbeitsplatz eingerichtet. Die Wände waren übersät mit Fotos und Bildern der Kinder, und unzählige Topfpflanzen standen auf dem Fensterbrett und dem Regal.

»Hey, Miss Rodriguez.« Ich nahm auf dem freien Besucherstuhl Platz und legte meine Umhängetasche auf meinen Schoß. »Wir sind zurück.«

Die Leiterin des Jugendzentrums war eine winzige Frau mit hispanischen Wurzeln. Ihre dunklen Locken waren von grauen Strähnen durchzogen, und um ihre braunen Augen hatten sich im Laufe der Jahre unzählige Lachfältchen gebildet. Sie war unglaublich empathisch. Meistens genügte ihr ein kurzer Blick, und sie konnte erahnen, in welcher Stimmung ihr Gegenüber war, was ich echt faszinierend fand. Diese Gabe hätte ich nämlich auch gern besessen.

»Wie ist es gelaufen?«, erkundigte sie sich.

»Es war alles super«, erzählte ich ihr und bemühte mich um einen besonders professionellen Tonfall, als ich von meinen Eindrücken mit den Kids berichtete.

»Sehr schön.« Die Jugendhausleiterin nickte zufrieden. Doch dann wurde ihre Miene bedauernd. »Ich habe heute übrigens mit meiner Bekannten am City College telefoniert.«

Ihr Tonfall verriet, dass das Gespräch nicht sonderlich gut gelaufen war, und am liebsten hätte ich sie gebeten, nicht weiterzureden. Aber da das sowieso nichts geändert hätte, schwieg ich.

»Sie hat deinen Antrag auf ein Stipendium nochmals überprüft. Leider kann sie dich trotz meiner Empfehlung nicht bei der Vergabe berücksichtigen. Es tut mir sehr leid, Eden.«

Verdammt! Dabei hatte ich so gehofft, dass mir Miss Rods Beziehungen vielleicht doch noch einen Weg ans College eröffnen könnten.

»In Ordnung«, krächzte ich, obwohl im Grunde rein gar nichts in Ordnung war.

Sie lächelte mitfühlend. »Ich weiß, dass das ein Rückschlag für dich ist. Aber bestimmt klappt es im nächsten Semester, und bis dahin kannst du hier so oft als Trainee aushelfen, wie du willst.«

Ich wusste das Angebot zu schätzen, ebenso wie das Vertrauen, das Miss Rodriguez in mich setzte. Mir war klar, dass sich nicht jede frischgebackene Highschool-Absolventin mit ihren Schützlingen in den angrenzenden Park entfernen durfte. Nur nützte mir all das rein ganz nichts, wenn ich meine Kompetenzen nicht erweitern konnte.

Sicher machte es mir Spaß, Zeit mit den Teenagern zu verbringen. Aber langfristig gesehen war mir das nicht genug. Ich wollte raus auf die Straße, die Kids aus den gefährlichen Ecken holen, sie psychologisch betreuen und ihnen eine Zukunft fernab der sozialen Brennpunkte aufzeigen. Allerdings brauchte ich dazu einen qualifizierten Abschluss in Sozialpädagogik, und genau diesen konnte ich mir ohne ein Stipendium nicht leisten. Ich konnte nur so weitermachen wie bisher und darauf hoffen, wenigstens ein bisschen was bei Javier und seinen Freunden zu bewirken.

»Danke.« Ich nickte tapfer, obwohl mir zum Heulen zumute war. »Für das Angebot und auch, dass Sie es versucht haben.«

Miss Rodriguez seufzte leise. »Ich wünschte, ich hätte mehr für dich erreicht.«

Ich auch.

2

EDEN

Irgendwie schaffte ich es, Miss Rodriguez' Büro zu verlassen, ohne in Tränen auszubrechen. Ich winkte Javier und Ace, die sich im Erdgeschoss eine Schlacht am Tischkicker lieferten, noch mal zum Abschied zu, ehe ich das Youth Center verließ und mich auf den Heimweg machte.

Obwohl es mittlerweile fast sechs Uhr abends war, lag noch immer eine drückende Hitze auf der Stadt. Trotzdem waren die Cafés, an denen ich reichlich unmotiviert vorbeischlenderte, bis auf den letzten Platz besetzt. Ich wollte gerade die Straße überqueren, als jemand meinen Namen rief.

»Eden Bricks, meine Lieblingssamariterin. Bleib sofort stehen!«

Innerlich stöhnte ich auf. Eigentlich hatte ich angenommen, dass ich diesen dämlichen Spitznamen mit meinem Highschool-Abschluss loswurde. Aber wie es schien, war er nicht so leicht abzuschütteln.

Ich drehte mich um und war nicht überrascht, als meine Freundin Harper begeistert auf mich zurannte. Sie trug ein hübsches Sommerkleid, und ihre roten Haare flatterten, weil sie so ein hohes Tempo draufhatte. Verschwitzt oder nicht, ich kam nicht um eine Umarmung herum.

»Wo hast du gesteckt, du Miststück?«, quietschte sie mir ins Ohr, und ich musste mir auf die Zunge beißen, um sie nicht ebenfalls an ihre Ausdrucksweise zu erinnern.

»Hab gearbeitet«, erwiderte ich ausweichend, als sie sich von mir löste und eingeschnappt das Gesicht verzog.

»Du hättest mich ruhig mal anrufen können. Unser Abschluss ist drei Wochen her.«

Ihr Vorwurf war nicht ganz unberechtigt. Immerhin hatten wir einen Großteil der letzten Jahre gemeinsam verbracht. Harper, Kim, Manju und ich waren nicht nur zusammen bei den Cheerleadern gewesen und hatten Partys gefeiert, sie hatten mir auch den Rücken gestärkt, wann immer ich in Schwierigkeiten geriet – was leider recht häufig der Fall gewesen war.

Ich war keine Draufgängerin. Ganz im Gegenteil. Aber ich hatte es oft nicht geschafft, einfach wegzuschauen, wenn andere schikaniert wurden. Meistens wäre meine Einmischung nicht ohne Folgen geblieben, hätte es Harper und die anderen nicht gegeben. Sie waren gute Freundinnen gewesen, weshalb sich nun doch mein schlechtes Gewissen regte, weil ich mich nach unserem Abschluss nicht mehr gemeldet hatte.

»Tut mir leid«, erwiderte ich zerknirscht.

Es war keine bewusste Entscheidung gewesen, mich von meinen Freundinnen zu distanzieren. Aber ich hatte Angst vor ihren mitleidigen Blicken, wenn sie erfuhren, dass mein Antrag auf ein Stipendium an der San Francisco State University abgelehnt worden war und ich mir ein Studium nicht leisten konnte. Bei unserem Abschluss waren sie einfach davon ausgegangen, dass es geklappt hatte, und ich hatte sie nicht korrigiert in der Hoffnung, dass es vielleicht doch noch irgendwo klappte. Aber auch keine andere Uni wollte mich finanziell unterstützen. Ich war ihnen offenbar nicht besonders genug.

Erneut brannten Tränen in meinen Augen. Doch Harper war zu glücklich über unsere zufällige Begegnung, um meinen Kummer zu bemerken.

Sie legte mir einen Arm um die Schulter. »Du kannst es wiedergutmachen, indem du dich zu uns setzt.«

Erst jetzt sah ich, dass Kim und Manju nur ein paar Meter entfernt im Außenbereich eines mexikanischen Restaurants saßen und uns freudig winkten.

Ich hatte keine Chance mehr, mir eine Ausrede einfallen zu lassen, denn schon zog Harper mich mit sich. Kim und Manju begrüßten mich nicht minder überschwänglich mit Wangenküssen und Umarmungen, bevor sie mich mit Fragen bombardierten.

»Was hast du die ganze Zeit getrieben?«, fragte Manju, während sie an ihrem kurzen Pony herumzupfte. Das war eine Macke von ihr. Nervig, aber liebenswert. »Wir haben dich total vermisst.«

Kim, die gerade ein Glas Eistee in der Hand hielt, nickte. »Es ist bloß noch ein Monat, bis wir uns in sämtliche Richtungen zerstreuen, Eden. Da kannst du doch nicht einfach untertauchen.«

Bitterkeit ballte sich in meinem Magen zusammen. Natürlich freute ich mich für meine Freundinnen, die im Herbst an ein College in der Stadt ihrer Wahl zogen, aber ich beneidete sie eben auch um dieses Glück. Ich versuchte, mir einzureden, dass diese Gefühle einfach menschlich waren und mich ja schließlich niemand dazu zwang, hier bei meinem Vater zu bleiben. Es war allein meine Entscheidung gewesen, und ich bereute sie auch nicht. Aber – verdammt! – wenn ich mir wenigstens die Studiengebühren fürs City College hätte leisten können, wäre das alles für mich leichter zu ertragen gewesen. Niedergeschlagen senkte ich den Blick.

»Oh, Eden!« Betroffen legte Harper mir eine Hand auf den Arm. »Was ist los? Hast du dich mit Ian gestritten?«

Ian.

Meine Brust zog sich schmerzhaft zusammen, während ich ein zittriges Lachen ausstieß. »Nein. Wir haben uns vor zwei Wochen getrennt.«

»Was?«, riefen die drei gleichzeitig aus.

Kim schüttelte fassungslos den Kopf. »Aber ihr liebt euch doch!«

Da hatte sie nicht ganz unrecht. Genau deshalb wollte ich ihm auch nicht im Weg stehen.

Ian würde im September an die Cornell gehen und fast dreitausend Meilen weit wegziehen. Das war eine Riesensache, und ich war wahnsinnig stolz auf ihn, weil er es an ein Ivy-League-College geschafft hatte. Es wäre selbstsüchtig von mir gewesen, an einer Beziehung festzuhalten, die uns beide nur unglücklich machen würde. Also hatte ich ihm gesagt, dass es besser wäre, wenn wir uns trennten.

Anfangs hatte Ian sich dagegen gewehrt. Doch nach endlosen Gesprächen hatte er eingesehen, dass er mich nicht umstimmen würde und es wirklich die beste Lösung für uns beide war.

»Wir sind im Guten auseinandergegangen und bleiben auch Freunde«, sagte ich, und diesmal war mein Lächeln echt, als ich meine bestürzten Freundinnen der Reihe nach ansah. »Das klappt gut. Wir telefonieren alle paar Tage. Er tourt gerade mit seiner Familie durch den Yellowstone Park.«

Manju runzelte die Stirn. »Und das ist wirklich in Ordnung für dich?«

Rational betrachtet, absolut. Emotional gesehen würde es wohl noch eine Weile dauern, bis ich über meine Jugendliebe hinweg war. Meine Gefühle hatten sich schließlich nicht von jetzt auf gleich in Luft aufgelöst, nur weil ich unsere Beziehung beendet hatte.

Es gab Momente, da vermisste ich ihn und was wir hatten so sehr, dass mir das Atmen schwerfiel. Ian war immer mein Anker gewesen, der Junge, der mich mit seinem frechen Grinsen all meine Probleme vergessen ließ. Aber ich musste damit fertigwerden – und das würde ich auch. Die Arbeit im Youth Center lenkte mich schließlich genügend ab.

»Ich komme klar, ehrlich«, sagte ich, und obwohl mir das Gespräch mit Miss Rodriguez zweifellos einen Dämpfer verpasst hatte, war ich fest entschlossen, mich mit meinem neuen Leben zu arrangieren.

Ich würde mich um Dad kümmern und dafür sorgen, dass er wieder mehr aß, denn in den letzten Wochen war er immer dünner geworden. Außerdem würde ich mir noch einen weiteren Job suchen, um mehr Geld für eine Therapie anzusparen. Ich könnte abends in einem Restaurant aushelfen. Dann hätte ich tagsüber genug Zeit für das Youth Center, um noch mehr Erfahrungen zu sammeln. Wenn ich mich gut genug anstellte, erlaubte Miss Rod es vielleicht sogar, dass ich Jeff oder einen der anderen Streetworker auf ihren Touren begleitete.

In dem Moment kam die Kellnerin und brachte den Mädels drei reich befüllte Tacos. Der Duft ließ meinen Magen knurren. Trotzdem bestellte ich bloß eine Cola light, weil ich nur noch vier Dollar dabeihatte.

Danach wandten wir uns zum Glück anderen Themen zu, und die drei erzählten mir, was sich sonst in den letzten Wochen in unserem Freundeskreis zugetragen hatte und welche Pläne sie noch für den Sommer schmiedeten. Der Abend schritt schnell voran, und obwohl ich anfangs nicht wirklich Lust gehabt hatte, mich zu meinen Freundinnen zu gesellen, war ich letztlich doch froh, es getan zu haben. Immerhin hatten sie recht. Besonders viele Gelegenheiten für ein solches Treffen würde es in Zukunft nicht mehr geben, und auch wenn ich es mir nicht eingestehen wollte, würde ich das hier vermissen.

Leider beendete Harper unser gemütliches Beisammensein, als sie kurz vor neun vorschlug, die neue Bar zu besuchen, die vor Kurzem ein Stück weiter eröffnet hatte. »Ich habe gehört, die Mojitos sollen der Wahnsinn sein, und die Besitzer nehmen es wohl nicht ganz so genau mit dem Alter. Außerdem spielt heute irgendeine angesagte Live-Band.«

Sofort schoss Kims Arm in die Höhe. »Die Rechnung, bitte!«

»Ich kann mir nicht vorstellen, dass die uns dort reinlassen«, wandte ich ein und sah kritisch an mir herab. Ich trug Jeansshorts, eine lockere Bluse, die mir über die Schultern fiel, und ein Paar flache Sandalen. Außerdem hatte ich mein braunes Haar schon am Nachmittag zu einem Knoten auf dem Hinterkopf zusammengebunden.

»Mit diesem Look ganz sicher nicht«, stimmte Manju mir zu und reichte mir ihre Handtasche über den Tisch. »Leg mal ein bisschen Make-up auf, Süße. Damit siehst du mindestens drei Jahre älter aus.«

Das wagte ich zu bezweifeln. Aber ich wollte keine Spielverderberin sein. Also folgte ich den Anweisungen meiner Freundinnen, während am Tisch diverse Schminkstifte hin- und hergereicht wurden. Hinterher sah ich tatsächlich älter aus, auch wenn mir mein Spiegelbild recht fremd vorkam.

»Eine Sache noch«, sagte Kim, sobald wir zu viert auf dem Gehweg standen. Sie trat hinter mich und zupfte vorsichtig an dem Haargummi, woraufhin sich mein dichtes kastanienbraunes Haar bis zu meinem Po ergoss. Anschließend zwinkerte sie mir verschwörerisch zu. »Wenn die Türsteher diese Pracht sehen, werden sie dich mit Freuden vorbeiwinken.«

»O Mann, was täte ich für solche Haare«, murmelte Manju und zupfte erneut die kurzen Strähnen auf ihrer Stirn zurecht.

Harper kicherte. »Was täten wir *nicht* dafür?«

»Ich hoffe nichts Illegales«, erwiderte ich trocken und unternahm einen letzten Versuch, meine Freundinnen von diesem Vorhaben abzubringen. »Wollen wir nicht doch lieber woanders hingehen?«

Entschieden schüttelte Kim den Kopf. »Definitiv nicht.«

»Jetzt sei nicht so eine Spaßbremse, meine kleine Samariterin«, rief Harper. »Du kannst dich morgen wieder an die Regeln halten. Heute wollen wir uns einfach nur ein bisschen amüsieren, ja?«

Ich für meinen Teil hatte mich überraschend gut in dem mexikanischen Restaurant amüsiert und wäre durchaus zufrieden gewesen, es dabei zu belassen. Allerdings hatten meine Freundinnen nun ein neues Ziel, und ich kannte sie gut genug, um zu wissen, dass ich sie davon nicht mehr abbringen würde.

Gut gelaunt hängte Harper sich bei mir ein, bevor wir gemeinsam in Richtung Norden spazierten. Wir liefen an einer Reihe viktorianischer Villen vorbei, für die San Francisco so berühmt war, bevor wir auf den belebten Octavia Boulevard abbogen.

Inzwischen war es dunkel geworden, und die Temperaturen waren endlich in einen annehmbaren Bereich gesunken. Straßenlaternen beleuchteten den Weg, und vereinzelt blinkten Reklametafeln. In der Ferne sahen wir bereits das Neonschild des *Spexx* und die Menschentraube, die sich vor der Bar versammelt hatte.

Kim stöhnte. »Anscheinend sind wir nicht die Einzigen, die auf die glorreiche Idee gekommen sind, die Bar heute auszuchecken.«

»Das muss an der Live-Band liegen«, meinte Harper stirnrunzelnd, zog mich aber entschlossen weiter. »Schauen wir mal, ob wir uns irgendwie durchmogeln können.«

Ich war vorher schon nicht sonderlich begeistert von dieser Idee gewesen. Aber jetzt sank meine Laune praktisch auf den Gefrierpunkt, als ich die vielen Leute sah. Die meisten waren etwa Anfang zwanzig, überwiegend Studentinnen und Studenten, die in Gruppen zusammenstanden, rauchten und lachten. Die Stimmung war ausgelassen. Dennoch kribbelte mein Nacken unangenehm, während ich den Blick über die Gesichter wandern ließ.

Und dann sah ich ihn.

Abrupt blieb ich stehen und fixierte Shady Nummer 9, der etwas abseits am Eingang zu einer Gasse herumlungerte. Er beobachtete die Leute aus dem Schatten heraus, und ich wurde das Gefühl nicht los, dass er nichts Gutes im Sinn hatte.

»Was ist los?«, fragte Harper irritiert und folgte meinem Blick. »Kennst du den Typen?«

Ich stieß ein schnaubendes Geräusch aus. »Ganz sicher nicht.«

»Warum bleibst du dann stehen?« Ungeduldig zog sie mich weiter. »Der tut uns schon nichts.«

Ich stemmte die Füße in den Boden, weil ich absolut nicht an ihm vorbeigehen wollte. »Ehrlich, Harper. Ich denke nicht, dass wir uns diesem Typen nähern sollten.«

Nachdenklich betrachteten meine Freundinnen den Kerl, der sich nun etwas tiefer in die Gasse hineindrückte.

Schließlich winkte Kim ab. »Das ist doch bloß ein Junkie, Eden.«

»Nein«, widersprach ich und schüttelte den Kopf. Wenn man in einer Metropole wie San Francisco aufwuchs, begegneten einem zwangsläufig irgendwann Drogenabhängige. Außerdem hatte ich im letzten Winter oft in der Suppenküche im Mission District ausgeholfen und war dort einigen sehr tragischen Gestalten begegnet. Meistens hatte mich der Anblick mitgenommen, aber so ein mieses Gefühl wie jetzt hatte ich bisher noch nie gehabt. »Irgendetwas ist komisch an dem Kerl.«

Manju kicherte. »O mein Gott, Eden. Jetzt sei nicht so paranoid. Du klingst ja schon wie dein Dad.«

Ich zuckte zusammen.

Harpers Augen schmal wurden. »Das war nicht nett, Manju.«

»Sorry«, murmelte sie und sah mich schuldbewusst an. »Ich meine es nicht böse. Aber du musst zugeben, dass deine Reaktion schon ziemlich übertrieben ist.«

Kim nickte zustimmend. »Dieser Kerl interessiert sich maximal für seinen nächsten Kick.«

Vielleicht führte er aber auch etwas ganz anderes im Schilde. Aber was sollte das sein? Hier waren viel zu viele Leute, um irgendein krummes Ding abzuziehen. Und es war ja auch nicht so, als hätte er mich persönlich ins Visier genommen. Dazu huschte sein Blick viel zu unfokussiert hin und her.

Hatten meine Freundinnen etwa recht und ich wurde meinem Vater immer ähnlicher?

Der Gedanke reichte aus, um mich zum Weitergehen zu bewegen. Dabei hatten meine Freundinnen nicht mal den Hauch einer Vorstellung, wie dramatisch sich der Zustand meines Vaters in den letzten Monaten verschlechtert hatte. Nicht mal Ian hatte ich davon erzählt.

Es war schon schlimm genug gewesen, was sie im letzten Frühling miterleben mussten. Sie hatten mich zu meinem Geburtstag überraschen wollen, doch Dad war vollkommen ausgerastet, als sie mit Kuchen und Geschenken in unsere Wohnung stürmten.

Nicht heute! Nicht heute! Nicht sie! Nicht sie!

Noch immer erinnerte ich mich mit Grauen an die verstörten Gesichter meiner Freundinnen und das Mitgefühl in Ians Blick, während Dad diese Worte wieder und wieder wie am Spieß brüllte. Es hatte ewig gedauert, bis er sich beruhigte. Danach waren meine Freundinnen und

Ian nie wieder unangekündigt bei mir vorbeigekommen. Und ich hatte sie nicht eingeladen.

»Siehst du, alles ist gut«, murmelte Harper und tätschelte beruhigend meinen Arm. »Der Kerl ist weg.«

Ich blinzelte und suchte hektisch die Umgebung ab, wütend auf mich selbst, weil ich mich von meinen eigenen Gedanken hatte ablenken lassen. Shady Nummer 9 war tatsächlich nicht mehr zu sehen. Dennoch rumorte es in meinem Magen, und der Drang, von hier zu verschwinden, ebbte einfach nicht ab.

Beklommen rieb ich mir über die Stirn. »Wisst ihr was? Vielleicht ist es doch besser, wenn ihr allein weiterzieht. Ich hatte echt einen langen Tag.«

Harper schüttelte widerwillig den Kopf. »Jetzt komm schon, Eden. Wir haben uns so lange nicht gesehen.«

»Bleib wenigstens auf einen Drink«, fügte Manju hinzu, die sichtlich mit ihrem schlechten Gewissen rang, weil sie so unsensibel gewesen war.

Ich zwang mich zu einem versöhnlichen Lächeln. »Beim nächsten Mal, ja? Ich will gerade einfach nur ins Bett.«

Die drei sahen ein, dass sie mich nicht mehr von meinem Entschluss abbringen konnten, ließen mich jedoch erst gehen, als ich ihnen geschworen hatte, mich bald wieder mit ihnen zu treffen.

Ganz ehrlich? Ich hätte ihnen sogar ein Pony versprochen, solange ich endlich von hier wegkam.

Nachdem wir uns mit herzlichen Umarmungen voneinander verabschiedet hatten, machte ich auf dem Absatz kehrt und ging eiligen Schrittes nach Hause. Es waren bloß ein paar Querstraßen bis zur Lagune Street, wo Dad und ich im Dachgeschoss eines mehrstöckigen Apartmenthauses wohnten.

Trotz der angenehmen Kühle klebte mir schon nach wenigen Metern der Schweiß im Nacken. Dabei kannte ich die Gegend hier gut. Hübsche Reihenhäuser mit prächtig blühenden Vorgärten zogen sich an der Straße entlang. Allerdings trug es nicht unbedingt zu meiner Beruhigung bei, dass es immer stiller um mich herum wurde, je weiter ich mich vom *Spexx* entfernte. Die Straßenlaternen warfen kaum genug Licht auf den Gehweg, weshalb ich mein Tempo noch weiter beschleunigte.

Ich hatte gerade die zweite Querstraße passiert, als ich plötzlich dumpfe Schritte hinter mir vernahm. Adrenalin explodierte in meinem Körper. Hastig warf ich einen Blick über die Schulter, um mir selbst zu beweisen, dass ich tatsächlich bloß ein bisschen paranoid war und nicht von diesem gruseligen Kerl verfolgt wurde.

Leider irrte ich mich – und noch schlimmer war, dass er nicht mehr allein war. Neben ihm ging ein weiterer Mann, und obwohl ich es mir nicht erklären konnte, wusste ich ohne Zweifel, dass auch er von diesem Furcht einflößenden Nichts umgeben sein würde, sobald er in die Sonne trat.

Ein leises Wimmern entschlüpfte meiner Kehle, und ich rannte los, als wäre der Teufel persönlich hinter mir her.

In der Schule hatte ich nie zu den besten Läuferinnen gehört, aber ich war auch nicht allzu schlecht gewesen. Deshalb schockierte es mich bis ins Mark, dass ich keine zehn Meter weit kam, bis jemand grob meinen Arm packte.

Ich schrie auf, holte aus und schlug mit geballter Faust zu. Schmerz durchzuckte mich, als ich den Kiefer von Shady Nummer 9 traf und meine Fingerknöchel aufplatzten.

Er knurrte, hielt mich aber weiter fest und zerrte mich wild entschlossen mit sich in eine schmale Gasse, die sich rechts neben uns auftat.

»Lass mich sofort los!«, brüllte ich, während ich am ganzen Leib vor Angst und Wut zitterte. Ich holte mit dem Fuß aus, um den Kerl vors Schienbein zu treten, doch diesmal wich er geschickt aus. Ohne auf meine Gegenwehr zu achten, riss er mich mit sich.

Gott, war der Kerl stark! Ich hatte keine Chance gegen ihn, und als mich von hinten jemand mit brutaler Härte schubste, wurde mir mit entsetzlicher Klarheit bewusst, dass etwas Grauenvolles passieren würde, wenn es den beiden gelang, mich ganz von der Straße zu ziehen. Das durfte ich auf keinen Fall zulassen.

Panisch schlug und trat ich um mich, verfehlte aber jedes Mal mein Ziel, weil die Mistkerle mir ständig auswichen. Auf einmal ließ Shady Nummer 9 mich los. Doch mir blieb keine Zeit, mich darüber zu freuen, denn gleich drauf griff Shady Nummer 10 in mein offenes Haar. Als er mich mit sich schleifte wie eine Stoffpuppe, konnte ich den verzweifelten Laut nicht länger zurückhalten, der schon in meiner Kehle feststeckte, seit der Kampf begonnen hatte.

Die Gasse lag in absoluter Finsternis und wirkte wie das Tor zur Hölle. Ich stolperte und fiel auf den Boden. Meine Kopfhaut schmerzte, weil Shady Nummer 10 noch immer an meinen Haaren zerrte, und auch meine Knie brannten wie Feuer, als der Kerl mich erbarmungslos weiterzog. Aber ich ignorierte die Schmerzen und tastete stattdessen panisch den Boden nach etwas ab, womit ich mich verteidigen könnte. Ich griff in mehrere matschige Pfützen, von denen ich lieber nicht wissen wollte, worum es sich genau handelte, bis ich plötzlich wie durch ein Wunder einen Backstein in den Händen hielt.

Mit letzter Kraft sprang ich auf die Beine und schlug mit einer Grausamkeit, die mich selbst erschreckte, dorthin, wo ich den Kopf von Shady Nummer 10 vermutete.

Ein Stich durchzuckte mein Handgelenk, als ich tatsächlich traf. Eine Sekunde später ließ der Kerl mich los und fiel mit einem dumpfen Schlag zu Boden.

Fauchend packte Shady Nummer 9 mich am Nacken und schleuderte mich gegen die Hauswand auf der rechten Seite.

Der Aufprall presste sämtliche Luft aus meiner Lunge. Doch ich hatte keine Gelegenheit, den Schmerz zu verarbeiten, weil mein Kopf im nächsten Moment zur Seite flog. Meine Wange ging in Flammen auf. Blut flutete meinen Mund, und ich blinzelte hektisch gegen die grellen Punkte an, die vor meinen Augen tanzten.

Eine kalte Hand legte sich um meine Kehle und drückte zu.

Ich schnappte nach Luft, aber ich bekam einfach keinen Sauerstoff mehr in meine Lunge. Mein Puls rauschte mir in den Ohren, und die Angst peitschte meine Sinne weiter an. Ich spürte die raue Wand, die mir die Haut am linken Schulterblatt aufriss, wo meine Bluse nach unten gerutscht war, vermisste das Gewicht meiner Handtasche, die ich bei meinem Sturz verloren haben musste, hörte meinen rasselnden Atem, nahm den beißenden Gestank von Urin und Müll wahr und schmeckte das metallische Aroma meines eigenen Blutes …

Irgendwo hatte ich mal gelesen, dass Menschen angesichts der Unausweichlichkeit ihres Todes alles intensiver spürten. War das so? Starb ich jetzt?

Als hätte Shady Nummer 9 die Frage in meinem Kopf gehört, drückte er mir die Kehle noch fester zu.

Verdammte Scheiße! Ich wollte nicht in einer Gasse verrecken.

Meine Muskeln protestierten, als ich die Hände hob und meine Fingernägel wie von Sinnen in seine Unterarme trieb. Leider beeindruckte ihn das herzlich wenig. Auch meinen Tritten, die immer kraftloser wurden, wich er aus.

Die Punkte wurden heller, meine Wahrnehmung diffuser.

Da hörte ich wie durch Watte plötzlich jemanden rufen. »Hierher!«

Es war eine Frau, und sie suchte sicher nicht mich. Trotzdem mobilisierte ich meine letzten Kräfte, spukte das Blut in meinem Mund aus und stieß das absolut jämmerlichste Kreischen aus, das ich jemals gehört hatte. Ich konnte nur beten, dass mich die Frau nicht für eine sterbende Katze hielt.

Abermals flackerten Lichtblitze vor meinen Augen, als ich mit erbitterter Entschlossenheit darum kämpfte, bei Bewusstsein zu bleiben. Dann war der Druck auf meinem Hals plötzlich verschwunden. Überrumpelt und hustend kippte ich nach vorn und wäre sicher auf den Boden geknallt, hätte mich nicht jemand aufgefangen.

»Schon gut«, sagte die Frau, die auf einmal viel jünger klang.

Du liebe Zeit! Ich hatte doch nicht etwa ein unschuldiges Mädchen in diese Horrorgasse gelockt?

»Komm mit.« Ich spürte, wie sie sich meinen Arm über die Schultern legte und mich an der Hüfte stützte, bevor sie mich aus der Gasse dirigierte.

Ich taumelte mehr, als dass ich ging, und immer wieder knickten meine Knie ein. Nur dank ihrer Hilfe fiel ich nicht der Länge nach hin.

Als hinter mir Kampfgeräusche erklangen, drehte ich mühsam den Kopf und schaute über die Schulter. Mein Herz klopfte immer noch wild in meiner Brust, während ich gierig nach Atem rang. Mein Hals brannte wie Feuer. Doch ich achtete nicht darauf, denn plötzlich wurde ich von gleißendem Licht geblendet. Erst hielt ich es nur für weitere Blitze, die vor meinen Augen tanzten. Doch dann fiel mir auf, dass dieses Licht anders war. Es erinnerte mich an den Schimmer, den die Sonne manchmal um lachende Menschen zauberte. Javier hatte geschimmert.

Und Britney auch.

Aber jetzt war es Nacht.

»Wo kommt das Licht her?«, krächzte ich, während ich versuchte, trotz der Tränen, die mir in die Augen traten, etwas in dem Licht zu erkennen. Den Bewegungen nach zu urteilen, mussten noch mehr Leute gekommen sein.

Schwindel erfasste mich, und die ganze Straße schwankte. Die Gefahr war aus meiner Sicht längst nicht gebannt, doch als mich das Mädchen auf einer Bank absetzte, verließ auf einen Schlag sämtliche Energie meinen Körper, und ich kippte zur Seite wie ein gefällter Baum.

Das Letzte, was ich hörte, war die sanfte Stimme der Fremden. »Es ist okay. Ruh dich aus. Du bist jetzt in Sicherheit.«

3

EDEN

Ich war maximal fünf Sekunden weg, bevor mich mein Stolz und eine gehörige Portion Adrenalin zurück ins Bewusstsein katapultierten. Immerhin war ich gerade von zwei gruseligen Typen angegriffen worden, und wie es schien, war der Kampf mit meinen Rettern noch in vollem Gange. Immer wieder leuchtete dieses seltsame Licht in der Gasse auf, und ich hörte dumpfe Schläge und Ächzen. Da konnte ich nicht wie eine Jungfrau in Nöten auf der Bank herumliegen.

Ich sammelte meine Kräfte, ehe ich mich stöhnend aufrichtete. Mir dröhnte der Kopf. Es war schlimmer als nach der Nacht, in der Harper, Kim und ich heimlich die Wodka-Vorräte von Kims Eltern geplündert hatten, weil wir wissen wollten, was so toll daran war, betrunken zu sein. Wir waren damals vierzehn gewesen und hatten dieses Gefühl urkomisch gefunden – bis der Kater kam.

Sowie ich daran dachte, krampfte sich mein Magen vor Übelkeit zusammen. Ich war froh, dass ich zuvor auf einen Tacco verzichtet hatte, denn ich wollte mir nicht auch noch die Seele aus dem Leib kotzen. Mir ging es auch so schon dreckig genug. Meine Wange hämmerte, meine Unterlippe war aufgeplatzt, meine Fingerknöchel brannten, mein Rücken schmerzte und meine Haut war an zahlreichen Stellen aufgeschürft. Insgesamt gab ich mit Sicherheit ein erbärmliches Bild ab. Aber wenigstens war mir jemand zu Hilfe gekommen.

Kraftlos wischte ich mir über den blutverschmierten Mund und hob den Kopf, um mich nach meiner Retterin umzusehen. Sie stand ein paar Meter entfernt mit dem Rücken zu mir und hielt ihre Aufmerksamkeit auf die dunkle Gasse gerichtet. Ihr schulterlanges Haar war schwarz und ging an den Spitzen in ein sattes Blau über. Trotz der Hitze trug sie robuste Schuhe, eine lange schwarze Skinnyjeans und ein dunkles Tanktop. An ihrer linken Hüfte baumelte eine Gürteltasche, auf der ihre Hand ruhte.

Du meine Güte! Hatte sie da etwa eine Waffe drin? Das würde zumindest erklären, warum sie vollkommen entspannt wirkte.

Sie warf einen Blick über die Schulter, und als sie merkte, dass ich wach war, kam sie sofort auf mich zu. »Oh! Du bist ja doch nicht k. o. gegangen«, stellte sie überrascht fest, ging unmittelbar vor mir in die Knie und musterte mich mit aufrichtiger Sorge. Sie schien in meinem Alter zu sein, hatte ein fein geschnittenes Gesicht, freundliche braune Augen, eine niedliche Stupsnase und einen vollen Mund, mit dem sie mich zaghaft anlächelte. »Wie fühlst du dich? Du hast ganz schön was abgekriegt.«

»Ich … keine Ahnung.« Benommen schüttelte ich den Kopf. »Geht's dir gut?«

Das Mädchen lachte auf. »Mit mir ist alles in Ordnung. Mein Name ist übrigens Victoria. Aber meine Freunde nennen mich Tori.«

»Ich bin Eden.«

»Eden«, wiederholte sie und grinste schief. Dabei gruben sich zwei unglaublich süße Grübchen in ihre Wange. »Freut mich, dich kennenzulernen.«

»Andere Umstände wären mir lieber gewesen«, murmelte ich und spähte zur Gasse, in der es schon wieder aufblitzte. »Was ist das für ein seltsames Licht?«

Ihr Lächeln gefror. »Du kannst das Licht sehen?«

Ich nickte geistesabwesend. In der Gasse wurde es mucksmäuschenstill, was mich keineswegs beruhigte. Ich wollte aufstehen, zuckte jedoch zusammen, als ein scharfer Schmerz durch meinen Körper rauschte.

Behutsam drückte Tori mich zurück auf die Bank. »Bleib sitzen. Dir wird nichts passieren.«

Ich verzog das Gesicht. »Wie kannst du dir da so sicher sein?«

»Weil wir dafür sorgen«, erwiderte sie.

Als ich den Mund aufklappte, um sie zu fragen, wen genau sie mit *wir* meinte, durchschnitt plötzlich eine vertraute Melodie die nächtliche Stille. Jemand pfiff Scott McKenzies *If you're going to San Francisco*, was sich angesichts der Situation absolut bizarr anfühlte. Kurz darauf trat ein junger Mann aus dem Schatten der Gasse und schlenderte lässig auf uns zu, während er sich die Hände an seiner Hose abklopfte. Er war groß, blond, gut aussehend und ebenfalls in robuste Kleidung gehüllt. Erst als er uns erreicht hatte, unterbrach er sein Ständchen.

»Irgendwie hatte ich *die goldene Stadt* für sauberer gehalten«, sagte er.

Ernsthaft? Das beschäftigte ihn in diesem Moment?

Ich konnte ihn nur entgeistert anstarren.

Tori verdrehte die Augen. »Du kannst dich ja bei der Stadtverwaltung beschweren.«

Er lachte leise, bevor er mir seine Aufmerksamkeit widmete. »Hi. Ich bin Aaron.«

In einer freundlich gemeinten Geste streckte er mir die Hand entgegen, doch ich war außerstande, sie zu schütteln, denn erstens tat mir jeder Knochen im Leib weh, und zweitens wusste ich beim besten Willen nicht, was ich von diesem seltsamen Paar halten sollte. Also nickte ich ihm nur knapp zu und stellte mich vor.

Im selben Moment kamen zwei weitere Männer aus der Gasse. Auch sie trugen Kleidung, die fast an eine Kampfmontur erinnerte. Der linke von ihnen hatte kurze Locs, die in alle Richtungen abstanden, und krasse blaue Augen, die einen Wahnsinnskontrast zu seiner dunkelbraunen Haut bildeten. Er war auch ein Stück größer und schmaler als sein Begleiter. Dieser hatte wildes braunes Haar, scharfe Gesichtszüge und braune Augen, die im Gegensatz zu Toris aber weit weniger herzlich wirkten. Sein einziger Pluspunkt, abgesehen von seiner nett anzusehenden Statur vielleicht: Er hatte meine Handtasche.

Nun schaffte ich es doch irgendwie, aufzustehen und die Hand nach ihm auszustrecken.

Er blieb abrupt stehen, betrachtete mich von oben bis unten und runzelte die Stirn. »Vielleicht solltest du besser sitzen bleiben.«

»Mir geht's gut«, presste ich mit einiger Anstrengung hervor und versuchte, den Schmerz möglichst unauffällig wegzuatmen. »Könnte ich die bitte wiederhaben?«

Schweigend übergab er mir die Tasche, doch mein Arm fiel sofort kraftlos herab, weil die Kamera darin plötzlich eine Tonne zu wiegen schien. Bevor meine Finger auch noch aufgaben und die Tasche auf den Boden plumpste, stülpte ich mir schnell den Gurt über den Kopf. Der Stoff rieb unangenehm an meinem Hals, aber ich ignorierte das Brennen.

»Eden, das sind Lennox und mein Bruder Kane«, stellte Tori die beiden vor.

Da es offensichtlich war, wer von beiden mit ihr verwandt war, hakte ich nicht weiter nach, sondern überlegte, was diese illustre Truppe hier zu suchen hatte. Sie waren alle um die zwanzig, trugen dunkle Kleidung und waren vielleicht sogar bewaffnet. »Seid ihr von der Neighborhood Watch oder so was?«

Tori schüttelte lächelnd den Kopf. »Wir sind nicht aus der Gegend. Am besten kommst du mit uns mit. Dann können wir dir alles in Ruhe erklären.«

Perplex starrte ich sie an. Sie konnte nicht ernsthaft denken, dass ich jetzt noch in der Stimmung für ein kleines Schwätzchen war.

»Was soll das, Tor?«, fragte Kane nicht minder irritiert. Offenbar hielt er ebenso wenig von ihrem Vorschlag wie ich. »Wir haben keine Zeit dafür.«

Tori nickte vielsagend in meine Richtung. »Sie hat gefragt, was das gerade für ein seltsames Licht war.«

»Wirklich?«, fragte Aaron überrascht, und auch Lennox horchte auf.

Kane hingegen musterte mich skeptisch. »Was für ein Licht hast du denn gesehen?«

Mein Nacken begann zu kribbeln. Ich hätte mir gern eingeredet, dass das sicher bloß eine superkrasse UV-Lampe gewesen war. Aber ich erinnerte mich deutlich daran, dass der Schein dieselbe Intensität gehabt hatte, wie der Schimmer, der manchmal die Menschen umgab. Da das aber völlig verrückt klang, blieb ich so vage wie möglich. »Es war sehr hell, strahlend weiß und schimmernd. Wie die Sonne auf frisch gefallenem Schnee. Irgendwie übernatürlich schön.«

Kanes Miene wechselte von Skepsis zu Unglauben, und sofort kam ich mir total blöd vor. Offenbar hatte mein Gehirn noch immer mit den Folgen des Sauerstoffmangels zu kämpfen. Ich wollte schon den Mund öffnen, um eine weniger verblendete Umschreibung zu versuchen, als Aaron verblüfft auflachte.

»Wie ist das möglich?«, fragte er Kane, der nun gar keine Regung mehr zeigte.

Er schüttelte den Kopf. »Ich habe nicht die leiseste Ahnung.« Sein Blick wurde durchdringend. »Ist dir an diesen Typen etwas Ungewöhnliches aufgefallen?«

Ich schnaubte. »Du meinst, abgesehen davon, dass sie mich überwältigt und in eine finstere Gasse gezerrt haben?«

»Beantworte meine Frage«, erwiderte er angespannt.

»Bitte«, fügte Tori hinzu.

»Nein, mir ist nichts aufgefallen.« Mir entwich ein hysterisches Lachen. Offenbar hatte ich mein Limit erreicht. »Normalerweise schlurfen Shadys einfach an mir vorbei. Sie grüßen nicht mal.«

Tori stieß einen spitzen Schrei aus. Gleichzeitig lachte Lennox auf und stimmte den Refrain von Eminems *The Real Slim Shady* an. Er fing sogar an, zu tanzen. Was war bloß los mit diesen Typen?

Während Lennox fröhlich rappte, zog Kane eine Braue hoch und musterte mich, als wäre ich nicht ganz dicht. »Shadys?«

Jetzt reichte es.

Jede Zelle in meinem Körper schmerzte, und ich konnte mich kaum noch auf den Beinen halten. Da würde ich sicher nicht länger auf der Straße stehen und mich verspotten lassen.

Aus dem Augenwinkel sah ich, wie Tori dem Rapper einen Schlag auf den Hinterkopf verpasste, woraufhin er verstummte.

»Das ist nicht lustig«, fauchte sie ihn an, ehe sie sich wieder an mich wandte. »Ich weiß, das ist keine Entschuldigung, aber das ist gerade ein ziemlicher Schock für uns.«

Ach, *sie* waren geschockt?

»Tut mir leid, dass ich euch den Abend ruiniert habe«, sagte ich und machte mir nicht die Mühe, meinen Sarkasmus zu verbergen. Mit zittrigen Fingern kramte ich mein Handy hervor. »Ich werde jetzt die Cops rufen. Ihr solltet lieber gehen. Nicht, dass ihr auch noch Ärger bekommt.«

Bevor ich reagieren konnte, nahm mir Kane das Handy weg. »Du wirst niemanden rufen.«

Mit einer Geste, über die ich vorher besser nachgedacht hätte, wies ich zur Gasse. Mein Rücken protestierte, doch ich ignorierte den Schmerz. »Aber diese Typen haben mich angegriffen.« Ich schaffte es nur mit Mühe, mich nicht völlig zum Affen zu machen, indem ich mit Kane um mein Handy rangelte. »Und wenn sie niemand daran hindert, werden sie sich sicher bald das nächste Opfer suchen.«

»Ganz bestimmt nicht«, antwortete Lennox gut gelaunt.

Ich schüttelte ungläubig den Kopf. »Glaubt ihr, nur weil ihr ihnen eine Abreibung verpasst habt, werden sie sich in Zukunft benehmen?«

Kane schob sich mein Handy in die hintere Tasche seiner schwarzen Jeans. »Genau genommen werden sie überhaupt nichts mehr tun.«

Ich war zu schockiert über seine Kompromisslosigkeit, um mich über mein verlorenes Handy zu ärgern. Mein Nacken kribbelte, während ich langsam vor den vier Fremden zurückwich. »O mein Gott! Habt ihr sie etwa umgebracht?«

»Also, äh, das ist etwas komplizierter«, sagte Tori und kam mit erhobenen Händen auf mich zu. »Du solltest wirklich mit uns kommen, Eden. Dann werden wir dir alles in Ruhe erklären.«

Ungläubig sah ich zwischen ihnen hin und her. »Ihr habt gerade praktisch zugegeben, dass ihr zwei Menschen auf dem Gewissen habt, und jetzt erwartet ihr allen Ernstes, dass ich einfach mit euch mitgehe?«

Tori schnitt eine Grimasse. »Ich weiß, das sieht übel aus. Aber hier ist nicht der richtige Ort, um in Ruhe zu reden. Deshalb bitte ich dich ja, uns zu begleiten.«

Ich unterdrückte ein Schnauben. »Und wohin?«

»Nach Little Meadows.«

»Little Meadows?« Ich hatte noch nie von diesem Ort gehört. »Wo soll das sein?«

»Etwa vierhundert Meilen südlich von hier, in der Nähe des Death Valleys.«

Mir entwich ein ersticktes Lachen. Das sollte wohl ein Witz sein.

Nicht einmal, wenn sie mir erklärt hätte, dass sie gleich um die Ecke ein Büro besaßen, hätte ich es ernsthaft in Erwägung gezogen, mit ihnen zu gehen. Obwohl ich zugeben musste, dass ich schon neugierig war, was sie über dieses geheimnisvolle Licht und die Shadys wussten. Allerdings hing ich an meinem Leben. »Danke für das Angebot. Aber ich werde jetzt lieber nach Hause gehen«, sagte ich so würdevoll wie möglich und setzte mich in Bewegung.

Sofort verstellte Kane mir den Weg. »Eigentlich war das keine höfliche Einladung.«

Empört funkelte ich ihn an. »Ich habe Nein gesagt.«

Er lehnte sich ein Stück vor, doch ich wich nicht zurück. Stattdessen starrte ich so entschlossen wie möglich in seine tiefbraunen Augen, die nun gefährlich glitzerten. »Du kannst nicht einfach *Nein* sagen.«

»Na, dann pass mal auf«, fauchte ich und holte Luft, um ihm ein weiteres fettes Nein ins Gesicht zu schleudern.

Doch Kane ließ mich gar nicht zu Wort kommen. »Fordere mich nicht heraus.«

»Sonst was?« Mir war durchaus klar, dass ich gerade ziemlich undankbar wirken musste. Das war sicher keine böse Absicht. Aber dieser Typ provozierte mich dermaßen, dass sogar mein Herz vor Wut raste.

»Kane!« Mit einem schnellen Schritt trat Tori zwischen uns und schob ihren Bruder ein Stück zurück, der sie tatsächlich gewähren ließ. »Ich denke nicht, dass das sonderlich hilfreich ist.«

Ich lachte. »Ist es definitiv nicht.«

Kane biss die Zähne zusammen, widersprach jedoch nicht.

Dafür mischte sich nun Aaron ein. »Wir wollen dir wirklich nichts tun. Wir haben dir geholfen, erinnerst du dich?« Sein Ton war so sanft, als würde er auf ein kleines Kind einreden, was ich ziemlich befremdlich fand.

Kane verdrehte die Augen. »Ich habe das Gefühl, wir drehen uns hier im Kreis. Können wir das vielleicht etwas beschleunigen?«

»Wie denn, Kumpel?«, murmelte Aaron. »Willst du sie einfach k. o. schlagen?«

Toris Bruder sah aus, als würde er diesen Vorschlag tatsächlich in Erwägung ziehen. Mein Mund klappte auf, doch bevor ich losschreien konnte, verpasste Tori ihm einen Tritt gegen das Bein.

»Das war bloß ein Witz, Eden.«

Irgendwie fiel es mir schwer, ihr zu glauben.

»Hör zu«, fuhr sie fort. »Mir ist klar, dass das alles schrecklich verwirrend für dich sein muss. Glaub mir, für uns gilt dasselbe. Wir haben noch nie jemanden zufällig getroffen, der so ist wie wir.«

Meine Kehle wurde trocken. »Was meinst du damit?«

Tori öffnete den Mund, antwortete mir aber nicht, sondern schaute zu ihrem Bruder, als würde sie stumm um seine Erlaubnis bitten.

Er musterte mich mit unergründlicher Miene. Dann reckte er stolz sein Kinn vor. »Wir sind Phönixkrieger.«

4

EDEN

Entgeistert starrte ich die vier Fremden an, die mir gegenüberstanden und jede meiner Reaktionen mit Argusaugen beobachteten.

Natürlich erinnerte ich mich an die Geschichten, die Dad mir erzählt hatte, als ich noch klein gewesen war. Manchmal hatten wir sogar Details ausgeschmückt oder uns überlegt, welche Superkräfte die legendären Phönixkrieger wohl haben könnten. Es war unser festes Abendritual gewesen, bis wir beide unseren Schmerz darüber verarbeitet hatten, dass meine Mutter auf Nimmerwiedersehen verschwunden war.

»Du hast schon mal von den Phönixkriegern gehört«, riss Kane mich aus meiner Erinnerung. Es war eine Feststellung, keine Frage.

Ich lachte irritiert. »Ja. In einem Kindermärchen.«

»Und was passiert darin?«, erkundigte Tori sich neugierig.

Da musste ich nicht lange überlegen. »Es geht um einen Phönix, der mithilfe seines Gefieders die Phönixkrieger erschuf, die daraufhin besondere Kräfte erhielten.«

Tori tauschte einen vielsagenden Blick mit ihrem Bruder, ehe sie voller Begeisterung nickte. »Das ist richtig. Genau so ist es gewesen.«

Fassungslos sah ich zwischen ihnen hin und her. »Das ist wirklich euer Ernst.«

Sie lachte. »Ja.«

Ich versuchte, cool zu bleiben, obwohl mein Puls schon wieder durch die Decke schoss. Dass ausgerechnet jetzt diese Leute auftauchten und behaupteten, ein Teil meines Lieblingsmärchens zu sein, konnte im Grunde nur eines von zwei ziemlich üblen Dingen bedeuten:

Erstens, ich war immer noch ohnmächtig, und meine Psyche bastelte sich gerade einen schrägen Traum zurecht, damit ich mich nicht mit dem Trauma des Überfalls auseinandersetzen musste. Damit käme ich klar. Das Problem war nur, dass sich mein Körper anfühlte, als hätte mich ein Bus überrollt. Ich war also definitiv wach.

Blieb nur noch zweitens – und diese Erklärung war sehr viel beängstigender: Ich träumte gar nicht, sondern halluzinierte auf offener Straße.

Kane schob Tori wieder beiseite und ging ein bisschen in die Knie, um meinen Blick einzufangen. »Du flippst doch jetzt nicht aus, oder?«

Wer? Ich? Keineswegs. Ich war ja nur kurz davor, meinen verdammten Verstand zu verlieren.

Obwohl, vielleicht drehte ja gar nicht *ich* durch. Vielleicht waren diese vier einfach nur ein paar Spinner, die nachts gern Helden spielten und zufällig in ihrer Kindheit das gleiche Märchen gemocht hatten.

Ja, diese Variante gefiel mir schon deutlich besser – sofern die vier wirklich keine Einbildung waren.

Ohne mir dessen bewusst zu sein, streckte ich die Hand aus und berührte Kanes Wange. Sie war warm und ein bisschen kratzig von den Bartstoppeln, die kaum sichtbar sein Kinn bedeckten.

Er riss die Augen auf, wich aber nicht zurück.

Meine Geste schien ihn zu überfordern. Unter anderen Umständen hätte ich diesen kleinen Sieg gefeiert. Aber so ließ ich einfach nur erleichtert, weil ich offenbar doch nicht halluzinierte, die Hand sinken. Grinsend deutete ich eine Verbeugung an. »Wohl an, ihr edlen Phönixkrieger. Habt dank für eure Dienste oder so. Und nun lebt wohl!«

Kane runzelte die Stirn, während ich mich an ihm vorbeischob, um endlich nach Hause zu gehen.

Hinter mir brach Tori in schallendes Gelächter aus, und auch die zwei Jungs glucksten amüsiert. Dann stand sie auch schon wieder vor mir und grinste von einem Ohr zum anderen. »Respekt! Das war das erste Mal, dass ich meinen Bruder innerhalb von zehn Sekunden zweimal sprachlos erlebt habe.«

Das überraschte mich nicht. Kane schien gern das letzte Wort zu haben.

Toris Miene wurde wieder ernst. »Du glaubst uns nicht, dass wir Phönixkrieger sind. Das verstehe ich. Würde ich wahrscheinlich auch nicht tun. Aber schau mal!« Aufgeregt nestelte sie an ihrem Ausschnitt herum und zog eine vergoldete Kette hervor. Sie hielt mir den Anhänger dicht vors Gesicht.

In dem trüben Licht konnte ich nicht viel erkennen außer einem Schild, auf dem ein glänzender Vogel prangte. Ein Phönix. Es war eine hübsche Arbeit, das musste ich dem Designer lassen. Elegant und sicher nicht ganz billig.

»Hübscher Anhänger«, bemerkte ich nüchtern und nicht im Mindesten beeindruckt. »Wo hast du den her? Piedmont? Die haben einen super Laden in der Haight Street.« Was ich nur wusste, weil Harper diesen Modeschmuckladen liebte und mich früher ständig dorthin geschleppt hatte.

Tori stieß einen frustrierten Laut aus. »Hör zu! Wir sagen die Wahrheit, Eden, wir sind wirklich Phönixkrieger, und das werde ich dir auch beweisen …«

»Victoria«, knurrte Kane warnend.

Doch sie ignorierte ihn, schloss die Lider – und löste sich auf.

Sie löste sich auf!

Direkt vor meinen Augen. Und dann war sie plötzlich ganz weg.

Mit einem Schrei sprang ich zurück und suchte die Umgebung ab. Ich betete, dass ich mir das nicht eingebildet hatte. Andernfalls brauchte ich vielleicht sogar dringender Hilfe als mein Vater.

Toris leises Kichern wehte über die Straße. Sie war immer noch da. Ich konnte sie spüren, aber nicht mehr sehen. Ich sah nur noch Kane, Aaron und Lennox. Die beiden beobachten gespannt meine Reaktion.

Kane hingegen fluchte. »Das reicht jetzt!«

An derselben Stelle, an der sie gerade verschwunden war, tauchte Tori wieder auf und zwinkerte mir zu.

»Heilige Scheiße«, stieß ich hervor. »Wie hast du das gemacht?«

Verlegen kratzte Tori sich an der Nase. »Ich bin eine Lichtbrecherin. Ich kann das Licht in meiner Umgebung so manipulieren, dass ich praktisch unsichtbar werde.«

Mir standen längst die Haare zu Berge. Hätte ich es nicht mit eigenen Augen gesehen, ich hätte ihr niemals geglaubt. Aber so blieb kein Raum für Zweifel. Schockiert sah ich die anderen an. »Könnt ihr das alle?«

»Wir haben unterschiedliche Gaben«, setzte Aaron zu einer Erklärung an, doch Kanes Geduld war am Ende.

»Das ist genug«, sagte er mit fester Stimme.

Tori funkelte ihren Bruder an. »Sie hat das Recht darauf, zu erfahren, worauf sie sich einlässt, Kane. Immerhin wollen wir, dass sie mit uns kommt.« Sie wandte sich an mich, und plötzlich wurde ihr Lächeln so hoffnungsvoll, dass ich mir nicht vorstellen konnte, dass ihr irgendjemand je etwas abschlug. »Du kommst doch mit uns, oder, Eden?«

»Ich ... ich kann nicht einfach wegfahren«, stotterte ich. In meinem Kopf herrschte blankes Chaos. »Ich habe Verpflichtungen.«

Kane zog eine Braue hoch. »Sicher sind die nicht so wichtig wie die Entdeckung deiner übernatürlichen Fähigkeiten. Du kannst offenbar das Licht sehen. Nur Phönixkrieger sind dazu in der Lage.«

Mit einem Anflug von Panik schüttelte ich den Kopf. »Aber ich sehe dieses Licht nicht immer.«

»Weil du es nie gelernt hast«, erklärte Tori aufgeregt. »Aber wir können es dir zeigen.«

Zum ersten Mal suchte ich bei Tori bewusst nach diesem geheimnisvollen Schimmer, der die Menschen häufig umgab, wenn ich sie fotografierte. Aber egal, wie sehr ich mich anstrengte, ich sah ihn nicht. Auch die anderen drei blieben schimmerfrei.

»Die Seele eines jeden Menschen ist von Licht erfüllt«, sagte Aaron. »Je heller es strahlt, umso größer sind sein Mitgefühl, seine Freundlichkeit und seine Güte.«

Tori zeigte auf die Gasse. »Und dann gibt es noch die, die ihr Licht verloren haben. Sie sind grausam und instinktgesteuert. Für sie gibt es keinen Anstand, keine Moral, keine ethischen Grenzen. Aber wir nennen sie nicht *Shadys*, sondern Rogues.«

»Das sind chaotische Psychopathen.« Aaron verschränkte die Arme, woraufhin sein erstaunlicher Bizeps in Erscheinung trat. »Übermenschlich robust, stark und schnell.«

»Echt gefährliche Typen«, fügte Lennox hinzu, der sich bisher weitestgehend zurückgehalten hatte. »Man darf sie niemals unterschätzen.«

Mir lief ein Schauer über den Rücken. »Was wollten die von mir?«

»Dein Licht«, erklärte Kane. »So wärst du eine der ihren geworden.«

Ich schnappte nach Luft. »Und das können sie mir einfach so wegnehmen?«

Kane zuckte mit den Schultern. »Offenbar hielten sie dich für leichte Beute.«

Na, das war ja nicht sehr schmeichelhaft.

»Komm mit uns«, bat Aaron mich mit sanfter Stimme. »Wir zeigen dir eine ganz neue Welt.«

Kane verdrehte die Augen, kommentierte Aarons Worte jedoch nicht weiter, sondern warf mir einen ungeduldigen Blick zu. »Lebst du allein?«

»Nein, bei meinem Vater«, antwortete ich geistesabwesend, während ich immer noch zu entscheiden versuchte, was ich tun sollte.

Diese Phönixkrieger schienen kein Hirngespinst zu sein. Ob es mir nun gefiel oder nicht, es gab eine Verbindung zwischen uns, und ich wollte ihr gern auf den Grund gehen. Aber die Vorstellung, einfach mein Zuhause zu verlassen und mit diesen Leuten mitzufahren, die ich gerade mal ein paar Minuten kannte, fühlte sich fundamental falsch an. Es widersprach allem, was mir mein Vater seit meiner Kindheit eingebläut hatte: *Steig nicht zu Fremden ins Auto!* Davon abgesehen hatte ich Pläne für die nächsten Tage und den Job im Youth Center. Ich wollte die Kids nicht im Stich lassen. Immerhin waren sie mir ans Herz gewachsen, und Miss Rod würde es sicher nicht gutheißen, wenn ich einfach abhaute. Außerdem konnte ich Dad nicht allein lassen ...

»Ich will ihn kennenlernen«, sagte Kane.

»Was?« Verwirrt sah ich ihn an. »Warum?«

»Er könnte ebenfalls ein Phönixkrieger sein«, antwortete er leichthin. »Von einem Elternteil hast du die Macht schließlich geerbt.«

Allein der Gedanke war absurd.

Ich liebte Dad über alles, aber wenn ich ganz ehrlich war, zählte er nicht gerade zu den mutigsten Menschen, die ich kannte. Außerdem war er furchtbar zerstreut. Ständig sagte er Dinge ohne erkennbaren Zusammenhang oder ließ seine Notizen im Apartment herumliegen. Ich war mir also sehr sicher, dass es mir nicht entgangen wäre, wenn er Superkräfte gehabt hätte.

Meine Mutter vielleicht?

Ich wusste fast nichts über sie. Immerhin hatte sie uns schon vor Jahren im Stich gelassen. Aber das hätte sie sicher nicht getan, wenn sie übernatürliche Kräfte besaß und ich diese von ihr geerbt haben könnte. Insofern hielt ich es für äußerst unwahrscheinlich, dass sie etwas mit dieser Sache zu tun hatte.

Also doch Dad?

Auf einmal fiel mir ein, dass er das Märchen vom Phönix von seiner Mutter kannte. Also könnte diese Verbindung tatsächlich väterlicherseits entstanden sein.

Mir wurde schwindelig. Was, wenn Dad doch ein Phönixkrieger war und ihm sein Unterbewusstsein ständig Botschaften schickte, die er nicht einordnen konnte? Vielleicht hingen seine wirren Episoden ja mit unbekannten Kräften zusammen, die in ihm brodelten und rauswollten? Vielleicht benahm er sich deshalb andauernd wie ein Pulverfass kurz vor der Explosion?

Nervös verlagerte ich mein Gewicht. »Könnt ihr erkennen, ob jemand solche Phönixkriegerkräfte in sich trägt?«

»Leider nicht«, antwortete Tori. »Aber es gibt gewisse Hinweise, so wie bei dir, dass du das Licht sehen kannst.«

Ich seufzte. Alles andere wäre wohl auch zu einfach gewesen. Offenbar blieb mir nichts anderes übrig, als zuzustimmen. Wenn diese Phönixkrieger meinen Vater tatsächlich als einen der ihren identifizierten, könnte ich schließlich ganz anders ansetzen, um ihm zu helfen. »Okay, einverstanden.«

Überraschung huschte über Kanes Miene. Wahrscheinlich hatte er damit gerechnet, dass ich erneut protestieren würde. Aber ich wollte Klarheit, was meinen Vater betraf. Deshalb beschloss ich, das Risiko einzugehen.

Mittlerweile war es zwar schon nach zehn Uhr abends, aber ich wusste, dass Dad noch wach war. Er arbeitete meistens bis tief in die Nacht hinein. Ich zeigte in Richtung Oak Street. »Wir müssen dort lang.«

Tori trat neben mich und gab mir mit einem Augenzwinkern mein Handy zurück, das sie ihrem Bruder vermutlich geklaut hatte, als sie unsichtbar war.

Praktisch.

Hinter uns stieß Kane ein abfälliges Schnaufen aus. Natürlich war ihm der Diebstahl nicht entgangen.

Es waren zum Glück nur noch ein paar Hundert Meter bis zu unserem Apartmenthaus, die wir schweigend zurücklegten. Ich gab mir alle Mühe, nicht wie eine Hundertjährige über den Weg zu schlurfen, doch mir tat jeder Knochen im Leib weh.

Das Apartmenthaus, in dem wir wohnten, war wie die meisten Häuser in Hayes Valley im viktorianischen Baustil gehalten. Tagsüber erstrahlte das Gebäude in fröhlichem Sonnengelb, die Schmuckelemente hingegen waren weiß gestrichen. Außerdem besaß die rechte Seite eine hübsche Erkerkonstruktion, und die Fenster im Untergeschoss waren mit prall gefüllten Blumenkästen bestückt.

Am Fuß der Steintreppe, die zu dem überdachten Hauseingang führte, blieb ich stehen und sah meine Begleiter missmutig an. »Eine kleine Vorwarnung: Mein Vater ist nicht sehr gastfreundlich.«

Niemand schien das sonderlich beunruhigend zu finden. Also kramte ich meinen Schlüssel aus der Tasche und ging nach oben.

»Dad?«, rief ich, sobald ich die Tür in der oberen Etage geöffnet hatte, und trat durch den schmalen Eingangsbereich in die offene Wohnküche. Wie üblich standen schmutzige Teller, die Dad im Laufe des Tages benutzt hatte, auf dem Küchenblock, der Koch- und Wohnbereich voneinander abtrennte. Normalerweise räumte ich das Zeug abends weg. Aber heute hatte ich keine Kraft dafür.

Ich wollte gerade in den hinteren Bereich der Wohnung gehen, wo sich Dads Atelier und unsere Schlafzimmer befanden, als mir mein Vater plötzlich entgegenkam. Er sah aus, als hätte er sich zu Tode erschreckt. Seine Augen waren weit aufgerissen, doch zu meiner Verwirrung sprach er mich nicht auf meine Verletzungen an, sondern ging einfach an mir vorbei zu den anderen.

Eilig folgte ich ihm. Plötzlich fühlte ich mich mies, weil ich die vier einfach mit hierhergenommen hatte, obwohl mir klar war, dass ihn das aufregen würde. »Schon gut, Dad«, sagte ich. »Das sind Freunde von mir.«

Mein Vater ignorierte mich und stapfte auf Tori zu, die keinen Millimeter vor ihm zurückwich. Fast schon brutal packte er sie bei den Schultern. Seine Finger bohrten sich in ihre Haut.

Bevor Kane dazwischengehen konnte, schob ich mich vor ihn und legte meinem Vater die Hand auf den Arm, damit er von Tori abließ.

Er beachtete mich nicht. Stattdessen starrte er Tori eindringlich an. Seine Unterlippe zitterte, als er den Mund mehrfach auf- und zuklappte. Dann stieß er einen keuchenden Atemzug aus. »Sie kommen.«

Ihre Miene wurde herzzerreißend weich. »Wer denn?«

Das wüsste ich allerdings auch gern. Leider antwortete mein Vater nicht, sondern schüttelte mit gequälter Miene den Kopf und wich zurück.

»Dad?«, versuchte ich erneut, zu ihm durchzudringen, und berührte ihn vorsichtig an der Schulter. »Wen meinst du? Wer wird kommen?«

Er fuhr zu mir herum. Doch jetzt lag in seinen blauen Augen keine Panik mehr, sondern eine absolute Gewissheit, die ihn bis ins Mark zu erschüttern schien. »Er wird zurückkehren.«

Mein Puls beschleunigte sich, als er anfing, wie ein eingesperrtes Tier auf und ab zu laufen und etwas vor sich hinzumurmeln. Dabei rieb er sich immer wieder die Schläfen, als hätte er wahnsinnige Kopfschmerzen. So aufgewühlt hatte ich ihn seit Ewigkeiten nicht mehr erlebt. Das war allein meine Schuld.

»Ihr müsst gehen«, sagte ich, doch obwohl ich äußerst entschlossen geklungen hatte, reagierte keiner auf meine Ansage.

Kane beobachtete meinen Vater mit gerunzelter Stirn. Seine Schwester hatte sich die Hand aufs Herz gelegt, als würde ihr seine geistige Verfassung körperliche Schmerzen bereiten. Aaron blickte verlegen zu Boden, und Lennox schien schlichtweg überfordert mit Dads Auftritt zu sein.

Plötzlich wurde ich schrecklich wütend – und zwar nicht auf die vier Fremden, die mich überredet hatten, sie hierher mitzunehmen, sondern auf mich selbst, weil ich mich von einer törichten Idee hatte leiten lassen. Mein Vater war kein Phönixkrieger, er brauchte einfach nur professionelle Hilfe. Ich hätte diese Leute niemals mit hierherbringen dürfen.

»Die Show ist vorbei!«, rief ich und zeigte zur Tür. »Raus jetzt.«

Kane rührte sich keinen Millimeter. Etwas, das man glatt für Mitgefühl hätte halten können, flackerte in seinen braunen Augen auf. Dann verschränkte er die Arme. »Erst will ich Antworten.«

»Ist das dein Ernst?«, stieß ich zwischen zusammengebissenen Zähnen hervor. »Du siehst doch wohl selbst, dass er keiner von euch ist.«

Bei meinem scharfen Ton verzog Tori das Gesicht.

Ihr Bruder blieb jedoch unerbittlich und wandte sich an meinen Vater, der immer noch aufgeregt auf und ab lief. »Was wissen Sie über die Phönixkrieger?«

Dad schüttelte den Kopf und gab unverständliche Laute von sich.

Doch Kane ließ nicht locker. »Haben Sie jemals etwas von der Phönixallianz gehört?«

»Hör auf! Er weiß gar nicht, wovon du da redest«, rief ich.

Zu meinem Entsetzen wurden die Laute, die Dad ausstieß, nun deutlicher. »Fünf-fünf-fünf. Glory-Peak.«

Sofort senkte ich die Stimme, um ihn zu beruhigen. »Schon okay, Daddy. Reg dich nicht auf. Sie sind gleich weg.«

»Fünf-fünf-fünf. Glory-Peak«, schrie mein Vater auf einmal.

Ich zuckte zusammen und sah hektisch zwischen Dad und den anderen hin und her. »Ihr müsst verschwinden, bitte.«

Lennox und Aaron tauschten einen unsicheren Blick. Sie schienen nicht so recht zu wissen, wie sie sich verhalten sollten.

Dafür setzte Kane sich in Bewegung. Aber anstatt endlich abzuhauen, baute er sich vor mir auf. »Gib mir dein Handy.«

»Was?«, fragte ich verdattert und schüttelte ungläubig den Kopf. »Könnt ihr euch keine eigenen Telefone leisten, oder was?«

»Gib mir dein verdammtes Telefon, Eden«, knurrte er. »Vorher werden wir nicht gehen.«

Obwohl es mir widerstrebte, seinem harschen Befehl Folge zu leisten, tat ich es, damit hier endlich Ruhe einkehren konnte.

Er stellte sich neben mich und aktivierte die Tasteneingabe. Dann tippte er die Ziffern 5, 5, 5, gefolgt von den entsprechenden Zahlen des Wortes *Glorypeak*, ein und aktivierte den Lautsprecher.

Dad wurde wieder ruhiger, murmelte aber immer noch vor sich hin, während es klingelte.

»Authentifizierung?«, erklang auf einmal eine tonlose Frauenstimme.

»Kanneth Huntington«, sagte Kane und ratterte irgendeinen Zahlencode herunter.

»Bestätige.« Nun wurde die Stimme sehr viel freundlicher. »Alles in Ordnung, Kane? Wie läuft's in San Francisco? Seid ihr schon auf dem Rückweg?«

»Es läuft gut. Danke, Georgie. Könntest du mir einen Gefallen tun und mir sagen, wer du bist?«

Die Frau lachte leise. »Du meinst, abgesehen von der besten Phönixkriegerin, die je auf dieser wunderbaren Erde wandelte?«

Kleine Fältchen erschienen um Kanes Augen, als er lächelte. Plötzlich sah er beinahe sympathisch aus. »Ich bin mir ziemlich sicher, dass Meghan dir da widersprechen würde.«

Georgie seufzte schwer. »Ich werde nie verstehen, was du an diesem Mädchen findest.«

Sofort erlosch Kanes Grinsen. »Ich melde mich später wieder.«

Bevor Georgie noch etwas sagen konnte, beendete er das Gespräch und gab mir das Handy zurück. »Diese Nummer kennen nur Eingeweihte. Wenn dein Vater keiner von uns ist, woher hat er sie dann?«

Das wusste ich doch auch nicht. Verunsichert wandte ich mich an meinen Vater. »Dad?«, sprach ich ihn mit möglichst sanfter Stimme an. »Woher hast du diese Nummer?«

Langsam hob er den Kopf. Panik glitzerte in seinen Augen. »Sie kommen.«

Mir rutschte das Herz in die Hose, und ein Schluchzen brach aus mir hervor. Ich konnte einfach nicht mehr. »Dad, bitte hör auf. Niemand kommt. Es ist alles in Ordnung.«

Meine Sicht verschwamm. Ich wollte wirklich nicht die Fassung verlieren. Aber nach allem, was ich heute Abend erlebt hatte, war ich schlichtweg nicht mehr in der Lage, meine Tränen im Zaum zu halten. Sie liefen mir einfach aus den Augen und rollten über meine Wange.

Dads Miene wurde weich. »Nicht weinen, Spätzchen. Du bist jetzt nicht mehr allein. Deine Freunde helfen dir.«

»Das sind nicht meine Freunde«, brachte ich krächzend hervor, obwohl ich eben noch etwas anderes behauptet hatte.

Dad wandte sich an Kane, und ein flehender Ausdruck schlich sich in seine Miene. »Du musst mir versprechen, dass du sie beschützen wirst.«

Kane blinzelte, offenbar überrascht, dass mein Vater sich ausschließlich an ihn wandte. Dann nickte er ernst. »Sie haben mein Wort, Sir. Ihrer Tochter wird nichts geschehen.«

Dad schien zufrieden, ehe sich sein Blick schlagartig klärte. Verwirrt musterte er meine vier Begleiter. »Hallo. Seid ihr Freunde von Eden?«

Lennox klappte die Kinnlade runter, während Aaron und Kane einen alarmierten Blick tauschten.

»Jetzt schon«, antwortete Tori und trat mit einem Lächeln näher. »Haben Sie je von der Allianz der Phönixkrieger gehört?«

Mein Vater legte die Stirn in Falten. »Eine Allianz? Ich kenne keine Allianz. Tut mir leid.« Plötzlich hellte sich seine Miene auf. »Aber ich habe mal eine Legende über Phönixkrieger gehört.«

»Von wem?«, fragte Kane überraschend sanft.

Doch Dad ignorierte die Frage. »Ich habe meiner Tochter oft davon erzählt. Die Phönixkrieger sind ihre Helden.«

Das waren sie vielleicht, als ich ein kleines Mädchen war und das Ganze für Fiktion gehalten hatte. Nun sah das ein bisschen anders aus.

Dad schenkte mir ein versonnenes Lächeln, und diesmal bemerkte er meine Verletzungen. Er schnappte nach Luft. »Lieber Himmel, Eden! Was ist passiert?«

Ein Teil von mir wollte ihm alles erzählen. Aber ich hatte Angst, dass sich sein Zustand gleich wieder verschlechtern würde, wenn er sich aufregte. Deshalb spielte ich die Sache runter. »Nichts weiter. Ich bin bloß ausgerutscht.«

Am Rande meines Sichtfeldes konnte ich sehen, wie Kane verärgert über meine Lüge die Lippen zusammenpresste. Doch er mischte sich nicht ein.

»Mein kleiner Tollpatsch«, murmelte Dad und strich vorsichtig über meine verletzte Wange. »Du solltest Eis drauf tun, bevor ihr fahrt.«

Ich riss die Augen auf. »Du willst, dass ich mit ihnen gehe?«

Dad nickte. »Deswegen sind sie doch hier, oder nicht? Sie bringen dich ins Sommercamp.«

Mir wurde schwer ums Herz. »Sommercamp?«

Er lachte vergnügt. »Ich kann mir vorstellen, dass die dich dort ordentlich auf Trab halten. Aber mein toughes Mädchen kommt sicher damit klar.«

Aufgewühlt schüttelte ich den Kopf. Wie zur Hölle kam mein Vater auf die Idee, dass ich in ein Sommercamp fuhr? Wir hatten noch nie über etwas Vergleichbares gesprochen. »Dad, ich ...«

Aaron räusperte sich und hielt einen bunten Flyer hoch. Von einem Sommercamp in Südkalifornien. »Der lag auf dem Küchentisch«, erklärte er und warf meinem Vater einen unsicheren Blick zu. Vermutlich stand mir meine Verwirrung deutlich ins Gesicht geschrieben, denn er fügte hinzu: »Wahrscheinlich deshalb.«

Dad beugte sich vor und drückte mir einen Kuss auf die Stirn. »Ich muss mich ausruhen. Ruf an, wenn ihr da seid, ja?« Damit drehte er sich um und zog sich nach einem knappen Abschied von den anderen in sein Schlafzimmer zurück.

5

EDEN

Die Stille dehnte sich aus, während ich zu begreifen versuchte, was soeben passiert war. Dann erst wurde mir klar, dass die vier Phönixkrieger – ich konnte nicht fassen, dass ich wirklich dabei war, ihnen diese Story abzukaufen – wahrscheinlich darauf warteten, dass ich anfing zu packen. Doch ich konnte mich nicht regen.

Plötzlich gab Aaron ein zögerliches Räuspern von sich. »Da ist noch mehr.«

Gleichzeitig mit Kane und Tori trat ich an den Küchentresen heran. Neben dem Flyer und Geschirr langen dort auch ein paar lose Blätter verteilt. Auf einem waren verschiedene Schraffuren mit Kohle und Bleistift zu sehen. So als hätte Dad versucht, unterschiedliche Gesteinsoberflächen zu zeichnen. Auf einem etwas größeren Stück Papier hatte Dad den *Place of Fine Arts* mit farbiger Kreide gemalt.

Es waren die ersten Bilder seit Jahren, die kein kunterbuntes Durcheinander darstellten. Fasziniert betrachtete ich Dads Werk. Er musste Tage gebraucht haben, um das klassizistische Gebäude, das sich im Marina District befand, in all seiner Pracht einzufangen. Er hatte jedes Detail der mit Skulpturen geschmückten Friesen und Säulen perfekt abgebildet. Sie spiegelten sich sogar im Wasser der umliegenden Lagune. Winzige Menschen entspannten auf Bänken oder gingen in der Sonne spazieren. Ein Pärchen saß direkt am Ufer und tauchte die Beine ins Wasser.

Kane, der inzwischen hinter mir stand und mir über die Schulter schaute, fragte: »Was siehst du?«

Mein Nacken prickelte aufgrund seiner Nähe. Ich verstand nicht, worauf er hinauswollte, und betrachtete angestrengt das Bild. Es dauerte einen Moment. Aber dann fiel mir auf, dass alle Menschen einen kaum wahrnehmbaren hellen Schimmer besaßen. Das hieß, alle, bis auf eine. Es war eine Frau. Sie sah genauso aus, wie die anderen Leute auf dem Bild, doch sie umgab ... nichts.

Ich wich zurück. Es war wie ein Instinkt, dem ich mich nicht widersetzen konnte. Prompt prallte ich gegen Kanes Brust und schob mich verlegen zur Seite. »Entschuldigung.«

»Wahnsinn«, hauchte Tori. »Dein Dad kann das Licht auch sehen.«

»Ich hatte keine Ahnung, dass er das kann.« Ich schaute in die Runde. »Also ist er ebenfalls ein Phönixkrieger?«

»Möglich«, erwiderte Kane und rieb sich nachdenklich über das Kinn, während er die Zeichnung betrachtete. »Er könnte aber ebenso gut von einem Eingeweihten erfahren haben, was es mit dem Licht auf sich hat.« Er musterte mich aufmerksam. »Von deiner Mutter zum Beispiel.«

»Habt ihr noch Kontakt?«, fragte Tori vorsichtig.

Ich bemühte mich um einen unbeteiligten Gesichtsausdruck, um den Schmerz zu verbergen, der noch immer tief in mir lauerte. »Nein. Sie hat uns verlassen, als ich fünf war. Danach habe ich nie wieder etwas von ihr gehört.«

Mitgefühl flackerte in Aarons Miene auf. »Kennst du ihren Namen?«

»Sarah Bricks«, antwortete ich tonlos.

Kane runzelte die Stirn. »Und sonst weißt du rein gar nichts über sie?«

»Nein.«

Es hatte mal Fotos von uns gegeben, aber die hatte Dad vor ein paar Jahren in einem Kochtopf verbrannt. Ich hatte erst mitbekommen, was vor sich ging, als mitten in der Nacht der Feueralarm losgeschrillt war. Aber da war es bereits zu spät gewesen. Sämtliche Fotos von meinen Großeltern, meinen Eltern und auch von mir selbst waren unwiederbringlich zerstört. Ich besaß nicht mal mehr digitale Kopien, weil Dad die externe Festplatte, auf der noch ein paar Bilder gespeichert waren, ebenfalls in den Topf geworfen hatte.

Meine Großeltern hatte ich nie kennengelernt, daher richtete sich mein größter Schmerz auf die verlorenen Bilder meiner Mutter. Ich hatte versucht, ihr Andenken in meinem Geist zu bewahren. Doch je mehr Zeit verstrichen war, umso mehr war sie verblasst, und jetzt war sie nur noch eine gesichtslose Erinnerung. Manchmal war ich traurig darüber. Aber dann sagte ich mir, dass sie uns verlassen hatte, ohne je zurückzuschauen. Und mit der Enttäuschung schwand auch der Wunsch, nach ihr zu suchen.

Mit ausdrucksloser Miene sah ich Kane an. »Ich weiß nicht mal, ob meine Mutter überhaupt noch lebt.«

Er gab einen unzufriedenen Laut von sich. »Okay, darum kümmern wir uns später.«

Aaron nickte zustimmend. »Erst mal wäre es gut, wenn du ein paar Sachen zusammenpackst. Una – das ist unsere Anführerin – wird dich kennenlernen wollen.«

»Und deinen Vater auch«, fügte Lennox hinzu.

Ich versteifte mich von Kopf bis Fuß.

Nach diesem Ausraster konnte ich Dad nicht einfach in einer Nacht- und-Nebel-Aktion aus seiner gewohnten Umgebung reißen. Das würde ihn viel zu sehr aufregen.

Verdammt, ich hatte mich ja noch nicht mal entschieden, ob *ich* mitfahren sollte. Ob ich das überhaupt *wollte*.

»Wir könnten ihm vielleicht helfen, weißt du?«, mischte sich Tori, der meine Reaktion offenbar nicht in entgangen war, in sanftem Tonfall ein. »Lawrence ist einer unserer erfahrensten Krieger. Er hat Psychologie und Medizin studiert. Selbst wenn dein Vater doch keiner von uns sein sollte, weiß er sicher einen Rat, wie man ihn mental … stabilisieren kann.«

Das war mehr, als ich zu hoffen wagte. Mein Gefühl sagte mir, dass ich vor diesen Fremden nichts zu befürchten hatte und dass sie alle – sogar Kane – es gut meinten. Allerdings war ich nicht so naiv, ihnen jedes Versprechen einfach so abzukaufen. Ich wollte erst mit dieser Anführerin reden und sichergehen, dass sie auch wirklich bereit war, uns zu helfen.

»Also gut«, sagte ich schließlich, »ich werde mit euch kommen. Aber mein Vater bleibt hier.«

Sofort klappte Lennox den Mund auf, um zu protestieren, doch Kane hob die Hand. Das reichte aus, um Lennox zum Schweigen zu bringen.

»Aaron, hol den Wagen«, befahl Kane, ehe er mir einen Blick zuwarf. »Wir fahren in zehn Minuten.«

Sein Befehlston gefiel mir nicht, aber da ich keine Kraft mehr für weitere Diskussionen hatte, drehte ich mich wortlos um und lief nach hinten in mein Zimmer. Es war nicht besonders groß, aber beinhaltete alles, was ich brauchte.

Dad hatte die Wände gelb gestrichen und in einem warmen Senfton unzählige, winzige Blüten aufgemalt. Oberhalb meines Schreibtisches hing eine Pinnwand, die über und über mit Fotos aus meiner Highschoolzeit bedeckt war. An einigen Wandhaken neben meinem Kleiderschrank hingen Schals und bunte Tücher für die kalten Monate.

Meine Muskeln krampften, als ich mich bückte, um meine kleine Reisetasche unter dem Bett hervorzukramen. Innerhalb von fünf Minuten hatte ich alle möglichen Klamotten in die Tasche geworfen, dazu meinen Laptop, meine Kamera und diverse Ladekabel.

Mit sauberen Sachen ging ich in das gegenüberliegende Bad und nahm den Verbandskasten aus dem Unterschrank. Eigentlich hatte ich einen Blick in den Spiegel vermeiden wollen. Aber natürlich schaute ich trotzdem hin und schnitt meinem Spiegelbild eine Grimasse.

Ich sah furchtbar aus. Meine Haare waren ein verfilztes Durcheinander. Das Make-up, das ich noch vor Stunden gut gelaunt mit meinen Freundinnen aufgetragen hatte, war verschmiert. Getrocknetes Blut klebte in meinem linken Mundwinkel, und meine Wange war leicht geschwollen. Außerdem war meine Bluse am Saum gerissen und mit unzähligen fragwürdigen Flecken übersät. Meine Shorts sahen auch nicht besser aus. Plötzlich fühlte ich mich wahnsinnig dreckig, verschwitzt und elend.

Zehn Minuten hin oder her. Ich brauchte eine Dusche. Davon abgesehen würden meine neuen *Freunde* sicher nicht ohne mich fahren.

Nachdem ich mich vergewissert hatte, dass die Tür zu war, schlüpfte ich aus meinen Sachen und stellte mich unter das warme Wasser. Die Seife brannte wie die Hölle auf den offenen Wunden. Trotzdem schrubbte ich mich in Windeseile und wusch mir die Haare, bis ich das Gefühl hatte, wieder sauber zu sein. Als ich fertig war, wickelte ich mich in ein Handtuch ein, setzte mich auf den Badewannenrand und kümmerte mich endlich um meine Verletzungen.

Mein aufgeschürftes Knie zu reinigen, war verdammt ätzend, weil sich bei meinem Sturz allerlei Dreck in die Wunde gefressen hatte. Ich biss die Zähne zusammen, während ich mit einem feuchten Desinfektionstuch wieder und wieder über die offene Haut rieb.

Da klopfte jemand zaghaft an die Tür. »Eden? Ich bin's, Tori.«

»Komm rein«, rief ich, ohne von meiner Wunde aufzusehen oder mich für mein spärliches Outfit zu schämen. Schließlich gab es nichts, was Tori nicht schon gesehen hatte. Außerdem standen meine Chancen besser, an Informationen zu gelangen, wenn ihr Bruder nicht in der Nähe war. Und sie war sicher auch nicht grundlos hier.

Tori schloss die Tür in ihrem Rücken. »Brauchst du Hilfe?«

»Du könntest mir ein bisschen was über die Phönixkrieger erzählen.«

»Was willst du denn wissen?«

»In diesem Märchen, das mein Vater erwähnt hat, heißt es, dass es mal einen Phönix gab, der einigen Auserwählten seine Federn schenkte und dass diese daraufhin besonders stark wurden.«

»Genau.« Ihre Wangen röteten sich leicht. »Wir sind die Nachfahren dieser Menschen. Hast du eine Ahnung, woher dein Dad das Märchen kennt?«

»Meine Großmutter hat es ihm erzählt, als er noch ein kleiner Junge war«, antwortete ich, während ich mein Knie abtupfte.

»Und leben deine Großeltern noch?«

Ich schüttelte den Kopf. »Sie sind beide schon vor Jahren gestorben.«

»Das tut mir leid«, erwiderte Tori leise.

»Schon okay. Ich habe sie nie kennengelernt«, wehrte ich ab, obwohl ich ihr Mitgefühl zu schätzen wusste. Ich spähte zu ihr hoch. »Wie viele gibt es von euch?«

Sie zuckte mit den Schultern. »Ein paar Hundert. Wir sind auf der ganzen Welt stationiert. Aber in Little Meadows läuft alles zusammen.«

»Warum dort und nicht in einer Großstadt? New York oder Washington?«

»Weil wir in der Nähe des Ortes bleiben wollten, in dem die Phönixkrieger ihren Ursprung haben: in Glorypeak.«

Da war es wieder. Glorypeak. Woher zur Hölle kannte mein Vater diesen Namen?

Tori nahm ein sauberes Desinfektionstuch und drehte mich um, damit sie die Schürfwunde auf meinem Schulterblatt reinigen konnte. Als sie die Verletzung berührte, zuckte ich zusammen.

»Sorry«, sagte sie schnell.

»Schon gut.« Ich regte mich nicht, während sie die Wunde reinigte, und die Stille dehnte sich zwischen uns aus, bis es unangenehm wurde. Ich holte tief Luft. »Mein Dad ist nicht immer so.«

Tori schwieg so lange, dass ich schon glaubte, sie würde mir nicht mehr antworten. »Denkst du nicht, dass es besser wäre, wenn er gleich mit uns kommt?«

Ich hatte mich schon gefragt, warum sie diese Mädelsrunde veranstaltete. Aber was meinen Dad betraf, war ich mir inzwischen sicher. Ich würde ihn nicht noch mehr stressen, indem ich ihn an einen Ort zerrte, der uns beiden fremd war. Erst einmal wollte ich mir selbst ein Bild von

Little Meadows machen und die Anführerin kennenlernen. Alles weitere würde ich danach entscheiden.

Ich schüttelte den Kopf. »Nein, ich denke, Dad ist hier besser aufgehoben. In seinem Atelier ist er glücklich.«

»Okay.« Behutsam klebte Tori mir ein langes Pflaster auf die Schulter. »Fertig.«

»Danke«, murmelte ich geistesabwesend.

Tori schien einzusehen, dass sie mich nicht umstimmen würde, und ließ mich wieder allein, damit ich mich in Ruhe anziehen konnte. Als ich ihr wenig später folgte, hörte ich sie mit Lennox und Kane in der Küche diskutieren. Aaron war offenbar schon fort, um das Auto zu holen.

»Du kennst die Regeln, Kane«, sagte Lennox eindringlich. »Wir müssen Edens Vater mitnehmen.«

Mir rutschte das Herz in die Hose. Langsam trat ich näher und spähte um die Ecke. Kane lehnte mit verschränkten Armen am Küchenblock, während Tori den Kopf schüttelte.

»Das können wir nicht machen«, sagte sie. »Wir würden damit einen irreparablen Schaden anrichten. Überleg doch mal, was sie heute Abend alles durchgemacht hat. Sie vertraut uns gerade genug, um uns ins Hauptquartier zu begleiten. Ich bezweifle, dass es sonderlich hilfreich wäre, wenn wir ihre Entscheidung einfach ignorieren.«

»Du hättest dich mehr anstrengen müssen, sie zu überzeugen«, erwiderte Lennox vorwurfsvoll.

»Hey!« Entrüstet pikste sie ihm den Zeigefinger in die Brust. »Mach mal halblang, Großer. Ich habe es noch einmal auf die sanfte Tour versucht, und sie hat abgelehnt. Mehr konnte ich wirklich nicht tun.«

Lennox stöhnte, als hätte er Schmerzen. »Aber wir können keinen potenziellen, psychisch labilen Phönixkrieger mit unbekannten Kräften hier zurücklassen. Das ist viel zu gefährlich.«

Empörung machte sich in mir breit, und ich beschloss, nicht länger zuzusehen, sondern meinen Standpunkt klarzumachen. »Mein Vater mag psychisch labil sein, aber er würde keiner Fliege etwas zuleide tun. Er ist ein guter Mensch.«

»Es hat auch niemand das Gegenteil behauptet, Eden«, erwiderte Lennox versöhnlich. »Aber wenn er ein Phönixkrieger ist, gehört er zu uns. Nicht hierher.«

Das sollte wohl ein Witz sein! All die Jahre waren mein Vater und ich auf uns allein gestellt gewesen, und plötzlich tauchten diese Leute auf und erklärten mir, dass wir Teil einer *Allianz* waren und ihnen zu folgen hatten. Aber das konnten sie vergessen.

Entschieden sah ich ihn an. »Tori hat recht. Ich vertraue euch nicht. Ich habe keine Ahnung, wer ihr wirklich seid. Aber ich bin bereit, mit eurer Anführerin zu sprechen. Wenn sie einwilligt, meinem Vater zu helfen, bringe ich ihn persönlich nach Little Meadows. Bis dahin bleibt er hier, in seiner gewohnten Umgebung. In Sicherheit.«

Sämtliche Augen richteten sich auf Kane. Er schien in dieser Sache das letzte Wort zu haben, und obwohl er sich mir gegenüber nicht gerade freundlich verhalten hatte, war ich mir nicht zu schade, ihn anzuflehen.

»Bitte lass ihn da raus.«

Kane musterte mich eindringlich. »Wird er alleine klarkommen?«

Ich nickte heftig. »Ja, natürlich. Er hatte heute einfach keinen guten Tag.«

Nachdenklich wandte Kane sich ab. Dann stieß er ein missmutiges Seufzen aus. »Also schön. Dein Vater bleibt vorerst hier.«

Lennox fuhr sich über die Locs, er war sichtlich unzufrieden mit dieser Entscheidung. »Una wird dir die Hölle heiß machen, wenn sie davon erfährt. Das ist dir klar, oder?«

Kane grinste spöttisch. »Lasst das meine Sorge sein.«

Ich wollte nicht, dass Kane meinetwegen Ärger bekam. Trotzdem lenkte ich nicht ein, sondern folgte ihm ohne ein weiteres Wort hinaus. Ich entspannte mich erst, als wir San Francisco ohne meinen Vater verließen.

6

KANE

Wenn man urplötzlich in eine mythische Welt mit Phönixkriegern und Superkräften geschubst wurde, sollte man eigentlich bis unter die Schädeldecke mit Adrenalin und Fragen vollgepumpt sein. Aber sobald wir im SUV saßen und das gleichmäßige Schnurren des Motors erklang, kippte Edens Kopf zur Seite, und sie schlief ein.

Vielleicht gab sie aber auch nur vor, das zu tun.

Tori, die sich zwischen Eden und Lennox auf die Rückbank gequetscht hatte, lehnte sich mit einem aufgeregten Kieksen vor. »Ich mag sie.«

Ich verdrehte die Augen, während ich den SUV auf die Interstate lenkte, die uns nach Süden führte. »Natürlich tust du das. Sie ist genauso schräg wie du.«

Es war ein Witz. Aber falls Eden doch zuhörte, sollte sie gleich wissen, dass ich trotz meines Zugeständnisses kein netter Aaron-Verschnitt war.

Meine kleine Schwester bohrte mir ihren spitzen Zeigefinger in die Schulter. »Findest du sie nicht auch total tough? Ich meine, ich an ihrer Stelle wäre völlig ausgeflippt. Aber sie ist supercool geblieben.«

Ich musste zugeben, ihre Gelassenheit war tatsächlich beeindruckend gewesen. Die meisten Leute wären sicher ausgerastet, wenn sie erst angegriffen worden wären und danach vier Fremde auftauchten und so eine Story erzählten. Aber nicht Eden. Sie hatte verhandelt. Meine Mundwinkel zuckten.

Aaron, der neben mir auf dem Beifahrersitz saß, verrenkte sich fast den Hals, als er sich nach Eden umsah. »Bist du sicher, dass sie schläft?«

»Ja.« Ich konnte Toris Stimme anhören, dass ihr Eifer in Sorge umschlug. »Sie hat ganz schön was abgekriegt.«

Das hatte sie wirklich, und das gefiel mir ebenso wenig wie den anderen. Genau genommen machte es mich verdammt wütend. Am liebsten hätte ich die beiden Rogues gleich noch einmal pulverisiert, als ich das Blut auf ihrer Unterlippe gesehen hatte. Lippen wie solche sollten nicht bluten.

Ich verzog das Gesicht, als ich mir der Absurdität meiner Gedanken bewusst wurde. Was zur Hölle war los mit mir, dass ich plötzlich über Edens Lippen nachgrübelte?

»Jetzt mach kein Drama draus«, knurrte ich – mehr zu mir als zu meiner Schwester. »Sie wird sich schon erholen. Sie ist ja nicht aus Zucker.«

Aaron gluckste. »Also, süß ist sie schon.«

Es nervte mich, dass er das so offen zugab. Allerdings musste ich zugeben, dass sie wirklich ziemlich hübsch war. Sie hatte große veilchenblaue Augen, einen sinnlichen Mund und tolle Kurven. Selbst Lennox, der Frauen sonst eher gleichgültig gegenüberstand, schien beeindruckt von ihr zu sein.

Ich warf Aaron einen kurzen Seitenblick zu. »Krieg dich wieder ein, Casanova. Vielleicht wird sie gar nicht lange bei uns bleiben.«

»Glaubst du wirklich, Una wird sie zurückschicken?«, fragte Tori. Sicher wünschte sie sich jetzt schon, Edens Freundin zu werden.

»Nein«, antwortete Aaron an meiner Stelle. »Sie kann das Licht sehen.«

»Das macht sie noch lange nicht zu einer Phönixkriegerin«, hielt ich dagegen, obwohl ich nie von einem Fall gehört hatte, in dem ein gewöhnlicher Mensch die Lichtaura wahrnehmen konnte. Normalerweise war dieses Privileg einzig den Erben der Phönixmacht vorbehalten.

Was hieß, dass Eden definitiv bleiben würde. Fuck!

Ich trommelte mit dem Daumen auf das Lenkrad. »Wenn sie ihre Gabe nicht findet, ist sie praktisch wertlos für uns. Warum sollte Una sie dann behalten wollen?«

»Aber was ist, wenn sie ihre Gabe doch findet?«, fragte Lennox von der Rückbank aus. »Oder ihr Dad austickt und alles in Schutt und Asche legt?«

Er schmollte also immer noch, weil wir ihren Vater zurückgelassen hatten.

»Der Mann ist an die vierzig Jahre alt und hat bisher auch nichts in dieser Richtung unternommen. Warum sollte er jetzt damit anfangen?«, erwiderte ich unbeeindruckt, obwohl mir auf der Stelle der Schweiß ausbrach. Una würde mir den Arsch aufreißen, wenn sie davon erfuhr. Schließlich standen die Chancen gut, dass Lennox recht hatte.

Scheiße! Was hatte Eden bloß an sich, dass ich mich ihr gegenüber wie ein blutiger Anfänger benahm? Es sollte mir egal sein, was sie von uns hielt oder was sie wollte. Das hier war größer als ihre Befindlichkeiten. Aber ein flehender Blick von ihr hatte gereicht, und ich war weich geworden.

»Eden wird ihre Gabe ganz bestimmt finden«, sagte Tori und klang dabei so aufgeregt wie ein Kind am Weihnachtsmorgen. »Sie ist definitiv eine von uns.«

Ich drehte den Kopf und schenkte meiner Schwester ein ironisches Grinsen. »Du hast aber schon mitgekriegt, dass sich ihre Begeisterung diesbezüglich eher in Grenzen hielt, oder?«

Aaron winkte ab. »Sie war eben überrumpelt.«

Daran lag es nicht. Meine Finger krallten sich fester um das Lenkrad. »Wir haben ihr auch keine Wahl gelassen.«

Gott! Wie sehr ich diesen Scheiß hasste. Ganz ehrlich? Wäre es nach mir gegangen, hätte ich in dem Moment die Rückreise angetreten, in dem sie anfing zu lachen.

Sie glaubte uns nicht? Okay, fein.

Sie wollte lieber zu Hause bleiben? Von mir aus.

Sie hatte keine weiteren Fragen? Ihre Entscheidung.

Wer war ich denn, ihr zu erzählen, was sie zu tun und zu lassen hatte? Oder wohin sie gehen sollte?

Dummerweise hatte ich genau das getan, weshalb sie mich mit ziemlicher Sicherheit für ein selbstgerechtes Arschloch hielt. Egal, ob ich ihren Vater nun in Ruhe gelassen hatte oder nicht.

»Wir haben unsere Befehle«, sagte Aaron leichthin, doch das nervöse Zucken seiner Finger verriet, dass er sich durchaus Gedanken machte. »Denkst du nicht, dass Eden das versteht?«

O ja, sie hatte ihn definitiv beeindruckt.

»Ich habe keine Ahnung, was in ihrem Kopf vorgeht, und es interessiert mich auch nicht.«

Das war nicht die erste Lüge, die mir an diesem Abend über die Lippen kam. Ich wusste nicht mal genau, warum ich das sagte, denn meine Gegenwehr richtete sich gerade nicht gegen sie, sondern gegen Aaron, dem beinahe die Augen aus dem Kopf fielen.

»Ich möchte gerade viel eher wissen, woher ihr alter Herr unsere Telefonnummer hatte«, sagte ich, um ihn von ihr abzulenken.

Es funktionierte. Aaron drehte sich wieder zu mir um und sah mich nachdenklich an. »Sobald wir zurück sind, schicke ich eine Fahndung nach Edens Mutter raus.«

Das konnte sicherlich nicht schaden, auch wenn ich die Verbindung über ihren Vater für wahrscheinlicher hielt.

»Eden sagte, sie kennt die Phönixlegende von ihrem Dad, der sie wiederum von seiner Mutter hat«, widersprach Tori, die meine Meinung offenbar teilte. »Glaubt ihr nicht, dass eher einer dieser Vorfahren unter den Auserwählten gewesen ist?«

»Schon möglich«, räumte Lennox ein, der anscheinend mit Schmollen fertig war. »Aber bei einer verschwundenen Mutter läuten bei mir auch sämtliche Alarmglocken. Bei euch nicht?«

Eigentlich nicht. Ich hatte da eine ganz andere Vermutung. »Wir sollten herausfinden, wer ihre Großeltern väterlicherseits waren. Auch wenn die beiden bereits tot sind.«

Meine Schwester schnappte empört nach Luft. »Du hast uns belauscht.«

Stimmt, das hatte ich, und ich bereute es auch nicht. Aber normalerweise stellte ich mich nicht so dämlich an und platzte einfach damit raus. Ich versuchte, die Sache runterzuspielen. »Du hättest es mir sowieso erzählt.«

»Trotzdem gehört es sich nicht, Kane«, schimpfte Tori. Wahrscheinlich war es ihr nicht bewusst, aber sie klang wie Mom. Mein Magen verkrampfte sich.

»Wie auch immer.« Ich hatte jetzt keine Nerven für Diskussionen über Anstand und Moral. »Konzentrieren wir uns auf Granny Bricks. Ich denke, dass wir bei ihr bessere Chancen haben.«

Aaron schnappte sich sein Handy, um sich in unser IT-System einzuloggen. »Ich checke mal die Datenbank.«

»Spar dir die Mühe«, unterbrach ich ihn. »Ich habe es bereits überprüft. Es gibt keinen einzigen Eintrag zum Namen *Bricks*, weder unter den Phönixkriegern noch bei den Eingeweihten.«

»Ihr Vater ist Anfang vierzig«, warf Lennox ein. »Damals wurde die Datenbank noch nicht digital geführt. Vielleicht sollten wir im Archiv nachschauen, ob wir etwas finden.«

»Mit dem Namen werden wir wohl kein Glück haben«, vermutete ich und klopfte nachdenklich mit dem Daumen auf das Lenkrad. »Wir sollten eher die weiblichen Todes- und Vermisstenfälle in den Achtzigern prüfen.«

Tori schnappte nach Luft. »Wieso das denn?«

Ich warf meiner Schwester einen vielsagenden Blick zu. »Wenn Edens Großeltern väterlicherseits damals wirklich zur Allianz gehört haben, gibt es eigentlich nur einen Grund, warum niemand von ihrem Sohn weiß.«

Stille.

O Mann! Das war doch wirklich nicht so schwer. »Sie sind noch vor seiner Geburt untergetaucht.«

Tori stieß ein missmutiges Knurren aus. »Du denkst, sie wollten keine Phönixkrieger mehr sein. So wie du.«

Ich setzte ein zynisches Grinsen auf, als der vertraute Schmerz in meine Brust zurückkehrte. »Jepp.«

»Aber wir sind auserwählt«, insistierte Aaron. Er liebte dieses Argument.

Lennox seufzte. Er wusste schon, wie meine Antwort ausfallen würde.

»Nicht *wir* wurden auserwählt, sondern unsere Urgroßväter«, korrigierte ich ihn ungeduldig, denn diese Diskussion hatten wir schon tausendmal geführt. »Wir haben rein gar nichts getan, um diese Gaben zu verdienen.«

»Kane«, sagte Tori. Ihr betrübter Tonfall zerrte an meinen Nerven. »Du musst endlich akzeptieren, dass dieser Krieg niemals enden wird.«

Einen Scheiß musste ich.

Ich hatte nie darum gebeten, an vorderster Front zu stehen. Ich wollte das alles nicht. Weder die besonderen Fähigkeiten noch die übermenschliche Kraft und schon gar nicht die vielen Opfer. Vermutlich ging es Edens Großeltern genauso, und nun interessierte es mich brennend, was damals passiert war und wie es sein konnte, dass da draußen zwei potenzielle Phönixkrieger herumspazieren, ohne dass irgendjemand davon wusste. Wie es aussah nicht einmal sie selbst.

Tori schniefte leise.

Shit.

Ich wollte nicht in den Rückspiegel schauen. Aber ich tat es natürlich trotzdem und traf prompt auf ihren verletzten Blick. »Wie oft muss ich dir das noch sagen? Was damals mit Mom und Dad passiert ist, war nicht deine Schuld. Ich …«

»Lass es, Tor«, unterbrach ich sie streng. »Ich will nicht darüber reden.«

Nicht jetzt. Nicht später. Niemals.

Aaron ließ sich von meiner Abfuhr nicht beeindrucken. »Komm schon, Mann. Du musst das endlich hinter dir lassen. Wenn du …«

Mein Puls schoss erneut in die Höhe. »Ich habe gesagt, dass ich nicht darüber reden will. Hier geht es nicht um mich, sondern um Eden.«

Im Rückspiegel sah ich, wie Tori alarmiert zur Seite schaute, und ich ärgerte mich, dass mein Temperament mit mir durchgegangen war. Aber dieses Thema war nun mal ein rotes Tuch für mich.

Eden regte sich kein Stück. Mittlerweile war ich mir sicher, dass sie uns zuhörte. Aber wer war ich, ihr daraus einen Vorwurf zu machen?

Seufzend lehnte Tori sich zurück. Sie wusste, wenn ich diesen Ton anschlug, war ich nicht länger in Plauderlaune. Auch Aaron und Lennox wussten das und sagten deshalb nichts mehr.

Bald darauf wurde es still im Wagen, als sich jeder in seine eigenen Gedanken zurückzog und irgendwann doch vom Schlaf übermannt wurde. Derweil genoss ich die Stille, um mich selbst zu sortieren.

Dieser Abstecher nach San Francisco war ganz anders gelaufen, als ich erwartet hatte. Eigentlich hatten wir bloß den Auftrag gehabt, einen Verdächtigen zu überprüfen. Stattdessen hatten wir eine ahnungslose Phönixkriegerin aus einer dunklen Gasse gezogen, die gleich von zwei Rogues überwältigt worden war und die absolut keinen Schimmer von ihrem Erbe hatte.

Ich versuchte, mich an die Hoffnung zu klammern, dass wir vielleicht eine andere Erklärung für ihre Fähigkeit, das Licht zu sehen, fanden. Aber tief in meinem Inneren wusste ich, dass ich mir die Mühe sparen konnte. Ich konnte die Verbindung zu ihr spüren. Sie war eine von uns, ob ihr das nun bewusst war oder nicht. Und dasselbe galt für ihren Vater.

Im Geiste sah ich ihn wieder vor mir, wie er sich ängstlich an seine Tochter klammerte. *Sie kommen!*, hatte er gesagt. Aber wen hatte er damit gemeint? Und vor wem sollte ich Eden seiner Ansicht nach beschützen? Denn er hatte sich mit dieser Bitte nur an mich gewandt, nicht an die anderen. War das alles nur ein Resultat seiner psychischen Probleme oder steckte mehr dahinter?

Fast den ganzen Weg nach Little Meadows grübelte ich über diese und noch gefühlt hundert weitere Fragen nach. Aber als ich den SUV Stunden später vom West Side Freeway lenkte und weiter in Richtung Osten fuhr, hatte ich immer noch keine zufriedenstellenden Antworten gefunden, was mich echt frustrierte.

Die üppigen Berge der Sierra Nevada hatten sich längst in endlos weite Wüstenlandschaften gewandelt. Am Horizont ging bereits die Sonne auf und tauchte alles in ein beeindruckendes Farbenspiel aus Gelb, Orange, Rot und Violett. Es war unmöglich zu sagen, wo sich Himmel und Erde berührten.

Nachdem wir Bakersfield passiert hatten, war Aaron der Erste, der sich zu regen begann. Kaum hatte er die Müdigkeit abgeschüttelt, galt sein Interesse natürlich Eden. Ich war mir sicher, dass sie höchstens eine Stunde geschlafen hatte und inzwischen längst wieder wach war. Zumindest zuckten ihre Ohren, als wartete sie nur darauf, dass wir mehr über unsere Pläne und die Phönixallianz erzählten.

Tori schlief noch tief und fest. Sie hatte den Kopf gegen Lennox' Schulter gelehnt, der mit offenem Mund schnarchte. Der Kerl konnte immer und überall pennen. Aber die Zeit der Erholung war vorbei. Ich brauchte mehr Informationen, also schaltete ich das Radio ein.

Eigentlich stand ich nicht mehr besonders auf Musik, schon gar nicht auf den kommerziellen Pop-Mist, der heutzutage rauf und runter gespielt wurde. Aber an diesem Morgen hatte ich Glück, denn es lief Fleetwood Mac. Eine verdammt großartige Band.

Als ich die Lautstärke aufdrehte, sah Aaron mich überrascht an. »Warum weckst du die anderen? Wir sind noch über eine Stunde unterwegs.«

»Ich brauche eine Pause«, log ich, weil ich wusste, dass mir das niemand absprechen würde, nachdem ich gerade fünf Stunden durchgefahren war.

»Kaffee«, stöhnte Lennox wie ein im Sterben liegender Mann, der bloß noch einen Wunsch hatte. »Bringt mir Kaffee.«

Aaron lachte, während Tori sich lautstark über ihren schmerzenden Nacken beklagte. Dann wandte sie sich an Eden. »Hast du gut geschlafen?«

»Ja«, erwiderte sie freundlich.

Ich schaffte es, nicht in den Rückspiegel zu sehen. Stattdessen setzte ich den Blinker, sobald eine Raststätte in Sicht kam. Dort füllte ich den Tank, während die anderen loszogen, um sich mit Kaffee und Muffins einzudecken.

Als sie den Store wieder verließen, sahen alle vier wie eine eingeschworene Gemeinschaft aus. Lennox riss wie üblich Witze, die von Aaron kommentiert wurden, was meine Schwester mit fröhlichem Lachen quittierte. Eden lächelte zwar etwas zurückhaltend. Aber sie lächelte.

Eifersucht schlug ihre Krallen in mein Herz. Früher wäre ich bei ihnen gewesen und hätte ebenfalls versucht, unseren Neuzugang aufzumuntern. Aber zu dieser Zeit war ich auch noch ein naiver Idiot gewesen, der geglaubt hatte, in dieser Welt etwas Gutes bewirken zu können. Heute wusste ich es besser.

Mein Blick wanderte über Eden, die mit gesenktem Kopf auf mich zukam, als wollte sie um jeden Preis Blickkontakt vermeiden. Sie trug trotz der sengenden Morgenhitze lange Jeans und einen dünnen Pullover, um ihre Verletzungen zu verbergen. Außerdem hatte sie ihr kilometerlanges Haar inzwischen in einem geflochtenen Zopf gebändigt. Einzelne Strähnen umrahmten ihr Gesicht und verdeckten die leichte Schwellung, die sich über Nacht auf ihrer linken Gesichtshälfte gebildet hatte.

Wut kochte in mir hoch. Eigentlich war es unsere Aufgabe, genau das zu verhindern. Aber wir hatten versagt. *Ich* hatte versagt und mein Team nicht rechtzeitig zu den Bastarden geführt, die ihr aufgelauert hatten.

»Was ist los?«, fragte Tori alarmiert. »Warum guckst du so finster?«

Eden hob den Kopf und riss die Augen auf, als fürchtete sie, ich würde mich jeden Moment auf sie stürzen.

Verdammt!

Frustriert rieb ich mir über das Gesicht. »Nichts. Ich bin bloß müde.«

Meine Schwester runzelte die Stirn. Sie kannte mich gut genug, um zu wissen, dass ich im Gegensatz zu Lennox kein Problem mit Schlafmangel hatte. Genau genommen schlief ich nur, wenn es sich nicht vermeiden ließ und ich zu erledigt war, um zu träumen.

»Soll ich fahren?«, fragte Aaron hilfsbereit wie immer.

Ich wollte schon ablehnen, doch dann ging mir auf, dass mir das definitiv lieber war, als den Rest des Weges mitanzusehen, wie er Eden anschmachtete. »Klar.«

Lennox, Tori und Eden quetschten sich wieder auf die Rückbank, während ich auf dem Beifahrersitz Platz nahm.

Die Straße war um diese Zeit so gut wie leer, wurde aber nun deutlich kurvenreicher. Sie führte durch einen Gebirgspass in Richtung Sequoia Nationalpark. Vereinzelt ragten Nadelbäume und trockene Sträucher aus der spröden Erde, und riesige Felsbrocken säumten die Umgebung, als hätte ein Riese sie achtlos fallengelassen. Irgendwie gefiel mir die Vorstellung.

»Was weißt du eigentlich noch über den Phönix?«, fragte meine Schwester nach einer Weile.

»Nur, dass er seine Unsterblichkeit für die Menschen opferte und in einer Schlacht verglühte. Danach kehrte er nicht mehr zurück«, antwortete Eden. »Ist das in etwa richtig?«

»Fast.« Tori knüllte die Tüte zusammen, ehe sie sich ein Stück in Edens Richtung lehnte. »Manche Leute, wie meine bescheidene Wenigkeit zum Beispiel, glauben, dass der Phönix eines Tages doch wiederauferstehen wird.«

Nicht das schon wieder.

Ich verdrehte die Augen. »Was absoluter Schwachsinn ist.«

»Wieso ist das Schwachsinn?«, fragte Aaron, bevor er das Tempo drosselte, um eine scharfe Kurve zu nehmen.

Also, *ich* fand das ziemlich offensichtlich.

»Meint ihr nicht, der Phönix wäre längst zurückgekehrt, um die verbliebenen Rogues auszulöschen, wenn es möglich wäre?«, fragte Eden vorsichtig. Das Wort *Rogue* schien ihr schwer über die Lippen zu kommen. Trotzdem konnte ich nicht leugnen, dass sie mich mit ihrem Einwurf überraschte.

Tori stöhnte. »Du bist genauso pessimistisch wie Kane. Vielleicht braucht er einfach nur Zeit, um seine Kräfte zu sammeln.«

Ganz bestimmt.

Ich schnaubte. »Nein, Schwesterherz, er hat uns alles gegeben. Den Rest müssen wir schon allein auf die Reihe kriegen.«

»Ihr jagt also Rogues, die in der Lage sind, sich unkontrolliert zu vermehren, indem sie einem anderen Menschen das Licht rauben«, fasste Eden zusammen, während in ihrem Geist vermutlich das Bild einer bizarren Zombieapokalypse entstand.

»So könnte man es ausdrücken«, erwiderte Lennox nun deutlich besser gelaunt, nachdem er eine Ladung Koffein intus hatte. »Krasser Job, was?«

Aaron lachte. »Ein Phönixkrieger zu sein, ist eigentlich kein Beruf, sondern eine *Berufung*«, erklärte er Eden mit dem üblichen Enthusiasmus. »Es ist eine Art heilige Pflicht. Niemand kann diese Bürde ausschlagen, nur weil er keine Lust hat, die Menschheit vor Rogues zu schützen. Immerhin hat sich der Phönix – das kostbarste Wesen der Welt – geopfert, damit wir überleben.«

Ich knirschte mit den Zähnen, kommentierte das aber nicht weiter.

»Soll das heißen, es gibt nichts, was ihr stattdessen lieber tun würdet?«, fragte Eden verwundert und überraschte mich damit aufs Neue.

Meine Schwester kicherte amüsiert. »Darüber haben wir nie nachgedacht. Wozu auch? Bis nicht auch der letzte Rogue besiegt ist, werden wir immer nur Phönixkrieger sein.«

»Das heißt ja auch nicht, dass wir auf alles andere verzichten, was uns wichtig ist«, fügte Aaron schnell hinzu. »Wir haben alle Hobbys, gehen aus, dürfen uns verlieben, heiraten und eine Familie gründen. Das ist nicht verboten oder so.«

Und trotzdem waren wir niemals wirklich frei.

»Glaubt ihr, ihr werdet je alle Rogues erwischen?«, fragte Eden weiter, obwohl ihr anzuhören war, dass sie die Antwort bereits kannte.

»Ich bin überzeugt davon«, erklärte Tori mit ihrer unerschütterlichen Zuversicht. Selbst nach allem, was passiert war, gab sie diese Hoffnung einfach nicht auf.

Ein Teil von mir bewunderte sie für diese Eigenschaft, der andere wollte … na ja … sie mal kräftig schütteln.

»Leider tragen die Mistkerle keine Peilsender«, meinte Lennox. »Außerdem sind sie Einzelgänger. Deshalb sind sie schwerer zu finden.«

Tori verdrehte die Augen. »Ihr Verhalten zieht schon Aufmerksamkeit auf sich. Normale Menschen agieren nicht so desorientiert und brutal wie Rogues.«

»Aber die beiden Typen, die mich angegriffen haben, waren zu zweit, und sie kamen mir nicht gerade desorientiert vor«, wandte Eden ein. »Einen von ihnen habe ich schon nachmittags im Park gesehen. Da spazierte er wie ein ganz normaler Kerl an mir vorbei. Und später lungerte er neben einer Bar herum und beobachtete die Leute. Danach müssen er und der andere Kerl mir zwei Straßen lang gefolgt sein, bevor sie genau neben der Gasse zugeschlagen haben, in die uns niemand außer euch gefolgt wäre.«

Wenn es stimmte, was Eden sagte, wäre das eine verfluchte Katastrophe.

Tori lehnte sich zu mir vor. »Ist es möglich, dass sie sich anpassen?«

»Ich weiß es nicht«, erwiderte ich, weil ich sie nicht belügen wollte. Die Zeiten, in denen ich der coole, große Bruder war, der auf alles eine Antwort wusste, waren längst vorbei. Deshalb tat ich gar nicht erst so.

»Kommt schon, Leute.« Aaron stieß ein unbekümmertes Lachen aus.

»Das sind seelenlose Typen, die nur daran denken, wem sie als Nächstes das Licht abzapfen könnten. Sie sind überhaupt nicht fähig, sich zu organisieren. Es war sicher nur ein Zufall, dass sie zu zweit über Eden hergefallen sind.«

Genau in dieser Stadt, zu dieser Zeit, bei dieser Frau? Das wäre aber ein verdammt großer Zufall. Streng genommen wäre wohl ein Lottogewinn wahrscheinlicher.

Ich schüttelte den Kopf. »Und was, wenn … Pass auf!«, schrie ich im gleichen Moment, in dem Aaron fluchte und hart auf die Bremse trat. Reifen quietschten.

Und dann hatte uns der Zufall erneut gefunden.

Diesmal mit Zusatzzahl.

7

EDEN

Reflexartig riss ich die Arme hoch, um mich am Vordersitz abzufangen. Gleichzeitig spannte sich mein Sicherheitsgurt, drückte schmerzhaft in meinen Oberkörper und presste mir sämtliche Luft aus der Lunge. Den anderen schien es nicht besser zu gehen. Sie keuchten und stöhnten, während das Anti-Blockier-System ratterte. Dann kam der Wagen abrupt zum Stehen.

»Großer Gott!« Aaron hielt das Lenkrad mit beiden Händen fest umklammert, schaute sich jedoch nicht um, sondern starrte auf die Straße.

»Alles in Ordnung da hinten?«, fragte Kane.

»Ja, verdammt, was sollte das, Aaron? Bist du verrückt…?« Toris Worte erstarben, und sie sog scharf Luft ein, als sie nach vorn sah.

Bevor ich überhaupt realisierte, was vor sich ging, lösten Aaron, Kane und Lennox ihre Gurte und stießen die Wagentüren auf.

»Tori, bleib bei Eden«, brüllte Kane, bevor er auch schon verschwand.

Perplex schaute ich zu, wie die anderen beiden Jungs ebenfalls aus dem SUV stürzten, als hätte das verdammte Ding Feuer gefangen.

»Von wegen«, grummelte Tori, ließ nun ebenfalls den Gurt aufschnappen und hüpfte hinter Lennox aus dem Wagen. Sie löste sich auf, und dann war sie auch schon weg.

Vielen Dank auch!

Da ich ganz sicher nicht allein hier sitzen bleiben wollte, wenn da draußen irgendetwas Seltsames vor sich ging, schnallte ich mich ab, öffnete die

Tür und schlüpfte aus dem Wagen. Der SUV stand schräg auf dem Seitenstreifen. Dicht an die Karosserie gedrückt reckte ich den Kopf und versuchte herauszufinden, was überhaupt los war.

Kane und Aaron rannten gut zweihundert Meter querfeldein einer Person hinterher. Einem *Rogue*. Selbst auf die Entfernung konnte ich erkennen, dass er keine Lichtaura besaß, Kane und Aaron hingegen ... Mir stockte der Atem. Ihre Aura war nicht zu vergleichen mit dem sanften Schimmer, den ich bisher kannte. Diese beiden Phönixkrieger – sie *strahlten*. Ihr Licht war wunderschön. Aarons Licht leuchtete sogar noch heller als das von Kane. Ehrlich gesagt überraschte es mich nicht, dass er die strahlendste Kerze auf der Torte war. Er war in dieser illustren Runde eindeutig der Netteste.

Unwillkürlich fragte ich mich, warum ich all das plötzlich so klar erkennen konnte. Doch dann fiel mir auf, wie heftig mein Herz klopfte. Offenbar hing diese Fähigkeit mit meinem Adrenalinpegel zusammen, oder es lag schlichtweg daran, dass ich gerade besonders fokussiert war.

Nur mit Mühe schaffte ich es, mich von dem bezaubernden Anblick der Phönixkrieger zu lösen, und sondierte die Umgebung. Weit und breit war niemand zu sehen. Trotzdem kam es mir seltsam vor, dass ausgerechnet mitten im Nirgendwo ein Rogue plötzlich unseren Weg kreuzte. Er musste zuvor auf der Straße gestanden und Aaron zum Bremsen gezwungen haben, und jetzt lockte er die Phönixkrieger mitten in die Wüste.

Hier war doch irgendetwas faul.

Mein Blick fiel auf einen faustgroßen Felsbrocken, der vor mir auf dem Boden lag, und weil ich nicht ganz schutzlos hier herumstehen wollte, bückte ich mich. Ich wollte gerade den Stein aufheben, da blitzte am Rande meines Sichtfeldes etwas auf.

Ich blieb nahe am Boden, drehte den Kopf ... und riss die Augen auf, als in Aarons Hand ein Lichtspeer erschien. Er holte aus und warf ihn auf den Rogue, der jedoch im letzten Moment eine scharfe Rechtskurve machte und dem Speer auswich. Sogleich zauberte Aaron einen neuen

Speer herbei, mit dem er abermals versuchte, den Rogue zu treffen. Wieder ging der Schuss daneben. Dafür stieß vom Himmel plötzlich jemand herab, der verdächtig nach Lennox aussah.

O mein Gott! Er hatte *Flügel.*

Flügel aus Licht. Als wären eine schillernde Aura und Lichtspeere nicht schon abgefahren genug. Ich würde niemals Witze über die Superkräfte der Phönixkrieger machen, so viel stand fest.

Lennox erwischte den Rogue an der Schulter, riss ihn zu Boden und die beiden kullerten über die karge Erde. Staub und Kieselsteine spritzen in alle Richtungen. Eigentlich war ich sicher, dass der Kerl damit erledigt war, aber wie durch ein Wunder gelang es ihm, Lennox abzuschütteln und wieder auf die Füße zu kommen. Er rannte so schnell davon, dass nur noch eine Staubwolke von ihm zurückblieb. Selbst Kane und Aaron, die ihn beinahe erreicht hatten, wimmelte er ab.

Erneut regte ein ungutes Gefühl in mir, als der Kerl mühelos über den unebenen Boden floh. Das Weglaufen davor musste nur Show gewesen sein. Aber warum?

Kane schien zu demselben Schluss zu kommen, denn er blieb abrupt stehen und wirbelte herum. Als er mich allein neben dem Wagen entdeckte, wurde er blass.

»Zurück!«, schrie er den anderen zu und stürzte dicht gefolgt von Aaron, der einen neuen Speer formte, auf mich zu. Lennox erhob sich wieder in die Lüfte.

Obwohl es ein denkbar schlechter Zeitpunkt war, überlegte ich, welche Fähigkeit wohl in Kane schlummerte. Bisher hatte er sie nicht gezeigt.

Auf einmal schrie er: »Eden! Hinter dir!«

Hektisch schaute ich mich um. Neben dem Kofferraum des SUV stand eine Frau und betrachtete mich mit schief gelegtem Kopf, als wäre ich ein saftiges Steak nach einem Monat Fastenzeit. Sie besaß ebenfalls keine Aura.

Shit!

Ohne sie aus den Augen zu lassen, hob ich den Stein hoch und kam langsam auf die Füße. Mir widerstrebte der Gedanke, einer anderen Person wehzutun. Aber falls mich diese ... diese *Rogue* angriff, musste ich mich ja irgendwie verteidigen.

Am Rande meines Sichtfeldes verfolgte ich, wie der andere Rogue – er musste zurückgelaufen sein – Kane und Aaron in einen Kampf verwickelte. Er war so geschickt, dass er Aarons Speeren immer wieder auswich. Kanes Faustschläge steckte er vollkommen unbeeindruckt ein, was verdammt Furcht einflößend war, da Kane mit schockierender Brutalität zuschlug.

Ohne Vorwarnung machte die Frau einen Schritt auf mich zu. Sie sagte nichts und gab auch sonst kein Geräusch von sich, was den Gruselfaktor beachtlich steigerte.

»Komm ja nicht näher«, schrie ich ihr entgegen, wich aber gleichzeitig einen Schritt zurück. Denn obwohl mir diese Frau wie ein gewöhnlicher Mensch erschien, war da diese Grausamkeit in ihrem Blick. Auch ihr entrücktes Lächeln trug nicht unbedingt zu meiner Beruhigung bei. Genau so stellte ich mir eine waschechte Psychopathin vor.

Ich hielt den Stein wie eine Waffe vor mich. »Ich warne dich. Ich kann Karate.«

Das war leider eine Lüge. Ich hätte gern Karate gekonnt. Oder irgendeine andere supercoole Selbstverteidigungssportart. Aber die einzige Kampferfahrung, über die ich verfügte, war unfreiwillig und hing mit mehreren sehr unschönen Auseinandersetzungen mit Molly Humphrey in der Junior High zusammen. Dank Molly kannte ich zwar diverse Schwachpunkte meiner Gegner, aber eigentlich verabscheute ich Gewalt, und ich bezweifelte, dass meine Kenntnisse bei dieser Rogue etwas ausrichten würden.

Sie ging ein bisschen in die Knie, wie um zum Sprung anzusetzen, als sie plötzlich von einer unsichtbaren Kraft zurückgerissen wurde.

Ich atmete erleichtert auf. Tori hatte mich also doch nicht alleingelassen. Sie hatte sich nur versteckt, um unseren Feind zu überraschen.

Kluges Mädchen.

Lennox landete direkt vor mir und stürzte sich ebenfalls auf die Rogue, die nun wie eine Furie um sich schlug. Sie musste Tori irgendwo mit dem Ellenbogen erwischt haben, denn sie stöhnte schmerzerfüllt auf. Dennoch gelang es ihr, die Frau zu fixieren, während Lennox ein Messer aus seinem Stiefel zog.

Entsetzen erfasste mich, als mir klar wurde, dass er vorhatte, sie zu erstechen, und obwohl ich gerade selbst noch wild entschlossen war, mich falls nötig mit Gewalt zu wehren, ertappte ich mich nun dabei, wie ich den Mund aufklappte, um Lennox aufzuhalten.

Mein Schrei blieb mir jedoch in der Kehle stecken, als plötzlich jemand meinen Zopf packte und brutal nach hinten riss. Ich stolperte zurück und landete rücklings auf der Motorhaube. Meine Wirbelsäule knackte, weil ich sie dermaßen überdehnte, und der Schmerz war so heftig, dass kurz Punkte vor meinen Augen tanzten. Dann schob sich ein junger Mann in mein Sichtfeld.

Noch ein Rogue.

Verfluchter Mist! Sie waren zu dritt. Von wegen Einzelgänger.

Mit einem irren Grinsen packte er mich bei den Schultern und beugte sich über mich, als wollte er mir den leidenschaftlichsten Kuss meines Lebens verpassen. Ich schob die Arme zwischen uns und versuchte, ihn wegzudrücken. Aber ebenso gut hätte ich versuchen können, einen Betonklotz zu bewegen. Falls ich tatsächlich Phönixkriegerblut in mir trug und ebenfalls über so spektakuläre Fähigkeiten verfügte wie die anderen, wäre jetzt ein verdammt guter Zeitpunkt, sie wachzurütteln. Verzweifelt suchte ich nach irgendeiner geheimnisvollen Superkraft. Aber ich fühlte nichts außer nackter Angst.

Der Mann senkte den Kopf und fing meinen Blick ein.

Ich erstarrte, gefangen in der Unendlichkeit seiner schwarzen Seele, die sich in seinen Augen spiegelte. Es war, wie Tori gesagt hatte. Da war kein Mitgefühl, keine Freude, keine einzige Emotion, die man mit Licht assoziieren würde.

Nur Dunkelheit.

Und diese Dunkelheit verzehrte mich nun. Ich spürte, wie sie mich verschlang und irgendwie in sich hineinzog. Sie verdrängte alles Schöne, das mich ausmachte.

Jemand brüllte meinen Namen.

Kane.

Er klang panisch, gar nicht so abgeklärt, wie ich ihn kennengelernt hatte. Was für ein seltsamer Widerspruch dieser Phönixkrieger war. Und noch seltsamer fand ich, dass mein letzter Gedanke ausgerechnet ihm galt.

8

EDEN

»Es waren bloß fünf Sekunden, Kane.«

Die Stimme gehörte eindeutig Tori. Am Rande meines Bewusstseins registrierte ich, dass sie ziemlich verärgert klang. Allerdings blieb meine Welt dunkel, weil ich es einfach nicht schaffte, die Augen zu öffnen. Mein Körper fühlte sich tonnenschwer an, und mir war schrecklich heiß, jedoch lag ich nicht wie zuerst vermutet auf einem steinigen Wüstenboden, sondern auf irgendetwas Weichem.

»Ich denke wirklich nicht, dass es nötig ist, sie ans Bett zu fesseln«, sagte Tori.

Ah, ein Bett. Das ergab Sinn ... Moment mal, was? Ich war gefesselt?

Kane schnaubte. »Die Alternative wäre gewesen, sie gleich in der Wüste auszuschalten.«

Ich wollte mich empört bemerkbar machen. Aber ich schaffte es einfach nicht, mir selbst die richtigen Befehle zu erteilen.

»Das hättest du niemals fertiggebracht«, widersprach Tori.

Kane schwieg einen Moment lang. Dann wurde seine Stimme sanfter. »Ich werde verdammt noch mal kein Risiko eingehen, wenn es um deine Sicherheit geht.«

Tori seufzte. »Ich weiß deine Sorge zu schätzen, ehrlich. Aber sie ist vollkommen überflüssig. Du kannst ihr Licht selbst sehen. Sie ist keine Rogue.«

Es erleichterte mich sehr, das zu hören.

»Sie könnte sich immer noch verwandeln«, wandte Kane missmutig ein.

Tori stöhnte. »Das wird sie aber nicht. Ihr Licht strahlt genauso hell wie zuvor. Das weißt du genau. Also entspann dich endlich.«

»Danke, Tori«, krächzte ich, bevor ich es endlich schaffte, meine schweren Lider zu heben. Allerdings fiel mein Blick nicht auf sie, sondern auf Kane. »Für dein Vertrauen.«

Erst glaubte ich, mein Vorwurf würde wirkungslos an ihm abprallen, denn er zuckte nicht mal mit der Wimper. Doch dann flackerte Reue in seinen braunen Augen auf, und er wandte sich ab. »Ich sage Una und Lawrence Bescheid, dass sie wach ist.« Ohne ein weiteres Wort marschierte er aus dem Raum.

Währenddessen setzte Tori sich zu mir auf die Bettkante. Sie hatte ihre Kampfklamotten gegen ein luftiges blaues Sommerkleid eingetauscht, in dem sie sehr feminin wirkte. Der Farbton entsprach genau dem ihrer Haarspitzen.

»Wie fühlst du dich?«, fragte sie sanft.

Ich zwang meine Mundwinkel in die Höhe. »Ziemlich erledigt.«

»Du hast auch eine Menge durchgemacht in den letzten Stunden. So etwas steckt niemand einfach weg.« Tori musterte mich besorgt. »Willst du dich aufsetzen?«

»Ja.«

Sofort lehnte Tori sich vor und drückte auf einen Knopf an der Seite des Bettes, woraufhin der Kopfteil mit einem Summen hochfuhr. Ich erhielt einen hübschen Ausblick auf die Handschellen, die auf Höhe meiner Oberschenkel mein linkes Handgelenk mit dem Bettgestell verbanden. Probehalber bewegte ich meine Unterarme. Zwar besaßen die Handschellen genug Spielraum, dass ich nicht Gefahr lief, mir den Puls abzuquetschen. Doch weiter als ein paar Zentimeter kam ich nicht. Meine andere Hand war auf die gleiche Weise fixiert. Entzückend.

Als ich aufrecht saß, sah ich mich in dem Zimmer um. Neben meinem gab es vier leere Metallbetten, die in einer Reihe standen. Ich war ganz hinten, direkt vor einem hohen Fenster. Allerdings verbarg ein blickdichtes Plissee die Aussicht. In einer Ecke standen allerlei medizinische Geräte. Da war sogar ein Herzfrequenzmonitor. Darüber hing eine Digitaluhr an der Wand. Es war erst kurz nach neun Uhr. Allzu lange war ich also nicht weggetreten gewesen.

Tori bemerkte, wie ich die Ausrüstung musterte, und bestätigte meine Vermutung. »Wir sind auf der Krankenstation im Hauptquartier. Aber keine Sorge. Du kriegst nachher bestimmt ein netteres Zimmer.«

Ich hob eine Braue. »Das würde mir auch besser gefallen, als hier gefesselt liegen zu bleiben.«

»Du darfst meinem Bruder nicht böse sein«, bat sie in flehendem Tonfall und streichelte meinen Handrücken. Bedauern lag in ihrem Blick. »Er ist ein bisschen überbehütend, wenn es um mich geht. Wir … wir haben nur noch uns.«

Plötzlich schien sie derart niedergeschlagen, dass meine Wut verrauchte. Ich wusste schließlich selbst, wie es war, ein Elternteil zu verlieren. Klar, meine Mutter war damals freiwillig gegangen. Aber Verlust war Verlust. Es tat weh, und ich wünschte es wirklich niemandem. Schon gar nicht, beide Eltern auf einen Schlag zu verlieren, wie Tori es heute Nacht im Auto angedeutet hatte.

Ich hatte alles mitangehört, was die vier besprochen hatten. Zu lauschen war sonst eigentlich nicht meine Art. Aber ich wollte mir einen Eindruck von diesen Fremden verschaffen. Leider hatte das Gespräch nur noch mehr Fragen aufgeworfen.

»Was ist da draußen passiert?«, fragte ich angespannt.

Tori schluckte. »Wir haben nicht damit gerechnet, dass sie zu dritt sind. Ehrlich gesagt ist das noch nie vorgekommen. Kane hat sich sofort auf den Rogue gestürzt, der versucht hat, dir das Licht zu rauben. In der Zwischenzeit konnten Aaron, Lennox und ich die beiden anderen außer Gefecht setzen.« Sie warf mir ein schuldbewusstes Lächeln zu. »Vielleicht tröstet es dich zu hören, dass mein Bruder wirklich angepisst war, weil der Mistkerl dir wehgetan hat.«

Nein, nicht wirklich. Aber da Tori sich nur noch schlechter fühlen würde, wenn ich meinem Unmut Luft machte, wechselte ich lieber das Thema. »Die drei sind also ... fort?«

Sie nickte. »Du musst keine Angst mehr vor ihnen haben.«

Das hätte mich erleichtern sollen. Aber seltsamerweise tat es das nicht. Stattdessen fühlte ich überraschenderweise Schuld. »Ist das der einzige Weg, Rogues unschädlich zu machen? Müsst ihr sie wirklich umbringen?«

Ihre Miene wurde kompromisslos. »Genau das ist unsere Aufgabe, Eden.«

Die Worte verursachten mir eine Gänsehaut, und ich horchte tief in mich hinein, weil ich nun doch einen Anflug von Furcht verspürte. Ich fühlte mich erschöpft, aber immer noch wie ich. Allerdings hatte Kane gesagt, dass es immer noch möglich war, dass ich mich verwandelte. »Wie lange dauert es, bis man zum Rogue wird?«

»Das kommt drauf an. Meistens bloß ein paar Minuten. Aber manchmal setzen sich besonders starke Menschen zur Wehr. Dann kann es schon mal länger dauern. Ich habe von einem Fall gehört, bei dem es sogar Tage waren.«

Das klang ja nicht sehr beruhigend. »Und welche Symptome würden in diesem Fall auftreten?«

»Gereiztheit, Launenhaftigkeit, Aggression, Jähzorn«, zählte ein weißer Mann, etwa Ende vierzig, auf, der gefolgt von Kane und einer älteren Frau das Krankenzimmer betrat.

Er war groß und durchtrainiert. Seine Hände hielt er auf dem Rücken verschränkt, weshalb er trotz seiner schlichten Stoffhose und einem blauen Hemd wie ein Soldat wirkte, was er – wenn man es genau betrachtete – vermutlich auch war. Seine haselnussbraunen Augen und sein Lächeln waren jedoch überraschend herzlich.

»Hallo, Eden. Ich bin Lawrence Mulder.« Er machte einen Schritt zur

Seite und gab meinen Blick auf eine Frau frei, die mir auf Anhieb Respekt einflößte. Ihr langer, schlanker Körper steckte in einem hochgeschlossenen Top und einer schwarzen Cargohose mit zahlreichen Taschen. »Das ist Una Doyle, unsere Anführerin.«

Sie ließ den Blick aus ihren stechend grünen Augen über mich wandern, als wollte sie mich auseinandernehmen und jeden Winkel meines Körpers analysieren. Ihr aschblondes Haar war im Nacken kurz geschnitten und oben etwas länger. Sie trug kein Make-up, trotzdem war sie schön. In meinem Alter musste sie atemberaubend gewesen sein. Heute, mit Ende vierzig, war ihr Gesicht gezeichnet von Narben, und eine Sorgenfalte hatte sich tief zwischen ihre Brauen gegraben. »Willkommen, Eden.« Ihr Ton war freundlich, doch ihre Autorität schüchterte mich trotzdem ein.

»Hallo.«

»Wie geht es dir?«, erkundigte sie sich und trat noch näher, während Tori rasch aufstand, um ihr Platz zu machen.

»Wunderbar.« Ich rang mich zu einem Lächeln durch, weil ich sicher nicht wollte, dass sie mich als Gefahr einstufte. »Könnte gar nicht besser sein.«

Lawrence lachte leise, ehe er Kane mit der Schulter anstieß. »Du hattest recht. Sie ist tapfer.«

Mein Blick zuckte zu Kane, der genervt die Augen verdrehte. »Ich habe nur gesagt, dass sie nach dieser Nacht erstaunlicherweise kein Wrack ist.«

»Das ist auch ein Kompliment«, betonte Tori und zwinkerte mir zu, als wollte sie sagen: *Siehst du, er ist wirklich gar nicht so übel.*

Kane biss die Zähne zusammen und verzichtete diesmal auf das letzte Wort, während Una nach meinem Puls tastete. Der schnellte bei der unerwarteten Berührung sofort in die Höhe. Doch Una ließ sich davon nicht irritieren. Stattdessen sah sie auf ihre Armbanduhr und zählte. Nach einer Weile ließ sie meine Hand wieder sinken und betrachtete mich aufmerksam.

»Ich habe gerade einen Anruf erhalten. Dein Vater liegt im Krankenhaus.«

»O mein Gott! Was ist passiert? Hatte er einen Nervenzusammenbruch?« Aufgeregt zerrte ich an meinen Fesseln. »Lassen Sie mich frei.« Als Una nicht reagierte, hielt ich inne. »Bitte! Ich muss sofort zurück.«

»Warum?«, fragte sie ausdruckslos. »Du kannst ohnehin nichts für ihn tun.«

Blödsinn! Empört funkelte ich die Anführerin der Phönixkrieger an. »Ich kann zumindest für ihn da sein und ihm helfen, wenn er etwas braucht. Sie kennen ihn nicht. Er wird verwirrt sein und Angst haben. Ich sollte bei ihm sein.«

Sie ließ mich eine geschlagene Minute zappeln. Dann nickte sie zufrieden. »Deinem Vater geht es gut, Eden. Das war nur ein kleiner Test.«

»Was?« Ich wusste nicht, dass man gleichzeitig erleichtert und wütend sein konnte. Aber es brodelte definitiv beides in mir. »Ist das Ihr Ernst?«

Unas Miene blieb ausdruckslos. »Rogues verlieren zuerst ihr Mitgefühl. Dieser Test war wichtig für uns, um herauszufinden, ob dein Empathievermögen eingeschränkt ist. Aber wie es scheint, ist alles in Ordnung. Du hast großes Glück gehabt.«

Sie winkte lässig, woraufhin Kane einen Schlüssel aus seiner Hosentasche zog und die Handschellen aufschloss, ohne mich dabei anzusehen.

Aufgewühlt legte ich mir die Hand auf mein donnerndes Herz. »Sie hätten mich trotzdem nicht gleich so erschrecken müssen.«

»Wie gesagt, es war notwendig«, erklärte Una ohne jeden Funken Reue.

Lawrence trat vor und leuchtete mir mit einer kleinen Taschenlampe erst in das eine Auge, dann in das andere. »Hast du irgendwo Schmerzen? Schwindelgefühle?«

Geistesabwesend schüttelte ich den Kopf. Ich wurde immer noch nicht darüber fertig, dass Una mir eiskalt ins Gesicht gelogen hatte. Was für ein herzliches Willkommen.

»Was ist mit deinen Verletzungen?«, erkundigte Lawrence sich weiter und musterte meine aufgerissenen Fingerknöchel, die sich noch nicht von der Begegnung mit dem Kiefer von Shady Nummer 9 erholt hatten. Die Haut war inzwischen mit Blut verkrustet und teilweise gerötet. Aber es sah nicht entzündet aus.

Ich streckte meine Finger. »Mir geht es gut.«

Lawrence nickte. »Du solltest deine Wunden nachher trotzdem noch einmal kontrollieren und die Pflaster wechseln«, sagte er und ließ von mir ab. »Ansonsten sehe ich keinen Grund, warum du länger hierbleiben solltest.«

Das war schon mal schön zu hören.

Una musterte mich nachdenklich. »Wie Kane und Victoria mir berichtet haben, kannst du das Licht sehen. Ich muss zugeben, das ist eine Überraschung.«

»Mir war nicht klar, dass das etwas Besonderes ist«, erwiderte ich verlegen und nestelte nervös an der Bettdecke. »Ich dachte, es wäre bloß ein optische Täuschung.«

Una zog eine Braue hoch. »Wirklich?«

Meine Wangen wurden heiß. »Es kam mir sonderbar vor«, räumte ich ein. »Aber ich wäre nicht im Traum auf die Idee gekommen, dass ich eine Phönixkriegerin sein könnte. Ich dachte, das wäre bloß ein Märchen.«

Unas Augen wurden schmal. »Abgesehen von den alten Legenden, die sich um den Phönix und seine Krieger ranken, hast du also noch nie etwas über die Phönixallianz gehört?«

»Nein«, erwiderte ich und machte eine ausladende Geste. »Ich hatte keine Ahnung, dass das alles real ist.«

»Und dein Vater hat nie etwas in dieser Richtung erwähnt?«, hakte Una skeptisch nach. »Wie es scheint, besitzt er ebenfalls die Fähigkeit, Rogues zu erkennen, und er wusste unsere Telefonnummer.«

Ich musste zugeben, das warf kein besonders gutes Licht auf uns. Aber ich war mir trotzdem sicher, dass Dad mir so etwas Bedeutendes niemals vorenthalten hätte. »Ich weiß nicht, woher er die Nummer hat oder ob er wirklich Rogues sieht. Zurzeit ist er sehr durcheinander.« Ich schluckte schwer. »Und es wird schlimmer. Tori meinte, Sie könnten ihm vielleicht helfen.«

Zorn blitzte in Unas Miene auf. »Wenn du auf unsere Hilfe hoffst, warum hat er euch nicht sofort begleitet?«

Mein Blick huschte zu Kane, der gelangweilt durch die Gegend schaute. Aber mich konnte er nicht täuschen. Er hatte Ärger bekommen, und das tat mir aufrichtig leid. Trotzdem bereute ich meinen Entschluss nicht. »Weil wir hier niemanden kennen, und ich war mir nicht sicher, ob Sie uns wirklich helfen können – oder wollen. Ich wollte ihn nicht noch mehr aufregen.«

»Das war ein Fehler«, erwiderte Una kühl.

Es mochte ja sein, dass ihr das nicht gefiel. Aber ich war nach wie vor überzeugt davon, dass Dad zu Hause vorerst besser aufgehoben war. »Mein Vater braucht eine Therapie und professionelle Hilfe, um seine wirren Gedanken zu sortieren. In San Francisco kann ich mir das nicht leisten. Deshalb wollte ich erst herausfinden, ob wir hier zu einer Einigung kommen.«

Berechnung funkelte in Unas Augen. »Unsere Ressourcen sind knapp, Eden. Daher verstehst du sicher, dass wir nicht in eine Familie investieren, von der wir nicht mit hundertprozentiger Sicherheit wissen, dass sie zu uns gehört. Du sagst zwar, dass du das Licht sehen kannst. Aber beweisen kannst du es nicht, oder?«

Meine Schultern sackten herab. »Nein.«

»Ausnahmslos jeder Phönixkrieger besitzt eine Lichtgabe«, erklärte sie mir und reckte das Kinn. Zweifelsohne war sie stolz auf ihr Erbe. »Diese Gaben sind unterschiedlich wirkungsvoll. Manche sind aktiv, wie beispielsweise die Lichtspeere von Aaron. Andere sind passiv, wie Victorias Fähigkeit, das Licht zu brechen. Ich gehe davon aus, dass du deine Gabe noch nicht entdeckt hast, weil du nie danach gesucht hast.«

Etwas Ähnliches hatte Tori auch über die Fähigkeit, das Licht eines Menschen zu sehen, gesagt. Aber ich hatte es erst in der Wüste zum ersten Mal bewusst wahrgenommen, obwohl ich auch schon zuvor danach gesucht hatte. Ich kniff die Lider zusammen und konzentrierte mich auf Una. Aber ich konnte nicht mal den kleinsten Schimmer sehen. Auch nicht bei den anderen.

»Der Geist ist der Schlüssel zu unserer Gabe«, erklärte Lawrence, weil er anscheinend erkannte, was ich hier gerade tat.

Ich gab den Versuch vorerst auf. »Das klingt einfacher, als es ist.«

»Es ist reine Kopfsache, Eden«, sagte Lawrence. »Ein Mensch, der weiß, dass er an einer bestimmten Erkrankung leidet, fühlt sich beispielsweise viel elender als jemand, der dieselbe Diagnose hat, aber nichts davon weiß.«

»Du weißt jetzt, dass es möglich ist, übernatürliche Kräfte zu besitzen«, fügte Una hinzu. »Deshalb wird es wahrscheinlich nicht lange dauern, bis du deine Gabe findest, *wenn* du sie in dir hast.« Sie legte den Kopf schief. »Ich mache dir einen Vorschlag. Du bleibst für eine Weile hier, lernst unsere Kultur kennen und absolvierst unser Trainingsprogramm. Sobald du deine Gabe gefunden und dich als wahre Phönixkriegerin erwiesen hast, sehen wir, was wir für deinen Vater tun können.«

Mir gefiel der Gedanke nicht, dass ich mich erst beweisen musste. Andererseits war ich ebenfalls eine Fremde für sie. »Wie viel Zeit habe ich?«

»Ist das wichtig?« Gelassen zuckte Una mit den Schultern. »Soweit ich weiß, hast du keinerlei Pläne hinsichtlich deiner Zukunft. Stattdessen jobbst du in einem Gemeindezentrum für sozial benachteiligte Jugendliche, wenn du dich nicht um deinen Vater kümmerst. Da kommt es auf ein paar Tage mehr oder weniger sicher nicht an.«

»Sie sind ja gut über mich informiert«, stellte ich fest, aber Unas stoischer Miene nach hatte sie nicht mal den Hauch eines schlechten Gewissens, weil sie in meinem Leben rumgestochert hatte. »Nehmen wir an, ich finde meine Gabe. Was werden Sie für die Therapie verlangen?«

»Wir verlangen nichts, was du nicht zu geben bereit bist«, schaltete Lawrence sich nun in beschwichtigendem Tonfall ein.

Ich sah zu Kane, der verärgert die Lippen zusammenpresste. Das überraschte mich nicht. Schließlich hatte ich mitangehört, wie er zu diesem Thema stand.

»Eine Allianz ist ein Bündnis zwischen zwei gleichberechtigen Parteien, Eden«, fuhr Una tonlos fort. »Es kann nicht nur eine nehmen und die andere geben. Das Verhältnis muss ausgewogen sein.«

»Sie haben vergessen zu erwähnen, dass dieses Bündnis auch auf einem freien Willen beruhen sollte«, sagte ich und schaute sie wieder an.

Una winkte ab. »Niemand zwingt dich, hierzubleiben.«

Ihr Pokerface war der Hammer, das musste ich ihr lassen.

Herausfordernd zeigte ich zur Tür. »Ich kann also einfach wieder gehen?«

»Wenn du das wünschst.« Sie klang, als wäre es ihr egal, ob ich blieb. Aber da war dieses Glitzern in ihren Augen, das mir sagte, dass es wohl nicht ganz so einfach werden würde, wie sie behauptete. »Ich biete dir eine Chance, Eden. Du kannst herausfinden, was wirklich in dir steckt, und obendrein den Weg für die Behandlung deines Vaters ebnen.«

»Und wenn ich scheitere?«, fragte ich.

Sie zuckte mit den Schultern. »Sollte sich herausstellen, dass du ein gewöhnlicher Mensch bist, gehst du eben wieder nach Hause und lebst dein Leben weiter.«

Das klang ein bisschen zu einfach. Andererseits hatte Una vermutlich sowieso keine Verwendung für mich, wenn ich keine Superkräfte offenbarte. Und falls doch … Dann war klar, was sie als Nächstes verlangen würde. »Wenn Sie Dad wirklich helfen, werde ich die Zeit in Ihrer Allianz abarbeiten, bis wir quitt sind. Aber ich werde keine Rogues jagen.«

Una legte den Kopf schief. »Obwohl sie dich zweimal angegriffen und verletzt haben?«

»Nein«, erklärte ich mit aller Entschlossenheit. »Und mein Vater bleibt in der Zwischenzeit, wo er ist. Sie werden ihn in Ruhe lassen.«

Una tauschte einen kurzen Blick mit Lawrence. Dann erschien ein feines Lächeln auf ihren Lippen. »Einverstanden.«

»Okay.« Aufregung durchflutete mich, und ich hatte alle Mühe, mein breites Grinsen im Zaum zu halten. Endlich hatte ich eine echte Perspektive für Dad. »Also haben wir einen Deal.«

Una nickte zufrieden. »Zeigt ihr alles und führt sie zu ihrem Zimmer«, bat sie Tori und Kane, ehe sie sich zu Lawrence umdrehte. »Und wir werden ein Team nach San Francisco schicken, um sicherzustellen, dass dort keine weiteren Rogues ihr Unwesen treiben.«

Mir rutschte das Herz in die Hose, denn daran hatte ich gar nicht mehr gedacht. »Es sind definitiv welche da. Ich habe Fotos von ihnen.«

Ruckartig drehte Una sich wieder um. Ihre Augen waren ungläubig aufgerissen. Es war die erste emotionale Reaktion, die ich bei der disziplinierten Anführerin zu sehen bekam. »Wie bitte?«

Betont lässig hob ich die Schultern. Meinem Rücken gefiel das gar nicht, aber ich ignorierte den Schmerz und schenkte Una stattdessen ein gewinnendes Lächeln. »Haben es die anderen noch gar nicht erwähnt? Das waren nicht die ersten Rogues, die mir begegnet sind. Diesen beiden haben ich die Spitznamen *Shady Nummer 9* und *Nummer 10* verpasst. Es gibt also definitiv noch weitere Rogues in San Francisco.«

Tori schnappte nach Luft, während Kane leise fluchte und von Lawrence dafür einen tadelnden Blick kassierte.

Die Furche auf Unas Stirn vertiefte sich. »Du hast zuvor bereits *acht* Rogues gesehen?«

»Jepp.« Verlegen zupfte ich an meiner Bettdecke. »Na ja, mir war zu diesem Zeitpunkt nicht klar, dass es *Rogues* waren. Ich meine, ich wusste schließlich *gar nichts*. Aber weil ihnen der Glanz oder die Aura oder wie auch immer man das nennt fehlte, der all die anderen Leute umgab, und mich das faszinierte, habe ich Fotos von ihnen geschossen.«

»Wo sind sie?«, fragte Una sofort.

»Die Bilder sind auf meinem Laptop.« Ich machte eine fahrige Handbewegung. »Ich kann sie holen, wenn Sie wollen.«

»Hervorragend.« Una sah auf ihre Armbanduhr. »Ich werde jetzt das Team auf den Weg schicken. Sie brauchen sieben Stunden bis nach San Francisco. Wenn sie gleich losfahren, sind sie am späten Nachmittag da. In der Zwischenzeit nutzen wir Edens Bilder, um die Suche vorzubereiten.«

Kane trat vor. »Ich will mit.«

»Was? Aber wir sind doch gerade erst zurückgekommen«, schaltete Tori sich erschrocken ein. »Und du bist die ganze Nacht durchgefahren.«

»Ich kann unterwegs ein Nickerchen machen.«

»Bist du sicher, dass du dich fit genug fühlst?«, fragte Una.

Er nickte. »Absolut.«

»Nein!« Mit einem Anflug von Panik wandte Tori sich an Lawrence. »Er hat es wieder nicht getan, und das, obwohl sie diesmal zu dritt waren.«

Lawrence musterte Kane ernst. »In dem Fall halte ich es für besser, wenn du hierbleibst.«

In Unas Miene blitzte Enttäuschung auf. »Ich stimme Lawrence zu. Du behältst Eden im Auge. Sollte dir etwas Ungewöhnliches hinsichtlich ihrer Stimmung auffallen, erstattest du mir umgehend Bericht.«

Oh, bitte nicht. Dieser Kerl würde mich innerhalb von Minuten zum Ausflippen bringen, und dann würden sicher alle glauben, dass ich doch zu einer Rogue mutierte.

Kane schnaubte. »Woher soll ich wissen, wann sie sich *ungewöhnlich* verhält? Ich kenne sie überhaupt nicht.«

»Dann lernst du sie eben kennen«, schlug Tori vor.

Und ich dachte, wir könnten vielleicht Freundinnen werden.

»Hattet ihr nicht gesagt, die Sache mit meiner Verwandlung wäre von Tisch«, wandte ich ein.

Tori schenkte mir ein beruhigendes Lächeln. »Ist sie auch.«

»Das ist eine reine Vorsichtsmaßnahme«, stimmte Lawrence zu.

»Ihr habt mich zu einem Kämpfer ausgebildet«, knurrte Kane, der mich vollkommen ignorierte und seine Anführerin stinksauer ansah. »Also lasst mich verdammt noch mal kämpfen.«

Una blieb unerbittlich. »Nicht, solange du dich weigerst, deine Kräfte einzusetzen, Kane.« Damit war die Diskussion offenbar beendet, denn sie wandte sich wieder mir zu. »Wir treffen uns um zwölf in der Kommandozentrale. Falls du keinen USB-Stick hast, kann Victoria dir sicher einen leihen.«

Ohne sich noch einmal zu verabschieden, marschierte sie aus dem Zimmer. Lawrence klopfte Kane auf die Schulter und flüsterte ihm etwas ins Ohr, ehe er seiner Anführerin folgte.

Sobald sie verschwunden waren, warf Kane seiner Schwester einen missmutigen Blick zu. »Was sollte der Scheiß, Tor?«

Tori lächelte entschuldigend, aber ihr war anzusehen, dass ihr die Einmischung keineswegs leidtat. Sie schleuderte einfach dasselbe Argument zurück, mit dem ihr Bruder mich zuvor ans Bett gefesselt hatte. »Ich werde kein Risiko eingehen, wenn es um deine Sicherheit geht.«

Ich grinste. Wie konnte man diese Frau bitte nicht mögen?

9
EDEN

Nachdem Kane sich sichtlich genervt aus dem Staub gemacht hatte, beschloss Tori, mich zuerst herumzuführen, da wir ohnehin noch Zeit bis zu dem Treffen in der Kommandozentrale hatten. Das Hauptquartier der Phönixkrieger war ein dreiteiliger Gebäudekomplex am Rande des Sequoia Nationalparks, und man konnte das Design der u-förmigen Anlage nur als faszinierend bezeichnen.

Der Haupttrakt erinnerte mich ein wenig an die Architektur der alten, europäischen Adelshäuser. Die Fassade des dreigeschossigen Bauwerks war aus Sandstein gefertigt, und sowohl das spitz zulaufende graue Giebeldach als auch die Fenster waren mit unzähligen Türmchen und Verzierungen geschmückt. Im Laufe der Jahre musste das Gebäude jedoch mehrere Sanierungen durchlaufen haben, denn teilweise wurde die klassische Fassade von riesigen Glaskonstruktionen durchbrochen. Auch die beiden Seitenflügel, die sich nach hinten erstreckten, enthielten modernere Elemente.

Tori erklärte mir, dass sich im Hauptgebäude sämtliche Gemeinschaftsräume befanden, darunter auch die Kommandozentrale, das Archiv, die Bibliothek und verschiedene Konferenzräume. Im linken Flügel waren die Trainings- und Schulungsräume sowie ein Restaurant und zwei Cafés untergebracht. Und im rechten Anbau wohnten die Phönixkrieger in Zimmern oder Suiten mit separaten Badezimmern.

Der begrünte Innenhof zwischen den Gebäudeteilen schien ein Ort der Entspannung und Erholung zu sein. Mehrere Leute tummelten sich auf der Wiese, die den Springbrunnen im Zentrum umgab, und genossen die Sonne. Ein Stück dahinter ging der Innenhof in eine größere Fläche über. Dort gab es ein Basketballfeld, auf dem gerade ein paar Teens zockten, und einen Spielplatz, wo zwei Mini-Phönixkrieger schaukelten.

»Wie viele Leute leben hier?«, fragte ich völlig fassungslos, weil ich nicht damit gerechnet hatte, dass das Anwesen so riesig war.

»Schwer zu sagen«, erwiderte Tori. »Wir sind ja nicht nur Phönixkrieger hier. Es gibt auch Hausangestellte, Familienangehörige, Ausbilder und Leute, die nur vorübergehend da sind. Viele Phönixkrieger besuchen uns nur für eine Weile, um alternative Kampftechniken zu lernen oder neue Freundschaften zu schließen. Wir haben auch einige externe Eingeweihte, die uns von außen unterstützen und häufiger zu Besuch kommen. Im Grunde ist immer etwas los.«

Das glaubte ich ihr sofort.

»Habt ihr gar keine Angst, dass man euch entdeckt?«, fragte ich verwundert, während ich einen Teenager beobachtete, der in der Ferne im Gras saß und mit Lichtkugeln jonglierte. »Ich könnte mir vorstellen, dass diverse Geheimdienste völlig aus dem Häuschen wären, wenn sie von euren Fähigkeiten wüssten.«

Tori lachte fröhlich. »Sie wissen es, und glaub mir, sie sind verdammt froh, dass es uns gibt. Wir haben ein Abkommen mit ihnen getroffen. Wir kümmern uns um die Rogues, sie schützen uns vor der Öffentlichkeit.«

»Win-win, was?«, murmelte ich, während wir den Weg entlangspazierten. Inzwischen brannte die Sonne erbarmungslos vom wolkenlosen Himmel auf uns nieder. Es gab nicht mal ein laues Lüftchen, weshalb ich in meiner langen Jeans entsetzlich schwitzte.

»Du hast es erfasst.« Tori zwinkerte mir zu, ehe sie auf den Wald zeigte, der sich hinter der Wiese ausbreitete. »Es gibt noch ein paar ältere Gebäude im Wald. Dort ist übrigens auch das Trainingsgelände, falls du dich ein bisschen ausprobieren willst. Du kannst dich überall frei bewegen.

Das ganze Grundstück ist von einer vier Meter hohen Mauer umgeben. Hier sind wir absolut sicher.«

Dass sie das schon wieder betonte, ließ mich aufhorchen. »Tori«, sagte ich langsam und musterte sie eindringlich. »Denkst du, es wäre möglich, dass mir diese Rogues aufgelauert haben?«

Sie riss die Augen auf. »Was? Nein, natürlich nicht! Wie kommst du denn darauf?«

Ich wollte mich sicher nicht wichtiger nehmen, als ich war. Aber wenn man alle Fakten zusammennahm, sprach so einiges dafür. »Sie waren in San Francisco hinter mir her, und sie sind auf unserer Fahrt hierher aufgetaucht.«

Sie winkte ab. »Wahrscheinlich war der SUV einfach das erste Auto, das ihnen entgegenkam. Sie denken nicht nach, sondern schlagen einfach zu.«

»Und dass zwei von denen mich in San Francisco angegriffen haben, war auch Zufall?«, hakte ich skeptisch nach.

Tori grinste breit. »Ich würde es eher einen Glücksfall nennen, weil wir im richtigen Moment zur Stelle waren.«

»Fassen wir das mal zusammen«, sagte ich und zählte an den Fingern auf. »Einzelgänger, die plötzlich im Team jagen, und zwei Angriffe innerhalb von sieben Stunden an zwei Orten, die über vierhundert Meilen auseinander liegen – findest du das nicht seltsam?«

Tori runzelte die Stirn und dachte einen Moment lang nach. Dann schüttelte sie entschieden den Kopf, umfasste meine Oberarme und schaute mich eindringlich an. »Hör mal, mir ist klar, dass gerade verdammt viele Informationen auf dich einprasseln und dass du alles verstehen willst. Aber du irrst dich. Rogues sind kognitiv überhaupt nicht dazu in der Lage, sich zu organisieren. Sie kommunizieren ja nicht mal miteinander. Wahrscheinlich waren diese Rogues zu zweit und zu dritt, weil wir ihnen kurz nach ihrer Transformation begegnet sind. Mehr steckt sicher nicht dahinter.«

Sie klang so überzeugend, dass ich mir ein bisschen blöd vorkam. Trotzdem blieben leise Zweifel.

»Wenn sie wirklich hinter dir her wären, hätte dich doch der Rogue schon am Nachmittag in diesem Park angegriffen, oder nicht?«, fragte sie sanft. »Aber du hast mir selbst erzählt, dass er einfach an dir vorbeispaziert ist.«

Da hatte sie allerdings recht. Shady Nummer 9 hatte mich definitiv gesehen. Doch sein nächstes Opfer war offensichtlich nicht ich, sondern Shady Nummer 10 gewesen. Beklommen rieb ich mir über die Stirn.

»Stimmt. Wahrscheinlich sehe ich schon Gespenster.«

»Was absolut verständlich ist, nachdem du gerade so viel erfahren hast.« Sie trat neben mich und hakte sich bei mir unter. »Vielleicht sollten wir mal eine Pause von dem ganzen Phönixkrieger-Zeug einlegen. Hast du Lust auf einen Kaffee?«

Ich nickte geistesabwesend, während sie mich zum kleineren der beiden Cafés führte. Es war ein gemütlicher Raum, der ein bisschen an einen Starbucks erinnerte. Nur war hier nicht alles exorbitant teuer, sondern gratis.

Wir bestellten bei dem jungen Barista, der hinter dem Tresen bediente, zwei Caramel Macchiatos, ehe wir uns in die Ohrensessel vor dem Fenster setzten.

Während ich an meinem Getränk nippte, sah ich mich im Raum um. Es gab noch weitere Sitzgruppen mit gepolsterten Möbeln und kleine Bistrotische, die fast alle besetzt waren. An einem Tisch unterhielten sich gut gelaunt zwei ältere Frauen. Daneben hatte sich eine Gruppe Teenager auf einem Sofa versammelt. Etwas weiter hinten arbeitete ein Mann mittleren Alters an einem Laptop, ein Mädchen las Zeitung und ein Pärchen spielte Schach. Leise Jazzmusik erklang aus einem Lautsprecher und vermischte sich mit dem Stimmengewirr. Die Wand war geschmückt mit nostalgischen Bildern, und die Klimaanlage war auf eine angenehme Temperatur eingestellt. Ich mochte den Laden auf Anhieb.

»Also, Eden Bricks«, sagte Tori, bevor sie es sich mit dem Macchiato-Glas auf ihrem Schoß in dem Sessel gemütlich machte. »Erzähl mir etwas über dich, das ich noch nicht weiß.«

»Erst, wenn du mir erzählst, was du bereits über mich weißt«, schoss ich zurück. Mir gefiel der Gedanke immer noch nicht, dass die Allianz hinter meinem Rücken in meinem Leben rumgestochert hatte. »Woher wusste Una, wo ich arbeite? Das habe ich euch gegenüber mit keinem Wort erwähnt.«

Tori warf mir einen entschuldigenden Blick zu. »Das steht in deiner Akte.«

Meine Brauen schossen in die Höhe. »Es gibt also eine Akte über mich?«

»Jetzt schon.« Sie tunkte ein Amarettini in den Milchschaum ihres Macchiatos. »Wir machen bei allen Leuten einen Background-Check. Deshalb wissen wir auch, dass du in keinem College eingetragen bist.«

Angespannt stellte ich mein Glas ab und verschränkte die Arme. »Was steht da noch drin?«

Mein mürrischer Ton sorgte dafür, dass Tori hastig zurückruderte. »Nichts weiter. Ehrlich! Nur, dass du in San Francisco geboren bist, in der Lincoln High deinen Schulabschluss gemacht hast und bei deinem Vater Anthony lebst.«

»Das ist alles?«, fragte ich skeptisch.

Tori nickte, doch gleichzeitig wurde sie rot. »Allerdings habe ich mich vielleicht dazu hinreißen lassen, in meinem Kopf ein paar Fakten über dich hinzuzufügen.«

Das weckte meine Neugier. »Lass hören.«

Viel konnte es eigentlich nicht sein.

Sie räusperte sich verlegen. »Du hast dich entschieden, in San Francisco bei deinem Vater zu bleiben, anstatt wie deine übrigen Freunde in die Welt hinauszuziehen. Das sagt mir, dass du ein aufopferungsvoller Mensch bist. Du kümmerst dich um die Leute, die dir wichtig sind, was dich in meinen Augen noch sympathischer macht. Dass du im Youth Center jobbst und im Winter ehrenamtlich in einer Suppenküche ausgeholfen hast, beweist zudem, dass du ein großes Herz besitzt und sehr empathisch bist. Außerdem bist du ordentlich, aber nicht pedantisch. Das hat mir eure Wohnung gezeigt. Du hast keinerlei Kampfsportererfahrung, was echt ein Problem bei deinem Potenzial ist. Aber immerhin weißt du dich körperlich und verbal zu wehren, wenn dir jemand dumm kommt. Wie du meinen Bruder in seine Schranken verwiesen hast, war saukomisch. Ich bewundere dich für deine Schlagfertigkeit. Du kannst aber auch ordentlich einstecken. Hab ich irgendwas vergessen?« Tori schürzte die Lippen, dann hellte sich ihre Miene auf. »Oh! Und du hast ein Faible für Fotografie. Andernfalls hättest du sicher nicht zufällig acht Rogue-Fotos auf deinem Laptop. Ehrlich, das macht mich immer noch fertig. Ist das ein Hobby von dir?«

Entgeistert starrte ich sie an. »Okay, das war mehr, als ich erwartet hatte. Du hast eine erstaunliche Beobachtungsgabe.«

Sie grinste verschmitzt. »Das hat Mom auch immer gesagt.«

Ich musterte sie unsicher. »Was ist mit deinen Eltern passiert?«

Sofort erlosch ihr vergnügtes Grinsen, und sie wurde ernst. »Das, was den meisten Phönixkriegern passiert. Sie sind im Kampf gegen einen Rogue gestorben.«

»Wie?«, hakte ich leise nach.

Tori sank tiefer in den Sessel. »Vor ungefähr drei Jahren erhielten wir einen Anruf, dass ein verdächtiger Rogue in L. A. gesichtet wurde. Meine Eltern haben sich sofort mit Kane und Lawrence auf den Weg gemacht. Ich war erst fünfzehn, deshalb durfte ich nicht mit. Es dauerte nicht lange, bis sie den Rogue aufspürten. Er war schnell und verfügte über ausgezeichnete Instinkte. Sie verfolgten ihn bis in ein altes Fabrikgebäude an den Docks. Dort gelang es dem Bastard, meine Mutter zu überwältigen.« Sie unterbrach sich selbst, und Tränen traten in ihre Augen.

Selbst wenn ich nicht schon gewusst hätte, wie die Geschichte ausging, wäre es spätestens jetzt klar gewesen. Mitfühlend sah ich sie an. »Du musst nicht weiterreden, wenn du nicht willst.«

»Ist schon okay. Außerdem wäre es dir gegenüber nicht fair, nachdem wir einfach so in dein Leben geplatzt sind.« Sie warf mir einen reumütigen Blick zu, ehe sie fortfuhr. »Als Kane mitansehen musste, wie Mom ihr Licht verlor, zerbrach etwas in ihm. Er hat die Kontrolle über seine Kräfte verloren. Zwar hat er den Rogue getötet, aber dann ist das Fabrikgebäude eingestürzt. Lawrence hat es geschafft, ihn rechtzeitig rauszubringen, aber meine Eltern konnte er nicht mehr retten. Mom hatte sich noch nicht verwandelt. Sie und Dad sind in den Trümmern umgekommen.«

»O mein Gott«, murmelte ich. »Das tut mir schrecklich leid.«

»Es war nicht Kanes Schuld«, stellte Tori klar. »Sie hätten ihm niemals erlauben dürfen mitzufahren.«

»Warum haben sie es dann zugelassen?«

»Weil er unglaublich mächtig ist und so schnell wie möglich lernen sollte, seine Fähigkeiten im Kampf einzusetzen.« Tori lächelte bitter. »Diese Strategie ging leider nach hinten los, denn seither nutzt er seine Kräfte überhaupt nicht mehr. Er weigert sich und schaltet Rogues lieber mit einer stinknormalen Waffe aus.«

Mir lief ein Schauer über den Rücken, und obwohl ich Mitgefühl für Kane und das Unglück seiner Familie empfand, war da auch diese leise Stimme in meinem Kopf, die den Rogue-Morden nach wie vor skeptisch gegenüberstand. »Wie genau tötet ihr sie eigentlich?«

»Man kann sie im Grunde mit jedem Gegenstand verwunden. Aber in dem Fall bleibt ihre körperliche Hülle zurück, und sie regenerieren sich. Nur unsere Lichtwaffen besitzen die Kraft, sie endgültig auszulöschen.«

Sie sah richtig stolz aus, als sie das sagte, und mir war klar, dass ich wohl etwas wie Bewunderung empfinden sollte. Vor allem, nachdem ich zwei Rogue-Angriffe heil überstanden hatte. Aber dieses Gefühl wollte sich partout nicht einstellen.

»Und es gibt wirklich keine andere Möglichkeit?«, fragte ich vorsichtig.

»Nein, die gibt es nicht. Und glaub mir, wir haben wirklich alles versucht. Wer einmal sein Licht verloren hat, kommt nicht mehr zurück. Nie wieder. Deshalb müssen wir die Rogues allesamt vernichten.«

Beklommen rieb ich mir über die Stirn, was Tori nicht entging.

Sie rümpfte ihre Stupsnase. »Das klingt, als wären wir eiskalte Killer, nicht wahr? Aber so ist es nicht. Rogues sind Monster in Menschengestalt. Wie … wie Seelenzombies.« Sie wedelte mit der Hand herum, woraufhin einige Krümel durch die Luft flogen. »Nur ohne das viele Blut und das lächerliche Gegrunze und all das.«

Ich musste lachen, obwohl diese Vorstellung im Grunde kein bisschen witzig war, sondern zutiefst verstörend.

In dem Moment ging die Tür des Cafés auf, und Aaron und Lennox spazierten herein. Sofort steuerte Lennox den Tresen an, während Aaron sich nach einem Platz umschaute. Als er uns entdeckte, hellte sich seine Miene auf.

»Hallo, die Damen«, rief er quer durch den Raum, während er auf uns zukam, »dürfen wir uns zu euch gesellen?«

Tori nickte. »Na klar.«

Aaron zog zwei Metallstühle an den kleinen Tisch und nahm Platz, bevor er mich neugierig musterte. »Wie geht's dir, Eden?«

Er schien Kanes Sorge, dass ich mich in einen Rogue verwandeln könnte, kein bisschen zu teilen. Deshalb lächelte ich. »Alles in Ordnung.«

»Wirklich?« Sein Blick wanderte zu meinen aufgeschrammten Fingerknöcheln, die gut sichtbar waren, weil ich mich halb hinter dem Macchiatoglas versteckte. »Du hast ganz schön was abbekommen.«

Ich lächelte. »Mir geht's gut, ehrlich.«

»Rutscht mal ein Stück.« Lennox schob sich mit einem Tablett voller Sandwiches auf den zweiten Stuhl und stellte es auf dem Tisch ab. Anschließend schnappte er sich ein Salamisandwich, riss die Verpackung auf und stopfte sich das halbe Ding in den Mund. »Wie läuft's, Eden? Hast du dich schon eingewöhnt?«

»Sie hat noch gar nicht ausgepackt«, informierte Tori die Jungs. »Ich habe ihr erst mal die Anlage gezeigt.«

»Und wie gefällt es dir hier?«, erkundigte Aaron sich freundlich, während er eine Flasche Cola aufdrehte.

Ich deutete zum Fenster hinaus. »Es ist alles ziemlich überwältigend.«

»Hast du schon den Medienraum gesehen?«, fragte Lennox, während er auch schon nach dem zweiten Sandwich griff. »Wir haben dort super Fantasy-Games.«

Ich lachte. »Noch mehr Fantasy brauche ich im Moment wirklich nicht. Danke.«

Er wackelte vielsagend mit den Augenbrauen. »Meine Flügel haben dich umgehauen, was?«

»Sie sind unglaublich«, gab ich zu.

Grinsend beugte Lennox sich in meine Richtung. »Ich weiß.«

Im ersten Moment glaubte ich, er würde mit mir flirten. Doch dann fiel mir auf, wie nah er bei Aaron saß. Er schien den Körperkontakt zu ihm bewusst zu suchen, was Aaron entweder nicht bemerkte oder komplett ignorierte.

Tori kicherte unbekümmert. »Pass bloß auf, Eden. Deine Bewunderung steigt ihm sonst noch zu Kopf.«

»Und wenn schon.« Lennox zuckte mit den Schultern. »Ich bin stolz auf meine Phönixgabe. Daran ist doch nichts verkehrt.«

»Absolut nicht«, stimmte ich ihm zu, während ich mich fragte, ob eine solch wunderbare Kraft auch in mir schlummerte. Es fiel mir immer noch schwer, das zu glauben.

Aaron stieß Lennox seinen Ellenbogen in die Seite. »Trotzdem würde dir etwas mehr Bescheidenheit guttun, mein Freund.«

Mit einem Stöhnen zog Lennox sich zurück. »Manchmal bist du echt herzlos.«

Unbekümmert zuckte Aaron mit den Schultern und griff nun ebenfalls nach einem Sandwich. »Du hast mich schon Schlimmeres genannt.«

Lennox' Miene verdüsterte sich. »Nur, wenn du sinnlos dein Leben riskierst.«

Aaron verdrehte die Augen in meine Richtung. »Er übertreibt maßlos.«

»Nein, tut er nicht«, warf Tori ein. »Oder hast du schon vergessen, dass du dir erst letzten Monat zwei Rippen geprellt hast, als du in Santa Maria mit einem Rogue vom Dach geflogen bist, und das, obwohl du *keine* Flügel besitzt.«

»Das … war vielleicht ein bisschen knapp kalkuliert«, räumte Aaron ein. »Aber es ist ja noch mal gut gegangen.«

Lennox schnaubte. »Du wirst nicht immer so viel Glück haben.«

Gut gelaunt klopfte Aaron seinem Freund auf die Schulter. »Immerhin habe ich ein gutes Team, das mir den Rücken freihält.«

»Ihr habt also feste Teams?«, erkundigte ich mich.

»Nicht immer«, antwortete Tori. »Das kommt ganz auf den Auftrag an.«

»Aber wir trainieren meistens in festen Gruppen.« Aaron musterte mich interessiert. »Du kannst bei uns mitmachen. Es laufen schon Wetten, was deine Fähigkeiten betrifft.«

Lennox grinste. Er hatte sein zweites Sandwich längst vertilgt. »Ich glaube, du hast eher eine passive Gabe. Ein Lichtschild oder so was.«

Tori schüttelte den Kopf. »So wie die Frau austeilen kann, ist es bestimmt etwas viel Cooleres. Vielleicht ein Lichtschwert. Das wäre abgefahren.«

Das klang ja alles ganz toll. Aber aktuell schaffte ich es ja nicht mal, ihre Auren zu sehen, wann ich wollte. Ich war diesbezüglich also weit weniger optimistisch. Deshalb versuchte ich, die Diskussion lieber im Keim zu ersticken. »Immer mit der Ruhe. Erst mal muss ich meine Gabe überhaupt finden.«

»Das wirst du«, erwiderte Tori voller Überzeugung. »Du bist dazu *geboren*.«

Nachdenklich sah ich aus dem Fenster und entdeckte Kane, der in diesem Augenblick in Begleitung von zwei jungen Frauen durch den Hinterhof ging. Beide trugen figurbetonte Kleider, in denen sie eher Models als Kriegerinnen glichen. Die Linke besaß einen braunen Teint und leicht gewelltes tiefschwarzes Haar, das ihr bis auf die Schultern fiel. Die andere sah nicht weniger aus wie eine Schönheitskönigin. Nur war sie ein heller Typ mit weißblondem Haar und grünen Augen.

»O Mann«, murmelte Tori. »Vorhang auf für die Hexen von Little Meadows.«

Ich blinzelte irritiert, als Aaron sich zu mir lehnte. »Sie macht bloß Spaß. Die beiden sind im Grunde ganz in Ordnung. Die Blondine heißt Ryanne. Sie kann mit Lichtgeschwindigkeit rennen. Ich schwöre dir, die Frau ist schneller als eine digitale Message. Und die andere ist Meghan. Sie ist so was wie unser Universalgenie. IT-Spezialistin, Krav-Maga-Meisterin und Sprachtalent. Außerdem kann sie Lichtstäbe erschaffen, mit denen sie sogar den brutalsten Rogue erledigt.«

Angespannt verschränkte Lennox die Arme. Er schien nicht glücklich über Aarons Schwärmerei zu sein.

Tori schnaubte. »Hör auf zu sabbern, Aaron. Auch Super-Meg ist nicht perfekt. Frag meinen Bruder. Der wird's wissen.«

Das war also besagte Meghan. Ich musste zugeben, sie und Kane waren ein hübsches Paar, auch wenn sie in der Öffentlichkeit nicht besonders herzlich miteinander umgingen.

»Sind die beiden zusammen?«

Die Frage war raus, bevor ich sie zurückhalten konnte.

Tori grinste breit. »Nicht mehr.«

»Darauf würde ich nicht wetten«, wandte Lennox ein. »Für Meghan scheint dein Bruder jedenfalls noch nicht abgehakt zu sein.«

So, wie sie ihn ansah, definitiv nicht. Gerade erzählte sie Kane etwas, um seine Aufmerksamkeit auf sich zu lenken, doch er drehte den Kopf in die entgegengesetzte Richtung.

Unsere Blicke trafen sich, und meine Wangen glühten auf, weil er mich beim Starren erwischt hatte. Trotzdem dauerte es länger, als es sollte, bis ich es schaffte, mich abzuwenden.

10

EDEN

Meine Unterkunft sah aus wie ein typisches Hotelzimmer. Es war vielleicht ein bisschen größer als üblich, aber in neutralen Farben gehalten und modern eingerichtet. Gleich hinter dem Eingang befand sich ein Flur mit ein paar Kleiderhaken an der rechten Wand. Links führte eine Tür in ein komfortables Badezimmer, und geradeaus ging es in das eigentliche Zimmer. Irgendjemand hatte meine Reisetasche auf das Bett gestellt, über dem eine beeindruckende Fotografie vom Death Valley hing.

Fasziniert betrachtete ich die Sanddünen der Mesquite Ebene, die sich vor den scharfkantigen Bergen im Hintergrund erstreckten. Der Anblick hatte etwas Beruhigendes an sich, doch bevor ich mich noch in der endlosen Weite verlor, riss ich mich von dem Bild los und nahm den Rest des Zimmers in Augenschein.

Gegenüber des Bettes befand sich ein Schreibtisch, über dem ein Flachbildfernseher an der beigen Wand hing. Vor den bodentiefen Fenstern mit Ausblick auf den Wald standen zwei gemütliche Sessel, ein Beistelltisch und eine Stehlampe. Außerdem gab es sogar einen Kühlschrank, der mit Softgetränken und Snacks gefüllt war.

Gar nicht mal so übel.

Ich nahm mir eine Flasche Orangensaft und machte es mir in einem der Sessel gemütlich. Bevor Tori sich verabschiedet hatte, um mir ein bisschen Freiraum zu geben, hatte sie mir das Internetpasswort für meinen Laptop sowie einen USB-Stick gegeben, und obwohl ich es versprochen hatte, suchte ich nicht zuerst die Rogue-Fotos heraus, sondern rief meinen Vater an.

»Hallo, Spätzchen, seid ihr gut angekommen?«, fragte er fröhlich.

»Ja.« Es erleichterte mich, ihn in guter Stimmung zu erleben. Allerdings ebbte meine Freude gleich wieder ab, als er sich nach dem Sommercamp erkundigte.

»Ich hoffe, die Einrichtung ist genauso vielversprechend wie erhofft.«

Frustriert rieb ich mir über die Stirn, während ich überlegte, ob ich die Sache mit dem Sommercamp richtigstellen sollte. Andererseits, was würde das bringen? Ich konnte meinem Vater schlecht am Telefon erklären, dass ich mich gerade bei einem mystischen Geheimbund aufhielt und versuchte, meine übernatürlichen Fähigkeiten zu finden, um eine Therapie für ihn rauszuschlagen. Also ließ ich es bleiben und blieb so nah wie möglich bei der Wahrheit, indem ich ihm die Anlage beschrieb. Ich erzählte ihm gerade von dem angrenzenden Wald mit den beeindruckenden Mammutbäumen, die weit hinauf in den Himmel ragten, als er mich aufgeregt unterbrach.

»Oh, tut mir leid, Spätzchen. Ich muss Schluss machen. Hab viel Spaß und melde dich bald wieder, ja?«

»Klar«, erwiderte ich, doch Dad hatte bereits aufgelegt.

Seufzend ließ ich das Handy sinken. Ich war enttäuscht, dass unser Gespräch nur ein paar Minuten gedauert hatte. Aber leider kannte ich das bereits. Dad hatte keine sonderlich hohe Aufmerksamkeitsspanne am Telefon. Er meinte das nicht böse. Es überforderte ihn einfach, mit jemandem zu reden, wenn er kein Gesicht vor sich hatte.

Nachdem ich meinen Laptop aus der Tasche geholt hatte, schickte ich Miss Rodriguez eine Mail, in der ich mich aufgrund privater Verpflichtungen für die nächste Zeit entschuldigte. Mir gefiel der Gedanke nicht, dass ich sie kurz nach der Absage fürs Stipendium sitzen ließ. Aber da ich nicht sicher war, wie lange ich hierbleiben würde, wäre es unfair von mir, sie hinzuhalten.

Um mich von meinem schlechten Gewissen abzulenken, konzentrierte ich mich auf meine eigentliche Aufgabe. Ich suchte die besten Shady-Bilder zusammen und erstellte eine Liste mit allen weiteren Informationen, die mir spontan einfielen. Danach hatte ich kaum noch genügend Zeit, mich in dem kleinen Badezimmer frisch zu machen.

Ich sah schon wieder reichlich zerzaust aus. Unzählige Haare hatten sich aus meinem geflochtenen Zopf gelöst, weshalb ich das Gummi einfach abzog. Ich gönnte mir eine kurze Kopfmassage, ehe ich meine verschwitzten Sachen auszog, mich wusch und meine Verletzungen checkte. Zum Glück verheilte die Wunde am Knie gut, und auf dem Schulterblatt brauchte ich gar kein Pflaster mehr. Ich tupfte gerade etwas Heilsalbe auf die Haut, als Tori auch schon wieder an der Tür klopfte, um mich in die Kommandozentrale zu bringen. Hastig sprang ich auf, wischte mir die Finger ab und öffnete die Tür.

»Komm rein!« Ohne auf sie zu warten, ging ich zum Bett, um saubere Sachen aus meiner Reisetasche zu fischen. »Ich bin in einer Minute fertig.«

»Lass dir ruhig Zeit.«

Erschrocken wirbelte ich herum. Kane lehnte mit verschränkten Armen an der Wand, die in den Raum führte, und ließ den Blick ungeniert über meinen halbnackten Körper schweifen.

Klasse! Ich trug einen BH mit Blumenmuster und gestreifte Hipster-Pants. Das war zwar mehr Stoff, als mein Bikini besaß, aber definitiv kein Outfit, in dem ich vor Kane rumhüpfen wollte. Meine Wangen brannten, doch ich widerstand dem Impuls, kreischend die Decke vor mich zu ziehen, weil ich nicht wollte, dass er sich überlegen fühlte.

Leider tat er es trotzdem. Spöttisch zog er eine Braue hoch. »Du hättest dich doch nicht extra für mich so in Schale schmeißen müssen, Blümchen.«

Idiot!

Ich gab ihm nicht die Genugtuung, auf diesen lächerlichen Spitznamen einzugehen. Stattdessen wandte ich mich mit einer Lässigkeit, die ich bei Weitem nicht empfand, ab und nahm meine Jeansshorts. »Tori sagte, sie würde mich abholen.«

»Ihr ist etwas dazwischengekommen.« Sein Ton war gelangweilt, dennoch konnte ich seinen Blick deutlich auf meinem Körper spüren.

Ein Kribbeln kitzelte in meinem Nacken und breitete sich wie flüssiges Feuer über meinen Körper aus. Mit falscher Ruhe stieg ich in meine Shorts, um wenigstens meinen Hintern zu bedecken, ehe ich ein Shirt aus der Tasche kramte.

»Also dachtest du, du schaust mal persönlich nach, ob ich schon zur Rogue mutiere?«, fragte ich beiläufig, obwohl ich mittlerweile überzeugt davon war, dass das nicht passieren würde. Ich war stolz auf mich, weil meine Stimme recht unbeeindruckt klang.

»So in etwa«, antwortete er gedehnt.

Ich zog mir das Shirt über den Kopf und fischte meine Haare aus dem Saum. Als ich mich umdrehte, betrachtete Kane mich noch immer, was nicht unbedingt dazu beitrug, dass ich mich entspannte.

Mit gespielter Gleichgültigkeit verdrehte ich die Augen. »Ich weiß deine Sorge um mich echt zu schätzen, aber mir geht's gut. Ich werde sicher keine Rogue.«

Zumindest hoffte ich das.

»Ich weiß«, erwiderte er zu meiner Überraschung, machte sich aber nicht die Umstände, sich für seine übertriebene Vorsicht zu entschuldigen. Seine Aufmerksamkeit blieb auf meinem Laptop haften, der aufgeklappt auf dem Schreibtisch stand.

Das Display zeigte einen Schnappschuss von Ian und mir, als wir im letzten Sommer zusammen mit unserer Clique die Outside Lands im Golden Gate Park besucht hatten. Das Musikfestival war eine meiner schönsten Erinnerungen an unsere gemeinsame Zeit. Auf dem Foto hatte Ian einen Arm um mich gelegt und küsste mich auf die Wange, während ich glücklich in die Kamera grinste. Ich hatte es noch nicht über mich gebracht, das Bild gegen einen anderen, nichtssagenden Hintergrund zu tauschen. Jetzt war ich froh darüber.

»Dein Freund?«, fragte Kane. Er klang immer noch desinteressiert, was überhaupt keinen Sinn ergab. Ich war sicher kein Profi auf dem Gebiet, aber ich konnte es durchaus erkennen, wenn einem Mann gefiel, was er sah. Und Kane hatte mein Körper definitiv gefallen. Was mich freute. Obwohl es das nicht sollte.

Plötzlich ärgerte ich mich über mich selbst, weil ich überhaupt darüber nachdachte, anstatt Kane zu antworten.

Der schien inzwischen eigene Schlüsse gezogen zu haben. Langsam drehte er den Kopf in meine Richtung. Sein Lächeln wurde fies. »Hat er kein Problem mit deiner … Freizügigkeit?«

Empörung und Scham brauten sich in mir zusammen. Am liebsten hätte ich ihm das blöde Grinsen aus dem Gesicht gewischt. Aber dann hätte ich zuzugeben, dass mich seine Worte getroffen hatten, und das wäre noch schlimmer gewesen. Also zuckte ich nur mit den Schultern und sagte nichts dazu.

Kane ließ jedoch nicht locker. »Ziemlich leichtsinnig, wenn du mich fragst.«

Lachend raffte ich meine Haare zusammen. »Dich fragt aber niemand.« Etwas energischer, als für meine Kopfhaut gut war, band ich mir einen Zopf. »Außerdem habe ich nicht *dich* gebeten, hier reinzuplatzen, sondern deine Schwester.«

»Und wenn sie auf Frauen steht?«, hakte er belustigt nach. »Man könnte dein Verhalten durchaus als Provokation interpretieren. Ich bin mir ziemlich sicher, dass das deinem Freund nicht gefallen würde.«

Genervt ging ich zum Schreibtisch. Ich konnte nicht fassen, dass ich mit diesem Kerl über mein Liebesleben diskutierte. Als hätte ich sonst keine Probleme.

Ich schnappte mir den USB-Stick, den ich schon bereitgelegt hatte, und zwang mich zu einem unbekümmerten Lächeln, bevor ich auf Kane zuschlenderte.

»Es spielt überhaupt keine Rolle, ob deine Schwester auf Frauen steht oder nicht. Allerdings hatte sie gestern Abend den Anstand wegzusehen, als ich nur in ein Handtuch gewickelt in meinem Badezimmer saß. Du hingegen scheinst nicht mal auf die Idee zu kommen, meine Privatsphäre zu respektieren.«

Sein Mundwinkel zuckte. »Jetzt wirst du aber unfair. Ich habe schon kurz darüber nachgedacht, mich umzudrehen. Aber ich muss zugeben, die Aussicht war zu … verstörend.«

Vor lauter Entrüstung begann mein Puls zu rasen. »Kleiner Tipp für dich, Kanneth …«

Plötzlich stieß er sich von der Wand ab und machte einen Schritt auf mich zu. Leider war ich so überrascht, dass ich prompt zurückwich, obwohl ich das unbedingt hatte vermeiden wollen. Und da stand ich nun, mit dem Rücken zur Wand, und starrte diesen unsensiblen Kerl an wie ein Reh im Scheinwerferlicht.

Er stemmte die Hände zu beiden Seiten meines Kopfes gegen die Wand, wodurch er noch größer und bedrohlicher wirkte. Seine braunen Augen glitzerten gefährlich, aber ich hatte keine Angst vor ihm. Denn plötzlich sah ich seinen Schmerz, und mir wurde klar, dass ich gerade einen wunden Punkt getroffen hatte.

»Nenn mich nie wieder Kanneth«, sagte er kalt, obwohl in seinen Augen endlos tiefer Kummer stand. Eine Strähne seines braunen Haares fiel ihm ins Gesicht und ließ seine markanten Züge noch schärfer erscheinen.

Obwohl ich es mir selbst nicht erklären konnte, durchflutete mich mit einem Mal das Bedürfnis, die Hand zu heben und tröstend über seine Wange zu streichen. Aber da ich kein Recht dazu hatte, ballte ich die Finger an den Seiten zu Fäusten und ließ meine Miene weich werden. »Warum nicht?«

Ich war mir sicher, dass er nicht darauf antworten würde. Aber zu meinem Erstaunen tat er es doch. »So haben mich nur meine Eltern genannt.«

Das erklärte den gequälten Ausdruck in seinen Augen. Ich wollte ihm sagen, dass ich seinen Schmerz nachvollziehen konnte und wie leid es mir tat, dass er sie verloren hatte. Doch ich brachte kein Wort über die Lippen.

Auf einmal bemerkte ich den Schimmer. Erst sanft, kaum wahrnehmbar, doch je stärker ich mich darauf konzentrierte, umso deutlicher konnte ich Kanes Licht erkennen. Es war atemberaubend.

Eine kleine Falte erschien auf seiner Stirn, als wüsste er selbst nicht so recht, wie er mit der Situation umgehen sollte. Wir hatten beide um die Kontrolle über das Gespräch gerungen – und verloren. Jetzt war da nur noch eine knisternde Stille zwischen uns, und eine Verbindung, die ich mir nicht erklären konnte.

Endlose Sekunden verstrichen, in denen wir einander anstarrten – dann klopfte es ein weiteres Mal und Kane wich abrupt zurück. »Kane?«, erklang eine mir unbekannte Frauenstimme. »Una fragt, wo ihr so lange bleibt.«

Sofort öffnete er die Tür. Davor stand das Mädchen, das so schnell war wie das Licht. Sie ließ eine Kaugummiblase platzen. »Hi, Eden, ich bin Ryanne.«

»Freut mich«, sagte ich höflich. Schließlich bestand durchaus die Chance, dass Tori mit ihrem Hexenkommentar übertrieben hatte.

Skeptisch sah Ryanne zwischen Kane und mir hin und her. »Was macht ihr hier drin?«

Okay, vielleicht hatte Tori doch nicht übertrieben. Oder mein ertappter Gesichtsausdruck verriet uns.

Kane schnaubte abfällig. »Was glaubst du wohl? Eden hat mir ihre neuste Unterwäsche präsentiert.«

Ich klappte schon empört den Mund auf, als Ryanne anfing zu kichern.

»Sehr witzig.« Es war offensichtlich, dass sie Kane kein Wort glaubte, was er vermutlich gewusst hatte. Sie winkte uns mit sich. »Jetzt kommt endlich.« Sie schien keine Lust zu haben, auf uns zu warten, denn sie sauste so schnell davon, dass ich es mit bloßem Auge kaum wahrnehmen konnte.

Ziemlich beeindruckend.

Ohne Kane nach der Aktion eines Blickes zu würdigen, trat ich an ihm vorbei, und wir liefen in angespanntem Schweigen den Gang entlang. Am Ende des Korridors erwartete uns ein kleiner Vorraum, der auf der linken Seite zum Treppenhaus und den Fahrstühlen führte. Doch Kane wies mit einem knappen Kopfnicken nach rechts, und wir betraten einen Durchgang, der direkt in das Hauptgebäude führte.

Nach wenigen Metern öffneten sich zwei Schiebetüren, die zu einem größeren Raum führten. Es war, als wären wir in eine andere Epoche gesprungen. Wo eben noch ein moderner Korridor mit Steinböden und schneeweißen Wänden war, die mit weiteren kunstvollen Fotografien vom Death Valley – das schien hier das große Motto zu sein – geschmückt waren, breitete sich unter meinen Füßen nun ein bordeauxroter Teppich aus, der jeden meiner Schritte verschluckte. An der Wand hing ein riesiges Gemälde, das den Eindruck erweckte, es wäre mindestens dreihundert Jahre alt. Aber das Motiv ließ mich stutzen. Ich blieb stehen, um es genauer zu betrachten.

Die Szene spielte auf einem ausgedörrten Stück Land. Im Hintergrund erhoben sich karge Felsen. Die Häuser erinnerten mich an eine typische Westernstadt, viele von ihnen brannten lichterloh. Rauch stieg in den tristen Himmel empor, und aufgeschreckte Raben flatterten durch die Luft. Aber kein Mensch schenkte dem Feuer Beachtung. Stattdessen lieferten sich die Leute einen erbitterten Kampf mit allen möglichen Waffen. Schwerter, Mistgabeln, Lanzen, Dolche. Manche von ihnen waren aus purem Licht. Doch der strahlende Glanz jener Waffen überdeckte nicht das Grauen dieses Blutbades. Da waren Männer, Frauen, sogar Kinder. Sie trugen zerlumpte Hemden und aufgerissene Stoffhosen. Einige

Mienen waren verzerrt vor Wut. Andere Kämpfer hingegen wirkten entschlossen. Sie waren umgeben von Licht.

»Das ist die große Schlacht, mit der die Phönixkrieger den Sieg errungen haben«, erklärte Kane, der neben mir stehen geblieben war. »Heroisch, findest du nicht?«

Ich ignorierte seinen Sarkasmus und musterte ein kleines Schild am Rand des Bildes. »Glorypeak, 1910«, las ich vor und runzelte die Stirn. In meiner Vorstellung hatte dieser epische Kampf eher im Mittelalter stattgefunden, und nicht erst vor etwas mehr als hundert Jahren. »Ich dachte, das wäre viel länger her.«

»Nope«, antwortete Kane und schob sich die Hände in die hinteren Taschen seiner Jeans. »Die Phönixallianz ist praktisch noch ein Baby.«

»Das heißt also, vor etwas mehr als einem Jahrhundert ist der heilige Phönix immer noch fröhlich durch die Gegend geflattert?«, fragte ich ungläubig.

»Genau.« Kane zog einen Mundwinkel hoch. »Seltsame Vorstellung, nicht wahr?«

Das stimmte wohl.

Nachdenklich ließ ich meinen Blick weiter über das Gemälde wandern, als mir ein Mann auffiel, der etwas abseits stand. Er besaß keine Lichtaura. Sein zerlumptes Hemd war blutdurchtränkt, als hätte er bereits unzählige Schwerthiebe eingesteckt. Er hatte langes, wildes Haar und einen Vollbart, weshalb man seine Gesichtszüge kaum erkennen konnte. Sein Mund war weit aufgerissen, allerdings war nicht eindeutig, ob er vor Schmerz schrie oder einen Befehl brüllte. In seinen schwarzen Augen loderte purer Hass, während er mit einem Dolch in der Hand auf die kämpfenden Menschen zeigte.

»Ist das Elijah?«, fragte ich.

Kane sog scharf Luft ein. »Du weißt, wie dieser Mistkerl hieß?«

Ich nickte. »Ich kenne das Märchen von meiner Großmutter. Aber das weißt du ja schon. Schließlich hast du Tori und mich belauscht.«

»Und woher weißt du das?«

Gelassen zuckte ich mit den Schultern. »Hab euch im Wagen belauscht.«

Plötzlich stieß er ein Geräusch aus, das fast wie ein Lachen klang, weshalb ich überrascht den Kopf drehte. Er warf mir einen belustigten Blick zu. »Schätze, damit sind wir quitt, was?«

Ich grinste. Nicht mal ansatzweise, Kumpel. Aber das sagte ich natürlich nicht laut. Mir fiel es sowieso schon schwer, nicht in diesen funkelnden braunen Augen zu versinken.

Allein für den Gedanken wollte ich mir selbst eine verpassen. Was zur Hölle war los mit mir? Es war keine zehn Minuten her, seit er meinen Anblick als *verstörend* bezeichnet hatte. Da würde ich ihn jetzt sicher nicht wie ein treudoofes Hündchen anhimmeln, nur weil er sich dazu herabließ, mich anzulächeln.

Entschlossen schüttelte ich den Gedanken ab und konzentrierte mich wieder auf das Gemälde. »Elijah war also wirklich ein Rogue.«

»Ja«, antwortete Kane und verschränkte die Arme. »Der erste seiner Art.«

»Und wie ist er entstanden?«, hakte ich nach.

Kane schnaubte. »Es gibt Leute, die behaupten, der Dolch in Wheelers Hand wäre ein magisches Artefakt aus uralten Zeiten, das ihm diese ungeheure Macht verlieh. Andere sagen, er hätte bei seiner Goldsuche eine geheimnisvolle Quelle in den Claims entdeckt. Aber so genau weiß es niemand.«

Ich runzelte die Stirn. »Gibt es denn gar keine Aufzeichnungen mehr? Das Ganze ist doch erst ein Jahrhundert her.«

»Früher gab es eine große Sammlung. Aber sie ist vor ein paar Jahrzehnten nach einem Kurzschluss in der Stromleitung verbrannt. Alles, was damals gerettet werden konnte, befindet sich inzwischen im Archiv.«

Das ließ mich aufhorchen. »Habt ihr dort schon nach Informationen über meine Familie gesucht?«

Kanes Miene wurde etwas weicher. »Deine Mutter lebt noch, Eden.«

Ich wollte cool und gelassen auf diese Neuigkeit reagieren. Aber mein Herz geriet vollkommen aus dem Takt. Ich brauchte mehrere Anläufe, um weiterzusprechen. »Wo?«

»Sie besitzt eine Ranch in Colorado, nicht weit von Denver entfernt.« Kane zögerte. »Wir werden ein Team dort hinschicken, um sie zu überprüfen. Aber wenn du willst, kannst du mitfahren. Ich kann mit Una reden.«

»Nein«, erwiderte ich sofort. Allein die Vorstellung, nach all den Jahren der Frau gegenüberzustehen, die mich und Dad im Stich gelassen hatte, überforderte mich. Ich konnte mich damit jetzt nicht auch noch befassen.

Verständnis flackerte in seinen Augen auf, ehe er nickte.

Ich atmete tief durch. »Und meine Großeltern?«

»Georgie hat die Recherche übernommen. Sie hat herausgefunden, dass wir Anfang der 1980er drei Frauen verloren haben, die hinsichtlich des Alters als deine Großmutter infrage kommen. Aber aus den Berichten geht eindeutig hervor, in welchen Einsätzen sie starben und dass sie von Mitgliedern der Allianz bestattet wurden.«

Meine Kehle schnürte sich zu. Sicher hatten sie noch ihr ganzes Leben vor sich gehabt. »Und Vermisstenfälle?«

»Bisher nichts.« Kane klang nicht sehr zufrieden. »Gibt es denn irgendetwas, das du über deine Großeltern weißt, was die Suche eingrenzen würde?«

Darüber hatte ich auch schon nachgedacht. Leider waren meine Informationen ernüchternd begrenzt. »Dad hat mir mal erzählt, dass sein Vater noch vor seiner Geburt tödlich verunglückte. Aber mehr weiß ich leider auch nicht.«

»Gibt es bei dir zu Hause noch alte Dokumente oder Fotos?«, fragte Kane.

Mein Magen zog sich zusammen, als ich im Geiste erneut meinen Vater vor dem lodernden Kochtopf sah.

Wir brauchen diesen ganzen Kram nicht, Spätzchen, hatte er mir lachend zugerufen. *Das ist nicht das, was uns ausmacht.*

Damals hatte ich kein Wort verstanden. Jetzt fragte ich mich aber schon, ob mein Vater viel mehr wusste, als er zugab, und ob hinter seinem diffusen Handeln Methode steckte. Kane verriet ich jedoch nichts von diesen unangenehmen Gedanken, sondern schüttelte nur den Kopf.

»Meine Großmutter starb, als mein Vater zwölf Jahre alt war. Danach wurde er in verschiedenen Pflegefamilien herumgereicht. Fast alle Dokumente sind in dieser Zeit verloren gegangen. Den Rest hat mein Vater verbrannt.«

Nun existierte das Gesicht meiner Großmutter nur noch in dem chaotischen Geist meines Vaters und als verschwommene Fotografie in meiner Erinnerung.

Kane stieß ein trockenes Lachen aus. »Das ist ätzend.«

Da konnte ich ihm nicht widersprechen. Frust ballte sich in mir zusammen, und obwohl es mir in meinem Leben nie an etwas gefehlt hatte, fühlte ich mich mit einem Mal seltsam entwurzelt. »Ich habe die Fotos gesehen, bevor sie vernichtet wurden. Vielleicht erkenne ich jemanden wieder, wenn ich mal einen Blick ins Archiv …«

»Vergiss es!«, unterbrach er mich schroff. »Manchmal sollte man Dinge auf sich beruhen lassen, und wenn wir ganz ehrlich sind, spielt es im Grunde sowieso keine Rolle, wer deine Großeltern waren. Das sind bloß Namen auf einem Stück Papier. Deine Vergangenheit ist nicht ausschlaggebend für deine Zukunft.«

»Aber meine Fähigkeiten sind es«, hielt ich dagegen. »Wie soll ich sie finden, wenn ich bloß einen Teil meiner Geschichte kenne?«

Kane schnaubte. »Glaub mir, es wäre ein Segen für dich, wenn dir deine Gabe verborgen bleibt. Denn dann könntest du einfach die Verschwiegenheitserklärung unterzeichnen und wieder gehen.«

Mein Kopf fuhr zu ihm herum. Doch er sah nicht mich an, sondern starrte auf einen bestimmten Punkt auf dem Gemälde.

Ich folgte seinem Blick und zuckte zusammen, als ich eine Phönixkriegerin entdeckte, die gerade von einem Rogue überwältigt wurde. Ihre Augen waren vor Horror weit aufgerissen. Aber ihre Hände waren zu Fäusten geballt, was mir zeigte, dass sie sich nicht kampflos geschlagen gab. Auf dem Bild war natürlich nicht ersichtlich, wie dieses Duell ausging. Vermutlich hing das von der Einstellung des Betrachters ab, und ich für meinen Teil weigerte mich, zu glauben, dass sie verloren hatte.

»Nein«, erwiderte ich und straffte die Schultern. »Das ist meine beste Chance, meinem Vater zu helfen. Ich werde alles tun, was nötig ist, um meine Gabe zu finden und zu beweisen, dass ich zu euch gehöre.«

Kane verzog verächtlich die Lippen. »Du hast wirklich absolut keine Ahnung, worauf du dich da einlässt.«

»Glücklicherweise ist das ja nicht dein Problem«, erwiderte ich mit einem zuckersüßen Lächeln, obwohl mir seine unterschwellige Drohung durchaus Sorge bereitete. »Also, wo ist die Kommandozentrale?«

»Hier lang.« Sein Ton war jetzt wieder kühl. Er führte mich zum Fahrstuhl, und als wir ins Erdgeschoss fuhren, sagte er gar nichts mehr. Ich war froh, dass ich der beengten Stille der Kabine gleich wieder entfliehen konnte.

Die Kommandozentrale entpuppte sich als wahres Paradies für IT-Nerds, und kurz hatte ich den Eindruck, ich wäre nicht in ein Fantasy-Spektakel, sondern in einen James-Bond-Film gestolpert. An der hinteren Wand befand sich ein riesiger Monitor mit einer digitalen Karte der USA. Wie ich einer Legende auf der rechten Seite entnehmen konnte, waren die grün markierten Punkte die Phönixkriegerteams, die gerade unterwegs waren, blau waren die Zweigstellen, gelb kennzeichnete die Orte, an denen Rogues vermutet wurden, und rot zeigte bestätigte Kontakte. Eigentlich recht simpel.

Zwischen zwei Schreibtischen, an denen jeweils eine Person mit Headset saß, entdeckte ich Una. Sie erteilte gerade Anweisungen, indem sie abwechselnd mit der Frau links und mit Lawrence auf der rechten Seite sprach. Diese sahen auf die Monitore unmittelbar vor sich und gaben Unas Befehle direkt in den Computer ein.

Etwas weiter abseits standen Ryanne und Meghan. Sie hatten die Köpfe zusammengesteckt und lachten leise miteinander, verstummten aber, als sie uns bemerkten. Ryanne nickte mir zu, Meghan jedoch schürzte die Lippen und musterte mich von oben bis unten. Es war offensichtlich, dass ihr mein Erscheinen ein Dorn im Auge war. Ich verstand zwar nicht, wo ihr Problem lag, aber bei meinem Glück würde ich es recht schnell herausfinden.

»Eden.« Una winkte mich ungeduldig zu sich, ehe sie die Hand ausstreckte. »Da bist du ja endlich. Hast du die Bilder?«

»Sind alle hier drauf.« Ich reichte Una den USB-Stick, und sie gab ihn direkt an die junge Frau weiter. Als diese sich umdrehte, sah ich, dass sie mindestens im fünften oder sechsten Monat schwanger war.

Lächelnd warf sie ihr wildes, lockiges Haar zurück. »Hi, ich bin Georgie.«

»Freut mich«, erwiderte ich höflich. Das war also die Frau, die Kane darum gebeten hatte, nach meiner Großmutter zu suchen. Sie sah nett aus. »In der Textdatei ist eine Übersicht, wann ich welchen Rogue gesehen habe.«

Georgie schloss den Stick an und tippte auf der Tastatur herum, ehe sie einen leisen Pfiff ausstieß. »Wow. Gute Arbeit, Eden. Ich wünschte, alle Leute wären so gründlich.«

Verlegen winkte ich ab. »Ich hoffe, es hilft weiter.«

Aus der Ecke kam ein Schnaufen, das mit Sicherheit von Meghan stammte. »Wenn die Bastarde an ein und derselben Stelle ausharren würden, wäre das sicher hilfreich.«

Ich ignorierte den schnippischen Tonfall und schaute auf den riesigen Wandmonitor, auf dem Georgie San Francisco vergrößerte und die Orte markierte. »Ihr habt gesagt, Rogues sind instinktgesteuerte Wesen. Daher dachte ich, sie bleiben vielleicht in der Nähe ihrer Heimat. Schließlich gibt es unzählige Beispiele aus der Tierwelt, die ein ähnliches Verhalten belegen.«

Auf dem riesigen Bildschirm tauchten jetzt verschiedene Aufnahmen von Shady Nummer 5 auf, den ich vor einigen Monaten am Golden Gate Beach gesehen hatte.

Ich konnte mich noch gut an den Tag erinnern. Dad war völlig außer sich gewesen. Er hatte sein halbes Atelier kurz und klein geschlagen und immer wieder geschrien: *Tu es nicht! Tu es nicht!* Ich hatte ewig versucht, ihn zu beruhigen. Doch es war mir nicht gelungen. Deshalb hatte ich schließlich meine Kamera geschnappt und war vollkommen überfordert aus der Wohnung geflohen. Ich wusste noch, dass ich überlegt hatte, zu Ian zu fahren. Doch weil ich mich so sehr für Dads Verhalten und meine Flucht schämte, war ich schließlich allein auf Tour gegangen, um den Kopf freizukriegen. Ich hatte stundenlang am Strand gesessen und Fotos von den Familien und Paaren gemacht, die die gemeinsame Zeit am Fuße der Golden Gate Bridge genossen. Es war ein herrlicher Frühlingstag gewesen, und natürlich hatte ich den Schimmer, der die Leute umgab, auf die Sonne geschoben. Trotzdem war mir Shady Nummer 5 sofort aufgefallen. Er hatte inmitten der Menge gestanden und finster die fröhlichen Gesichter der Leute betrachtet. Nicht mal ein Funke hatte ihn umgeben. Deshalb hatte ich den Auslöser gedrückt.

Meghan trat näher an das Display heran. »Und du bist dir sicher, dass es sich bei diesen Personen um Rogues handelt?«

Obwohl sie nicht sonderlich freundlich klang, konnte ich ihre Skepsis nachvollziehen. Schließlich schaffte es die Kamera nicht, den Zauber festzuhalten. Auf dem Foto sah Shady Nummer 5 aus wie ein junger Mann, der dringend eine Dusche und einen Happen zu essen vertragen könnte. Darüber hinaus unterschied er sich aber nicht wesentlich von der Familie im Hintergrund. Auch bei ihnen konnte man das Licht nicht mehr sehen.

»Absolut.« Ich drehte den Kopf, um Meghan anzusehen, und stellte leicht irritiert fest, dass sie aus der Nähe noch atemberaubender war, sogar dann, wenn sie misstrauisch die Stirn runzelte. »Dieser Kerl stand mitten in der Sonne, und er hatte definitiv keine Aura. Ich weiß noch, wie ich mich darüber gewundert habe.«

»Ich denke, wir können auf Edens Urteil vertrauen«, sagte Lawrence und zwinkerte mir zu. »Ich bin gespannt, wozu du mit ein bisschen Übung fähig bist. Aus dir wird sicher eine erstklassige Jägerin.«

»Darauf würde ich nicht wetten«, warf Kane in belustigtem Tonfall ein. Erst glaubte ich tatsächlich, er würde mir den Rücken stärken, weil er schließlich Zeuge bei meinen Verhandlungen mit Una gewesen war und über meinen Widerwillen in Bezug auf die Jagd Bescheid wusste. Doch sein Blick besagte deutlich, dass ich falsch lag. Er hielt mich für einen Loser.

Gott! Wie sehr mich dieser Kerl nervte. Er machte mich regelrecht aggressiv. Dabei hatte ich mein Leben lang jede Form von Gewalt verabscheut. Egal, wie sehr man mich provoziert hatte, ich hatte es immer geschafft, meine Emotionen unter Kontrolle zu halten. Nur bei ihm schien ich diesbezüglich an meine Grenzen zu stoßen. Er erreichte mich an Stellen, die kein anderer berührte. Und das war absolut nicht romantisch gemeint.

11

EDEN

Nachdem ich die Bilder abgeliefert hatte, wurde ich ohne große Umschweife aus der Kommandozentrale hinauskomplimentiert. Kane begleitete mich ein Stück. Doch weder sprach er mit mir, noch beabsichtigte er, mich wie ein Gentleman zurück zu meinem Zimmer zu eskortieren.

»Findest du den Weg allein, oder neigst du dazu, dich zu verlaufen?«, fragte er spöttisch.

Ich warf ihm einen finsteren Blick zu. »Ich komme klar.« Ohne ihn weiter zu beachten, wandte ich mich ab und ging davon. Während ich den Gang entlangschlenderte, dachte ich an mein Leben in San Francisco. Abgesehen von Dad und den Kids im Youth Center hatte es erschreckend wenig zu bieten. Ian genoss bereits seine Freiheit, und meine Freundinnen würden auch bald die Stadt verlassen. Sie hatten eine Perspektive. Ich nicht.

Es war Zeit, dass ich es mir selbst eingestand. Hier ging es nicht nur um meinen Vater, sondern auch um mich. Natürlich wollte ich in erster Linie, dass es ihm besser ging. Aber mir war natürlich auch klar, dass ich darüber hinaus ein bisschen näher zu mir selbst finden musste. Insofern konnte ich durchaus damit leben, dass die Hilfe für Dad an gewisse Bedingungen geknüpft war.

Womit ich aber nicht klarkam, war Kanneth Huntington.

Im Geiste ging ich jedes Gespräch durch, das Kane und ich bisher geführt hatten. Aber mir fiel beim besten Willen kein Grund ein, warum er sich mir gegenüber die meiste Zeit wie ein Vollidiot benahm. Ich hatte ihm nichts getan, verdammt noch mal.

Ich kochte innerlich, als ich die überaus imposante Eingangshalle des Hauptgebäudes erreichte. Auch hier hing ein großes Gemälde an der Wand. Es schien vom selben Künstler zu sein, denn stilistisch war es dem Bild im zweiten Stock sehr ähnlich.

Wie angewurzelt blieb ich stehen, und sämtliche Wut verrauchte, als ich das Hauptmotiv entdeckte. Ein wunderschöner Vogel, der aus purem Licht bestand, flog über eine paradiesische Landschaft, in der sich üppige Wälder mit tiefblauen Seen abwechselten. Sein Federkleid schimmerte golden in der Sonne. Dem Künstler war es perfekt gelungen, die unglaubliche Ausstrahlung des Phönix einzufangen. Er war sogar noch viel kräftiger gebaut, als ich ihn mir vorgestellt hätte. Dadurch wirkte er umso mächtiger. Seine Magie schien die ganze Welt am Leben zu erhalten. Was ja irgendwie auch stimmte.

Ich versuchte, mir vorzustellen, wie es wäre, wenn keine Phönixkrieger existieren würden, um die Rogues zu vernichten. Nach und nach würde wohl ein jeder Mensch sein Licht verlieren, und dann würde die Welt im Chaos versinken.

Mir lief ein Schauer über den Rücken.

»Hey, Eden«, rief Lennox und kam in Begleitung von Aaron grinsend auf mich zu. »Hast du dich verlaufen?«

Ich verzog das Gesicht. Wieso dachten alle, ich wäre zu blöd, mir den Weg zu meinem Zimmer zu merken? So komplex war die Anlage nun auch wieder nicht. »Ich suche die Bibliothek. Tori sagte, sie wäre hier im Hauptgebäude.«

Lennox runzelte die Stirn. »Du willst *lesen*?«

Aus seinem Mund klang das wie eine Todsünde.

Amüsiert verschränkte ich die Arme. »Ich dachte, es kann nicht schaden, wenn ich mir ein paar Informationen über die Geschichte der Phönixkrieger besorge.«

Verlegen kratzte Aaron sich am Kopf, wobei er sein blondes Haar verstrubbelte. »Ich fürchte, die interessanten Dokumente befinden sich in einem speziellen Archiv. Du wirst Una erst um Erlaubnis bitten müssen.«

»Mach dir aber keine allzu großen Hoffnungen«, warf Lennox ein. »Es haben nur die Phönixkrieger mit einer abgeschlossenen Ausbildung Zugang.«

»Warum?«, fragte ich irritiert.

Aaron zuckte mit den Schultern. »Augenzeugenberichte sind immer recht subjektiv. Manchmal vermitteln sie einen falschen Eindruck von den Geschehnissen. Wir bewahren die Dokumente auf, weil wir das Andenken der Verfasser ehren. Aber um die Wahrheit zu sagen: Die meisten Texte sind ziemlich an den Haaren herbeigezogen.«

Lennox stieß ein zustimmendes Brummen aus. »In einem habe ich gelesen, dass es mal eine Phönixkriegerin gab, die sich angeblich in ein Lichtpferd verwandeln konnte. Aber das ist natürlich Bullshit. Wir sind schließlich keine Gestaltwandler.«

Und das von dem Kerl, dem Flügel aus Licht wuchsen.

»Also habt ihr Zugang?«, hakte ich nach.

Die beiden tauschten einen raschen Blick, was für mich Antwort genug war.

Lennox legte mir einen Arm um die Schulter, bevor er mich an der Aula vorbei zum Hinterausgang schob. »Jetzt entspann dich mal. Du bist gerade erst angekommen, und draußen ist perfektes Wetter. Über verstaubten Büchern kannst du später immer noch brüten.«

Kaum traten wir aus dem Gebäude, schlug mir eine Welle trockener Hitze entgegen. Inzwischen war es Nachmittag geworden, und die Sonne stand hoch am Himmel und brannte auf uns herunter. Die meisten Leute hatten sich in die klimatisierten Räume oder in den Wald zurückgezogen. Aaron schien die Hitze allerdings egal zu sein, denn er trat vor und breitete die Arme aus, das Gesicht genüsslich zum Himmel gereckt. »Ist das nicht herrlich?«

Lennox betrachtete seinen Freund mit einer Mischung aus Zuneigung und Belustigung. »Klar, wenn man scharf auf einen Sonnenstich ist.«

Ich runzelte die Stirn. »Wenn der Phönix aus dem Licht der Sonne geboren wurde und seine Magie an euch weitergegeben hat, solltet ihr da nicht immun gegen die Sonne sein?«

Langsam ließ Aaron die Hände sinken. »Wir halten sehr viel mehr aus als normale Menschen. Aber trotzdem können wir uns genauso verletzen, dehydrieren oder uns die Nase verbrennen.«

Wir gingen ein paar Meter und setzten uns unter eine alte Eiche, die den notwendigen Schatten bot, damit ich bei der Affenhitze nicht kollabierte.

»Also, wie genau funktioniert das mit den Kräften?«, fragte ich, winkelte die Beine an und schlang die Arme um die Knie. »Kann man sie rund um die Uhr benutzen?«

»Die Tageszeit spielt keine Rolle«, antwortete Aaron, der im Schneidersitz neben mir saß und mit einem Grashalm spielte. »Allerdings sind unsere Kräfte nicht unerschöpflich. Es kostet uns viel Energie, sie einzusetzen.«

»Wie bei einem Akku?«, fragte ich, weil ich diesen Prozess wirklich verstehen wollte.

Lennox, der ausgestreckt im Gras lag, lachte. »So ungefähr.«

»Nur dass wir keine Ladestation brauchen«, warf Aaron lächelnd ein. »Die Quelle unserer Kraft befindet sich in uns. Wenn wir sie anzapfen, brauchen wir danach bloß eine kleine Regenerationsphase.«

»Und wie ist das mit euren Lichtwaffen?«, fragte ich weiter. »Könnt ihr sie auch tauschen?«

Lennox schnaubte. »Schön wär's.«

»Das ist leider nicht möglich«, fügte Aaron hinzu. »Meine Speere verglühen bei anderen Phönixkriegern. Genau wie Lennox' Flügel nur ihm gehören, gehören die Speere nur mir. Deine Kraft wird ebenso einzigartig sein.«

Ich versuchte, in mich hineinzuhorchen und irgendeine geheimnisvolle Energiequelle in meinem Inneren auszumachen. Aber ich fühlte weder Hitze noch eine andere besondere Kraft, die sich irgendwo bündelte. Nachdenklich sah ich Aaron an.

Ein Lächeln umspielte seine Mundwinkel. Er schien genau zu wissen, was in mir vorging. »Es ist kein konkreter Punkt in unserem Körper. Stattdessen musst du dir die Quelle wie ein zusätzliches Partikel in jeder Zelle vorstellen. Es ist *überall*.«

»Und mit deinen Gedanken lenkst du sie«, fügte Lennox hinzu. »Du musst dir nur vorstellen, deine Gabe zu nutzen, schon tust du es.«

»Wie soll ich mir etwas vorstellen, das ich gar nicht kenne?«, fragte ich verwirrt. »Du hast ja sicher nicht gedacht, dass dir mal eben Lichtflügel wachsen könnten, und schon waren sie da.«

»Doch.« Lennox zwinkerte mir zu. »Genau so war es. Fliegen hat mich schon immer fasziniert.«

Ungläubig wandte ich mich an Aaron. »Und du wolltest schon immer Olympiasieger im Speerwurf werden, oder wie?«

Er lachte leise, wobei sich kleine Fältchen in seine Augenwinkel gruben, die ihn noch sympathischer machten. In gewisser Weise erinnerte er mich mit seiner smarten, einfühlsamen Art an Ian. »Bei mir war es nicht ganz so einfach«, räumte er ein. »Ich war schon zwölf, als sich meine Gabe endlich zeigte, und damit praktisch ein Spätzünder. Bei den meisten passiert es viel eher.«

Lennox gluckste. »Kane hat ihn so lange provoziert, bis er total ausgeflippt ist und diese Nervensäge aufgespießt hat. Zum Glück war unser Kumpel hier noch so unerfahren, dass er keinen Schaden angerichtet hat.«

Aaron bekam rote Ohren. »Ich schwöre, das war keine Absicht«, sagte er, grinste aber dabei, als erinnerte er sich gern an diese kleine Anekdote.

»Also ist das Kanes besondere Spezialität?«, fragte ich und wehrte mich gegen den Anflug von Bitterkeit, der in mir hochschwappen wollte.

Mein Scherz ging offenbar nach hinten los, denn die beiden verzogen gleichzeitig das Gesicht, als hätten sie in eine saure Zitrone gebissen.

»Hör mal, Eden«, sagte Aaron dann. »Kane macht gerade eine schwere Zeit durch. Nimm dir seine Unfreundlichkeit nicht so zu Herzen. Das ist wirklich nichts Persönliches. Eigentlich ist er ein hervorragender Mentor. Er hat schon vielen geholfen, ihre Gabe zu finden, und er würde für jeden von uns sein Leben geben. Auch für dich.«

Die Vorstellung erschreckte mich. Gleichzeitig dachte ich an die Panik in Kanes Stimme, als der Rogue versucht hatte, mir das Licht zu rauben. Sie hatte echt geklungen, und obwohl ich eigentlich fest entschlossen war, diesen nervigen Kerl zu ignorieren, berührte diese Erinnerung etwas in mir. »Ich will nicht, dass jemand meinetwegen verletzt wird.«

»Das will niemand, aber das ist Kane egal«, warf Lennox müde ein und blinzelte zum Himmel empor. »Er würde eher sterben, als einen von uns zu verlieren, auch wenn er sich manchmal wie ein Volltrottel verhält.«

Früher hätte ich das nur für einen dramatischen Spruch gehalten. Aber leider schien mehr Wahrheit dahinterzustecken, als mir lieb war.

Aaron zupfte einen weiteren Grashalm ab und drehte ihn zwischen seinen Fingerspitzen. »Er fängt sich schon wieder.«

»Bestimmt«, pflichtete Lennox ihm bei, allerdings schien er es sich mehr zu wünschen, als wirklich daran zu glauben.

Ich fragte mich, ob Kane klar war, was für loyale Freunde er hatte, und ob er wenigstens das zu schätzen wusste. Aber da mich Grübeleien über Kane nun wirklich nicht weiterbrachten, kehrte ich zum eigentlichen Thema zurück. »Eure Waffen können also nicht nur Rogues, sondern auch euch verletzen.«

»Das kommt drauf an, wie mächtig ein Phönixkrieger ist«, erklärte Aaron. »Die meisten Waffen sind harmlos für uns. Meine Speere zum Beispiel sind äußerst effektiv bei Rogues, kitzeln aber höchstens, wenn ich einen von uns damit durchbohre.«

Das war ja schon mal gut zu wissen. Dennoch fand ich die Vorstellung, dass mir ein Lichtspeer im Bauch steckte, äußerst verstörend.

»Das muss nicht immer so sein«, fuhr Lennox fort. »Je älter ein Phönixkrieger ist und je mehr Erfahrungen er im Umgang mit seiner Gabe gesammelt hat, umso mächtiger wird er. Ich kenne Leute, die so starke Schilde oder Energiefelder erschaffen können, dass sie selbst für uns undurchdringbar werden.«

»Aber das ist eher selten.« Aaron zupfte einen weiteren Grashalm ab, ehe er mich neugierig musterte. »Hast du denn Präferenzen, was deine Gabe betrifft?«

Darüber musste ich nicht lange nachdenken. »Ein Schutzschild wäre mir am allerliebsten.«

Aaron lachte, wohingegen Lennox eine Schnute zog.

»So wird aber keine krasse Krieger-Bitch aus dir«, meinte er.

Das wollte ich auch gar nicht sein. Ich wollte meine Gabe finden, um Una zu beweisen, dass ich eine von ihnen war, damit sie Dad half. Danach würde ich meinen Beitrag leisten, wie ich es versprochen hatte. Vielleicht könnte ich in der Kommandozentrale mithelfen oder die Kids trainieren. Letzteres würde mir sogar gefallen. Nur Rogues würde ich definitiv nicht jagen.

Aber eins nach dem anderen. Erst mal wollte ich mehr über die Phönixallianz rausfinden – und zwar mehr als das, was meine neuen Freunde mir bereit waren zu erzählen. Ich reckte mich und stand auf.

Irritiert drehte Lennox den Kopf in meine Richtung. »Wo willst du denn hin?«

Mit einer beiläufigen Geste deutete ich zurück zum Hauptgebäude. »In die Bibliothek.«

Und ins Archiv, und das so schnell wie möglich.

Lennox stöhnte. »Ernsthaft? Du hängst lieber allein zwischen staubigen Regalen ab als mit zwei heißen Kerlen in der Sonne?«

Ich lachte. »Sieht ganz danach aus.«

»Gott, ich dachte wirklich, wir könnten Freunde werden«, grummelte Lennox, wohingegen Aaron voller Verständnis zu mir aufsah. Er konnte offenbar gut nachvollziehen, warum ich mir einen unvoreingenommen Eindruck über die Phönixkrieger verschaffen musste.

»Nimm im Foyer den linken Gang bis zum Ende, dann siehst du eine doppelflügelige blaue Holztür. Dahinter ist die Bibliothek.«

»Alles klar. Danke.«

Aaron nickte. »Wir treffen uns meistens gegen acht zum Abendessen. Komm doch auch. Es ist immer sehr lustig.«

Ich versprach, später mal vorbeizuschauen, und wünschte den Jungs noch viel Spaß beim Sonnenbaden, bevor ich mich auf den Weg machte.

Als ich wenig später die Bibliothek betrat, war ich einen Moment völlig überwältigt, denn sie war überraschend groß. Meterhohe Regale, deren obere Fächer nur über Leitern erreichbar waren, bevölkerten den Saal und schluckten das bisschen Tageslicht, das sich durch die Lamellen der Außenjalousien kämpfte. Es gab keinen Tresen, bei dem man sich anmelden konnte, und auch sonst schien bei dem schönen Wetter niemand hier zu sein.

Nach all der Aufregung in den letzten vierundzwanzig Stunden begrüßte ich die Stille mit einem Lächeln und schritt die Reihe der vollgestopften Regale ab. Die Bücher schienen nach Genre geordnet zu sein. Es gab zeitgenössische Liebesromane, Thriller, sogar Enzyklopädien. Spaßeshalber schlug ich die gewaltige Sammlung, die mehr als zwanzig dicke Bände umfasste, bei *P* auf und suchte nach *Phönix*.

Leider wurde meine Vermutung prompt bestätigt. In der Definition stand nichts, was ich nicht schon wusste: ein mythischer Vogel, der am Ende seines Lebens verbrennt und aus seiner eigenen Asche wiederaufersteht, weshalb er auch als Symbol für Wiedergeburt gilt. Mal wurde er als zart und anmutig beschrieben, mal besaß er den kräftigen Körper eines Adlers, mal war seine Gestalt mit einem Drachen vergleichbar. Er war in nahezu jeder Kultur vertreten. Nicht nur in Europa und Asien. Auch indigene Bevölkerungsgruppen kannten ihn als Feuer- oder Sonnenvogel, und bis heute erfreute sich der Phönix sogar in der Medienlandschaft großer Beliebtheit. Unzählige Sagen rankten sich um ihn. Es gab Comics, Filme, Videogames und so weiter. Das Problem war nur, dass es nicht eine einzige vertrauenswürdige Quelle oder einen Beweis für seine Existenz gab. Gleiches galt für die Phönixkrieger und ihre Allianz.

Hätte ich nicht mitten in ihrem Hauptquartier gestanden und mit eigenen Augen gesehen, wozu sie fähig waren, hätte ich niemals geglaubt, dass all das real sein könnte. Ich hätte mir vermutlich weiterhin eingeredet, dass dieser zauberhafte Schimmer, den ich manchmal bei den Menschen in meiner Nähe bemerkte, lediglich eine optische Täuschung war, und dass Shadys bloß seltsame Leute waren, die einen miesen Tag gehabt hatten.

Ein Teil von mir hätte sich vielleicht dagegen aufgelehnt, aber ich hätte selbst ihn zum Schweigen bringen können, indem ich meine Beobachtungen auf eine erbliche Veranlagung zurückführte. Ich hätte geglaubt, ich würde verrückt werden.

Genau wie Dad.

Aber vielleicht war er das gar nicht. Vielleicht war er tatsächlich ein Phönixkrieger, und meine Großmutter hatte ihm einfach nie die Wahrheit gesagt. Und vielleicht verursachte nun genau dieses Unwissen das ganze Chaos in seinem Kopf, und er brauchte nur jemanden, der ihn anleitete. Wenn ich lernte, meinen Blick für das Licht zu schärfen, könnte ich ihm möglicherweise sogar selbst zeigen, wie es funktionierte. Dann bräuchten wir die Hilfe der Allianz überhaupt nicht.

Entschlossen schob ich das Lexikon zurück ins Regal und sah mich nachdenklich um. Ich bezweifelte, dass es hier einen schriftlichen Leitfaden gab, wie man seine Phönixkräfte kontrollierte oder welche Fähigkeiten überhaupt möglich waren. Dennoch überprüfte ich sicherheitshalber weitere Bücher, und bevor ich wusste, wo die Zeit geblieben war, war es nach fünf.

Viel Neues hatte ich tatsächlich nicht herausgefunden, aber da ich das Gefühl hatte, dass keine einzige Information mehr in mein Gehirn passte, beschloss ich, es für heute gut sein zu lassen. Ich wollte gerade gehen, als mir eine unscheinbare Tür am Ende des Saales auffiel. Sie war grau und stach in der kargen Steinwand kaum hervor. Erst hielt ich die Tür lediglich für den Zugang zu einem Abstellraum. Doch dann entdeckte ich eine recht moderne Sicherheitsvorrichtung mit einem Codeeingabefeld unter der Türklinke. Für ein paar Schrubber würde man sich wohl kaum so viel Mühe machen.

Ob hier das Archiv war?

Ohne darüber nachzudenken, ergriff ich die Klinke und versuchte, sie runterzudrücken. Leider blockierte das Schloss. Ich beugte mich runter, um die Vorrichtung genauer zu inspizieren. Neben dem Display gab es auch einen normalen Schließzylinder. Allerdings sah der nicht so aus, als ob er sich einfach knacken ließ. Nicht dass ich ein Profi darin gewesen wäre. Aber wenn man im Youth Center jobbte, schnappte man zwangsläufig ein paar nützliche Dinge auf.

Ich überlegte gerade, wie ich an den Zugangscode herankommen könnte, als ein Klacken erklang und die Tür auffog. Erschrocken fuhr ich nach oben und schaute ausgerechnet in Kanes Gesicht.

Der zog eine Braue hoch. »Hier geht's nicht zu deinem Zimmer.«

Sein Ton war kühl und abweisend. Das hätte mir egal sein sollen, aber aus irgendeinem Grund war es das nicht. Es störte mich. Trotzdem zuckte ich gleichmütig mit den Schultern. »Das ist mir klar.«

Mit verschränkten Armen lehnte er sich in den Türrahmen und versperrte mir die Sicht. »Warum lungerst du dann hier rum?«

Natürlich war Kane nicht blöd. Sicher ahnte er, was ich im Archiv wollte. Deshalb beschloss ich, bei der Wahrheit zu bleiben. »Aaron und Lennox haben mir erzählt, dass die wichtigsten Informationen über die Phönixkrieger da drin aufbewahrt werden.«

Kane musterte mich schweigend, während ich mich darum bemühte, möglichst unschuldig dreinzuschauen. Dann kniff er die Lider zu schmalen Schlitzen zusammen. »Wenn das so ist, haben sie dir bestimmt auch gesagt, dass nicht jeder hier reindarf.«

Kurz überlegte ich, diesen Teil unserer Unterhaltung abzustreiten. Aber Kane kannte seine Freunde viel besser als ich. Damit würde ich nicht durchkommen. Also versuchte ich es gar nicht erst. Wie Kane verschränkte ich die Arme, um meine Entschlossenheit zu demonstrieren. »Ja, jetzt, wo du es sagst, könnten die beiden etwas in diese Richtung erwähnt haben. Aber offen gestanden hat mich das nur neugieriger gemacht. Vielleicht finde ich da drin ja selbst heraus, wer meine Großeltern waren.«

Er schaute mich an, als würde er mich für die dümmste Person auf dem Planeten halten. »Das glaube ich kaum.«

Mein Puls schoss in die Höhe. Trotzdem versuchte ich es mit einem freundlichen Lächeln. »Bitte, Kane. Du weißt genauso gut wie ich, dass Una mich da nicht reinlässt, solange ich mich nicht als Phönixkriegerin erwiesen habe. Aber erstens könnte das noch ewig dauern, und zweitens will ich bloß nach Hinweisen auf meine Vorfahren suchen. Ich schade doch niemandem damit.«

Schnaubend schüttelte Kane den Kopf. »Wenn du glaubst, dass ich dich einfach so in geheimen Akten der Phönixallianz rumstöbern lasse, bist du genauso irre wie dein Vater.«

Mein Lächeln erstarb. Wut und Frust fraßen sich in Lichtgeschwindigkeit durch meine Adern, und bevor ich wusste, was ich tat, hatte ich ausgeholt und ihm eine schallende Ohrfeige verpasst.

12

KANE

Mein Kopf flog zur Seite. Zugleich ging meine Wange in Flammen auf. Eden hatte nicht besonders hart zugeschlagen. Aber sie hätte es tun sollen. Ich verdiente es. Denn dieser Spruch war unter der Gürtellinie gewesen.

Reue fraß sich durch meine Adern, während Eden sich bestürzt die Hand vor den Mund schlug. Sie zitterte, und Tränen der Wut schimmerten in ihren Augen. Augen so tief und endlos wie der verdammte Ozean. Ich wollte darin eintauchen und den ganzen Mist vergessen, der mich von innen heraus auffraß. Stattdessen zerrte sie mit einem einzigen Blick alles an die Oberfläche.

Seit wir sie in dieser Gasse gerettet hatten, fühlte ich mich permanent wie ein Pulverfass kurz vor der Explosion. Emotionen, die ich jahrelang sorgfältig unter Verschluss gehalten hatte, quollen nun aus mir hervor wie aus einer eitrigen Wunde. Plötzlich empfand ich Furcht und Hilflosigkeit. Ich fühlte mich schwach. Und als sich dieser verdammte Rogue in der Wüste auf sie gestürzt hatte, hatte ich einen entsetzlichen Moment lang geglaubt, ich wäre zu spät. Schon wieder. Ich hätte versagt. Schon wieder.

Ich hasste diese Gefühle. Deshalb wollte ich Eden hassen. Das Problem war nur: Es klappte nicht. Egal, wie viel Mühe ich mir gab.

»Es tut mir leid«, krächzte sie und trieb damit den Stachel noch tiefer in mein Herz. »Ich weiß nicht, was gerade in mich gefahren ist.« Eilig wandte sie sich ab, als könnte sie gar nicht schnell genug von mir wegkommen.

Mir war klar, dass ich sie gehen lassen sollte. Es wäre besser, wenn sie mich für ein Arschloch hielt. Dennoch umfasste ich sanft ihr Handgelenk. »Warte.«

Mein flehender Ton erschreckte mich fast genauso sehr wie sie. Unsicher spähte sie zu mir empor.

»*Mir* tut es leid«, brachte ich hervor und verzog das Gesicht. »Ich hätte das nicht sagen dürfen.«

Ich erwartete, dass sie mich trotzdem zum Teufel wünschte. Verdient hätte ich es allemal. Aber Eden war scheinbar nicht wie die Frauen, die ich kannte. Selbst meine Schwester hätte mich für diese Nummer mit Anlauf in den Hintern getreten. Doch Edens Miene wurde weich. »Warum hast du es dann getan?«

»Ich weiß es nicht.« Ich runzelte die Stirn, weil ich schon wieder absolut überfordert mit der Situation war. »Du verwirrst mich.«

Langsam löste sie sich aus meinem Griff. »Ich kann nichts für deine Verwirrung, Kane.«

Ein bitteres Lachen platzte aus meiner trockenen Kehle. Ich war kein Vollidiot. Natürlich war mir klar, dass sie keine Schuld an dem Chaos in mir trug und dass es unfair war, meinen Frust an ihr auszulassen. Schließlich hatte sie selbst genug Probleme. Aber es war der einzige Weg, den ich kannte.

»Ich wollte dich nicht vor den Kopf stoßen. Ich will einfach nur, dass du Abstand zu mir hältst.« Ich konnte ihr ansehen, dass sie sich fragte, warum ich sie derart kategorisch zurückwies. Aber sie würde schon noch begreifen, dass sie keine Ausnahme war. Sie durfte keine sein. »Ist nichts Persönliches.«

Ja, klar. Rede dir das nur weiter ein, du Trottel.

Eden musterte mich nachdenklich. »Okay, wenn es das ist, was du willst.«

Ich zwang mich, demonstrativ einen Schritt zurückzutreten.

Kurz huschte Enttäuschung über ihre Züge. Dann nickte sie erneut. »Alles klar.«

Botschaft angekommen. Dann sollte ich ja jetzt glücklich sein, nicht wahr? Ich hatte meinen Willen gekriegt. Alles war ganz toll.

Mit einer beiläufigen Geste deutete sie zum Archiv. »Wie stehen die Chancen, dass du vergisst, die Tür abzuschließen, wenn du gehst?«

Gott, sie war so stur.

Obwohl mir eigentlich nicht danach zumute war, zupfte ein Lächeln an meinem Mundwinkel. »Dieses Archiv ist eine Nummer zu groß für dich, Blümchen. Frag einfach meine Schwester, was du wissen willst. Sie ist sicher schon auf der Suche nach dir.«

Edens Augen flackerten auf, was mir bewies, dass sie nicht aufgeben würde, was das Archiv betraf. Doch dann zuckte sie lediglich mit den Schultern, wandte sich wortlos ab und ließ mich stehen.

Erschöpft rieb ich mir über das Gesicht. Das war ja wirklich großartig gelaufen. Einfach fantastisch. Ich sollte mich für den Posten als charmantester Phönixkrieger des Jahres bewerben. So, wie ich mich Eden gegenüber verhielt, hatte ich sicher gute Chancen.

Mit einem Schnauben drehte ich mich um, um ins Archiv zurückzukehren. Doch das Klingeln meines Telefons hielt mich davon ab. Ich stöhnte auf, als ich die Nachricht las. Una zitierte mich umgehend in ihr Büro.

Normalerweise ignorierte ich derlei Anweisungen, wenn ich gerade Wichtigeres zu tun hatte. Aber da ich mir Sorgen um das Team in San Francisco machte, beschloss ich, ihrem Befehl Folge zu leisten. Außerdem konnte es nicht schaden, mich ein wenig fügsamer zu zeigen, nachdem ich Anthony in San Francisco zurückgelassen hatte, worüber die Führungsriege wie erwartet nicht sonderlich erfreut gewesen war – gelinde ausgedrückt.

Es hatte bestimmt eine Stunde gedauert, bis ich Una davon überzeugt hatte, dass Edens Vater bloß ein sanftmütiger Chaot war, der keinerlei Bedrohung darstellte. Dann erst hatte sie endlich nachgegeben und mir versprochen, ihn bis auf weiteres in Ruhe zu lassen. Was für Eden offenbar nicht galt.

Una hatte mich kalt erwischt mit ihrer kleinen Erpressungsnummer. Dabei hätte ich mir eigentlich denken können, dass sie um jeden Preis herausfinden wollte, ob Eden die Macht des Phönix in sich trug, und mit Anthony hatte sie natürlich das perfekte Druckmittel.

Ich schloss das Archiv, verließ die Bibliothek und nahm den Weg durch das Treppenhaus hinauf in den dritten Stock, wo sich Unas Büro befand. Nachdem ich einmal kurz angeklopft hatte, trat ich direkt ein. Es überraschte mich nicht, Lawrence auf dem Ecksofa sitzen zu sehen. Er war als Unas engster Berater immer in ihrer Nähe. Die Chefin selbst saß hinter dem feudalen Eichenholzschreibtisch und hatte ihre Finger ineinander verschränkt.

»Was ist los?«, fragte ich, als ich die ernsten Mienen der beiden registrierte. »Gibt's ein Problem?«

Una nickte Lawrence zu, woraufhin dieser sich erhob und auf mich zukam.

»Das könnte man so sagen«, antwortete er vage.

Ich verschränkte die Arme. »Und jetzt wollt ihr zur Aufmunterung lustige Ratespiele spielen oder warum bin ich hier?«

Lawrence warf mir einen warnenden Blick zu. Bei allen anderen hätte ich das ignoriert. Aber er war Dads bester Freund gewesen und gewissermaßen mein Patenonkel. Seine Meinung war mir wichtig, und da es heute Morgen bereits heftig zwischen uns gekracht hatte, riss ich mich zusammen. »Okay, was ist los?«

Mein Mentor legte mir die Hand auf die Schulter, als wollte er mir Halt geben. »Edens Vater ist verschwunden.«

Was zur Hölle? Mein Kopf fuhr zu Una herum. »Du hast doch gesagt, dass du ihn in Frieden lässt.«

»Ich muss dich nicht über jede meiner Entscheidungen informieren, Kane«, erwiderte sie mit einer Gelassenheit, die mein Innerstes ordentlich zum Kochen brachte. Dabei war ich so entschlossen gewesen, freundlich zu bleiben.

»Aber eine gewisse Aufrichtigkeit darf ich doch wohl von meiner Anführerin erwarten, oder nicht?« Anklagend zeigte ich mit dem Finger auf sie. »Eden wollte nicht, dass wir Anthony hierher schleifen, weil sie uns nicht vertraut, und du hast mir versichert, dass du das respektierst, obwohl er vermutlich einer von uns ist.«

Una blieb wie üblich unbeeindruckt von meiner Lautstärke. »Wir können nicht mit Sicherheit sagen, ob Eden kooperiert. Dafür kennen wir sie zu wenig. Davon abgesehen können wir keinen potenziellen und möglicherweise gefährlichen Phönixkrieger frei herumlaufen lassen.«

»Also hast du gelogen«, stellte ich fest und ärgerte mich maßlos über mich selbst, weil ich blöd genug gewesen war, mich auf ihr Wort zu verlassen.

»Una hat getan, was sie für das Beste hielt«, mischte Lawrence sich in beschwichtigendem Tonfall ein, gab mir jedoch mit einem Blick zu verstehen, dass er davon ebenso wenig begeistert war wie ich.

Vorwurfsvoll wandte ich mich an meine Vorgesetzte. »Eden wähnt ihren Vater also in Sicherheit, während du eiskalt deinen Willen durchsetzt.«

Sie reckte das Kinn vor. »Anthony ist ein Risiko, das wir nicht eingehen können, und nun hat sich die Lage verschärft.«

Lawrence drückte meine Schulter, ehe er mich losließ. »Una hat unsere Kontakte beim San Francisco Police Department gebeten, Anthony im Auge zu behalten, bis unser eigenes Team eintrifft. Aber er war schon fort, als die Cops in der Oak Street eintrafen. Eine Nachbarin sagte, sie hätten sich nur um ein paar Minuten verpasst und dass sie nicht wisse, wann er wiederkommt. Er hat wohl irgendwas von einer längeren Reise erzählt.«

Das durfte doch nicht wahr sein. Ich rieb mir über die Stirn. »Also ist er untergetaucht?« Diese Familie schien das ja richtig professionell zu betreiben.

»Wir gehen davon aus«, erwiderte Una tonlos. »Sein Handy lässt sich nicht orten. Daher vermuten wir inzwischen, dass er euch allen etwas vorgemacht hat. Ich denke, hinter seinem verwirrenden Verhalten steckt Kalkül.«

»Aber warum?«, fragte ich. »Warum sollte er so eine Riesenshow abziehen?«

Una rieb sich nachdenklich über das Kinn. »Wahrscheinlich wollte er vertuschen, wie viel er tatsächlich weiß, und von sich auf Eden lenken.«

Ich fluchte. »Wenn das wahr ist, wird es Eden das Herz brechen. Sie liebt ihren Vater. Sie ist nur seinetwegen hier.«

Una nickte zustimmend. »Deshalb werden wir ihr auch nichts von unserem Verdacht und seiner Flucht erzählen.«

Ungläubig schaute ich zwischen unserer Anführerin und Lawrence hin und her. »Das ist nicht euer Ernst. Ihr könnt ihr das nicht vorenthalten.«

»Warum nicht?«, fragte Una zurück. »Sie wird sofort aufbrechen, um ihren Vater zu suchen. Aus meiner Sicht wäre das pure Zeitverschwendung. Wenn *wir* ihn nicht finden, wird sie es ganz bestimmt nicht.«

Lawrence nickte mit ernster Miene. »Selbst wenn sie ihren Vater aufspürt, wird sie komplett den Halt verlieren, sobald sie erfährt, dass er sie belogen und im Stich gelassen hat. Wir sind alles, was ihr noch bleibt.«

Mir brach der Schweiß aus. »Und warum erzählt ihr mir das?«

Una lächelte. Es war kein Lächeln, das von Herzen kam, sondern das einer Katze, die sich einen fetten Goldfisch geangelt hatte. »Weil es deine Aufgabe sein wird, ihre Kräfte hervorzulocken.«

Mein Magen sackte bis zu meinen Kniekehlen, während ich unsere Anführerin ungläubig anstarrte. »Und wie soll ich das anstellen? Ich bin kein Zauberer, verdammt noch mal.«

Mit einer beiläufigen Handbewegung wedelte Una in der Luft herum.

»Ich werdet gemeinsam essen, lernen und trainieren. Der Rest ergibt sich dann schon von selbst.«

Entsetzt wich ich zurück. »Das könnt ihr vergessen.«

Lawrence schmunzelte. »Komm schon, Kane. Du besitzt eine hervorragende Intuition und weißt genau, wie du die Leute in deinem Umfeld *reizen* kannst. Tu einfach das, was du damals mit Aaron gemacht hast.«

Das war das grauenvollste Kompliment, das ich je bekommen hatte. Ich lachte. »Ich soll sie also so lange provozieren, bis sie die Beherrschung verliert?«

»Was immer du für richtig hältst.« Lawrence zwinkerte mir zu. »Du kannst auch deinen Charme einsetzen.«

»Wie du es anstellst, ist mir vollkommen egal«, sagte Una und winkte ab, als hätte sie keine Geduld, sich länger mit so etwas Banalem wie Edens Gefühlen zu befassen. »Tu, was immer du für nötig hältst, um unsere kleine Phönixkriegerin abheben zu lassen. Verdreh ihr meinetwegen ein bisschen den Kopf, damit sie dir vertraut. Aber pass auf, dass sie nicht den Fokus verliert.«

Erneut schlug Lawrence mir auf die Schulter. »Ich verspreche dir, eines Tages wird sie dir dankbar dafür sein.«

Das wagte ich zu bezweifeln. »Ich werde Eden sicher nicht helfen, ihre Gabe zu finden, nur damit ihr sie auf Roguejagd schicken könnt.« Panik machte sich in mir breit. »Sie würde keinen Monat überleben.«

Unas Augen wurden schmal. »Verweigerst du einen direkten Befehl, Kane?«

»Nein«, sagte Lawrence sofort. »Das würde er nicht tun. Kane ist der Allianz treu ergeben, nicht wahr, Kumpel?«

Klar, so ergeben, wie man nur sein konnte, wenn die Chefin lediglich einen Anruf bei der CIA tätigen musste, um sich ein bisschen zu amüsieren. Anfangs hatte ich Unas Drohungen für einen riesigen Bluff gehalten und mich entgegen ihrer Warnung aus dem Staub gemacht. Ich wollte einfach mal ein paar Tage raus.

Keine achtundvierzig Stunden später hatte mich ein Cop in einem Kaff in Oklahoma festgenommen. Una hatte mich drei Tage lang im Gefängnis schmoren lassen. Dann war sie zu mir gekommen, hatte mich angelächelt und mir klargemacht, dass das mein erster und letzter Alleingang war. Andernfalls würde sie dafür sorgen, dass ich meine Schwester nie wiedersah.

Seither befolgte ich Unas Befehle, mal mehr, mal weniger enthusiastisch.

Bis jetzt.

Ich überlegte fieberhaft, wie ich mich aus dieser Nummer rauswinden konnte, denn ich wollte Eden nicht helfen. Ich wollte nicht, dass sie ihre Gabe fand, und erst recht wollte ich nicht, dass sie kämpfte.

Weil mir auf die Schnelle nichts Besseres einfiel, versuchte ich, Zeit zu schinden. »Gebt ihr ein paar Tage«, bat ich in ungewohnt freundlichem Ton. »Vielleicht schafft sie es auch allein.«

Lawrence drehte sich zu Una, und die beiden tauschten einen ihrer berühmten Blicke. Schließlich stimmte Una zu meiner Erleichterung zu. »Einverstanden. Aber wenn sie es nicht hinkriegt und du dich immer noch weigerst, werde ich mir ein paar ganz spezielle Trainingsmethoden einfallen lassen.«

Klasse! Da fühlte ich mich ja gleich viel weniger unter Druck gesetzt.

13

EDEN

Wie sich herausstellte, suchte Tori mich nicht. Was absolut in Ordnung war, denn auf diese Weise hatte ich ausreichend Gelegenheit, mich von der jüngsten Auseinandersetzung mit Kane zu erholen, während ich durch die Anlage spazierte.

Du verwirrst mich. Dass ich nicht lachte! Gut möglich, dass es Frauen gab, die ein derartiges Bekenntnis hinreißend fanden und deren Herz vor Freude ausflippte, weil sie den düsteren, scharfen Typen aus dem Konzept brachten. Aber ich war vielmehr entsetzt über mich selbst, weil ich ihn geschlagen hatte. Ich. Eine Pazifistin mit Leib und Seele. Dieser Kerl brachte offenbar die schlimmsten Seiten in mir zum Vorschein.

Tori kam mir nach einer Weile im Hinterhof entgegen. »Sorry, dass ich dich heute Mittag nicht wie versprochen abgeholt habe. Ich wollte mich nur kurz ausruhen und bin dann auf der Couch eingeschlafen.« Sie warf mir einen betretenen Blick zu. »Ich hoffe, mein Bruder hat dir keinen Ärger gemacht.«

Mir entwich ein Schnauben.

Okay, gut, vielleicht war ich doch noch nicht ganz darüber hinweg. Aber ich war auf einem guten Weg. Solange Kane und ich in Zukunft Abstand hielten, war alles bestens.

Tori blieb abrupt stehen. »O nein! Was hat er angestellt?«

Schnell winkte ich ab. »Nichts, womit ich nicht klarkommen würde. Mach dir keine Gedanken.«

»Sicher?«, hakte sie nach. »Glaub mir, ich habe kein Problem damit, ihm eine Lektion zu erteilen, wenn es sein muss. Ich könnte mich unsichtbar machen und ihn ein bisschen terrorisieren. Was immer du willst.«

Die Vorstellung, wie Kane sich erschreckte, heiterte mich tatsächlich auf. »Hast du das schon mal gemacht?«

Sie kicherte. »Öfter, als ich zählen kann.«

Das glaubte ich ihr aufs Wort. Doch obwohl ich ihr Angebot zu schätzen wusste, lehnte ich es ab. Ich wollte mich nicht länger mit Kane befassen. Stattdessen bat ich sie, mir das Trainingsgelände zu zeigen, damit ich mich schon mal seelisch darauf einstimmen konnte.

Während wir einen Kiesweg entlangspazierten, erklärte sie mir den üblichen Ablauf. »Die meisten Erwachsenen, die nicht im Einsatz sind, treffen sich vormittags, wenn die Kids noch Unterricht haben. Nach dem Mittag sind unsere Jüngsten dran, und um diese Zeit trainieren die Jugendlichen in der Arena.«

Der Weg teilte sich und führte links in den dichter werdenden Wald, in dem vereinzelt Mammutbäume aufragten. Rechts ging es über eine Anhöhe auf eine riesige Wiese. Erst in gut hundert Metern Entfernung konnte ich die Mauer sehen, die das Grundstück umschloss.

Tori verließ den Weg, und kurz darauf setzten wir uns auf eine Holzbank. Von diesem Platz aus konnten wir das Geschehen auf der Wiese gut überblicken.

Ich zählte neun Teenager, die alle zwischen zwölf und vierzehn Jahre alt sein mussten, und natürlich dachte ich sofort an die Kids im Youth Center. Inzwischen war es schon nach sechs, und ich konnte nur hoffen, dass Javier und die anderen nicht zu enttäuscht darüber waren, weil ich ihnen heute nicht die versprochenen Fotos gebracht hatte. War es wirklich erst einen Tag her, seit wir zuletzt im Koshland Park abgehangen hatten? Es kam mir vor wie Jahre.

Ein Pfiff erklang, woraufhin auf der Wiese ein wahres Lichterspektakel losging. Ich war sofort fasziniert.

Ein älterer Junge ließ immer wieder eine strahlende Kuppel erscheinen und verschwinden. Es sah aus wie eine Art Schutzschild. Neben ihm warfen sich zwei Zwillingsmädchen vergnügt Lichtkugeln zu, die nach kurzer Zeit verglühten. Sogar bei ihnen schien ein Tausch nicht zu funktionieren. Ein weiterer Junge erschuf aus dem Nichts Kurzschwerter, die er auf eine Zielscheibe in einigen Metern Entfernung warf, wo sie sich ebenfalls nach ein paar Sekunden auflösten.

Zwischen ihnen ging eine Frau umher. Sie war sicher schon älter als sechzig Jahre und erinnerte mich an meine ehemalige Lehrerin Miss Underwood. Ihr weißes Haar war zu einem strengen Dutt verknotet, und sie trug trotz ihres fortgeschrittenen Alters Kleidung im Military Style. Anscheinend war sie die Ausbilderin, denn sie blieb immer wieder stehen, nickte wohlwollend oder korrigierte die Haltung ihrer Schüler.

Nur ein Junge saß etwas abseits im Schneidersitz im Gras und beobachtete ein Mädchen, das mit Frisbees aus Licht jonglierte. Auch bei ihr sah das Ganze spielend leicht aus, während er sichtlich frustriert die Lippen zusammenkniff und die Hand auf seinem Knie öffnete und schloss.

»Das ist Diego«, erklärte Tori, die meinem Blick gefolgt war.

»Er hat seine Gabe noch nicht gefunden, oder?«, fragte ich, weil er der Einzige war, der keinen Hokuspokus vollführte und von der Ausbilderin komplett ignoriert wurde.

»Nein, noch nicht.« Tori zuckte mit den Schultern. »Seine Eltern haben ihn vor zwei Monaten aus Mexiko hergeschickt, weil sie gehofft haben, dass unsere Lehrmethoden besser funktionieren. Aber gebracht hat es nichts. Es fällt ihm schwer, sich zu konzentrieren.«

Nachdenklich betrachtete ich den Jungen. Er erinnerte mich an Javier. Allerdings versteckte er seine Unsicherheit nicht hinter einer selbstbewussten Fassade. Sie war für jeden sichtbar. Dieses Kind war voller Selbstzweifel.

Als die Ausbilderin sich zu ihm umdrehte und unzufrieden das Gesicht verzog, schien er sich am liebsten in Luft auflösen zu wollen. Doch ihr war das egal. Sie baute sich vor ihm auf, stemmte die Hände in die Hüften und sprach in scharfem Tonfall auf ihn ein. Ich konnte nicht verstehen, was sie sagte. Dafür waren wir zu weit entfernt. Aber man musste auch kein Genie sein, um sich die Worte zusammenzureimen. Unter der verbalen Attacke schrumpfte Diego noch weiter in sich zusammen.

Empörung machte sich in mir breit. Glaubte die Frau ernsthaft, man verhalf einem Kind zu mehr Selbstvertrauen, indem man es voller Herablassung behandelte?

Das Bedürfnis, den hilflosen Jungen zu beschützen, wallte in mir auf. Es war dasselbe Verlangen, das mich schon früher dazu bewogen hatte, Partei für die Schwächeren zu ergreifen, wenn es in der Schule Streit gab. Ohne Ian und meine Freundinnen wäre die Situation sicher ein ums andere Mal aus dem Ruder gelaufen. Aber sie waren stets an meiner Seite gewesen, auch wenn sie mich danach aufgezogen und »Samariterin« genannt hatten.

Einmal hatte Harper mich gefragt, warum ich mich ständig in solche Konflikte einmischte, obwohl sie mich im Grunde nichts angingen. Ich hatte geantwortet, dass ich einfach ein Problem mit Ungerechtigkeit hatte. Die Wahrheit reichte allerdings noch viel tiefer. Es war wie ein Zwang, dem ich mich nicht widersetzen konnte.

Auch jetzt drängte mich mein Mitgefühl für Diego, aktiv zu werden. Ich wollte gerade aufstehen und da runtermarschieren, um dieser inkompetenten Ausbilderin die Meinung zu geigen, als Kane über einen Seitenpfad die Wiese betrat.

Mir klappte vor Überraschung der Mund auf, als er auf direktem Weg zu Diego ging, ihm durch den braunen Lockenkopf wuschelte und sich neben ihn ins Gras setzte. Er sagte etwas zu der Ausbilderin, woraufhin sie entnervt die Hände in die Luft warf und sich wieder den anderen Schülern zuwandte.

Eine tonnenschwere Last schien von Diego abzufallen, und als Kane ihn mit der Schulter anstupste und ihm etwas ins Ohr flüsterte, huschte sogar ein zaghaftes Grinsen über sein Gesicht. Voller Bewunderung schaute er zu Kane auf, der mit stoischer Gelassenheit das Treiben auf der Lichtung verfolgte. Offenbar hatte er beschlossen, als Diegos persönlicher Wachhund zu fungieren. Tori und mich hatte er noch nicht bemerkt, weil er zu sehr auf die Ausbilderin konzentriert war.

Neben mir stieß Tori ein amüsiertes Glucksen aus. »Dieser Lügner! Er hat mir vorhin eine Nachricht geschrieben, dass er keine Zeit hat, dich zu suchen, weil er gerade mit Meghan abhängt.«

»Wann?«, murmelte ich geistesabwesend. Ich war noch zu beschäftigt damit, die Tatsache zu verdauen, dass Kane offensichtlich auch eine mitfühlende Seite besaß.

»Vor einer Stunde etwa.«

Ich runzelte die Stirn. Vor einer Stunde war ich noch in der Bibliothek gewesen und hätte ihn definitiv bemerkt, wenn er erst da ins Archiv gegangen wäre. Er war also schon drin gewesen und nicht bei Meghan. Entweder hatte er seine Ex als Ausrede benutzt, um nicht nach mir suchen zu müssen, oder seine Schwester sollte nicht erfahren, dass er das Archiv durchstöberte.

Ich überlegte, ob ich sie dazu bewegen könnte, mit mir mal einen Blick in das Heiligtum der Phönixkrieger zu werfen. Andererseits stand unsere Freundschaft noch auf wackligen Beinen. Deshalb war es vielleicht zu früh, Tori zu bitten, die Regeln für mich zu brechen. Ich musste geduldig sein und mit Bedacht vorgehen.

Ein schriller Pfiff der Ausbilderin riss mich aus meinen Überlegungen, und auch Tori zuckte neben mir zusammen. Sie schnitt eine Grimasse. »Ich habe es immer gehasst, wenn sie das gemacht hat. Ich habe mich jedes Mal gefühlt wie in einem Army-Camp.«

Erschrocken riss ich die Augen auf. »Bitte sag mir, dass diese Frau nicht mein Training leitet.«

»Alva ist zum Glück nur für die Jüngeren zuständig. Die älteren Phönixkrieger trainieren mit Lawrence.«

Ich war ehrlich froh, das zu hören, denn ich konnte mir nicht vorstellen, unter Alvas Anleitung besonders große Fortschritte zu machen. Bei Lawrence hingegen schon eher. Er hatte diese beruhigende Ausstrahlung.

Unten auf der Wiese bildeten die Jugendlichen Zweierteams und stellten sich auf. Diego blieb zunächst sitzen, doch als Kane mit einer eleganten Bewegung auf die Füße kam, erhob sich der Junge ebenfalls. Es folgten einige Nahkampfübungen, bei denen immer einer angriff und der andere seinem Partner ausweichen musste.

Zu meiner Überraschung übernahm Kane die Rolle des Angreifers. Erst war ich besorgt. Schließlich war er deutlich stärker und schneller als der schmächtige Junge. Ich konnte mich noch gut daran erinnern, wie hart er auf den Rogue eingeschlagen hatte. Auch jetzt waren seine Oberarmmuskeln gewölbt und der Rest seines Körpers angespannt. Allerdings waren seine Bewegungen viel schleppender, sodass Diego ihm immer wieder entwischte.

Ein Grinsen zeigte sich auf dem Gesicht des Jungen, nachdem er sich unter einem besonders heftigen Punch weggedrückt hatte.

Kane furchte die Stirn, als wäre er hochkonzentriert und allein darauf fokussiert, Diego zu erwischen. Doch seine Schläge gingen stets präzise an dem Jungen vorbei. Dafür schien Diegos Selbstbewusstsein mit jeder Minute zuzunehmen. Nach einer Weile tanzte er sogar leichtfüßig um Kane herum, während dieser weiter vorgab, einen Treffer landen zu wollen.

Hatte Aaron das gemeint, als er vorhin davon gesprochen hatte, dass Kane anderen half, ihre Gabe zu finden? Für mich war das undenkbar gewesen. Bis jetzt.

Tori seufzte wehmütig. »Als ich noch klein war, hat er mich auch so trainiert.«

»Und heute nicht mehr?«, fragte ich, während ich Kane und Diego weiter fasziniert beobachtete.

Lachend schüttelte Tori den Kopf. »Irgendwann habe ich rausgefunden, dass er mich immer mit Absicht gewinnen ließ. Da hat es seinen Reiz verloren. Aber manchmal vermisse ich es trotzdem.«

Das konnte ich gut nachvollziehen, und weil sie so offen zu mir war, wollte ich ihr gern etwas zurückgeben. »Ich weiß genau, was du meinst«, erwiderte ich mit einem traurigen Lächeln. »Dad und ich, wir hatten dieses Abendritual. Er setzte sich immer zu mir auf die Bettkante, und wir erzählten uns Geschichten. Aber als ich älter wurde, habe ich das Interesse daran verloren. Ich wollte lieber lesen oder mit Freunden telefonieren. Ich habe nicht mal bemerkt, dass er nach einer Weile ganz aufhörte, sich zu mir zu setzen.«

Die Erinnerung daran schnürte mir die Kehle zu. Was hätte ich darum gegeben, die Zeit zurückdrehen zu können.

»Das ist schrecklich, oder?«, sagte Tori, zog die Beine an und legte die Arme um die Knie. »Wenn du ein Kind bist, kannst du gar nicht schnell genug erwachsen werden, und kaum bist du erwachsen, willst du einfach nur wieder Kind sein und fünf Minuten lang dem Alltagsdruck entfliehen.«

Ich lachte. »Ja, das bringt es ziemlich gut auf den Punkt.«

Nur war ich für meinen Teil viel zu schnell in die Rolle der Erwachsenen geschlüpft. Es war ganz automatisch passiert, als Dad immer zerstreuter wurde. Andererseits war Tori auch erst fünfzehn gewesen, als ihre Eltern gestorben waren. Wir hatten offenbar viel gemeinsam.

Bis auf einen nervigen großen Bruder, der in diesem Moment seine Angriffe auf Diego einstellte und den Kopf in unsere Richtung drehte. Falls er überrascht war, uns hier oben zu entdecken, so zeigte er es nicht. Stattdessen musterte er Tori, als könnte er spüren, dass sie etwas bedrückte. Als sie ihm winkte, entspannte er sich und richtete seine Aufmerksamkeit auf mich.

Mein Magen machte einen Satz, als mich seine braunen Augen gefangen nahmen. Ich hatte nicht die geringste Ahnung, warum ich es nicht schaffte, wegzusehen. Es lagen so viele Meter zwischen uns. Da sollte das eigentlich problemlos möglich sein, zumal immer wieder jemand unseren Blickkontakt durchkreuzte. Doch unsere Verbindung riss nicht ab. Es war, als wären wir beide nicht in der Lage, uns abzuwenden. Erst als Tori mich mit der Schulter anstieß, gelang es mir endlich, mich von Kane zu lösen.

»Weißt du was?«, fragte sie und spähte hinter ihren braun-blauen Haaren zu mir herüber, ein zaghaftes Lächeln auf den Lippen, das ihre Grübchen betonte. »Ich bin froh, dass du hier bist.«

»Ich auch.«

Das meinte ich ganz ehrlich. Zwar wusste ich weder, was diese seltsame Anziehung zwischen mir und Kane zu bedeuten hatte, noch wohin mich dieser Weg insgesamt führen würde. Aber zumindest hatte ich Hoffnung und eine neue Freundin gefunden.

14

EDEN

Ich kehrte im Morgengrauen zurück zur Wiese. Erstens, weil ich sowieso schlecht geschlafen hatte, und zweitens, weil ich es für eine gute Idee hielt, mich schon mal mit der Umgebung vertraut zu machen. Außerdem war mein Zimmer so bedrückend still, dass ich es dort einfach nicht länger ausgehalten hatte.

Normalerweise kam ich gut damit zurecht, auch mal für mich zu sein. Aber die fremde, unpersönliche Umgebung hatte nicht gerade dazu beitragen, mein Gedankenkarussell zum Stillstand zu bringen. Es gab so vieles, das ich noch nicht wusste. Gleichzeitig fühlte ich mich wahnsinnig verloren.

Die Luft war noch feucht von der Nacht, und Raureif lag auf den langen Grashalmen, die an meinen Knöcheln kitzelten. Ich trug eine Leggins, die mir bis über die Knie reichte, dazu ein schwarzes Tanktop und Laufschuhe. In der Seitentasche meiner Hose steckte mein Handy, an das Kopfhörer angeschlossen waren. Aber da die sonst so beruhigenden Klänge von *Celeste*, einer aufstrebenden Singer-Songwriterin aus Großbritannien, mich an diesem Morgen auch nicht entspannen konnten, hatte ich die Musik schon wieder ausgeschaltet.

Nervös strich ich mir eine Haarsträhne aus der Stirn, die sich aus meinem französischen Zopf gelöst hatte, und stellte dabei fest, dass meine Finger zitterten. Ach, wem machte ich etwas vor? Mein ganzer Körper bebte vor Aufregung und Anspannung. Ich hatte keine Ahnung, was mich bei diesem Training erwarten würde – und das war ein Zustand, den ich wirklich nicht leiden konnte.

Gestern Abend hatten Tori und ich uns noch mit Aaron in der Cafeteria getroffen, wo die beiden versucht hatten, mir die Angst zu nehmen. Lawrence schien sehr relaxed zu sein. Meistens begann er mit ein paar Warm-ups, gefolgt vom Nahkampftraining (Problem Nummer 1), an das sich individuelle Übungen anschlossen, um die Fähigkeiten der einzelnen Phönixkrieger zu verbessern (Problem Nummer 2).

Das Thema hatte mir ziemlich den Appetit verdorben, auch wenn ich die Bemühungen der anderen wirklich zu schätzen wusste. Ich war nur so lange geblieben, bis Lennox mit Neuigkeiten aus der Kommandozentrale kam.

Das entsandte Team hatte San Francisco wie geplant am Nachmittag erreicht und sogleich mit der Suche nach den verschwundenen Rogues begonnen. Erfolge waren jedoch noch keine gemeldet worden, was mich zusätzlich ernüchterte.

Die Vorstellung, dass meine Shadys in den letzten Monaten unzählige neue Rogues erschaffen haben könnten, hatte dafür gesorgt, dass mir beinahe mein Abendessen wieder hochkam. Deshalb hatte ich mich eilig verabschiedet und war auf mein Zimmer geflohen, wo ich stundenlang Nachrichten an meine Freunde geschrieben hatte, um mich zu vergewissern, dass es ihnen gut ging. Die meisten hatten mir innerhalb kürzester Zeit geantwortet, was zumindest einen Teil meiner Sorge linderte. Trotzdem war ich einfach nicht zur Ruhe gekommen, weil sich meine Gedanken endlos im Kreis gedreht hatten.

Und nun war ich erschöpft. Gleichzeitig vibrierte eine nervöse Energie in mir, während ich auf der einsamen Wiese auf und ab lief wie ein aufgescheuchtes Huhn.

Hinsichtlich der Warm-ups bildete ich mir ein, ganz gut mithalten zu können. Als ehemalige Cheerleaderin konnte ich zumindest mit ein bisschen Kondition, Muskeltonus und Koordination aufwarten. Leider löste das nicht Problem Nummer 1, da ich mich – von Molly Humphrey und den Rogues mal abgesehen – noch nie geprügelt hatte. Zwar hatte ich bereits bewiesen, dass ich Schläge einstecken konnte, aber ich war nicht besonders scharf darauf, schon wieder welche zu kassieren. Genauso wenig wollte ich mich mit tollpatschigen Angriffen vor den erfahrenen Kriegern lächerlich machen. Wobei das vermutlich unausweichlich war, sobald wir zu meinen nicht vorhandenen Fähigkeiten kamen.

Angespannt hielt ich inne und grübelte darüber nach, wie ich meine Gabe hervorlocken könnte. Gestern Abend im Café hatte ich mich immer wieder darum bemüht, das Licht bei den anderen zu sehen. Aber ich war jedes Mal kläglich gescheitert. Es war, als hätte ich eine Blockade in meinem Kopf, die sich schlapplachte, weil ich etwas derart Absurdes überhaupt versuchte.

Seelen, die von Licht erfüllt waren ... Diese Vorstellung war für mich nach wie vor nicht greifbar. Verflucht noch mal, ich wusste ja noch nicht mal, wo sich eine Seele im Körper genau befand. Wie sollte man etwas finden, wenn man keine Ahnung hatte, wo man überhaupt suchen sollte? Andererseits hatte ich es ja unbewusst auch schon hingekriegt. Vielleicht musste ich einfach nur aufhören, es erzwingen zu wollen.

Schritte näherten sich aus dem angrenzenden Wald. Kurz befürchtete ich, es wäre Kane, der mir gleich entgegenkam. Doch zu meiner Erleichterung joggte Aaron aus dem Dickicht. Er war in lässige Shorts und ein Trainingsshirt gekleidet, das eng an seinem muskulösen Oberkörper anlag und unter dem sich auch so eine Kette mit Phönix-Anhänger abzeichnete, wie Tori sie trug.

Als er mich entdeckte, leuchteten seine blauen Augen auf. »Hey, Eden.«

Lächelnd zupfte ich die nutzlosen Kopfhörer aus meinen Ohren. »Guten Morgen.«

Er wischte sich mit dem Unterarm den Schweiß von der Stirn. Unmittelbar vor mir blieb er stehen und musterte mich. »Bist du eine Frühaufsteherin oder hast du schlecht geschlafen?«

»Letzteres, fürchte ich.«

»Das tut mir leid.« Er überlegte kurz, als suchte er nach den richtigen Worten. »Ich kann mir vorstellen, dass das alles ganz schön viel für dich ist.«

»Ja«, stimmte ich zu, weil abstreiten ohnehin keinen Sinn hatte. Angespannt verschränkte ich die Arme. »Gibt es inzwischen Neuigkeiten von dem Team aus San Francisco?«

»Leider nicht«, antwortete Aaron. »Wir müssen wohl noch etwas Geduld haben.«

Ich schnitt eine Grimasse. »Wahrscheinlich.«

Er legte den Kopf schief. Unsicherheit flackerte in seinen Augen. Er wirkte fast ein bisschen eingeschüchtert, was ich für einen Kerl mit seiner Ausstrahlung recht befremdlich fand. Eigentlich hatte ich ihn für sehr selbstbewusst gehalten, doch ohne die Rückendeckung seiner Freunde wurde er sogar rot. »Hast du schon gefrühstückt?« Mit einer nervösen Geste deutete er zurück zum Hauptgebäude. »Wenn nicht, könnten wir vielleicht zusammen gehen. Also ... wenn du möchtest.«

Seine Verlegenheit war so süß, dass ich es nicht übers Herz brachte, ihm einen Korb zu geben. Davon abgesehen konnte es nicht schaden, vor dem Training noch einen Happen zu essen. »Gern.«

»Wirklich?« Er lächelte erfreut. »Okay.« Ein Lachen platzte aus ihm heraus, und er schüttelte über sich selbst den Kopf, ehe er einen Schritt zur Seite trat. »Ich meine ... nach dir.«

Wir gingen zu dem kleinen Café, in dem wir auch schon gestern gewesen waren. Unterwegs erzählte Aaron mir, dass er eigentlich von der Ostküste stammte, aber auf dem Anwesen der Phönixkrieger lebte, seit er sechs Jahre alt war. Seine Eltern waren inzwischen zurück nach Washington gezogen.

»Warum bist du hiergeblieben?«, erkundigte ich mich, weil es mich überraschte, dass ein junger, unabhängiger Mann wie er freiwillig auf den Großstadttrubel und die damit verbundenen Amüsements verzichtete. »Hier gibt es ja nicht mal eine Bar im Umkreis von zwanzig Meilen.«

»Ehrlich gesagt genau deswegen«, gestand er schmunzelnd. »Wahrscheinlich hältst du mich jetzt für langweilig, aber ich mag die Natur wesentlich lieber als Metropolen. Dort ist alles so laut und überladen und ...«

»Schmutzig?«, schlug ich in Anspielung auf seinen Kommentar über San Francisco vor.

Er zog den Kopf ein. »Tut mir leid. Das war nicht besonders nett.«

»Du hast mich ja nicht persönlich beleidigt«, erwiderte ich und zog die Tür zum Café auf, bevor ich eine Verbeugung andeutete. »Diesmal nach dir.«

So früh am Morgen war das Café noch menschenleer, abgesehen von einer Barista, die hinter dem Tresen stand und sich ihren schweren Lidern nach zu urteilen noch im Aufwachmodus befand. Wir störten ihre Ruhe nur ungern, bestellten aber trotzdem zwei große Tassen Kaffee, ehe wir es uns mit einem Teller Gebäck in den Ohrensesseln vor dem Fenster gemütlich machten.

Dort erzählte ich Aaron von meinem Leben in San Francisco, dem Youth Center und den Kids. Es war angenehm, mit ihm zu reden. Leicht und entspannend. Ich fühlte mich ein bisschen in die Zeit mit Ian zurückversetzt. Mit ihm hatte ich auch stundenlang über Gott und die Welt reden und lachen können. Ich vermisste ihn. Ich vermisste die Vertrautheit zwischen uns, war aber doch erstaunt, dass ich keinen Herzschmerz verspürte. Stattdessen genoss ich es, einem charmanten Kerl gegenüberzusitzen und in seiner Aufmerksamkeit zu baden. Aaron war nett und ein guter Zuhörer.

Die Zeit verging so schnell, dass ich kaum bemerkte, wie sich das Café nach und nach mit Leben füllte. Leute kamen und gingen. Einige Gesichter kannte ich bereits, andere ignorierte ich wie gewünscht. Erst als ein Schatten über uns auftragte, hielten Aaron und ich in unserem Gespräch inne.

Lennox stand mit verkniffener Miene neben unserem Tisch und musterte seinen Freund. »Wo zum Teufel warst du, Mann? Ich dachte, du kommst nach deinem Lauftraining vorbei.«

Bei seinem scharfen Ton zuckte Aaron zusammen. »Sorry. Ich bin zufällig Eden über den Weg gelaufen.«

Für den Bruchteil einer Sekunde loderte etwas in Lennox' Blick auf, das mich verdächtig an Eifersucht erinnerte. Er schien Aaron tatsächlich nicht nur platonisch zu mögen. Ich fragte mich, ob Aaron einfach nicht bewusst war, was sein Freund für ihn empfand, oder ob er nur so tat, weil er ihn nicht verletzen wollte. Aber letztlich gingen mich Aarons Motive nichts an, und genauso wenig wollte ich der Grund für Spannungen zwischen den beiden sein.

»Willst du dich zu uns setzen?«, fragte ich.

»Ganz sicher?« Lennox hob eine Braue. »Ich will euer Date nicht ruinieren.«

»Das ... also, das ist eigentlich kein Date«, stotterte Aaron mit roten Ohren. »Wir haben bloß zusammen gefrühstückt.«

Ich wollte ihm gerade beipflichten, als Kane neben Lennox auftauchte.

Belustigt sah er Aaron an. »Bullshit! Ich sitze seit zehn Minuten da drüben und sehe eurem Balztanz zu.«

Was für eine Übertreibung. Er war maximal fünf Minuten hier.

Empörung flammte in mir auf. »Es hat dich niemand darum gebeten, uns zu beobachten.«

»Ich weiß.« Theatralisch verdrehte Kane die Augen. »Aber ich konnte nicht anders. Der Anblick war einfach so ...« Er runzelte die Stirn, als suchte er nach dem passenden Wort. Doch an dem teuflischen Blitzen in seinen Augen erkannte ich, dass er es bereits gefunden hatte.

»Was?«, zischte ich, während sich meine Brust schmerzhaft zusammenzog. »Verstörend?« Sein Kommentar von gestern machte mir offenbar doch mehr zu schaffen, als ich mir selbst eingestehen wollte.

Aaron zuckte erneut zusammen, was zweifellos Kanes Absicht gewesen war.

Er lachte. »Das hast du gesagt.« Lässig schlug er Lennox auf die Schulter. »Wie auch immer. Es ist definitiv ein Date, mein Freund«, informierte er Lennox, bevor er sich wieder mir zuwandte. »Wobei sich mir schon die Frage stellt, was dein Freund für ein Volltrottel sein muss, wenn er nicht kapiert, wie du drauf bist.«

Stille breitete sich aus, während ich vollkommen fassungslos dasaß und versuchte, meinen rasenden Puls unter Kontrolle zu kriegen. Ich verstand einfach nicht, was dieser Kerl für ein Problem mit mir hatte. Er machte mich so unglaublich wütend, dass mir regelrecht die Worte fehlten. Dafür konnte ich plötzlich *sehen*.

Ein feiner Schimmer erschien um Kane und um jeden anderen, auf den ich mich konzentrierte, und wie beim letzten Mal strahlte Aarons Licht im Vergleich zu den anderen am hellsten, obwohl er ein bisschen erschrocken wirkte.

»Du hast einen Freund?«, fragte er.

Im Augenwinkel sah ich, wie Lennox sich entspannte, während Kane mich herausfordernd musterte. Ich hatte keine Ahnung, was er mit der ganzen Aktion bezweckte. Aber ich weigerte mich, mich auf seine Spielchen einzulassen.

»Nein, habe ich nicht«, sagte ich, ohne Kane aus den Augen zu lassen, dessen überhebliches Grinsen nun doch kaum merklich verrutschte. Zufrieden wandte ich mich ab und schaute Aaron an. »Ich war mit jemandem zusammen. Aber wir haben uns vor Kurzem getrennt.«

»Das tut mir leid«, erwiderte er, obwohl sich in seiner Miene nicht nur Mitgefühl, sondern auch Hoffnung abzeichnete.

»Hey, Leute.« Tori schob sich gähnend an Lennox und ihrem Bruder vorbei und setzte sich zu mir auf die Sesselkante. Es dauerte einen Moment, bis sie die seltsame Stimmung registrierte. »Was ist denn los? Gibt es etwa schlechte Neuigkeiten?«

Kane schnaubte. »Wie man's nimmt.«

»Was?«, fragte Tori irritiert.

Doch sie erhielt keine Antwort von ihrem Bruder. Er schüttelte bloß den Kopf und zog Lennox mit sich, der inzwischen recht bleich war. »Lass uns gehen.«

Verwundert sah Tori den beiden nach, als sie das Café verließen. »Was war das denn?«

»Keine Ahnung«, antwortete ich ausweichend, weil ich sicher nicht länger über meinen Beziehungsstatus diskutieren wollte.

Aaron schien mich zu verstehen, denn er leerte seine Kaffeetasse in einem Zug. »Wir sollten uns auch auf den Weg machen.«

Sofort kam Bewegung in Tori. »Einen Moment noch. Ich brauche erst Kaffee.«

Sie huschte davon, und ich blieb allein mit Aaron zurück. Eine unangenehme Stille breitete sich zwischen uns aus.

Angespannt rieb ich meine Handflächen gegeneinander. »Für mich war das hier wirklich nur ein Frühstück unter Freunden.«

Er lächelte sanft. »Ich weiß.«

Ich nickte erleichtert und stand auf, um Tori zu folgen.

»Aber nur fürs Protokoll«, fügte er hinzu, während er sich ebenfalls erhob. »Falls das ein Date gewesen wäre, hätte ich viel Spaß gehabt.«

Seine Worte brachten mich zum Lächeln. »Ich auch.«

Langsam trat er näher und musterte mich. Plötzlich wirkte er nervös. »Hättest du denn Lust, irgendwann mal außerhalb mit mir essen zu gehen?« Seine Lippen zuckten. »Wir müssten allerdings ein Stückchen fahren.«

O Mann! Keine Ahnung. Einerseits war Aaron toll und besaß all die Eigenschaften, die ich mir bei einem Mann wünschte. Er war freundlich, klug und lustig, und ich mochte diese mitfühlende Seite an ihm. Denn im Gegensatz zu Kane war er nicht wie ein Tsunami, dessen gequälte Seele eine Schneise der Verwüstung hinter sich herzog. Aaron war geerdet und mit sich im Reinen. Andererseits hatte ich hier gerade schon genug emotionalen Stress. Da brauchte ich gewiss nicht noch mehr Gefühlschaos.

»Ich ...«

»Du musst dich nicht sofort entscheiden«, unterbrach Aaron mich sanft. »Ich wollte nur, dass du weißt, dass ich dich gern besser kennenlernen würde.«

»Hey, wo bleibt ihr denn?«, rief Tori ungeduldig. »Wir kommen noch zu spät.«

Aaron schüttelte amüsiert den Kopf. »Warst du nicht diejenige, die auf einen Kaffee bestanden hat?«

Anstelle einer Antwort warf Tori ihm einen Luftkuss zu und wedelte vorsichtig mit dem Kaffeebecher, um nichts zu verschütten.

Während Tori auf dem Weg zur Arena in Rekordgeschwindigkeit ihren Becher leerte, nahm meine Nervosität mit jedem Schritt weiter zu. Denn obwohl die beiden mich detailliert darüber aufgeklärt hatten, wie viele Personen anwesend sein würden und wie die Trainings üblicherweise abliefen, hatte ich keinen Schimmer, was da wirklich auf mich zukam. Zwar motivierte es mich ein bisschen, dass ich noch vor wenigen Augenblicken in der Lage gewesen war, das Licht bei den anderen zu sehen. Aber selbst das half nicht, meine innere Anspannung zu lindern.

Als wir die Arena betraten, standen etwa zehn Phönixkrieger in Gruppen zusammen und unterhielten sich angeregt. Lennox und Kane waren bei Meghan und Ryanne.

Sobald wir uns näherten, schmälerte Meghan die Augen. »Was macht *sie* hier? Ich dachte, dieses Training wäre nur für Phönixkrieger.«

Empört baute Tori sich vor ihr auf. »Jetzt mach mal halblang, Meghan. Eden ist hier, um zu lernen.«

Meghan schnaubte. »Sie besitzt ja nicht mal Grundkenntnisse. Kann sie überhaupt irgendwas?«

»Lass das meine Sorge sein«, schaltete Lawrence sich ein und nickte knapp zum Ende der Wiese. »Legt los!«

Alle entfernten sich ein Stück und stellten sich paarweise auf. Tori und Ryanne, Lennox und Aaron, Meghan und Kane und dann vier weitere, etwas jüngere Leute, die ich noch nicht kannte. Sie begannen sich aufzuwärmen, während Lawrence auf mich zutrat.

Sein Lächeln war einnehmend. »Bereit?«

Ich nickte aufgeregt, während Lawrence mich musterte. »Deine Muskeln sind gut ausgebildet. Welchen Sport hast du gemacht?«

»Ich war Cheerleaderin«, antwortete ich. Fast erwartete ich, das Lawrence darüber lachen würde. Doch er wirkte überaus zufrieden.

»Sehr gut. Dann müssen wir ja nicht lange um den heißen Brei reden. Fangen wir mit ein paar Warm-ups an.«

Wir liefen ein paar Runden um die Arena, ehe wir zu Dehnungsübungen übergingen. Ich musste zugeben, Lawrence stellte sich ziemlich geschickt an, mir die Nervosität zu nehmen. Er lobte meine Kondition und Beweglichkeit und stärkte mein Selbstbewusstsein mit seinem Zuspruch.

Da ich bereits athletische Grundkenntnisse besaß, vergeudete er auch keine Zeit mit großen Erklärungen, sondern zeigte mir Bewegungsabläufe, mit denen ich mich im Notfall verteidigen konnte. Wir wiederholten die Übungen, bis meine Muskeln vor Anstrengung zitterten und ich mich vor Erschöpfung kaum noch auf den Beinen halten konnte. Trotzdem brach ich erst auf der Wiese zusammen, als er mir eine Pause gönnte.

»Das war super«, sagte er und reichte mir eine Flasche Wasser. »Ruh dich etwas aus.«

Schwer atmend nahm ich sie entgegen und ließ meinen Blick zum ersten Mal über die Wiese schweifen.

Mir klappte der Mund auf, als ich sah, was am anderen Ende passierte. Aaron und Lennox rangen auf dem Boden miteinander. Ihre Bewegungen waren kontrolliert und kraftvoll. Dasselbe galt für Ryanne und Tori, die sich gegenüberstanden und einen unglaublich schnellen asiatischen Kampfstil trainierten. Am beeindruckendsten waren allerdings Meghan und Kane.

Sie hatten beide ihre warmen Klamotten ausgezogen. Nun trug Meghan ein bauchfreies Top und eine enge Hose, die nichts der Fantasie überließ, was ihren atemberaubenden Körper betraf. Ihre Bewegungen waren unglaublich geschmeidig, während sie Kane wieder und wieder angriff.

Er selbst hatte tief sitzende Shorts und ein enges Shirt an. Bisher hatte ich ihn nur in weiten Klamotten gesehen. Nun aber konnte ich mühelos die ausgeprägten Muskelpartien erkennen. Der Kerl schien kein Gramm Fett am Leib zu besitzen. Außerdem hatte er dieses provokative Grinsen im Gesicht, während er Meghan ohne jede Schwierigkeit auswich. Er duckte sich weg, vollführte eine Drehung – und schon hatte er sie von hinten gepackt und fixiert.

Meghan kicherte, ehe er sie losließ und sie von vorn begannen. Diesmal griff Kane an. Ohne jede Zurückhaltung holte er aus und schlug nach ihr. Mich hätte er mit diesem einzigen Hieb auf die Matte geschickt. Doch Meghan blockte ihn geschickt ab und ging zum Gegenangriff über.

Meine Brust schnürte sich zu. Die beiden waren unglaubliche Kämpfer, anmutig und trickreich, aber auch energiegeladen. Ich konnte mir nicht vorstellen, jemals so zu kämpfen.

Lawrence stieß einen schrillen Pfiff aus, woraufhin alle ihre Übungen unterbrachen und zu uns kamen. Kanes Blick streifte mich flüchtig, weshalb ich schnell wegschaute und endlich einen Schluck Wasser trank.

Als Lawrence nach einer kurzen Pause erneut in die Hände klatschte, um die nächste Trainingsphase einzuleiten, straffte Lennox sichtlich erfreut den Rücken, woraufhin seine mächtigen Flügel erstrahlten. Inzwischen schien sich seine Laune gebessert zu haben, denn nun grinste er wieder voller Übermut auf mich herab, während er seine Lichtfedern plusterte und auf mich zutrat. Seine Bewegungen wirkten so natürlich, als würde er bloß einen Arm heben. »Das ist reine Phönixmagie, Eden. Möchtest du sie mal fühlen?«

Ich konnte nicht widerstehen, daher stand ich auf und streckte die Hand aus. Meine Fingerspitzen kribbelten, als ich in den Lichtschein eintauchte, und ich schnappte überrascht nach Luft, weil ich nicht damit gerechnet hatte. Es fühlte sich an wie unzählige kleine Stromstöße.

Lennox schien es ebenfalls zu spüren, denn er zuckte zusammen.

Sofort zog ich die Hand zurück und schaute hoch in sein Gesicht. »Habe ich dir wehgetan?«

»Nein, alles gut«, antwortete er, doch sein Stirnrunzeln verriet mir, dass meine Berührung nicht gerade angenehm für ihn gewesen war.

Nachdem Lawrence Lennox und die anderen wieder auf die Wiese geschickt hatte, gab er mir ein paar Ratschläge, bevor er den anderen folgte.

Die nächste Stunde widmete ich mich daher der Aufgabe, die Phönixkraft in mir zu suchen. Ich setzte mich im Schneidersitz ans Ende der Arena und horchte wie befohlen tief in mich hinein, spürte meinen Körper wie früher, wenn Harper mich zum Yoga gezwungen hatte.

Leider fand ich absolut gar nichts abgesehen von meinen schmerzenden Muskeln. Hinzu kam, dass mich das Kampfgetümmel unmittelbar vor mir einfach zu sehr ablenkte und ich mich immer wieder dabei ertappte, wie ich unter gesenkten Lidern die Phönixkrieger dabei beobachtete, wie sie die wunderlichsten Dinge vollbrachten.

Ich konnte mich nicht entscheiden, was ich beeindruckender fand: Tori, die immer wieder verschwand und woanders auftauchte, Lennox, der hoch oben am wolkenlosen Himmel Sturzflüge übte, oder Ryanne, die mit einem Affenzahn über die Wiese schoss. Meghan hatte einen Lichtstab erschaffen, mit dem sie nun Kung-Fu-mäßig auf Kane einschlug, der ihr aber nach wie vor mühelos und mit unvergleichlicher Anmut auswich. Ich fragte mich, welche Lichtgabe wohl in ihm schlummerte und warum er sie nicht entschlossener trainierte, wenn er so mächtig war, wie Aaron und Lennox sagten. Er schien bis heute nicht verwunden zu haben, was damals in L.A. mit seinen Eltern passiert war. Allerdings musste ich zugeben, dass er seine Gabe gar nicht brauchte. Auch ohne Lichtwaffe war er stärker als Meghan, was diese zusehends verärgerte.

Lawrence offenbarte seine Gabe ebenfalls. Allerdings fand ich sie im Vergleich zu den anderen überraschend unspektakulär, denn er erschuf lediglich baseballgroße Kugeln, die er über die Lichtung warf. Die meisten verglühten jedoch, noch bevor sie ihr Ziel erreichten. Auf der anderen Seite war das natürlich immer noch besser als das, was ich zustande brachte: nämlich absolut gar nichts.

15

EDEN

»Buh!«

Ich schrie auf, als Tori unmittelbar neben mir auftauchte. Vorwurfsvoll sah ich sie an. »Musst du mich so erschrecken?«

»Ich konnte einfach nicht widerstehen.« Kichernd ließ sie sich neben mich auf die Bank fallen, auf der ich nun schon so lange saß, dass sich mein Hintern ganz taub anfühlte.

Inzwischen war ich vier Tage hier auf dem Anwesen, und die Zeit war wie im Flug vergangen, obwohl ich tagtäglich dasselbe machte. Ich stand morgens auf und suchte mir ein ruhiges Plätzchen für mein mentales Training. Anschließend frühstückte ich mit Tori, Aaron und Lennox im Café, bevor wir das Kampftraining mit Lawrence absolvierten. Gegen Mittag zogen sich die drei in die Kommandozentrale zurück, um mit Una Interna zu besprechen, die ich natürlich nicht erfahren durfte. Dort blieben sie meistens bis zum Abend, den wir dann zusammen im Restaurant verbrachten. Dabei erzählten sie mir mehr über die Phönixallianz, alberten über banale Dinge herum oder gaben mir Tipps, wie ich meine Gabe finden konnte. Im Stillen nannte ich sie meine Motivatoren. Sie glaubten so fest an mich, dass sie mich behandelten, als würde ich schon seit Jahren zu ihnen gehören.

Was meinem angeknacksten Ego wirklich guttat.

Kane blieb auf weiterhin Distanz. Weder kam er zu unserer Gruppe hinzu, noch redete er mit mir. Das konnte mir nur recht sein. Trotzdem störte es mich. Ich war es nicht gewohnt, dass mich jemand mied, als hätte ich eine ansteckende Krankheit. Normalerweise kam ich gut mit Menschen klar.

Ich sagte mir, dass ich mich auf diese Weise wenigstens nicht mit seinen dreisten Kommentaren rumschlagen musste. Aber dennoch quälte mich das Wissen, dass da jemand ein Riesenproblem mit mir hatte, das ich nicht aus der Welt schaffen konnte.

Seufzend rieb ich mir über das Gesicht.

»Immer noch nichts?«, erkundigte Tori sich prompt in mitfühlendem Ton.

Schweigend schüttelte ich den Kopf. Ich hatte keinerlei Fortschritte gemacht in den letzten Tagen, obwohl ich praktisch ununterbrochen nach meiner Gabe gesucht hatte. Selbst nach dem offiziellen Training. Allein konnte ich mich besser konzentrieren. Daher war es mir ganz recht gewesen, dass meine neuen Freunde nachmittags zu tun hatten und ich diese Zeit für mich nutzen konnte. Trotzdem hatte ich immer noch keinen nennenswerten Durchbruch erlangt. Egal, wie sehr ich es versuchte und mich anstrengte, ich fand einfach keinen Weg zu meiner Phönixkraft.

»Du musst Geduld haben, Eden. Seine Gabe zu finden, braucht Zeit.«

Dankbar lächelte ich sie an. »Schon gefrühstückt?«

Sie riss empört die Augen auf. »Doch nicht ohne dich!«

Lachend streckte ich meine steifen Glieder, ehe wir uns auf dem Weg zum Café machten. Dort erwarteten Aaron und Lennox uns bereits mit zwei Bechern Kaffee und einem vollbeladenen Teller Brownies.

Lennox schien seine Vorbehalte gegen mich inzwischen abgelegt zu haben. Zumindest riss er unaufhörlich Witze und munterte mich damit auf, während Aaron etwas feinfühliger vorging.

»Heute klappt es«, verkündete Lennox mit vollem Mund. »Ich hab es im Gefühl. Also schnall dich an. Das wird der Trip deines Lebens.«

Belustigt verdrehte Aaron die Augen, ehe er mir die Hand auf den Unterarm legte. Er suchte oft nach Möglichkeiten, mich zu berühren, was für mich okay war, da ich ihn ebenfalls mochte. Davon abgesehen hatte ich kein Problem mit Nähe. Das Verhältnis zu meinen Highschool-Freunden war auch immer sehr innig gewesen. Wir hatten uns ständig gekabbelt, uns einen liebevollen Klaps gegeben, uns umarmt oder uns Küsse auf die Wangen gedrückt, um unsere Zuneigung füreinander auszudrücken.

Mir war zwar bewusst, dass Aaron nach wie vor auf ein richtiges Date hoffte, aber eine platonische Freundschaft schien für ihn auch gut zu sein, worüber ich sehr erleichtert war.

Seine blauen Augen waren ebenfalls voller Zuversicht. »Du schaffst das.«

Ich nickte und trat entsprechend motiviert wenig später meinen Weg zur Arena an. Doch kaum waren wir über die Anhöhe gegangen, verlangsamte ich meine Schritte. Im Gegensatz zu sonst hatte sich auf der Wiese keine kleine Gruppe aus zehn Personen versammelt. Stattdessen blickten uns mindestens dreißig Phönixkrieger entgegen.

Una stand wie ein Feldwebel vor den anderen und schaute mir mit ausdrucksloser Miene entgegen. Eigentlich hatte ich mich nie für feige gehalten. Aber in diesem Moment wollte ich auf der Stelle kehrtmachen und von hier verschwinden. Hitze stieg mir in die Wangen, als ich die prüfenden Blicke der vielen Leute auf mir spürte. Natürlich waren Meghan und Ryanne auch darunter. Schien mein Glückstag zu sein.

»Ganz ruhig«, murmelte Aaron und legte mir sanft die Hand auf den unteren Rücken. »Dir wird nichts passieren.«

»Wusstest du, dass da heute so viele Leute sein würden?«, fragte ich, unfähig, mein Entsetzen zu verbergen.

»Nein.«

»Ich auch nicht«, flüsterte Tori.

Lennox knurrte. »Was zur Hölle haben die vor?«

Das wüsste ich auch gern. Mein Blick schweifte über die Menge und blieb ausgerechnet bei Kane hängen, der mit verschränkten Armen hinter Una stand. Er sah angepisst aus, was an sich ja nichts Neues war. Der sorgenvolle Ausdruck, der auf seinem Gesicht lag, war hingegen schon etwas irritierend.

»Guten Morgen, Eden«, grüßte Una mich in neutralem Tonfall, sobald ich nähergetreten war.

Ich nuschelte ebenfalls eine Begrüßung, während Una das Kinn hob und Tori, Lennox und Aaron zunickte. Es war ein stummer Befehl, sich zu den anderen zu gesellen und mich allein zu lassen. Zweifellos verstanden sie ihn, doch sie wichen keinen Millimeter von meiner Seite, wofür ich sie am liebsten umarmt hätte.

»Was ist hier los?«, fragte Tori und klang dabei fast so herrisch wie ihr großer Bruder. »Wozu der Menschenauflauf?«

Ein schmales Lächeln erschien auf Unas Lippen. »Nur eine Sicherheitsmaßnahme.«

»Wofür?«, fragte ich mit einem unguten Gefühl im Bauch.

Ohne sich umzudrehen, hob Una den Arm und gab ein Zeichen, woraufhin sich die Menge teilte. Ein Rasseln erklang, und es dauerte einen Moment, bis ich es dem Klang von Eisenketten zuordnen konnte.

Eisenketten, die an den Handgelenken und um den Hals einer ausgemergelten Gestalt befestigt waren.

Entsetzt taumelte ich zurück. »Ihr haltet hier Rogues gefangen?«

»Normalerweise nicht«, erwiderte Una ruhig. »Aber wie es der Zufall wollte, hat eines unserer Teams gestern Nacht diesen Rogue in Las Vegas gestellt. Sie haben ihn hergebracht. Für dich.«

Ich stieß ein hysterisches Lachen aus. »Das wäre doch nicht nötig gewesen. Ein paar Blumen als Willkommensgeschenk hätten es auch getan.«

Una verzog keine Miene. Aber wenn mich nicht alles täuschte, huschte ein kurzes Grinsen über Kanes Gesicht.

»Du bist jetzt ein paar Tage hier, hast trainiert und nach deiner Gabe gesucht«, stellte Una fest und musterte mich unzufrieden. »Wie ich erfahren habe ohne Erfolg.«

Tori schnappte nach Luft. »Aber Eden musste sich erst mal eingewöhnen.«

Entschlossen reckte Una das Kinn vor. »Ich denke, es wird Zeit, etwas Neues zu probieren.«

»Und was erwarten Sie jetzt von mir?«, fragte ich und schaute bewusst nicht zu dem Rogue, der hinter ihr an seinen Ketten zerrte. »Soll ich ihn einfach abschlachten?«

»Ich will, dass du dich mit dem Feind vertraut machst. Vielleicht weckt das die Phönixkraft in dir.« Una machte eine knappe Kopfbewegung, woraufhin die Phönixkrieger einen Kreis um uns und die gepeinigte Kreatur bildeten. Selbst Aaron und Lennox kamen ihrer Anweisung nun nach. Nur Tori wich nicht von meiner Seite, und auch ihr Bruder bewegte sich nicht. Er blieb nicht weit entfernt zwischen Tori, mir und dem Rogue stehen.

Falls Una diese Befehlsverweigerung missfiel, so zeigte sie es nicht. Stattdessen trat sie hinter mich. »Sieh ihn dir genau an.«

Nur äußerst widerwillig kam ich ihrer Aufforderung nach. Der Mann musste etwa vierzig Jahre alt gewesen sein, als er sein Licht verloren hatte. Es war schwer zu sagen. Er hatte dunkelblondes, verfilztes Haar. Sein Blick war wild, getrieben, und ein blutiger Cut zog sich über seine rechte Wange, weshalb sein ganzes Gesicht einer grotesken Maske glich. Vielleicht war er früher Croupier in einem Casino gewesen. Zumindest deutete der zerrissene Anzug darauf hin, dessen Brust von einem goldenen Emblem des *Venetian* geschmückt wurde. Obwohl der Mann spindeldürr war, wehrte er sich mit erstaunlicher Kraft gegen die Fesseln, die an Erdankern im Boden fixiert waren.

»Erkennst du, was er ist?«, fragte Una hinter mir.

Wahrscheinlich erwartete sie, dass ich das *Monster* in dem Wesen vor mir sah. Für mich war das jedoch nicht so leicht.

Vor allem in der Suppenküche, in der ich öfter ausgeholfen hatte, hatte es eine Menge Leute gegeben, die ähnlich gekleidet und verdreckt waren wie dieser Rogue. Etliche hatten mit Drogenproblemen zu kämpfen, waren krank oder einfach wütend auf das System. Sie waren erfüllt von Trauer, Frust und sehr viel Zorn. Aber deshalb waren sie in meinen Augen nicht weniger menschlich, und das war auch der Grund dafür, warum es mir nicht möglich war, dieser gepeinigten Kreatur vor mir seine Menschlichkeit abzusprechen. Auch in seinen Augen erkannte ich Schmerz.

»Ich sehe nur, dass er leidet«, sagte ich mit fester Stimme.

Una schnaubte hinter mir. »Sei nicht so naiv, Eden. Dieser Rogue hat keinerlei Gefühle.«

»Ist das Ihr Ernst?«, stieß ich hervor und zeigte auf seine aufgeschürften Handgelenke. »Er ist verletzt.«

Ungeduldig schüttelte Una den Kopf. »Glaub mir, das spürt er gar nicht.«

»Woher wollen Sie das wissen?«, beharrte ich. »Waren Sie jemals eine Rogue? Haben Sie gefühlt wie sie? Sie sagen mir, dass Rogues kaltblütige Lichträuber sind, die rein instinktiv handeln. Aber selbst ein Grizzly mutiert nur zu einer Bestie, wenn er sich in die Enge gedrängt fühlt.«

»Du bist viel zu weich.« Verachtung schwang in Unas Stimme mit, und als sie wieder vor mich trat, zeigte auch ihr Gesichtsausdruck deutlich, was sie davon hielt, dass ich ihren Glauben infrage stellte. Mit schief gelegtem Kopf betrachtete sie mich. Dann wandte sie sich ab, stellte sich zu den anderen in die Reihe und streckte die Hände in Kanes Richtung aus.

Ein Lichtstrahl schoss über die Wiese. Er war so gewaltig, dass Kane mehrere Meter nach hinten flog.

»O mein Gott, Kane!«, schrie Tori und rannte zu ihrem Bruder. »Ist alles okay?«

»Ja.« Wütend richtete Kane sich auf und starrte Una an. »Was sollte das, verdammt?«

Una ließ die Hände sinken und verschränkte sie auf dem Rücken. »Lawrence.«

Ich suchte Lawrence in der Menge und sah gerade noch, wie er unglücklich das Gesicht verzog, bevor er auf eine Fernbedienung drückte. Eine Sekunde später fielen die Fesseln vom Hals und den Handgelenken des Rogues ab. Er war frei.

»Nein!«, brüllte Kane und schoss auf die Füße, doch er kam gerade mal zwei Schritte weit, da erhob sich vor ihm eine Wand aus Licht und breitete sich in Sekundenschnelle aus. Sie war durchscheinend und doch undurchdringbar.

Kane schlug mit aller Kraft dagegen, allerdings hörte ich seine Schreie nur gedämpft. Tori stand in stummen Entsetzen hinter ihm, sie war kreidebleich vor Schreck. Und am Rande meines Sichtfeldes sah ich, wie Aaron und sogar Lennox aufgeregt auf Una einredeten.

Doch die Anführerin der Phönixkrieger blieb unerbittlich. Sie wollte mir eine Lektion erteilen. Und wer eignete sich besser dafür als der Rogue, mit dem sie mich gerade in einen Käfig aus Licht gesperrt hatte?

16

EDEN

Ich versuchte wirklich, optimistisch zu bleiben. Schließlich hatten mich die Phönixkrieger sicher nicht zweimal gerettet, nur um mich anschließend zur Schlachtbank zu führen. Das war sicher nur ein weiterer Test. Ein Trick, der mir eine Lehre in Bezug auf Rogues erteilen und mich dazu bewegen sollte, meine Fähigkeiten zu erwecken.

Nur leider hatte ich bereits zwei Extremsituationen durchgestanden und keinen Zugang zu meiner Phönixkraft gefunden. Bis auf die Grundausstattung vielleicht.

Mit klopfendem Herzen fokussierte ich den Rogue vor mir, und eine Gänsehaut kroch meinen Nacken hinauf, als ich das Fehlen seines Lichtes bemerkte. Dieser Rogue war definitiv echt – und er war hungrig.

Scheiße!

Ich stolperte zurück, während Kane an der Außenseite der Energiewand entlanglief und immer wieder dagegenhämmerte, als suchte er einen Schwachpunkt, um nötigenfalls mit Gewalt zu mir durchzudringen. Er sah stinksauer aus und unterschied sich in seiner Mimik nicht wesentlich von dem Rogue, der sich gerade an mich heranpirschte. Der runde Käfig hatte nur einen Durchmesser von fünfzehn Metern. Wenn ich nicht aufpasste, würde er mich innerhalb von Sekunden überwältigen und sehr wahrscheinlich versuchen, mir das Licht zu nehmen. Das war nicht gut.

Denk nach, Eden. Denk nach!

Körperlich war mir der Rogue klar überlegen. Aber wenn die Phönixkrieger recht hatten, lag ich mental weiter vorn. Vielleicht drang ich ja mit Worten zu ihm durch.

Beschwichtigend streckte ich die Hände aus. »Schon gut«, sprach ich beruhigend auf ihn ein. »Ich will dir nichts tun.«

Der Rogue hielt kurz inne und legte den Kopf schief. Dann kam er weiter auf mich zu.

»Komm schon«, murmelte ich, während ich weiter zurückwich. »Du willst das doch gar nicht. Lass uns einfach Freunde sein.«

Selbst in meinen Ohren klang das total dämlich. Vor allem, weil sich der Rogue in diesem Moment zum Angriff bereitmachte. Er duckte sich, bleckte die Zähne und ging in die Knie.

»Bitte, tu das nicht.« Mein Tonfall war flehentlich, doch ich schämte mich nicht dafür. »Ich will dir nicht wehtun.«

Das wollte ich wirklich nicht, egal, wie brenzlig die Situation war.

»Wenn du kooperierst, dann …«

Er kooperierte nicht. Mit ungeheurer Wucht stieß er sich vom Boden ab und flog auf mich zu. Ich schaffte es gerade noch, ihm auszuweichen, sodass er kurz vor der Energiewand im Gras landete.

Sofort wirbelte er herum und hetzte von Neuem auf mich zu. Über das, was danach passierte, wollte ich lieber nicht so genau nachdenken. Ich drehte mich um, schlug ein Rad und ging in zwei Flickflacks über, um möglichst viel Abstand zwischen mich und den Rogue zu bringen. Nach jahrelangem Cheerleader-Training war mir dieser Bewegungsablauf in Fleisch und Blut übergegangen, und wie erhofft irritierte meine doch recht ungewöhnliche Fortbewegungsmethode den Rogue genug, damit er seinen Angriff unterbrach.

»Wenn du mir etwas tust, werden die anderen dich fertigmachen«, sagte ich und hob erneut die Hände, um ihm zu zeigen, dass ich harmlos war. »Vielleicht sollten wir …«

Mit wütendem Gebrüll rannte er erneut auf mich zu.

Ich wartete bis zur letzten Sekunde, um sicherzugehen, dass er nicht spontan die Richtung wechselte. Dann machte ich eine Vorwärtsrolle zur Seite, gefolgt von einem Rad, das in einen weiteren Flickflack überging. Schon stand ich wieder am anderen Ende des Käfigs. »Ich kann das den ganzen Tag lang machen«, rief ich dem Rogue zu. Es war ein Bluff, aber das wusste er ja nicht. »Also hör auf, mich anzugreifen. Zeig ihnen, dass du kein hirnloser Seelenzombie bist!«

Neben mir hatte Kane aufgehört, gegen den Energiewall zu hämmern, und starrte mich mit offenem Mund an. Auch die anderen Phönixkrieger steckten die Köpfe zusammen und tuschelten. Nur Una wirkte kein bisschen beeindruckt, und erst recht machte sie keine Anstalten, mich endlich aus diesem verdammten Käfig rauszulassen.

Wieder stürzte der Rogue auf mich zu, und wieder wich ich ihm aus. So ging es weiter und weiter. Nach dem gefühlt hundertsten Flickflack begannen meine Muskeln zu zittern, ich hatte Seitenstechen und mein Magen rebellierte. Der Rogue hingegen war noch nicht mal aus der Puste. Er würde nicht aufgeben.

Verzweiflung überkam mich. Ich würde dieses Katz-und-Maus-Spiel nicht mehr lange durchhalten. »Una!«, rief ich. »Ich hab's kapiert. Lassen Sie mich hier raus.«

Langsam schüttelte die Phönixkriegerin den Kopf. Sie sagte etwas, das ich nicht verstand. Dafür hörte ich Kanes aufgebrachte Stimme erneut grollen.

Im selben Moment nahm ich im Augenwinkel eine Bewegung wahr. Aaron war ebenfalls an die Wand getreten und zeigte darauf. Auch er sagte etwas, das nicht zu mir durchdrang.

Da fiel mir wieder ein, was Tori gesagt hatte: Nur das Licht eines Phönixkriegers konnte einen Rogue besiegen.

Jetzt wurde mir richtig schlecht. Aber mir blieb keine Wahl. Diesmal hielt ich still, als der Rogue auf mich zurannte. Obwohl alles in mir nach Flucht schrie, wartete ich bis zum letzten Moment, ehe ich zur Seite hechtete.

Der Rogue war so auf mich fokussiert gewesen, dass er den Abstand zur Wand unterschätzte und dagegen prallte. Er brüllte auf, während ich mich vom Boden aufrappelte. Ich warf einen Blick zu dem Rogue, in der Hoffnung, dass er endlich von mir abließ, aber leider hatte ich ihn mit der Aktion nur noch wütender gemacht. Ein Großteil seiner zerfetzten Kleidung hatte ihn geschützt. Lediglich in seinem Gesicht zeichneten sich Verbrennungen ab.

Diesmal kam er Angriff so schnell, dass ich keine Zeit mehr hatte, auszuweichen, und der Rogue riss mich mit sich zu Boden.

Der Aufprall presste mir die ohnehin schon knappe Luft aus der Lunge. Ich stemmte die Hände gegen seinen ausgemergelten Brustkorb, um ihn auf Abstand zu halten. Aber ich war nicht ansatzweise stark genug. Meine Ellenbogen knickten ein wie dürre Halme im Wind. Ich drehte den Kopf zur Seite, um seinem Blick auszuweichen, in der Hoffnung, dadurch mein Licht zu schützen. Aber er beugte sich dennoch über mich und atmete tief ein.

Ein Schluchzen entrang sich meiner Kehle. Wieder spürte ich dieses allumfassende Bewusstsein für meinen Körper. Meinen rasselnden Atem, meine schmerzenden Muskeln, mein donnerndes Herz. Aber eine außergewöhnliche Macht war nicht dabei. Ich hatte diesem Rogue, der mich ohne zu zögern zerstören würde, absolut nichts entgegenzusetzen.

Plötzlich verschwand sein Gewicht auf mir. Durch den Schleier meiner Tränen sah ich, wie Kane mit ihm durchs Gras rollte und ihn auf den Boden pinnte. Sofort war Aaron an seiner Seite, erschuf einen Lichtspeer und rammte ihn dem Rogue ins Herz. Dieser schrie auf. Der Laut war so gequält, dass er mir durch Mark und Bein ging. Dann leuchtete er auf und zerbarst in Abermillionen Lichtfunken.

Geblendet wandte ich mich ab und legte mir den Unterarm über die Augen, damit niemand meine Tränen sah.

»Eden?« Tori sank neben mir ins Gras und strich behutsam über mein verschwitztes Haar. »Bist du verletzt?«

Ich hatte keinen Kratzer abbekommen. Trotzdem war da dieser dumpfe Schmerz in meiner Brust. Es dauerte einen Moment, bis ich das Gefühl als Trauer identifizierte. Ich konnte mir nicht erklären, warum mich der Tod meines Feindes derart mitnahm. Aber so war es. Ich fühlte mich wie eine Versagerin, weil ich es nicht hatte verhindern können. Dabei hatte ich es wirklich versucht.

Una hatte recht. Rogues waren nicht zu retten, auch wenn es mir schwerfiel, das zu akzeptieren.

»Nur mein Stolz«, krächzte ich und rieb mir grob über die Augen, bevor ich mich aufsetzte.

Aaron kam ebenfalls herbei. »Bist du in Ordnung?«

Ich nickte und nahm die Hand, die er mir entgegenstreckte, um mir aufzuhelfen. Ungelenk kam ich auf die Füße.

Er drückte sanft meine Hand. »Du warst unglaublich.«

Die Bewunderung in seiner Stimme brachte mich in Verlegenheit. Schließlich hatte ich nicht viel getan, außer in einem Lichterkäfig herumzuturnen. Ich hatte weder den Rogue noch mich selbst retten können. Es war dumm von mir gewesen, etwas anderes zu glauben.

Die Anführerin musterte mich schweigend. Eigentlich rechnete ich damit, dass sie mir ihren Triumph jetzt unter die Nase rieb. Doch zu meiner Überraschung nickte sie zufrieden. »Du hast dich gut geschlagen.«

Wut überflutete mich. Am liebsten hätte ich mich auf sie gestürzt. Vermutlich sah sie mir meinen Zorn an, denn sie lächelte knapp, ehe sie auf dem Absatz kehrtmachte und in Richtung Hauptgebäude verschwand.

Kane saß noch immer ein paar Meter neben uns im Gras. Sein Brustkorb hob und senkte sich mühsam. Sein Blick wanderte von Aarons Hand, die meine noch immer festhielt, hinauf in mein Gesicht. Er hatte seine Mimik gut unter Kontrolle. Doch seine Augen konnten nicht verbergen, wie aufgewühlt er war.

Ein Kribbeln schoss durch meinen Magen. Zugleich erwachte in mir das Bedürfnis, zu ihm zu gehen und ihm zu versichern, dass es mir gut ging. Was absolut keinen Sinn ergab. Schließlich behandelte er mich seit Tagen wie Luft. Die Erinnerung gab mir die Kraft, mich abzuwenden – auch wenn es sich irritierend falsch anfühlte.

Lawrence stieß einen schrillen Pfiff aus. »Alle Teams zurück auf ihre Posten. Der Rest beginnt mit dem Training. Das gilt auch für dich, Kane.«

Hinter uns erklang sein Schnaufen. »Ich hatte genug Spaß für einen Morgen. Ich nehme mir den Rest des Tages frei.«

Während sich die meisten Phönixkrieger zerstreuten, trat Lawrence mit einem bedeutungsvollen Blick auf Kane zu. »Du hattest um ein paar Tage gebeten. Die sind jetzt um.«

Kane lachte, während er aufstand, und schüttelte den Kopf. »Nach der Aktion? Das könnt ihr vergessen! Sucht euch einen anderen Trottel.«

»Wovon reden die?«, fragte Aaron, der immer noch neben mir und Tori stand, mit gesenkter Stimme.

»Keine Ahnung«, flüsterte Tori zurück. Sorge lag in ihrer Stimme.

Ich selbst konnte mir erst recht keinen Reim darauf machen. Dafür kannte ich die Leute hier noch zu wenig.

Lawrences Miene wurde weich. »Aber du bist nun mal der Beste für diese Aufgabe. Bitte überdenk deine Entscheidung noch einmal.«

Kane biss die Zähne zusammen. »Lasst mich da raus.«

Bevor Lawrence ihn aufhalten konnte, wandte er sich ab und ging davon. Sofort eilte Meghan ihm nach, während wir ihm bloß verdutzt hinterhersahen.

»Worum ging es gerade?«, fragte Tori schließlich.

Lawrence seufzte. »Wir haben deinen Bruder gebeten, mit Eden zu trainieren. Aber wie ihr zweifellos mitbekommen habt, hat er abgelehnt.«

»Was?«, rief Tori bestürzt aus, während ich Mühe hatte, mit der Enttäuschung fertigzuwerden, die sich in meine Eingeweide fraß. Eigentlich sollte ich froh darüber sein, dass Kane sich weigerte, mit mir zu trainieren. Dummerweise war ich es nicht. Ich fühlte mich zurückgewiesen. Schon wieder.

»Aber das verstehe ich nicht«, fuhr Tori fort. »Warum sollte Kane sich weigern, mit Eden zu trainieren?«

Hitze flammte in meinen Wangen auf, und ich senkte den Blick, da ich die Antwort durchaus kannte.

»Das weiß ich leider auch nicht«, antwortete Lawrence und sah mich bedauernd an. »Du musst einen schrecklichen Eindruck von uns haben. Aber ich versichere dir, wir sind gar nicht so übel.«

Ich wusste nicht, was ich dazu sagen sollte. Jedes Wort wäre gemein und bitter gewesen. Ein Gefühl, das mir sonst eher fremd war. Deshalb hielt ich lieber den Mund.

Tori war da weit weniger zurückhaltend. Aufgebracht zeigte sie auf die Stelle, an der eben noch ein Käfig aus Licht geleuchtet hatte. »Ihr habt einen Rogue auf Eden gehetzt!«

Schuldbewusst verzog Lawrence das Gesicht. »Mir ist klar, dass es nicht so aussah. Aber Una wollte dir damit nur helfen, deine Kräfte zu wecken. Es tut mir leid, dass du das durchmachen musstest.«

Ich wusste seine Anteilnahme zu schätzen. Trotzdem war ich kurz vorm Ausflippen, weil Una mich derart kaltblütig mit einem Rogue eingesperrt hatte.

»Ich könnte Eden doch trainieren«, schlug Aaron zögerlich vor.

Zu meiner Überraschung lehnte Lawrence ab. »Nicht nötig. Das werde ich übernehmen.« Er musterte mich sorgenvoll. »Vorausgesetzt, du hast noch genug Energie für ein kleines Workout?«

Eigentlich wollte ich lieber in mein Zimmer zurückschleichen, mir die Decke über den Kopf ziehen und die ganze Welt aussperren. Aber die Konfrontation mit dem Rogue hatte mir deutlich gemacht, dass ich lernen musste, mit dieser Gefahr umzugehen. Also verbannte ich meine Wut und nickte entschlossen.

✻✻✻

Drei Stunden später brach ich völlig erledigt auf der Wiese zusammen. Ich war klatschnass geschwitzt. Körperlich und mental vollkommen ausgelaugt.

Lawrence tätschelte in einer väterlichen Geste meine Schulter. »Das war fantastisch, Eden.«

Ich freute mich über sein Lob. Gleichzeitig wäre ich noch viel glücklicher gewesen, wenn sich wie durch ein Wunder meine Gabe offenbart hätte.

Sein Handy klingelte, und er entfernte sich ein Stück, um in Ruhe zu telefonieren. Ich konnte seine Worte nicht verstehen, aber sein ernster Gesichtsausdruck verhieß nichts Gutes. Nachdem er das Gespräch beendet hatte, winkte er die Truppe zu sich.

»Alle mal herhören. Unsere Leute haben einen Funkspruch in Pasadena abgefangen. Dort scheint sich ein weiterer Rogue rumzutreiben. Aaron, Lennox und Tori, ihr werdet das übernehmen. Nehmt auch Kane und Meghan mit.« Lawrence wandte sich mit strenger Miene direkt an Tori. »Und falls dein Bruder schon wieder streikt, richte ihm aus, dass er bis an sein Lebensende Patrouillen läuft, wenn er mir noch mal mit so einem Scheiß wie Urlaub kommt. Er hat die Einsatzleitung.«

Tori grinste nur und salutierte. »Yes, Sir.«

Lawrence grinste ebenfalls. »In einer Stunde ist Abfahrt. Der Rest von euch tritt wie geplant seinen Dienst an.«

Sofort löste sich die Gruppe auf. Tori schien es jedoch längst nicht so eilig zu haben. Sie wandte sich zu mir um und bat mich, sie zu ihrem Zimmer zu begleiten.

Da es das erste Mal war, dass sie mich einlud, und ich neugierig war, willigte ich ein.

»Was denkst du, wie lange ihr fort sein werdet?«, fragte ich, während wir in gemächlichem Tempo zum Hauptquartier schlenderten.

Sie überlegte kurz. »Wenn alles gut läuft, sind wir heute Abend schon wieder zurück.«

»Stört es dich gar nicht, ständig auf Mission geschickt zu werden?«, fragte ich, weil ich mir nicht vorstellen konnte, andauernd unterwegs zu sein.

Sie zuckte mit den Schultern. »Das ist schon okay. Man kommt ziemlich viel rum, weißt du?«

Nachdenklich nestelte ich an der Wasserflasche. »Wenn nur Phönixkrieger die Rogues erkennen können, wie werden sie dann erwischt?«

»Ich hab dir ja schon gesagt, dass wir gut mit diversen Institutionen vernetzt sind«, erklärte sie, während wir auf das Seitengebäude zugingen, in dem sich die Unterkünfte befanden. »Alles, was du dann noch brauchst, sind spezielle Algorithmen, die aktuelle Einträge in den Datenbanken nach bestimmten Schlüsselwörtern durchsuchen.« Sie hob die Hand und zählte an den Fingern auf: »Anzahl der Verdächtigen: eins. Straftatbestand: Vandalismus, Körperverletzung oder Ähnliches. Anzeichen von Reue: null.«

Die Vorstellung, dass Tori und die anderen – Kane eingeschlossen – loszogen, um sich mit solchen Leuten anzulegen, behagte mir gar nicht. »Aber nicht jeder vor ihnen ist ein Rogue, oder?«

»Natürlich nicht«, räumte sie ein. »Manche sind auch einfach bloß egoistische, brutale Arschlöcher. Trotzdem müssen wir jeden Verdachtsfall überprüfen und sie suchen, wenn sie es geschafft haben, den Behörden zu entwischen. In so einem Fall kann es auch mal länger als geplant dauern.«

Sie sagte das, als wäre es keine große Sache, sich immer wieder blindlings in solche Gefahr zu stürzen. Aber ich machte mir durchaus Sorgen. Da ich sie jedoch nicht nervös machen wollte, behielt ich meine Bedenken für mich, als wir in das klimatisierte Gebäude traten und in den ersten Stock gingen, wo Tori eine Tür mit einem Zahlencode entriegelte.

Dahinter befand sich allerdings kein Einzelzimmer, sondern ein richtiges Apartment. Ein schmaler Flur führte in ein überschaubares Wohnzimmer mit einer offenen Küche, die durch einen Frühstückstresen vom

Rest des Raumes abgegrenzt war. Es war kunterbunt und gemütlich eingerichtet. Vor dem Fenster befand sich ein runder Esstisch, auf dem ein getrockneter Blumenstrauß und einige Duftkerzen standen. Daneben lag ein Macbook. An den Wänden hingen blaue Bilderrahmen mit Kinder- und Familienfotos.

Ich blieb abrupt stehen, als ich Kane auf dem Sofa herumlümmeln sah. Er hatte die Füße auf dem Couchtisch abgelegt und zappte durch das Fernsehprogramm.

»Hey, Bruderherz«, rief Tori, schob sich ihre Turnschuhe von den Füßen und schleuderte sie in eine Ecke. »Wo ist Meghan?«

»Keine Ahnung«, brummte er, ohne aufzuschauen.

»Ruf sie an. Wir brechen in einer Stunde nach Pasadena auf.«

Kane schaltete um und blieb bei einer BBC-Doku über Elefantenbabys hängen. »Mir egal.«

Genervt verdrehte Tori die Augen. »Da treibt sich wahrscheinlich ein Rogue rum, Kane. Wir müssen ihn finden. Also hör auf, dir diesen Quatsch anzugucken.«

Auf dem Bildschirm watschelte ein Elefantenkalb durch eine Steppe. Seine Ohren flatterten im Wind, und sein kleiner Rüssel schlenkerte bei jedem tollpatschigen Schritt hin und her.

»Das ist kein Quatsch«, widersprach Kane. »Elefanten sind hochintelligente und soziale Lebewesen. Sieh mal! Sie empfinden sogar Trauer und Mitgefühl. Ist das nicht erstaunlich?«

Erst glaubte ich, Kane würde seine Schwester bloß auf den Arm nehmen. Aber er klang tatsächlich fasziniert, was mich zum Schmunzeln brachte.

»Wahnsinnig erstaunlich«, erwiderte Tori und löste sich in Luft auf. Eine Sekunde später verschwand die Fernbedienung aus Kanes Hand und der Fernseher ging aus.

»Victoria!«

Ihr Kichern wehte durch das Zimmer, bevor sie neben mir wieder sichtbar wurde und triumphierend die Fernbedienung in die Höhe hielt.

Wütend fuhr Kane herum und zuckte zusammen, als er mich entdeckte.

Ich fühlte mich wie ein Eindringling. »*Dumbo* ist mein Lieblingsfilm.«

O mein Gott! Was redete ich denn da?

Meine Wangen wurden feuerrot, während Tori anfing zu kichern.

»*Dumbo?*«, wiederholte sie. »Ernsthaft?«

»Was denn? Der ist cool«, murmelte ich verlegen.

Zu meiner Verteidigung: Als kleines Mädchen hatte ich den Film vor allem deshalb geliebt, weil ich felsenfest davon überzeugt war, dass mich meine Mutter genauso sehr liebte wie Mrs Jumbo ihren Dumbo und dass sie eines Tages zu mir zurückkehren würde. Aber heute verband ich mit dem Film vor allem das Gefühl von Geborgenheit, weil Dad mich auch noch bei der tausendsten Wiederholung in die Arme gezogen, meine Tränen getrocknet und mich getröstet hatte, während ich zu akzeptieren versuchte, dass meine Mutter niemals wiederkommen würde.

»Ich sage Meg Bescheid«, teilte Kane uns mit, bevor er aufstand und in einem anderen Zimmer verschwand.

»Ich wusste nicht, dass du mit deinem Bruder zusammenwohnst«, sagte ich, sobald wir allein waren.

Tori warf mir ein reumütiges Lächeln zu. »Ich hab es bisher nicht erwähnt, weil ich befürchtet habe, dass du dann nicht mitkommst.«

Ihr war also nicht entgangen, dass zwischen ihrem Bruder und mir nicht die beste Stimmung herrschte. »Da könntest du recht haben.«

Sie verzog das Gesicht, sagte aber nichts weiter dazu. Ihr schien durchaus klar zu sein, dass ich nicht diejenige war, die eine Freundschaft kategorisch ablehnte.

»Wohnt ihr schon lange hier?«, fragte ich, während ich versuchte, diesen seltsamen Druck in meinem Magen zu ignorieren.

»Eigentlich hatte Kane ein eigenes Apartment. Er hat seine Junggesellenbude geliebt. Aber dann sind meine Eltern verunglückt, und da ich damals noch nicht volljährig war, hat er die Vormundschaft für mich übernommen.« Sie zeigte auf die Bilder an der Wand. »Er hat mir ein neues Zuhause gegeben, nachdem alles in die Brüche gegangen war.«

Neugierig betrachtete ich die Fotos. Sie waren nicht künstlerisch angehaucht, sondern Schnappschüsse aus dem Leben. Jeder einzelne war Zeugnis ihrer glücklichen Vergangenheit. Die ganze Familie bei einem Barbecue. Tori, die als Kleinkind durchs Gras krabbelte. Kane im Alter von vierzehn oder fünfzehn mit einer Fender auf dem Schoß und einem frechen Grinsen im Gesicht, bei dem schon damals klar war, dass er Frauen eines Tages mühelos um den Finger wickeln würde. Tori mit etwa zehn in den Armen ihrer Mom. Kane und sein Vater, die sich einen Football zuwarfen.

Ich fand, dass Kane und Tori ihrer Mutter ähnlicher sahen. Sie besaßen die gleichen sanften braunen Augen und dieses belustigte Schmunzeln auf den Lippen. Nur die athletische Figur hatte Kane eindeutig von seinem Vater.

Ich hätte mir die Bilder noch stundenlang ansehen können. Doch Tori zog mich mit sich in ihr Zimmer, das im Gegensatz zu meiner Unterkunft sehr heimelig und gemütlich wirkte. Genau genommen ähnelte es meinem eigenen Zimmer in San Francisco – nur dass hier die Farbe Blau vorherrschte. Zahlreiche Fotos und Collagen schmückten die Wände. Das Bett in der Mitte des Raumes war übersät mit bunten Kissen und Modezeitschriften. Auch auf dem Schreibtisch, der direkt vor dem Fenster stand, stapelten sich Bücher, Notizblöcke und Schachteln. Es war ein fröhliches Chaos, das mir Tori noch sympathischer machte.

Sie ging zum Kleiderschrank in der Ecke, kramte einen Rucksack hervor und stopfte eine Handvoll Klamotten hinein. Dann musterte sie naserümpfend ihr verschwitztes Shirt. »Ich glaube, ich brauche noch eine Dusche, bevor wir losfahren.«

»Dann gehe ich jetzt besser«, sagte ich und wandte mich in Richtung Tür.

»Warte.« Tori trat vor das schmale Bücherregal neben dem Schreibtisch und strich mit den Fingern über die Buchrücken. Dann zog sie einen dicken Wälzer hervor und reichte ihn mir. »Das hier wollte ich dir noch geben.«

Das Buch umfasste mindestens fünfhundert Seiten und besaß einen schlichten schwarzen Leinenumschlag. Darauf stand in goldgeprägten Lettern: *Kompendium der Phönixallianz.*

»Ich weiß, dass du immer noch viele Fragen über uns hast. Dieses Buch sollte dir einen ganz guten Überblick verschaffen. Es ist ein bisschen trocken. Aber ich will ja nicht, dass dir ohne mich langweilig wird.« Sie zwinkerte mir zu. »Verrate es nur niemandem, okay? Da drin stehen ziemlich viele Interna.«

»Alles klar.« Lächelnd drückte ich das Buch an meine Brust. »Danke.«

Sie winkte ab. »Kein Problem.«

»Sei vorsichtig da draußen, ja?«

»Mach dir keine Sorgen. Kane würde nie zulassen, dass einem von uns etwas passiert.«

Das hatten Aaron und Lennox auch behauptet. Ich konnte nur hoffen, dass sie recht behielten.

Als ich mich von ihr verabschiedete und ins Wohnzimmer zurückkehrte, stand Kane in der Küche und nippte an einer Espressotasse. Sofort erwachten vollkommen widersprüchliche Gefühle in mir.

Der eine Teil wollte ihn ebenfalls bitten, auf sich Acht zu geben. Er pflanzte mir Bilder in den Kopf von dem Mann, der außerhalb des Lichtkäfigs ausgeflippt war, als mir Gefahr drohte, der sich aufopferungsvoll um seine kleine Schwester kümmerte, unsichere Phönixkrieger vor ihrer strengen Ausbilderin und dem Spott anderer beschützte und der sich für Elefantenbabys begeisterte, wenn er sich unbeobachtet fühlte.

Doch der andere, weitaus größere Teil rief mir den erbarmungslosen

Typen in Erinnerung, der mich beleidigte, ignorierte und unbedingt auf Abstand halten wollte, der mich, ohne mit der Wimper zu zucken, vor meinen neuen Freunden bloßstellte und sich weigerte, mich zu trainieren. Dieser Mann war kalt, unberechenbar – und gefährlich. Ich wollte nichts mit ihm zu tun haben. Deshalb ging ich mit gesenktem Kopf an ihm vorbei.

»Eden?«

Jeder Muskel in mir verspannte sich. Vielleicht wäre es besser gewesen, einfach zu gehen. Aber stattdessen sah ich ihn an.

Seine Miene war wie üblich ausdruckslos. Es war unmöglich zu sagen, was in seinem Kopf vorging. Langsam stellte er die Espressotasse ab und stützte die Hände auf die Arbeitsfläche. »Geht es dir gut?«

Ich lachte ungläubig auf, weil ich wirklich mit vielem gerechnet hatte, aber bestimmt nicht damit. »Machst du dir etwa Sorgen um mich?«

Er runzelte die Stirn, als könnte er nicht verstehen, wo mein Problem lag. »Du wurdest vor gerade mal drei Stunden von einem Rogue attackiert.«

Ich warf ihm ein zynisches Grinsen zu. »Keine Angst. Mir geht's fantastisch. Du musst mich nicht gleich wieder an ein Bett fesseln.«

Frust flammte in Kanes Augen auf. Doch er hatte sich schnell wieder im Griff. Spöttisch hob er eine Braue. »Schade! Ich dachte, du stehst vielleicht drauf.«

Meine Wangen wurden heiß. »Tja, falsch gedacht. Ich bin ein sehr freiheitsliebender Mensch. Ich stehe drauf, mich zu bewegen, wie es mir passt.«

Kanes Mundwinkel zuckten. »Aaron wird sich freuen, das zu hören.«

Im ersten Moment kapierte ich überhaupt nicht, warum er plötzlich Aaron zum Thema machte. Doch dann regte sich ein leiser Verdacht in mir. Ich schenkte ihm ein zuckersüßes Lächeln. »Eifersüchtig?«

Seine Miene wurde finster. »Träum weiter, Blümchen.«

Dass er mich wieder mit diesem dusseligen Namen ansprach, richtete seltsame Dinge mit meinem Herzen an, die ich gar nicht tiefer ergründen wollte. »Warum sollte ich von dir träumen?«

Meine Frage schien ihn kurz zu verwirren, aber es war leider nicht genug, um ihn zum Schweigen zu bringen. Er klappte bereits den Mund auf, doch bevor er etwas sagen konnte, hob ich die Hand. Mein Bedarf an Diskussionen war für heute hinreichend gedeckt.

»Weißt du was? Vergiss es. Ich kenne deine Antwort sowieso schon.«

Herausfordernd neigte er den Kopf. »Ach wirklich?«

Ich warf ihm einen süffisanten Blick zu. »Wahrscheinlich ist es etwas ähnlich Abgedroschenes wie: *Weil ich traumhaft bin. Weil du gar nicht anders kannst. Weil Frauen auf böse Jungs abfahren* ... Aber wir wissen beide, dass das Schwachsinn ist. Keine Frau will respektlos behandelt werden, was dir vollkommen klar ist. Schließlich hast du eine Schwester. Ich habe dich durchschaut, *Kanneth*.«

Seine Lider wurden schmal, als er seinen vollen Vornamen vernahm. Aber zu meiner Überraschung ließ er es mir durchgehen. »Mir war nicht klar, dass ich ein offenes Buch für dich bin.«

»Das bist du keineswegs, aber so langsam ergibt sich ein Muster.«

»Erleuchte mich«, erwiderte er und vollführte eine Geste wie ein König, der seinem Bittsteller das Wort erteilte.

Ich betrachtete ihn kühl. »Du bist einer von denen, die andere auf Abstand halten, weil sie schreckliche Angst davor haben, verletzt zu werden, und es gleichzeitig nicht ertragen können, wenn jemand ohne sie glücklich ist. Also provozierst du alle um dich herum, um ihnen und auch dir selbst zu beweisen, dass du stets Herr der Lage bist. Aber soll ich dir mal was verraten? Deine Freunde werden dir dieses Verhalten nicht ewig durchgehen lassen. Wenn du so weitermachst, wirst du sie verlieren, und dann stehst du allein da. Und das tut noch viel mehr weh.«

Kane war mit jedem Wort blasser geworden. Doch er hielt meinem Blick unverwandt stand. »Sprichst du aus persönlicher Erfahrung?«

»Nein«, erwiderte ich ehrlich. »Es gibt mir nichts, andere absichtlich vor den Kopf zu stoßen. Aber ich weiß, wie sich Einsamkeit anfühlt. Das wünsche ich niemandem.« Ich lächelte müde. »Nicht einmal dir.«

Diesmal war die Stille, die sich zwischen uns ausbreitete, bedrückend und schwer. Ich hatte keine Ahnung, ob ich zu weit gegangen war. Aber letztlich spielte es auch keine Rolle. Kane würde sein Verhalten meinetwegen sicher nicht ändern. Warum machte ich mir also überhaupt die Mühe?

»Viel Glück in Pasadena«, sagte ich und ging.

17

EDEN

Das Licht der untergehenden Sonne blendet mich. Dennoch kann ich meinen Blick nicht von der riesigen Scheibe abwenden, die direkt vor mir am Horizont versinkt. Ein hoher Schrei erklingt, aber er ist nicht ängstlich oder wütend. Ich weiß instinktiv, dass dieser Laut ein Ausdruck der Euphorie ist.

Eine Gestalt löst sich aus der glühenden Scheibe und schießt in den Himmel empor.

Mein Herz beginnt laut zu hämmern, als die Schemen klare Konturen annehmen und ich das wunderschöne Wesen erkenne. Dieser Phönix besitzt einen schlanken, geschmeidigen Körper, und seine Flügel schimmern goldgelb im Abendrot. Sein Kopf ist geschmückt mit langen Federn, die einer Krone aus purem Licht gleichen. Auch seine Schwanzfedern sind länger als die eines gewöhnlichen Vogels, weshalb es so aussieht, als würde er einen Schweif hinter sich herziehen, der aus Millionen und Abermillionen Funken besteht.

Er schlägt einen Salto, legt die Flügel an und hält im Sturzflug auf das fruchtbare Land zu, das sich unter ihm ausbreitet. Die Ähren auf den Feldern blühen in sattem Grün. Uralte, prächtige Laubbäume flankieren einen Fluss, der sich durch die Ebene schlängelt. Das Wasser glitzert in der untergehenden Sonne.

Der Phönix schreit erneut. Er klingt beinahe übermütig, als er mit unfassbarer Geschwindigkeit hinabstößt, nur um sich nach einer scharfen Wende erneut in die Lüfte zu erheben. Es ist ihm anzusehen, wie sehr er das Fliegen liebt.

Er ist glücklich und frei.

***

Blinzelnd öffnete ich die Augen und verzog das Gesicht, als ich die scharfe Kante spürte, die in meine Wange schnitt. Mit steifen Gliedern richtete ich mich in dem Bett auf, in dem ich mit dem Gesicht voran auf dem *Kompendium der Phönixallianz* eingeschlafen war.

Tori hatte nicht untertrieben. Das Buch war ein zehn Jahre altes, staubtrockenes Werk, das äußerst detailliert das Aufgabenfeld, die Personalstruktur sowie wirtschaftliche und gesellschaftliche Aspekte des Zusammenlebens innerhalb der Allianz umfasste. Es gab sogar eine Geheimhaltungsklausel. Der historische Hintergrund wurde hingegen in ein paar knappen Sätzen abgehandelt und bot keinerlei neue Erkenntnisse. Weder erfuhr man mehr darüber, wie genau die Phönixkrieger entstanden waren – Hatten sie die heiligen Phönixfedern gegessen, geschnupft, geraucht? –, noch gab es nähere Informationen über Elijah J. Wheeler. Abgesehen davon, dass er am 26. September 1910, dem Tag der letzten Schlacht, in Glorypeak gestorben war, stand da nur, dass er eine Armee von knapp zweihundertfünfzig Rogues unter seine Führung gebracht hatte. Was für eine erschreckend große Zahl.

Während ich mir über die schmerzende Wange rieb, fragte ich mich, wie ihm dieses Kunststück gelingen konnte, wenn Rogues doch angeblich rein instinktgesteuert waren. Musste ich mir Wheeler wie eine Art Alpha-Rogue vorstellen, oder hatte es damals abgesehen von dem Licht des Phönix noch eine andere Magie gegeben, mit der er seine Armee kontrolliert hatte?

Ich hatte keine Ahnung. Klar war nur, dass ich in dem Kompendium wohl keine Antworten finden würde. Dieses Buch war komplett nutzlos, wenn man sich nicht gerade dafür interessierte, wie die militärische Hackordnung in der Allianz aufgebaut war. Es war maximal eine gute Einschlafhilfe.

Als mein Magen laut knurrte, klappte ich das unnütze Buch zu und beschloss, mir ein Sandwich zu holen. Nach der Begegnung mit dem Rogue im Lichtkäfig und dem Training mit Lawrence fühlte ich mich trotz der zwei Stunden, die ich geschlafen hatte, immer noch kraftlos und ausgelaugt. Daher verwarf ich mein ursprüngliches Vorhaben, am Nachmittag weiter nach meinen Phönixkräften zu suchen, und schnappte mir stattdessen meine Kamera. Ich schob sie in meine Umhängetasche und machte mich auf den Weg ins Café.

An diesem Nachmittag schienen die meisten Kämpfer ausgeflogen zu sein, denn abgesehen von ein paar Familien und älteren Leuten war das Lokal praktisch leer. Obwohl es also nicht an Sitzgelegenheiten mangelte und der klimatisierte Innenraum wesentlich angenehmer war als die schwüle Hitze, die sich im Laufe des Vormittages entwickelt hatte, nahm ich mir nur ein abgepacktes Sandwich aus dem Kühlschrank und ging gleich wieder hinaus. Ich aß auf der Bank, die ich inzwischen liebevoll meine Meditationsbank nannte und von der aus man einen guten Blick über die Arena hatte.

Das Training der Kids hatte noch nicht angefangen. Trotzdem sah ich plötzlich vor meinem geistigen Auge diesen widersprüchlichen Phönixkrieger, der sich des unglücklichen Jungen angenommen hatte. Kane war bisher jeden Nachmittag bei Diego gewesen. Meistens hatte ich mir ein anderes Plätzchen gesucht, sobald er die Wiese betrat. Nun aber blieb ich sitzen und rang mit meinen Gewissensbissen, die sich mit erstaunlicher Vehemenz in mir regten.

Ich bereute, was ich ihm vor seiner Abreise an den Kopf geworfen hatte. Zwar war ich immer noch der Ansicht, dass sein abweisendes Verhalten in seinem Schmerz über den Verlust seiner Eltern begründet lag, aber das gab mir nicht das Recht, die Psychologin zu spielen und ihm von oben herab den Spiegel vorzuhalten. Vermutlich sollte ich mich bei ihm entschuldigen, sobald er zurück war. Andererseits könnte ich damit noch mehr Öl ins Feuer gießen. Insofern war es vielleicht klüger, die Dinge auf sich beruhen zu lassen. Letzten Endes machte es ja doch keinen Unterschied.

Mit einem frustrierten Seufzen kramte ich mein Handy aus meiner Tasche und rief meinen Vater an, weil ich nicht länger über Kane nachdenken wollte und hoffte, dass Dad heute etwas mitteilsamer war. Ich hatte in den letzten Tagen mehrfach versucht, ihn zu erreichen, doch auch diesmal ging er nicht ran.

Früher hätte mich das nicht weiter beunruhigt. Wenn er in seinem Atelier malte, vergaß er schon mal die Welt um sich herum. Aber inzwischen war vieles anders. Jetzt wusste ich, dass mindestens acht Rogues durch die Stadt zogen und Unschuldigen ihr Licht raubten. Deshalb machte es mich durchaus nervös, dass ich ihn überhaupt nicht mehr erreichte.

Letztlich tröstete ich mich mit dem Gedanken, dass Dad in unserer Wohnung sicher war und wahrscheinlich bloß das Klingeln überhörte. Sicher hatte ich später mehr Glück, wenn ich es noch einmal versuchte.

Nachdem ich mein Sandwich aufgegessen hatte, machte ich mich auf den Weg zum Wald. Bisher hatte ich noch keine Zeit gehabt, mir den hinteren Teil des Grundstücks in Ruhe anzusehen, weil ich zu versessen darauf gewesen war, meine Gabe zu finden. Aber heute wollte ich endlich wissen, was die gewaltigen Mammutbäume vor mir verbargen.

Sobald ich in den Schatten des Waldes trat, wurde die Luft merklich kühler. Ich spazierte an einem bunten Mix aus Zuckerkiefern, Weißtannen und Weihrauchzedern vorbei, zu deren Füßen Abertausende getrocknete Nadeln lagen. Dazwischen ragten vereinzelt die monumentalen Bäume empor, deren Stämme einen Durchmesser von über acht Metern besaßen. Ich fühlte mich wie ein Zwerg inmitten dieser Riesen.

Gelegentlich stach Buschwerk aus der Erde, und an manchen Stellen blitzte sattes grünes Moos hervor. Die Sonne fand immer wieder einen Weg durch die Zweige und blendete mich.

Ich genoss das Lichtspiel und lauschte den Tieren, die sich in ihren Verstecken tummelten. Ich hatte keine Ahnung, welche Vögel da oben durch die Wipfel flatterten, aber ich mochte den fröhlichen Klang ihres Gezwitschers. Zum ersten Mal, seit dieser ganze Wahnsinn seinen Lauf genommen hatte, verspürte ich ein wenig Frieden. Genauso musste der Phönix empfunden haben, von dem ich geträumt hatte und an den ich erst jetzt wieder dachte.

Der Traum machte dieses mystische Wesen viel greifbarer für mich. Wahrscheinlich lag es daran, dass ich ihn diesmal nicht nur auf dem starren Gemälde gesehen hatte. Seltsam war nur, dass die Landschaften voneinander abwichen. Eigentlich wäre es viel logischer gewesen, wenn ich die optischen Impulse des Bildes in der Eingangshalle ebenfalls in meinem Unterbewusstsein verarbeitet hätte. Stattdessen war der Phönix über fruchtbares Land geflogen, und seine Statur war auch nicht so kräftig gewesen wie auf dem Gemälde.

Andererseits brachte ich in meinen Träumen ständig Dinge durcheinander. Einmal hatte ich sogar geträumt, dass ich in Dads Atelier kam, aber nicht mein Vater, sondern meine Mutter lächelnd hinter einer Leinwand hervorlugte. Was wirklich verdammt seltsam gewesen war, da ich mein nicht vorhandenes malerisches Talent im Grunde nur von meiner Mutter geerbt haben konnte.

Ob die Phönixkrieger schon bei ihr gewesen waren? Unwillkürlich fragte ich mich, wie sie wohl inzwischen aussah, ob sie manchmal an mich dachte und ob sie etwas über diese ganze Sache hier wusste. Aber ich bezweifelte Letzteres nach wie vor.

Der Weg machte eine Biegung und führte wieder zurück zum Anwesen. Da ich allerdings noch nicht zurückkehren wollte, verließ ich den Pfad und lief querfeldein.

Ich war vielleicht hundert Meter weit gekommen, als sich vor mir eine zerfallene Ruine auftat. Das Gebäude war früher vielleicht eine Kirche oder ein Gemeindehaus gewesen. Doch jetzt fehlte ein Großteil der Wände. Nur auf der rechten Seite war eine meterhohe Steinmauer erhalten, die mit Efeuranken übersät war und inmitten des Waldes einen faszinierenden Anblick bot.

Sofort holte ich meine Kamera hervor und knipste mehrere Fotos, bevor ich durch einen zerklüfteten Torbogen in die Ruine trat. Teile des Gesteins waren unnatürlich verdunkelt.

Nachdenklich streckte ich die Hand aus und rieb über die Oberfläche. Sie war rau, als hätte sich etwas tief in das Gestein gefressen. Ein Feuer vielleicht? Das würde zumindest das Ausmaß der Zerstörung erklären, denn obwohl die Ruine auf den ersten Blick uralt wirkte, konnte sie nicht viel älter als hundert Jahre alt sein.

Ich schoss weitere Fotos in dem Bestreben, die geheimnisvolle Umgebung einzufangen. Deshalb dauerte es einen Moment, bis ich das kleine Gebäude entdeckte, das etwas abseits lag.

Im Gegensatz zu der großen Ruine war dieser Bau noch vollständig erhalten. Nur war der Grundriss nicht eckig, sondern rund. Das Dach war mit schmucklosen schwarzen Schindeln bedeckt. Außerdem hatte das rötliche Gemäuer, das ebenfalls zu großen Teilen mit Efeu bewachsen war, kaum Schäden durch die Witterung genommen. Ein paar Stufen führten zu einer gewaltigen, doppelflügeligen Tür, die mit robusten Eisenstangen verziert war.

Genau so stellte ich mir ein Hexenhäuschen vor.

Eine Gänsehaut kroch meinen Nacken herauf. Hätte ich nicht mitten in der herrlichsten Idylle gestanden, hätte ich sofort den Rückzug angetreten. Doch so schoss ich vollkommen gefesselt weitere Bilder. Ich hörte erst auf, als mein Speicherchip voll war.

Mit leichtem Bedauern schob ich die Kamera schließlich zurück in die Tasche und ließ die Umgebung noch ein paar Minuten auf mich wirken, ehe ich zur Arena zurückkehrte. Dort lief ich direkt Alva und den jungen

Phönixkriegern in die Arme. Ich wollte den Kopf einziehen und das Weite suchen, aber in dem Moment, in dem die strenge Ausbilderin die Hand hob und mich zu sich winkte, wusste ich, dass es kein Entkommen gab. Also straffte ich die Schultern und ging zu ihr.

»Hallo«, grüßte ich sie freundlich.

Die Ausbilderin verschränkte die Hände hinter dem Rücken und maß mich mit abschätzigem Blick. »Eden, ich bin Alva Cortez. Lawrence hat mich gebeten, dich unter meine Fittiche zu nehmen, da du offenbar einiges aufzuholen hast.«

Mir sank der Magen bis in die Kniekehlen. Ich wollte mich ja wirklich nicht beklagen. Aber es war nicht gerade schmeichelhaft für eine Achtzehnjährige, in die Teenie-Gruppe gesteckt zu werden. Das war ja noch schlimmer als Nachsitzen.

»Heißt das, ich trainiere nicht mehr mit den anderen?«

»Doch, natürlich.« Ein Lächeln kräuselte ihre Mundwinkel und ließ ihre Wangen ganz faltig erscheinen. »Sieh es als Extratraining. Oder hast du gerade Wichtigeres zu tun?«

Obwohl ich von heute Vormittag immer noch völlig fertig war, schüttelte ich sofort den Kopf. »Nein, ich möchte lernen.«

»Gut.« Mit einer beiläufigen Handbewegung deutete sie auf die Gruppe Jugendlicher, die hinter ihr stand und mich neugierig musterte. »Seraphina ist die beste Kriegerin in unserer Gruppe. Sieh ihr zu und lerne.«

Zugesehen hatte ich dem Mädchen schon häufiger, während sie mit ihren Lichtscheiben jonglierte. Allerdings machte sie nicht den Eindruck, als wäre sie sonderlich erpicht darauf, mich in ihre Geheimnisse einzuweihen. Ein Stück hinter ihr ließ Diego den Kopf hängen.

»Kann ich auch mit dem Jungen dort trainieren?«, fragte ich vorsichtig.

Stirnrunzelnd folgte Alva meinem Fingerzeig. Diego schaute ebenfalls über die Schulter, als wäre er überzeugt, dass ich unmöglich ihn meinen konnte.

Alva schnaubte. »Ich denke nicht, dass Diego dir besonders viel beibringen kann.«

Obwohl es mich ärgerte, dass sie den Jungen vor seinen Kameraden niedermachte, bemühte ich mich um ein unverbindliches Lächeln. »Vielleicht können wir uns ja gegenseitig helfen.«

Ein paar Jugendliche kicherten.

Zu meiner Überraschung ließ sich Alva jedoch von meinem Argument überzeugen. »Probieren wir es aus.«

Während sie alle anwies, sich mit Abstand zueinander aufzustellen und anschließend ihre Kräfte zu demonstrieren, schlenderte ich zu Diego, der mich mit großen Augen ansah.

»Hi, ich bin Eden.«

Er blinzelte. »Ich weiß, wer du bist.«

»Großartig.« Das ersparte mir weitere Erklärungen. »Sollen wir dann anfangen?«

Mit einem Anflug von Panik wich er vor mir zurück. »Sorry, aber du hast dir den Falschen ausgesucht. Ich kann ganz sicher nichts für dich tun.«

»Das erwarte ich auch nicht.«

»Was willst du dann von mir?«, fragte er irritiert.

Das war einfach. Ich wollte ihn beschützen. Da Kane nicht da war, hatte ich das Bedürfnis, diese Aufgabe zu übernehmen. Aber das konnte ich unmöglich vor Diego zugeben, ohne ihn genauso von oben herab zu behandeln wie Alva. Also zuckte ich nur mit den Schultern. »Die Sache ist die: Ich habe erst vor ein paar Tagen erfahren, dass ich eine von euch bin, was bedeutet, dass ich abgesehen von ein paar Fakten im Grunde komplett ahnungslos bin. Ich weiß weder, wie ich meinen Blick für die Aura eines Menschen schärfen kann, noch wie ich meine Kräfte wecke.«

Das war ein bisschen geflunkert. Tori, Aaron und Lennox hatten mir eine Menge Tipps gegeben. Aber wesentliche Fortschritte konnte ich leider trotzdem nicht vorweisen.

Frust glomm in seinen dunkelbraunen Augen auf. »Tja, da bist du nicht die Einzige.«

»Und genau deshalb empfinde ich bei dir viel weniger Leistungsdruck«, erwiderte ich gut gelaunt. »Also lass es uns einfach gemeinsam versuchen, okay?«

Angespannt rieb er sich die Hände an den Cargoshorts ab. »Das mache ich schon seit Monaten.«

Das Geständnis kam ihm nur schwer über die Lippen und war auch nicht besonders ermutigend. Schließlich hatte ich keine Monate, sondern maximal ein paar Wochen. Wenn ich bis dahin keine sichtbaren Ergebnisse lieferte oder wenigstens meine Abstammung geklärt war, warf Una mich sicher hochkant raus. Dann konnte ich die Hilfe für Dad vergessen.

Diego musterte mich nachdenklich. »Du kannst also nicht mal die Aura richtig sehen?«

»Nicht so, wie ich sollte«, räumte ich ein, schob die Kameratasche auf meinen Rücken und verschränkte die Arme.

»Hast du es schon mal mit geschlossenen Augen probiert?« Er scharrte mit dem Fuß im Gras, während er die Hände in den Hosentaschen vergrub. »So hab ich es gelernt. Eine Seele sieht man schließlich auch nicht.« Seine Wangen nahmen eine tiefrote Färbung an, bevor er schnell den Blick senkte. »Alle sagen immer, man muss seinen Geist lenken. Aber ich finde es einfacher, das Licht zu *fühlen*.«

Gott, er war wirklich niedlich, wie er da so verlegen vor mir stand und über Gefühle redete. Außerdem musste ich zugeben, dass sein Ansatz viel mehr Sinn ergab. Immerhin hatte ich die Rogues immer nur in Momenten gesehen, in denen ich besonders emotional gewesen war. Deshalb – und weil ich dem Jungen gern zeigen wollte, wie ernst ich seinen Rat nahm – senkte ich die Lider.

Dunkelheit hüllte mich ein. Zugleich traten meine anderen Sinne stärker in den Vordergrund. Die Sonne brannte mir auf den verschwitzten

Nacken, und im Gegensatz zum Wald war die Luft hier trocken. Mir stieg ein dezenter Geruch von Holunder in die Nase. Ich konnte auch Alvas Gezeter hören, weil sich einer ihrer Schüler ihrer Ansicht nach nicht genug konzentrierte, sowie das Kichern der Zwillingsmädchen, die wahrscheinlich wieder mit Lichtkugeln jonglierten. Auch war ich mir des Jungen unmittelbar vor mir sehr deutlich bewusst.

Er beobachtete mich. Wahrscheinlich war er hin- und hergerissen zwischen dem Wunsch, mir zu helfen, und der Angst, dass ich ihn überholen könnte. Seltsam, dass ich seinen Zwiespalt genauso stark spürte wie seine Nähe. War das immer so? Bisher war mir das noch nie aufgefallen.

Winzige Blitze begannen hinter meinen Lidern zu tanzen und bündelten sich zusammen.

Heilige Scheiße! Es funktionierte tatsächlich.

»Und?«, fragte Diego. »Kannst du etwas sehen?«

Langsam öffnete ich die Augen und war nicht überrascht, eine feine Aura um ihn schimmern zu sehen. Sie leuchtete nicht so stark wie die von Aaron, aber sie war trotzdem wunderschön. In diesem Jungen herrschten Licht, Freundlichkeit und Güte – obwohl er auch von Unsicherheit und Frustration geplagt war.

Und all das konnte ich jetzt ganz klar in seiner Aura erkennen. Ich schenkte ihm ein zaghaftes Lächeln. »Ich sehe *dich*.«

Unbehagen flackerte in Diegos Miene auf. Er schien mit meiner Aufmerksamkeit überfordert zu sein und plumpste ins Gras. Seine Aura verblasste.

Ich setzte mich neben ihn und schlang die Arme um die Knie. »Ich glaube, das funktioniert tatsächlich viel besser für mich. Hast du noch mehr Tipps?«

Sofort begann er, einige Anleitungen herunterzurattern, die man ihm eingebläut hatte: *Die Macht den Phönix ist in dir. Sie ist überall. Du musst sie mit deinem Geist lenken.* Und so weiter. Ich konnte absolut nichts damit anfangen, was mir offenbar ins Gesicht geschrieben stand, denn nach einer Weile verzog Diego das Gesicht. »Das klingt alles total bescheuert, oder?«

»Nein.« Kichernd schüttelte ich den Kopf. »Eher wie eine Aneinanderreihung von *Star-Wars*-Slogans.«

Seine Miene hellte sich auf. »Du kennst *Star Wars*?«

»Selbstverständlich«, erwiderte ich mit gespielter Empörung.

Skeptisch legte er den Kopf schief. »Ich wette, du bist ein Fan von Anakin Skywalker. Weil er so gut aussieht und unbedingt seine Frau retten will und so.«

Plötzlich spürte ich ein wehmütiges Lächeln auf meinen Lippen, als ich daran dachte, wie oft ich diese Filmreihe schon gesehen hatte. Harper war monatelang wie besessen von Anakins zerrissener Seele gewesen, obwohl sie Science Fiction sonst nicht so viel abgewinnen konnte. Ian hatte natürlich die Kampfszenen am liebsten gemocht, während Manju vor allem auf Obi Wan abgefahren war. Wir hatten stundenlang bei Harper rumgehangen, uns mit Popcorn vollgestopft und über die Charaktere diskutiert. Aber letzten Endes konnte ich nie genug Verständnis für Anakins Entscheidungen aufbringen. Schließlich hatte jeder von uns Angst, die Menschen zu verlieren, die er liebte. Deswegen musste man ja nicht gleich ausflippen, auf die dunkle Seite wechseln und zum Massenmörder werden.

»Eigentlich hat mir Padmé immer am besten gefallen«, sagte ich.

»Wieso?« Entsetzt schüttelte Diego den Kopf. »Sie hat ja nicht mal Jedi-Kräfte.«

Ich zog eine Braue hoch. »Sind Tapferkeit und Entschlossenheit nicht ebenfalls etwas Besonderes, wenn man in einen Krieg gegen die Sith zieht?«

Diego biss sich auf die Unterlippe, und mir wurde klar, dass ich gerade sein Weltbild gehörig ins Wanken brachte. Denn wenn sich Phönixkrieger nur über ihre Phönixkräfte definierten, was blieb dann übrig, wenn sich ebenjene Kräfte nicht offenbarten?

Ich bedachte ihn mit einem Lächeln. »In der ganzen Filmreihe gibt es so viele Figuren, die keine Jedi-Mächte haben, aber entscheidend zu den einzelnen Siegen beitragen. Selbst die Ewoks.«

Diego lachte erstickt auf. »Diese Plüschbären mit ihren Zahnstochern?«

»Genau die«, erwiderte ich schmunzelnd, während ich den Jungen betrachtete. Seine Aura leuchtete nun wieder stärker, machtvoller. Es mochte ihm noch nicht bewusst sein, aber ich war mir sicher, dass ganz besondere Kräfte in ihm schlummerten. Wir mussten sie nur noch zum Leben erwecken.

Und meine gleich mit, wenn wir schon mal dabei waren.

18

EDEN

Alva entließ uns erst nach zwei weiteren Stunden aus dem Training. Leider hatte Diego in dieser Zeit keine nennenswerten Fortschritte gemacht, und auch in mir waren keine Superkräfte erwacht. Dafür hatte ich während unseres Gespräches die anderen Jugendlichen beobachtet und meinen Blick geschult. Wenigstens was das betraf, hatte ich den Bogen langsam raus.

Auf dem Weg zurück ins Hauptgebäude versuchte ich noch einmal, meinen Vater zu erreichen. Doch ich hatte wieder kein Glück, und da ich vergessen hatte, Tori um ihre Nummer zu bitten oder sich gelegentlich zu melden, hatte ich auch keine Ahnung, wie es bei ihr und den anderen lief. Deshalb beschloss ich, in der Kommandozentrale vorbeizugehen. Es mochte ein wenig übertrieben sein, aber ich machte mir Sorgen, und nachdem mir Una heute Morgen einen Rogue auf den Hals gehetzt hatte, fand ich durchaus, dass sie mir etwas schuldig war.

Diesmal waren die beiden Steuerungseinheiten von zwei Männern besetzt, die ich noch nicht kannte. Einer war mindestens sechzig, hatte ein wettergegerbtes Gesicht und langes weißes Haar, das er im Nacken mit einem Lederband zusammenhielt. Mit seinem karierten Hemd, der Jeans und den Cowboystiefeln erinnerte er mich an einen Countrysänger.

Der andere Mann war sehr viel jünger und schien lateinamerikanische Wurzeln zu haben.

Ich überlegte gerade, mich bemerkbar zu machen, als Una mich entdeckte und mir einen ungeduldigen Blick zuwarf. »Gibt es ein Problem, Eden?«

Sie schien weder ein schlechtes Gewissen zu haben noch in Plauderlaune zu sein. Trotzdem pflanzte ich mir ein Lächeln ins Gesicht. »Ich wollte nur fragen, ob es schon etwas Neues aus San Francisco oder Pasadena gibt.«

Die beiden Männer drehten sich neugierig zu mir um. Aber keiner sagte etwas. Offenbar warteten sie ab, was ihre Anführerin tat.

Una legte den Kopf schief und musterte mich abwägend. Erst glaubte ich, sie würde mich jeden Moment rauswerfen. Doch dann schüttelte sie den Kopf. »Das Team in San Francisco hat inzwischen fast die ganze Stadt durchkämmt und keinen der Verdächtigen gefunden. Es sieht so aus, als wären die Rogues weitergezogen.«

Sie wirkte nicht besonders glücklich darüber. Anscheinend hatte ich mit meiner Vermutung, dass Rogues in vertrauten Umgebungen blieben, gar nicht so falschgelegen. »Das tun sie sonst nicht, oder?«

Una zögerte. »Nein.«

»Vielleicht wurden sie schon eliminiert«, mischte sich der Cowboy zu meiner Überraschung ein und zwinkerte mir zu.

Der andere Mann schnaubte. »Alle acht?«

»Ich fürchte, so viel Glück haben wir nicht, Fergusson.« Nachdenklich schaute Una auf den riesigen Monitor. »Wir werden die Suche ausdehnen müssen.«

Das klang ja nicht besonders prickelnd. Während Una die beiden bat, die Datenbanken nach den jüngsten Einträgen im Umkreis von zweihundert Meilen zu überprüfen, musterte ich den Wandmonitor, der die gesamten Vereinigten Staaten abbildete. Nachdem ich mich kurz orientiert hatte, suchte ich nach dem gelben Punkt im Süden.

»Und tut sich in Pasadena etwas?«, fragte ich.

»Noch nicht«, antwortete Una geistesabwesend.

»Der Verdächtige scheint wie vom Erdboden verschluckt zu sein«, fügte Fergusson hinzu.

»Die finden ihn«, brummte sein Kollege, klang allerdings selbst nicht besonders überzeugt.

Ich blieb noch zwei Stunden in der Kommandozentrale und beobachtete von einer Ecke aus, wie sämtliche Informationen zusammenliefen und verarbeitet wurden. Es war faszinierend – und nervenzerfetzend langweilig. Eigentlich hatte ich gedacht, dass hier ständig etwas los war. Aber die meiste Zeit verbrachten wir tatsächlich damit, auf eine Statusmeldung der Teams zu warten, die im Moment Jagd auf Rogues machten.

Um Punkt acht Uhr kam der Schichtwechsel und löste Fergusson und Santiago – wie ich inzwischen herausgefunden hatte – ab. Una selbst blieb in der Kommandozentrale. Kurz überlegte ich, ebenfalls noch länger hier auszuharren. Doch dann beschloss ich, meine Pläne für den Abend spontan zu ändern. Da Fergusson in den letzten beiden Stunden äußerst mitteilsam gewesen war, hielt ich mich an ihn, als er lautstark verkündete, dass er gleich vor Hunger umfiel.

Mit einem unverbindlichen Lächeln trat ich an ihn heran. »Darf ich Sie begleiten? Ich könnte auch einen Happen zu essen vertragen.«

Fergusson betrachtete mich von Kopf bis Fuß, während ich von seiner schillernden Aura beinahe geblendet wurde. »Na klar, Kleine. Und wenn du mir nicht noch mal mit so einem förmlichen Scheiß kommst, kannst du mir auch beim Essen Gesellschaft leisten.«

Ich musste lachen. »Deal!«

Gemeinsam gingen wir zu dem Restaurant, das im Gegensatz zu dem Café etwas weniger gemütlich war, obwohl die Holzbänke aus hellem Ahorn, die mit bunten Sitzkissen bestückt waren, auch einen gewissen Charme versprühten. Auf dazu passenden Holztischen standen Vasen mit Trockenblumen, und an der weißen Backsteinwand hingen abstrakte Bilder in gedeckten Farben. Es gab auch einen Tresen mit erhöhten Sitzhockern, die Fergusson nun anstrebte, da jeder Tisch in dem kleinen Restaurant besetzt war.

Auf den ersten Blick schien die Stimmung gelöst, doch in einigen Mienen erkannte ich auch Sorge. Wahrscheinlich, weil ihre Angehörigen oder Freunde gerade auf der Jagd waren.

»Bin gespannt, wie das heutige Tagesmotto lautet.« Fergusson schob seinen doch recht umfangreichen Körper auf einen Hocker, bevor er die Wandtafel über dem Tresen begutachtete. Dann wackelte er erfreut mit den Augenbrauen. »Ich liebe mexikanisches Essen.«

Ich setzte mich ebenfalls und staunte nicht schlecht, als ich die Liste überflog. Es klang alles lecker, und auch hier gab es keine Preise. Ein Konzept, an das ich mich immer noch nicht so ganz gewöhnt hatte.

»Wer bezahlt das eigentlich alles?«, fragte ich, weil ich darüber nichts in dem Kompendium, das Tori mir gegeben hatte, gelesen hatte.

Fergusson zuckte mit den Schultern. »Soweit ich weiß, werden wir durch verschiedene Behörden und Geheimdienste gesponsert. Und natürlich spülen die Kopfgelder auch noch einiges in die Kasse.«

Mir klappte die Kinnlade runter. »Ihr seid auch Kopfgeldjäger?«

Der alte Mann lachte schallend. »Was dachtest du denn, was wir mit den Leuten machen, die keine Rogues sind? Meinst du, wir lassen sie einfach wieder laufen?«

So gesehen hatte er wohl recht.

Eine Kellnerin kam zu uns und lächelte uns freundlich an. »Hey, ihr zwei, was darf's sein?«

Ich bestellte eine Cola und einen Chicken Wrap, Fergusson nahm die Enchiladas und ein Bier.

Sobald wir wieder allein waren, musterte er mich neugierig. »Also, raus mit der Sprache. Was willst du wissen?«

Es überraschte mich kein bisschen, dass er mich durchschaut hatte. So wie ich ihn einschätzte, mochte er es gar nicht, wenn Leute um den heißen Brei herumredeten. Also wählte ich den ehrlichen und direkten

Weg. »Das kommt ganz drauf an. Lebst du schon lange hier im Hauptquartier?«

»Ich gehöre zu einer der Gründerfamilien der Allianz«, erklärte er nicht ohne einen gewissen Stolz. »Mein Großvater hat damals noch persönlich gegen Wheeler gekämpft. Allerdings wurde er nicht auserwählt.«

So hell, wie das Licht in Fergussons Seele brannte, konnte ich das kaum glauben. »Also besitzt du keine Lichtmagie?«

»Nein, ich bin bloß ein gewöhnlicher Kämpfer.« Fergusson zwinkerte mir zu. Es schien ihm nicht besonders viel auszumachen, dass er keine Superkräfte besaß. »Aber deshalb hast du sicher nicht gefragt, wie lange ich schon hier lebe, oder?«

Ich schnappte mir eine Serviette und begann, sie in kleine Teile zu zerrupfen. »Niemand weiß, wer *meine* Großeltern waren. Aber da du etwa in ihrem Alter bist, habe ich mich gefragt, ob ich dich vielleicht an jemanden von damals erinnere.«

Er kniff die Augen unter den buschigen Brauen zusammen. Dann schüttelte er zu meinem Bedauern den Kopf. »Sorry, Kleine. Da klingelt nichts bei mir. Aber ich habe auch ein grauenhaftes fotografisches Gedächtnis.«

Meine Schultern sanken enttäuscht herab, trotzdem lächelte ich tapfer. »Kein Problem.«

Ich versuchte, mich an die Hoffnung zu klammern, dass Georgie doch noch etwas Brauchbares im Archiv fand. Aber besonders optimistisch war ich nicht.

Fergusson erwies sich trotzdem als unterhaltsamer Gesprächspartner. Während wir aßen, erzählte er mir unter anderem von seinem Mann Hamish, der über die Fähigkeit verfügte, Lichtschilde zu erschaffen und dem Team in San Francisco angehörte. Besorgt, dass etwas bei der Jagd nach den Rogues schiefgehen könnte, schien Fergusson aber nicht zu sein – was ich echt bewundernswert fand.

Als das Dessert kam, fragte ich ihn nach der Gründerzeit, und er versorgte mich bereitwillig mit Informationen, die nicht im Kompendium zu finden waren. Beispielsweise setzte sich die Allianz ursprünglich zu gleichen Teilen von Phönixkriegern und Dorfbewohnern zusammen. Nach ein paar Jahren hatte es allerdings Streits und Machtkämpfe innerhalb der Organisation gegeben. Daher wurde entschieden, alle fünf Jahre einen neuen Anführer zu wählen.

Una leitete die Allianz inzwischen seit knapp zwei Jahren. Davor hatte Lawrence die Phönixkrieger angeführt. Laut Fergusson hatte er seine Sache ziemlich gut gemacht. Es hatte sogar die Diskussion im Raum gestanden, ob man die Frist nicht doch aufheben sollte. Doch dann waren die Eltern von Tori und Kane verunglückt, und obwohl niemand Lawrence die Schuld an dem Tod der beiden gab, entschied man sich danach gegen eine Gesetzesänderung. Daher hatte Lawrence seinen Platz für Una schließlich doch geräumt.

Unweigerlich überlegte ich, ob es ihm schwerfiel, nun Befehle zu befolgen, anstatt sie selbst zu geben. Was mich aber noch viel mehr beschäftigte, war die Frage, wie Tori und Kane eine derart innige Beziehung mit ihm führen konnten, nachdem er diese fatale Fehlentscheidung getroffen hatte.

Tori hatte mir erzählt, dass Kane für diesen Kampf noch nicht bereit gewesen war. Dennoch hatte Lawrence ihn nach L. A. mitgenommen. Natürlich hatte niemand ahnen können, was dann passierte. Trotzdem fand ich Lawrence' Entscheidung verantwortungslos.

Mir wäre es vermutlich wesentlich schwerer gefallen, ihm zu verzeihen, auch wenn ich sonst eigentlich nicht nachtragend war. Andererseits war ich auch nicht als Phönixkriegerin aufgewachsen. Wenn man tagtäglich mit der Gefahr durch Rogues und dem Risiko der Jagd konfrontiert wurde, ging man vielleicht anders mit Verlusten um.

Ich konnte nur hoffen, dass ich das niemals selbst erleben würde.

19

KANE

»Was jetzt?«, fragte Tori und lehnte sich an die Hauswand eines heruntergekommenen Bungalows. Sie sah müde aus, was angesichts unserer stundenlangen Suche nicht weiter verwunderlich war.

Wir hatten so ziemlich jede noch so kleine Seitengasse und jeden Schlupfwinkel in dem Viertel durchkämmt, in dem der Verdächtige heute Morgen eine Tankstelle überfallen hatte. Vergeblich.

Raubüberfalle waren an sich nichts Ungewöhnliches. Aber dem jungen Mann, den wir am Nachmittag befragt hatten, stand noch immer der Schock ins Gesicht geschrieben. Die Grausamkeit, mit der der Verdächtige vorgegangen war, sprach eindeutig dafür, dass es sich bei ihm um einen Rogue handelte. Schließlich würde ein normal denkender Mensch nicht unbewaffnet in einen videoüberwachten Laden marschieren, alles kurz und klein schlagen und sich anschließend auf den Tankwart werfen, der zur Abschreckung eine Schrotflinte unter dem Tresen hervorgeholt hatte. Der Tankwart hatte nicht vorgehabt, abzudrücken. Dennoch hatte sich in dem Gerangel ein Schuss gelöst, weshalb der Angreifer geflohen war. Das war vermutlich auch der einzige Grund, warum der junge Mann noch sein Licht besaß.

Nachdem wir aufgebrochen waren, hatte Fergusson sich vom Hauptquartier aus in das Überwachungssystem der Tankstelle gehackt und uns Fotos von dem Verdächtigen gemailt: männlich, etwa vierzig Jahre alt, ein Meter siebzig groß, hispanische Wurzeln, bekleidet mit einem dreckverkrusteten Feinripphemd und ausgeblichener Jeans. Die Klamotten schlackerten bereits an seinem Körper. Allerdings war er noch nicht abgemagert, was dafür sprach, dass er sein Licht erst vor Kurzem verloren hatte.

Seufzend sah ich mich um. Inzwischen war die Sonne längst untergegangen, dennoch glich Pasadena einem Glutofen. Der Asphalt flimmerte, und die wenigen Leute, die sich auf die verstaubten Straßen des kargen Stadtviertels wagten, gingen dicht an den Gebäuden entlang. Keiner von ihnen war der Verdächtige, nach dem wir seit unserer Ankunft unermüdlich suchten.

»Wir sollten weiter nach Süden fahren«, meinte Aaron schließlich. »Vielleicht will er in L. A. untertauchen.«

Mein Nacken verspannte sich, wie jedes Mal, wenn die Sprache auf die Stadt der Engel kam. Ich wollte diesen Ort so sehr hassen. Aber mir war klar, dass er keine Schuld an meinem Versagen trug. Außerdem hatte Eden mit ihrer Vermutung recht gehabt: Rogues blieben in der Regel in vertrautem Territorium.

Ich schüttelte den Kopf. »Allzu weit kann er sich nicht entfernt haben. Er muss hier irgendwo sein.«

»Kane hat recht«, stimmte Meghan mir zu, während sie nachdenklich auf die Straßenkarte schaute, die auf ihrem Tablet angezeigt wurde. »Es gibt da eine KFZ-Werkstatt auf dem Washington Boulevard, die wir noch nicht überprüft haben.«

Seufzend stieß Tori sich von der Wand ab. »Ich hoffe, wir finden den Kerl heute noch. Ich will zurück nach Hause.«

Natürlich wollte sie das.

»Ich auch«, erwiderte Aaron lächelnd.

Lennox, Meghan und ich verdrehten gleichzeitig die Augen. Schließlich wussten wir alle, dass dieses plötzliche Heimweh nichts mit unserem Hauptquartier zu tun hatte, sondern mit der Person, die sich seit Kurzem dort aufhielt.

»Nur keine Sorge«, sagte Meghan. »Eure kleine Freundin wird sicher noch da sein, wenn wir zurückkommen.«

Meine Schwester ließ sich von Megs ätzendem Tonfall nicht aus dem Konzept bringen, sondern strahlte sie voller Begeisterung an. »Ich weiß.«

Im Grunde hätte es mich nicht überraschen sollen. In Little Meadows gab es abgesehen von Meg, Ryanne und Tori keine Frauen in unserem Alter. Die meisten waren entweder jünger oder bedeutend älter, was die Möglichkeit, neue Freundschaften zu schließen, erheblich einschränkte. Davon abgesehen war meine Schwester noch nie gut mit Meghan klargekommen. Ich nahm an, dass es mit Eifersucht zu tun hatte. Tori hatte Angst, ihren großen Bruder zu verlieren. Meghan wiederum schmeckte es nicht, dass meine Schwester für mich stets an erster Stelle stand.

Schätze, das war auch einer der Gründe, warum es für Meghan und mich nie eine Zukunft gegeben hatte. Der andere war, dass wir uns nicht liebten. Wir beide wussten das, und es war in Ordnung gewesen. Jedenfalls, bis Eden auf der Bildfläche erschienen war. Seither war Meghan ungewohnt anhänglich.

Auch jetzt drückte sie sich an mich und hielt mir ihr Tablet vors Gesicht. Dabei stieg mir ihr vertrautes, süßes Parfüm in die Nase. Früher hatte ich den Duft gemocht. Inzwischen war er mir zu aufdringlich. Es kostete mich erstaunlich viel Anstrengung, nicht vor ihr zurückzuweichen.

»Lass uns hier lang gehen«, sagte sie und zeigte mit dem Finger auf eine Seitengasse. »Die anderen können mit dem Wagen außen rumfahren.«

Ich unterdrückte ein Stöhnen. Manchmal war sie nicht besonders subtil. Glücklicherweise hatte ich das Kommando. »Das schaffe ich allein. Du und Lennox, ihr nehmt diese Querstraße. Aaron und Tori holen den Wagen. Wir treffen uns in zehn Minuten an dieser Kreuzung.«

Natürlich wollten mir alle widersprechen. Aaron, weil er keine Lust hatte, den Chauffeur zu spielen. Lennox, weil er keinen Bock auf Meghan hatte. Meghan, weil sie ungestört mit mir sein wollte. Und Tori, weil ich sie schon wieder aus der Schusslinie brachte. Aber das war mir egal.

»Los geht's«, sagte ich und ließ die anderen stehen.

Als ich in die Gasse einbog, schlug mir sofort ein entsetzlicher Gestank nach Müll und Urin entgegen. Der Geruch erinnerte mich an die Gasse in San Francisco, in der Eden überfallen worden war, und ich war mir ziemlich sicher, dass die Übelkeit, die meinen Magen verknotete, allein durch diese Erinnerung hervorgerufen wurde. Deshalb versuchte ich, mich auf meine Aufgabe zu konzentrieren. Aber abgesehen von ein paar Ratten, die ich aufschreckte, begegnete ich niemanden.

Auch in der Werkstatt fanden wir keine Spur von unserem Verdächtigen. Wir suchten bis tief in die Nacht hinein das gesamte und sogar die angrenzenden Viertel ab. Aber als meine Schwester vor Erschöpfung kaum noch geradeaus gucken konnte, beschloss ich, es für diesen Tag gut sein zu lassen. Wir brauchten alle eine Pause. Unabhängig davon zahlte sich Geduld meistens aus. Sicher würde es nicht lange dauern, bis sich der Rogue erneut zeigte, und wenn es so weit war, waren wir ganz in der Nähe.

Wir quartierten uns in einem kleinen Hotel in Old Pasadena ein. Sehr zu Meghans Unmut lehnte ich ihr Angebot ab, mit ihr in einem Zimmer zu schlafen. Stattdessen glaubte ich, der Rest der kurzen Nacht wäre ruhiger, wenn ich mich an meine Schwester hielt. Leider war das ein Irrtum.

Kaum hatte ich die Tür hinter uns geschlossen, da stemmte Tori bereits in Hände in die Hüften und maß mich mit kühlem Blick. »Warum weigerst du dich, Eden zu trainieren?«

Ich stöhnte genervt auf. Ich hätte wissen müssen, dass Lawrence nicht die Klappe halten würde. Normalerweise behandelte er meine Schwester wie ein rohes Ei und teilte ihr nur mit, was unbedingt nötig war. Aber Eden war offenbar wichtiger als seine Prinzipien, weshalb ich mich jetzt auch noch vor meiner kleinen Schwester rechtfertigen durfte. »Ich habe keine Zeit dafür.«

Ihre Brauen schossen in die Höhe. »Das ist die lächerlichste Ausrede, die ich je von dir gehört habe.«

Und besonders kreativ war sie auch nicht. Das musste ich zugeben.

Ich hätte zu gern gewusst, wie viel Tori wusste und worüber sie und Eden sprachen, wenn sie unter sich waren. Vertraute Eden meiner Schwester schon so weit, dass sie ihr von unseren Gesprächen erzählte? Beklagte sie sich bei Tori darüber, dass ich sie permanent ignorierte oder mich ihr gegenüber wie der größte Arsch auf Erden verhielt?

Die letzten Tage waren die Hölle gewesen. Ich hätte nie für möglich gehalten, wie anstrengend es sein konnte, jemandem bewusst aus dem Weg zu gehen und gleichzeitig gegen den Drang anzukämpfen, sich ebenjener Person zu nähern.

Nicht nur einmal hatte ich Eden mit Aaron, Lennox und Tori aus der Ferne beobachtet. Sie schienen bereits ein eingeschworenes Team zu sein. Darüber sollte ich mich vermutlich freuen. Aber Fakt war, dass es mich traurig machte, was mich wiederum tierisch nervte. Denn Kummer war ein Gefühl, das ich mir schon vor Jahren verboten hatte.

Ebenso wie Angst. Doch auch die empfand ich.

Zuzusehen, wie Eden heute Morgen mit diesem Rogue eingesperrt wurde, war schlimmer gewesen als jeder Albtraum. Ich konnte immer noch nicht fassen, dass Una das wirklich getan hatte. Zwar hatte Eden sich unglaublich geschlagen, dennoch entsetzte mich die eiskalte Berechnung unserer Anführerin, denn sie hatte mit dem Rogue nicht nur Eden eine Lektion erteilen wollen, sondern mir ebenfalls eine Botschaft geschickt.

Meine Zeit war abgelaufen.

Tori verschränkte die Arme. »Ich verstehe es einfach nicht, Kane. Du hast schon unzähligen Leuten geholfen, ihre Gabe zu finden. Warum wehrst du dich plötzlich so sehr dagegen? Nenn mir nur einen einzigen guten Grund.«

Klar, nichts leichter als das. Meine Schwester wäre sicher begeistert, wenn sie erfuhr, warum Una ausgerechnet mich für diese Aufgabe ausgewählt hatte: Weil ich ein rücksichtsloser, provokativer Mistkerl ohne Gewissen war.

Mein Magen verkrampfte sich vor Scham, bevor ich mit ausdrucksloser Miene an ihr vorbei ins Badezimmer ging. Ich schloss die Tür und lehnte mich mit dem Rücken dagegen.

Mir war natürlich klar, dass Una nicht lockerlassen würde. Weil sie wusste, dass ich Erfolg haben würde. Über kurz oder lang fanden meine Schützlinge mit meiner Hilfe immer zu ihrer Gabe. Und dann wäre Eden eine von uns. Sie würde kämpfen – und ich konnte nichts mehr dagegen tun. Ich konnte sie nicht mehr vor diesem Leben und den Gefahren, die es mit sich brachte, schützen.

***

Zwei Tage später hatten wir diesen Bastard immer noch nicht gefunden. Wir wären längst auf dem Rückweg gewesen, hätten wir nicht immer wieder Meldungen abgefangen, die bewiesen, dass er noch in der Nähe war.

Einmal hatte er ein Pärchen im Grant Park angegriffen. Den beiden war nur deshalb nichts passiert, weil die beide Taekwondo-Meister waren und sich zu wehren wussten.

In der darauffolgenden Nacht wurde er vor einer Bar gesichtet, wo er eine Frau überwältigen wollte. Der Türsteher hatte zum Glück eingegriffen und die Cops gerufen. Doch kurz bevor die Polizei eintraf, war ihm die Flucht gelungen.

Und vor einer Stunde hatte er es bei einer älteren Dame versucht, die im Schatten ihrer Veranda saß. Die hatte allerdings einen äußerst bissigen Pitbull, der sofort aus seiner Hundehütte gepresst kam und dem Kerl die Wade zerfetzte, was seine Flucht immerhin etwas verlangsamte. Dummerweise waren Rogues in der Lage, sich zu regenerieren. Wir hatten also nicht viel Zeit, ihn zu finden.

Wir verfolgten seine Blutspuren durch mehrere Wohnviertel bis an die Nordgrenze Pasadenas. Dort sahen wir gerade noch, wie er eine Tür eintrat und in die Lagerhalle einer alten Holzfabrik floh.

Mit klopfendem Herzen eilte ich ihm nach. Ich war froh, dass es schon acht Uhr abends und die Halle somit menschenleer war, denn das Letzte, was wir jetzt noch gebrauchen konnten, waren Zeugen. Nacheinander schlüpften wir in das Gebäude.

Die linke Seite war mit einer meterhohen Fensterfront ausgestattet, die ausreichend Licht hereinließ. Das Sägewerk musste sich im Nachbargebäude befinden, denn hier stapelten sich nur Tonnen von gleichmäßig zurechtgeschnittenen Brettern, die in riesigen Metallregalen trockneten. Die Luft war angereichert mit feinsten Sägespänen und dem Geruch von Harz und Zedern.

Lennox fluchte. »Ich kann hier drin nicht fliegen. Es ist zu wenig Platz.«

»Nur die Ruhe«, gab ich leise zurück und überlegte, wie wir den Rogue am geschicktesten einkreisen konnten.

Im selben Moment lugte der Bastard hinter einem Regal hervor, und bevor ich reagieren konnte, setzte Lennox ihm nach. Meghan ließ einen Lichtstab in ihrer Hand erscheinen und folgte ihm. Aaron und Tori wollten ebenfalls nachrücken, doch ich hielt sie zurück.

»Wartet«, raunte ich meiner Schwester und Aaron zu. Irgendetwas kam mir seltsam vor. Wir hatten diesen Kerl fast drei Tage gejagt – und plötzlich ließ er sich einfach so fangen?

Aaron hörte jedoch nicht auf mich. Als am anderen Ende der Halle Kampfgeräusche erklangen, stürzte er mit einem Lichtspeer in der Hand Hals über Kopf davon. Reflexartig packte ich Toris Arm und hielt sie fest.

Plötzlich gerieten die oberen Bretter in den Regalen neben Aaron bedrohlich ins Wanken.

»Pass auf!«, brüllte ich, doch es war zu spät.

Mit einem ohrenbetäubenden Krachen regneten die Bretter auf Aaron nieder und begruben ihn unter sich.

Tori schrie entsetzt auf. Gleichzeitig schlitterte am Ende des Regalganges Lennox um die Ecke. Fassungslos starrte er auf das Bretterchaos. Angst verzerrte seine Züge.

»Aaron!«, schrie er und rannte auf seinen Freund zu.

Ich wollte ebenfalls zu ihm eilen und ihm helfen, doch da flackerte ein Schatten über mein Gesicht. Ungläubig schaute ich nach oben auf die Stelle, wo die Regalbretter zuvor gelagert hatten. Dort hockten vier weitere Rogues und grinsten auf uns herab.

Shit! Wir waren erledigt.

20

EDEN

Wieder fliegt der Phönix vor mir her. Doch diesmal schlägt er keine übermütigen Saltos in der Luft. Stattdessen gleitet er in gemäßigtem Tempo dahin. Sein Schrei klingt gequält und berührt etwas tief in meiner Seele. Und dann sehe ich sie: mindestens ein Dutzend Tote, die auf dem kargen Boden liegen. Ein sanfter Wind weht und bedeckt die leblosen Körper mit feinem Sand, der sich jedoch sofort blutrot färbt.

Es ist das reinste Massaker, und ich wage es nicht, die Opfer genauer zu betrachten.

Mitten unter den Toten kauert ein Mann. Er hat sich die Hände vors Gesicht geschlagen und weint herzzerreißend. Plötzlich fühle ich seinen Schmerz und den des Phönix, als wäre er mein eigener. So viel Leid, so viele sinnlose Tode.

Warum das alles?

Lautlos landet der Phönix neben dem Mann auf dem Boden und senkt sein Haupt. Im direkten Vergleich erkenne ich, dass er etwa die Größe eines ausgewachsenen Tigers besitzt.

»Ich konnte sie nicht aufhalten«, sagt der Mann schluchzend.

Ich bin nicht sicher, ob er mit sich selbst spricht oder den Phönix bemerkt hat. Schniefend lässt er die Hände sinken. Sein Gesicht ist mit Schweiß, Blut und Tränen bedeckt. Endloser Kummer brennt in seinen tiefbraunen Augen.

Er ist so sehr in seinem Unglück gefangen, dass er das Wesen vor sich tatsächlich erst jetzt wahrnimmt. Keuchend fällt er zurück und krabbelt ein

Stück von dem Phönix fort. Dann scheint er jedoch zu begreifen, dass ihm das sonderbare Wesen kein Leid zufügen will, sondern mit ihm leidet.

Weitere Tränen laufen über seine Wangen. Er wischt sich eine Strähne seines wilden, dunklen Haares aus der Stirn, bevor er sich vor dem Phönix verneigt. »Sag mir, was ich tun soll«, fleht er verzweifelt. »Wie kann ich diesen Wahnsinn beenden?«

Der Phönix lässt den Kopf hängen, und mich erfasst eine überwältigende Traurigkeit, weil ich weiß, welches Opfer er gleich bringen wird. Ein Teil von mir will einschreiten. Aber das würde nichts nützen. Der Phönix hat sich entschieden, und so kann ich nur zusehen, wie er sich zur Seite neigt und den Schnabel tief in seinem Gefieder vergräbt.

Die Feder, die er gewählt hat, ist seinem Herzen am nächsten. Sie ist nicht golden, sondern strahlend weiß und scheint aus purem Licht zu bestehen.

Der Phönix wirft den Kopf in den Nacken und lässt die Feder frei.

Sie wird vom Wind erfasst und gleitet so sanft wie eine Seifenblase auf den jungen Mann zu. Angst flackert in seinen Augen auf. Doch er weicht nicht zurück. Er vertraut dem Phönix und hält ganz still, als die Feder in Millionen funkelnde Lichtpunkte zerfällt und schließlich auf ihn herabrieselt, um ihn in einen Phönixkrieger zu verwandeln ...

***

Das Klingeln meines Handys riss mich aus diesem seltsamen Traum. Mein Herz raste gleich aus zweierlei Gründen: Erstens wusste ich instinktiv, dass ich gerade etwas Bedeutsames gesehen hatte, und zweitens hoffte ich endlich auf eine Nachricht von meinem Vater oder von Tori.

Inzwischen waren zwei Tage vergangen, und ich war fast verrückt vor Sorge. Eigentlich hätten Tori und die anderen schon längst wieder zurück sein sollen. Doch der Mann, den sie suchten, war ihnen immer wieder entwischt. Auch von Dad hatte ich nichts gehört.

Wenig hoffungsvoll schaute ich auf das Display. Es war schon nach elf

Uhr abends, und die Nummer war mir fremd. Trotzdem ging ich ran. »Hallo?«

»Hi, Spätzchen!«

»O mein Gott, Dad!«, rief ich. »Warum gehst du denn nicht an dein Telefon? Ich habe dich bestimmt hundertmal angerufen.«

»Tut mir leid. Mir ist das Handy in einen Farbtopf gefallen. Ich musste mir erst ein neues besorgen.«

Seine Stimme klang merkwürdig angespannt, weshalb ich sofort misstrauisch wurde. »Ist alles in Ordnung bei dir?«

»Sicher«, erwiderte er betont fröhlich. »Aber du kennst ja meine Marotten. Ich mag neue Sachen nicht besonders.« Er holte tief Luft. »Und wie geht's dir? Hast du Spaß im Sommercamp?«

Am liebsten hätte ich frustriert aufgeschrien, während mir zugleich Tränen in die Augen schossen. »Glaubst du wirklich, dass ich hier in einem Sommercamp bin?«

Er kicherte. »Wo solltest du denn sonst sein?«

»Sag du es mir.«

Schweigen breitete sich in der Leitung aus, und mir wurde klar, dass er nicht das sagen würde, was ich hören wollte. Offenbar war er inzwischen komplett in seiner eigenen Realität gefangen.

Beklommen schaute ich hinab auf meine nackten Beine. Ich trug nur eine Shorts, weshalb die unzähligen blauen Flecken, die mich inzwischen zierten, gut zu sehen waren. Ich hatte schnell Fortschritte gemacht beim Training mit Lawrence und Diego. Nur was meine Gabe und meine Ahnenforschung betraf, war ich keinen Schritt weitergekommen.

»Dad?«, sagte ich und hoffte, dass mein betrübter Tonfall zu ihm durchdringen würde. »Wie hießen meine Großeltern?«

Er stieß einen erstickten Laut aus. »Das weißt du doch. Laney und Nate Bricks.«

Ja, das waren die Namen, die er mir genannt hatte. Aber sie waren in keiner einzigen Datenbank verzeichnet, und bisher hatte Georgie auch nichts im Archiv gefunden. Es war, als hätten Laney und Nate Bricks nie existiert.

»Hatten sie vielleicht noch andere Namen?«

Dad lachte wieder. »Natürlich nicht. Das wäre ja total verrückt.«

Meine Lippen hoben sich zu einem bitteren Lächeln. »Verrückt ist doch unsere Spezialität.«

Diesmal sog mein Vater scharf Luft ein, und ich bekam auf der Stelle ein schlechtes Gewissen. »Tut mir leid.«

»Schon gut«, erwiderte Dad versöhnlich und seufzte leise. »Es sind doch nur Namen, Spätzchen. Das ist nichts, was uns ausmacht. Entscheidend ist, wie wir selbst uns sehen. Nur das macht uns außergewöhnlich. Name hin oder her, du bleibst trotzdem dieselbe Person, und ich auch. Ich werde zum Beispiel immer Erdnussbuttersandwiches mit Marmelade lieben und bis zum Morgengrauen malen.«

Seltsam, Kane hatte etwas ganz Ähnliches gesagt. Aber er und mein Vater lagen falsch.

»Ich muss wissen, wer meine Vorfahren waren.«

Dad seufzte. »Das würde dich nur noch mehr verwirren.«

Ein Ruck ging durch meinen Körper. »Was?«

»Was?«, fragte Dad zurück.

»Wieso würde mich das noch mehr verwirren?«, hakte ich nach.

Erneut erklang dieses Kichern, das sämtliche Nerven in mir zum Vibrieren brachte. »Jetzt bin ich verwirrt.«

Ganz ehrlich? Ich war kurz davor, mein Telefon gegen die nächste Wand zu pfeffern. So kam ich kein Stück weiter. Aber da ich meinen Vater nicht unnötig aufregen wollte, schob ich meinen Frust beiseite und wechselte das Thema. »Woran arbeitest du gerade?«

»Im Moment experimentiere ich mit Naturmotiven«, erklärte Dad und klang plötzlich wieder ganz normal. »Eine Steinhöhle, etwas in der Art.«

»Eine Höhle?« Ich runzelte die Stirn. »Wie die Skizze auf dem Küchentisch?«

»So ungefähr. Na ja, die Entwürfe sind noch unausgereift. Aber ich denke, es könnte gut werden.«

»Das klingt toll, Dad.«

»Ja?« Dad lachte wieder. »Die Lichteffekte sind eine ziemliche Herausforderung. Die Felskanten sind noch nicht scharf genug abgegrenzt. Das muss ich auf jeden Fall noch ausbessern. Am besten mache ich gleich weiter.«

Enttäuschung machte sich in mir breit. Wir hatten tagelang nicht miteinander gesprochen, und ich vermisste ihn. Aber ich wusste, wenn er einmal von einem Bild besessen war, zählte nichts anderes mehr. Deshalb verabschiedeten wir uns voneinander, ehe ich seine neue Nummer abspeicherte und mich auf das Bett zurückfallen ließ.

Mir tat jeder Knochen im Leib weh. Gleichzeitig fühlte ich mich wahnsinnig rastlos. Ich überlegte gerade, ob ich doch noch mal in der Kommandozentrale vorbeischauen sollte, als es plötzlich leise an meiner Zimmertür klopfte.

Mein Puls schnellte in die Höhe, und ich rappelte mich auf, um sie zu öffnen.

Vor der Tür stand Tori. Sie musste schon in ihrem Apartment gewesen sein, denn sie trug saubere Sachen, und ihre Haare waren noch nass von der Dusche. Ein schüchternes Lächeln lag auf ihren Lippen. »Störe ich?«

»Natürlich nicht.« Erleichterung durchflutete mich, und ich zog sie in eine feste Umarmung. »Geht es dir gut?«

»Mir schon«, nuschelte sie.

Mir sackte der Magen bis in die Kniekehlen, und irritierenderweise galt mein erster Gedanke Kane. »Und die anderen?«

Tori seufzte, und erst jetzt fiel mir auf, wie erschöpft sie aussah. »Aaron hat einen ziemlich heftigen Schlag auf den Kopf bekommen.«

Bestürzt schnappte ich nach Luft. »O Gott!«

»Er wird sich erholen«, erwiderte Tori lächelnd. »Trotzdem bleibt er zur Sicherheit über Nacht auf der Krankenstation. Sonst ist niemand schwer verletzt.«

Ich blinzelte. »Das klingt nicht sehr beruhigend.«

Tori machte eine wegwerfende Handbewegung. »Der Rest hat bloß ein paar Kratzer und blaue Flecken. Nichts Ungewöhnliches nach so einem Kampf.« Sie sagte das, als passierte so etwas tagtäglich, was vermutlich auch der Fall war. »Ich wollte dich auch nicht weiter stören, sondern dir nur Bescheid geben, dass wir zurück sind.«

»Du störst wirklich nicht«, erwiderte ich und zog sie entschlossen in mein Zimmer, wo wir es uns auf dem Bett bequem machen. »Also war der Verdächtige tatsächlich ein Rogue?«

»Jepp.« Toris Miene verfinsterte sich. »Sie waren zu fünft.«

»Was?« Ich stieß ein leicht hysterisches Lachen aus. »Also langsam kann ich eurer Aussage, dass Rogues nur vereinzelt auftauchen, wirklich keinen Glauben mehr schenken.«

»Ich auch nicht«, räumte Tori ein und rieb sich angespannt über die Stirn. »Wie es scheint, verändern sie ihr Verhalten.«

»Einfach so?«, hakte ich nach. »Aber warum?«

»Ich habe keine Ahnung. Aber dass sie jetzt Horden bilden, ist beunruhigend. Mein Bruder fürchtet, es steckt vielleicht mehr dahinter.«

Mein Magen krampfte sich vor Furcht zusammen. »Wäre es denn denkbar, dass sie einen neuen Alpha haben?«

»Nein!« Entsetzt schüttelte Tori den Kopf. »Elijah war der Einzige, der die Fähigkeit hatte, Rogues über große Entfernungen hinweg zu lenken. Nach seinem Tod sind die verbliebenen Rogues geflohen und haben sich in alle Himmelsrichtungen zerstreut.«

»Aber woher hatte Elijah diese Fähigkeit?«, fragte ich und zeigte auf das Kompendium auf dem Nachttisch, das ich inzwischen vollständig gelesen hatte. »Da drin steht kein Wort darüber.«

Tori trommelte unruhig mit den Fingern auf der Decke. »Weil es niemand weiß.«

»Und was ist mit den Dokumenten im Archiv?«, hakte ich nach. »Steht dort etwas Brauchbares drin?«

»Nicht dass ich wüsste«, erwiderte Tori. »Ich habe einige alte Schriften gelesen. Es ging hauptsächlich um die Kämpfe. Was davor geschah, weiß niemand.«

Frustriert warf ich die Hände in die Luft. »Wie kann es sein, dass so wenig über den Mann bekannt ist, der die ersten Rogues erschaffen und kontrolliert hat? Ich meine, er war doch immerhin die größte Bedrohung für die Menschheit. Da muss es doch noch mehr Informationen über ihn geben.«

Tori verzog das Gesicht. »Ich fürchte nicht.«

Mein Puls begann zu hämmern. »Und wenn wir beide noch mal gemeinsam nachsehen?«

Zugegeben, mein Vorschlag war nicht annähernd so subtil, wie ich beabsichtigt hatte.

Aber mein jüngster Traum verstärkte meine Neugier. Ich wollte wissen, was in den alten Schriften geschrieben stand und ob sich die Wandlung zu einem Phönixkrieger genauso abgespielt hatte wie in meinem Traum oder ob mir meine Fantasie bloß einen grausamen Streich gespielt hatte.

Tori wich meinem Blick aus. »Kane hat mir schon gesagt, dass du unbedingt ins Archiv willst.«

Sie klang traurig und wirkte mit einem Mal so niedergeschlagen, dass sie vor meinen Augen durchscheinend wurde, als wollte sie sich im wahrsten Sinne des Wortes in Luft auflösen. Mist!

»Tori«, sagte ich sanft und ergriff ihre durchsichtige Hand. »Wenn du dich nicht wohl bei dem Gedanken fühlst, mit mir ins Archiv zu gehen, verstehe ich das.«

Unsicher spähte sie zu mir. »Wirklich?«

»Natürlich! Ich will auf keinen Fall, dass du dich ausgenutzt fühlst.«

Ihre Mundwinkel hoben sich. »Okay.«

»Okay«, wiederholte ich und wechselte schnell das Thema. »Erzähl mir, was in Pasadena passiert ist.«

Sie wurde wieder sichtbar, bevor sie meiner Bitte nachkam. Während sie mir von dem Hinterhalt der Rogues berichtete, merkte ich deutlich, dass ihr der Schrecken noch immer im Nacken saß. »Wenn mein Bruder nicht gewesen wäre, hätten wir es wahrscheinlich nicht lebend aus der Halle geschafft.«

»Hat er seine Phönixkräfte eingesetzt?«, fragte ich leise.

Sie schüttelte frustriert den Kopf. »Nachdem der Lockvogel besiegt war, hat Kane drei der Rogues im Alleingang niedergewalzt. Meghan und ich haben den anderen ausgeschaltet, während Lennox sich um Aaron gekümmert hat.«

»Scheint, als wärt ihr ein gutes Team.«

Tori nickte. »Ja, das sind wir. Vor allem Kane und Meghan. Aber das ist wohl auch nicht weiter verwunderlich, wenn man so viel Zeit miteinander verbringt.«

»Was genau hat Kane eigentlich für eine Gabe?«, erkundigte ich mich, da ich das bisher noch nicht herausgefunden hatte.

Tori seufzte. »Das ist schwer zu beschreiben. Man muss es gesehen haben. Es ist pure Macht, verstehst du?«

»Äh, nein.« Ich lachte. »Ehrlich gesagt nicht.«

Tori lachte ebenfalls, bevor sie anfing zu gähnen. Inzwischen war es kurz vor Mitternacht, und sie war kaum noch in der Lage, die Augen offen zu halten. Dunkle Schatten lagen unter ihren braunen Augen, und ihre Lider schienen von Minute zu Minute schwerer zu werden.

Mit letzter Kraft rappelte sie sich vom Bett auf. »Gehen wir morgen zusammen frühstücken?«

»Na klar«, erwiderte ich, während ich sie zur Tür brachte. Ich wollte nicht, dass sie schon ging. Aber ich verstand natürlich auch, dass sie nach diesem Einsatz ihre Akkus dringend wieder aufladen musste. »Um neun?«

»Perfekt.« Mit einem matten Lächeln öffnete sie die Tür. »Gute Nacht, Eden.«

»Schlaf gut, Tori.« Sie wandte sich ab, stieß jedoch im nächsten Moment einen spitzen Schrei aus und machte fluchend einen Ausfallschritt.

Erschrocken steckte ich den Kopf zur Tür raus. »Was ist los?«

»Nichts.« Tori bückte sich glucksend und hob etwas auf. »Ich wäre nur um ein Haar über diesen blöden Karton gestolpert.«

Neugierig hob ich den Deckel und schnappte nach Luft, als ich die unzähligen alten Fotos entdeckte. Fast alle waren schwarz-weiß, aber es gab auch ein paar wenige Farbabzüge.

»Die sehen ziemlich alt aus«, stellte Tori fest, die ebenfalls in den Karton spähte.

»Wahnsinn! Die müssen von Fergusson sein. Wir haben uns vor ein paar Tagen über meine Vorfahren unterhalten.« Aufregung durchflutete mich. »Vielleicht ist da ein Foto von meinen Großeltern dabei.«

Kleine Grübchen bohrten sich in Toris Wangen, als sie mich anlächelte. »Das würde mich sehr freuen.«

»Und mich erst! Dann könnten wir vielleicht endlich die Frage meiner Abstammung klären.«

»Nicht nur das.« Tori warf mir einen mitfühlenden Blick zu. »Ich finde es so traurig, dass du keinerlei Erinnerungsstücke an deine Familie hast.«

Ich hob eine Braue. »Das habe ich dir doch gar nicht erzählt.«

Genau genommen wusste das nur eine einzige Person.

Tori wurde rot. »Kane dachte, ich wüsste es schon.«

»Gibt es sonst noch etwas, was dein Bruder über mich rumtratscht?«, fragte ich und klappte den Deckel des Kartons zu, ehe ich ihn Tori abnahm.

Sie schüttelte den Kopf. »Im Gegenteil. Er redet sonst nie von dir. Er hat mir nicht mal verraten, warum er sich weigert, mit dir zu trainieren.«

Irgendwie fand ich das auch nicht besser.

Ich musste wohl ziemlich betreten dreinschauen, denn unvermittelt hoben sich Toris Mundwinkel. »Dafür hat Aaron ununterbrochen gegrübelt, wie er dir helfen könnte.«

Der gute Aaron. »Meinst du, ich kann morgen früh mal auf der Krankenstation nach ihm sehen?«

»Machst du Witze? Er wäre überglücklich über deinen Besuch.« Tori deutete zum Ende des Gangs, wo sich die Fahrstühle befanden. »Und jetzt muss ich wirklich dringend ins Bett.«

Nachdem ich mich noch mal von ihr verabschiedet hatte, kehrte ich in mein Bett zurück, schaltete die Deckenleuchte ein und platzierte den Karton vor mir. Anschließend schickte ich ein Gebet zum Himmel, dass ich da drin endlich einen Anhaltspunkt fand.

Eine Stunde später zog ich eine ernüchternde Bilanz: Dreiundfünfzig Fotos – und kein einziges weckte eine Erinnerung in mir. Ich fand gar nicht genug Worte, um zu beschreiben, wie sehr mich das frustrierte.

Ich ging die Fotos noch einmal durch.

Und noch einmal.

Und noch einmal.

Aber letztlich musste ich einsehen, dass es nichts bringen würde. Tränen brannten mir in den Augen. Ich hatte in den letzten Tagen so hart trainiert wie nur möglich, hatte aber weder meine Gabe entdeckt noch etwas über meine Vorfahren herausgefunden. Die Vermissten- und Todesfälle, die Georgie im Archiv gefunden hatte, boten keinerlei Spielraum, um eine Verwandtschaft zu Dad und mir zu beweisen. In vier von fünf Fällen hatten die Phönixkriegerinnen ihr Licht an Rogues verloren. Bei dem letzten Fall handelte es sich um eine Frau, die bei einem Kampf in den Colorado River gestürzt und ertrunken war. Sie hinterließ eine vierjährige Tochter und einen Mann in Denver.

Frustriert sammelte ich die Bilder zusammen und legte sie zurück in die Schachtel. Ich wollte gerade den Deckel schließen, als mir eine kleine Kritzelei im Rand auffiel. Sie war mit Bleistift hingeschmiert und winzig klein, sodass ich sie kaum entziffern konnte. Es waren acht Zahlen, die zunächst keinen rechten Sinn ergaben. Erst mit Verzögerung wurde mir klar, dass sie das auch gar nicht sollten.

Ich schnappte nach Luft. Es war ein *Code*.

Für das Archiv, da war ich mir sicher.

Vor Aufregung schlug mein Herz schneller. Beim Abendessen mit Fergusson hatte ich beiläufig erwähnt, dass ich gern mal einen Blick ins Archiv werfen würde. Doch der alte Mann hatte nur gelacht und gemeint, ich sollte mir die Idee aus dem Kopf schlagen. Ich hatte keine Ahnung, warum er seine Meinung plötzlich geändert hatte, aber letztlich war das auch egal. Endlich kam ich an die geheimnisvollen Quellen heran.

Inzwischen war es zwei Uhr morgens. Die Wahrscheinlichkeit war also gering, dass mich jemand dort erwischen würde. Eilig lief ich runter in die Bibliothek, wo ich geschlagene zehn Minuten vorgab, nach einer geeigneten Bettlektüre zu suchen, falls mich doch jemand überraschte. Aber Lennox schien nicht der Einzige zu sein, der Lesen nichts abgewinnen konnte. Schon gar nicht um diese Zeit. Niemand betrat den Raum – und was noch viel wichtiger war: Niemand näherte sich dem Archiv.

Mit klopfendem Herzen trat ich schließlich an die Tür heran. Den Code kannte ich inzwischen auswendig. Trotzdem atmete ich noch einmal tief durch und rief mir die Zahlenabfolge in Erinnerung. Dann aktivierte ich das Display und tippte geschwind den Code ein.

Mit einem Surren entriegelte sich das Schloss.

Ich unterdrückte einen aufgeregten Schrei und schlüpfte durch die Tür. Es dauerte einen Moment, bis ich den Lichtschalter fand. Nachdem ich die grelle Deckenleuchte eingeschaltet hatte, wünschte ich mir fast, ich hätte meinen Triumph einen Augenblick länger genossen.

Ich wusste nicht genau, was ich erwartet hatte. Bei einer derart fortschrittlichen Kommandozentrale war ich aber zumindest davon ausgegangen, dass ich mich zwischen unzähligen Regalen wiederfinden würde, in denen die Akten chronologisch abgelegt waren. Leider erwies sich diese Vorstellung als grandioser Irrtum.

Fassungslos ließ ich den Blick über die Papiere schweifen, die kreuz und quer in verschiedene Schränke gestopft waren. In einer Ecke entdeckte ich ein altes Holzregal, dessen Bretter der Last der Unterlagen nicht hatten standhalten können. Herunterfallen konnten sie allerdings auch nicht, weil sie darunterliegenden Ebenen ebenfalls so vollgepackt waren, dass sie einfach aufsetzten. Daneben befand sich eine Kommode, der die Schubkästen fehlten. Stattdessen quollen aus den Löchern verschieden große Papierrollen hervor.

Direkt vor mir stand ein Holztisch mit zwei verrosteten Metallstühlen. Bei dem linken war ich mir sicher, dass er zusammenbrechen würde, sobald man ihn bewegte. Neben und unter dem Tisch stapelten sich unzählige verbogene Aktenkartons, aus denen ebenfalls vergilbte Dokumente hervorquollen.

Die andere Seite des Archivs sah nicht besser aus. Mehrere Holz- und Metallregale säumten die Wand. Papiere, Akten, Mappen, ein *Koffer* – alles war lieblos in die Fächer gedrückt worden.

Kurzum, dieses Archiv war der blanke Horror. Ich war mir sicher, dass es selbst im Kopf meines Vaters strukturierter zuging. Und das wollte wirklich was heißen.

In mir keimte der Verdacht auf, dass dieses Archiv nicht wegen der hochbrisanten Dokumente tabu war, sondern weil es einfach nur peinlich war, dass eine Organisation, die über Krieger mit Superkräften verfügte, derart achtlos mit seiner Geschichte umging. Das war echt nicht zu fassen. Es war mir unbegreiflich, wie Georgie hier überhaupt etwas gefunden hatte. Aber Tatsache war: Sie hatte etwas gefunden.

Und das würde ich auch.

21

EDEN

Gähnend verließ ich den Fahrstuhl und trottete an dem gegenüberliegenden Wartebereich vorbei zum Krankenzimmer. Ich hatte die Nacht durchgemacht und versucht, mir einen Überblick über die Dokumente im Archiv zu verschaffen – mit mäßigem Erfolg. Aber immerhin wusste ich inzwischen, wo die Personalakten aufbewahrt wurden, und ich hatte auch in ein paar Berichte reingelesen, die allesamt tatsächlich recht haarsträubend gewesen waren. Sie hatten kein Datum, und auch die Verfasser wurden nicht genannt. Einer beschrieb jedoch, wie die Menschen einst ins Death Valley kamen und Glorypeak gründeten, um in den umliegenden Bergen nach Gold zu graben. Ob jemals einer Glück gehabt hatte, hatte ich noch nicht herausgefunden. Allerdings war ich recht zuversichtlich, was die nächste Nacht betraf. Erst mal musste ich jedoch den Tag hinter mich bringen.

Als ich das Krankenzimmer betrat, war Aaron bereits wach. Er saß aufrecht in dem Bett am Fenster und schaute mir erfreut entgegen. Sein hellblaues Shirt spannte sich eng um seinen Oberkörper, was wirklich ein sehenswerter Anblick gewesen wäre, hätte mich der Verband um seinen Kopf nicht derart abgelenkt.

»Es sieht viel schlimmer aus, als es ist«, sagte er schnell und stopfte das Kissen in seinem Rücken zurecht.

Da es keinen Stuhl gab, auf den ich mich setzten konnte, blieb ich unsicher neben ihm stehen und hielt ihm den linken Becher hin. »Das ist

Mint Tea mit Kandiszucker aus dem Café. Ich wusste nicht, ob du schon wieder Kaffee trinken darfst.«

Er nahm mir das Getränk ab. »Danke schön.«

»Keine Ursache.« Ich legte beide Hände um meinen eigenen Kaffeebecher. »Wie geht es dir?«

»Super.« Er überlegte kurz, dann rutschte er ein Stück zur Seite und klopfte auf die Decke. »Setz dich doch bitte.«

Es kam mir merkwürdig vertraut vor, so nah auf seinem Krankenbett zu sitzen. Andererseits waren wir inzwischen Freunde, und es wäre wohl ziemlich taktlos gewesen, einem verletzten Phönixkrieger so eine simple Bitte abzuschlagen. Also ließ ich mich vorsichtig auf der Bettkante nieder.

»Hast du starke Schmerzen?«, fragte ich und deutete auf seinen Verband. »Tori sagte, es wären ziemlich viele Bretter gewesen.«

Aaron verzog missmutig das Gesicht. »So viele nun auch wieder nicht. Es war bloß eine kleine Unachtsamkeit ...«

»... die dich beinahe deinen verdammten Dickschädel gekostet hätte«, erklang eine Stimme hinter uns, die mir sofort ein Kribbeln durch den Magen jagte.

Nein! Nein, nein und noch mal nein. Ich würde auf keinen Fall anfangen, Gefühle für Kane zu entwickeln. Sicher war das nur der Schreck, weil ich nicht mit ihm gerechnet hatte.

Kane trat auf die andere Seite von Aarons Bett, und mir fuhr ein Stich ins Herz, als ich sein Gesicht sah. Ein Cut zog sich über seine rechte Braue, seine Wange war bläulich verfärbt und auch seine Lippe war aufgeplatzt. Er erweckte nicht den Anschein, als hätte er letzte Nacht auch nur eine Sekunde geschlafen.

Ich vergaß all die hässlichen Worte, die zuvor zwischen uns gefallen waren. Stattdessen betrachtete ich ihn voller Entsetzen. »Tori meinte, ihr hättet nur ein paar Kratzer abbekommen.«

Aaron gluckste leise. »Stimmt doch auch.«

Ich ignorierte ihn und starrte Kane weiter an, der meinem Blick jedoch auswich. Eine unvorstellbare Qual schimmerte in seinen Augen, und seine nächsten Worte brachte er mit unverhohlenem Zorn in der Stimme hervor. »Du lagst blutend am Boden, nur weil du unbedingt den Helden spielen musstest. Am liebsten würde ich dir noch eine verpassen.«

Diesmal wurde Aaron blass. »Jetzt komm schon, Mann. Ich konnte doch nicht wissen, dass da noch mehr auf dem Regal hocken.«

»Du hättest damit rechnen müssen«, brüllte Kane. »Wir haben diesen Fehler schon *einmal* in der Wüste gemacht, und es hätte Eden fast das Leben gekostet. Hast du denn überhaupt nichts daraus gelernt? Du hättest draufgehen können, verflucht noch mal.«

Aaron senkte betreten den Kopf. »Es tut mir leid.«

Ich war hin- und hergerissen. Einerseits wollte ich wirklich nicht weiter mitansehen, wie Kane seinen Freund zur Schnecke machte. Andererseits verstand ich auch, warum er so aufgewühlt war. Schließlich hatte er auf ähnliche Weise seine Mutter verloren. »Vielleicht solltet ihr das besser unter euch besprechen.«

»Nein«, sagte Aaron und streckte die Hand nach mir aus, als ich aufstehen wollte. »Bleib bitte noch.«

Kanes Blick schweifte zu der Stelle, an der Aaron mich berührte. Er atmete tief durch. »Schon gut. Wir sind hier sowieso fertig.«

Ohne ein weiteres Wort machte er auf dem Absatz kehrt und ließ uns allein. Die Tür fiel krachend hinter ihm ins Schloss, und zurück blieb eine unangenehme Stille.

Aaron rieb sich über die Stirn, zuckte aber sogleich zusammen, als er seinen Verband erwischte und damit Druck auf den Hinterkopf ausübte. »Tja, ich schätze, das habe ich verdient.«

»Er hatte Angst um dich«, erwiderte ich leise.

»Ich weiß.« Bedauernd verzog Aaron das Gesicht. »Ich habe die Lage falsch eingeschätzt. Das war echt dämlich von mir. Wahrscheinlich hätte er mich gestern schon zusammengestaucht. Aber ich war auf dem Rückweg nicht wirklich ansprechbar.«

»Dann wirst du dir von Lennox wohl auch noch einiges anhören müssen.«

Er lachte auf. »Mit Sicherheit.«

»Auf der anderen Seite ist es doch ein gutes Gefühl, oder?«, fragte ich schmunzelnd. »Zu wissen, dass sich jemand um einen sorgt.«

Aaron warf mir einen vorsichtigen Blick zu. »Ja.«

Ich konnte ihm ansehen, dass ihm die Frage auf der Seele brannte, ob ich mich ebenfalls in besonderem Maße um ihn gesorgt hatte. Aber da ich Angst hatte, er könnte zu viel in meine Antwort hineininterpretieren, stand ich auf. »Ich bin gleich mit Tori zum Frühstück verabredet. Wir sehen uns später, ja?«

Enttäuschung blitzte in seinen Augen auf. Doch er lächelte weiter. »Klar.«

Ich floh praktisch aus dem Krankenzimmer, hielt aber abrupt inne, als ich Kane in dem kleinen Wartebereich am Ende des Gangs entdeckte. Offenbar hatte er nicht damit gerechnet, dass ich ihm so schnell folgen würde, denn er saß, die Ellenbogen auf die Knie gestützt, auf einem der sechs Stühle und raufte sich die Haare. Er wirkte unendlich verzweifelt.

Ich hatte noch nie gut mitansehen können, wie jemand litt. Aber Kanes Schmerz empfand ich mit einer ganz neuen Intensität, obwohl er alles tat, um mich fernzuhalten. So unsensibel, wie er sich mir gegenüber verhielt, sollte es mir eigentlich egal sein, wie er sich fühlte. Außerdem war mir vollkommen klar, dass Kane es hassen würde, wenn er bemerkte, dass ich ihn in diesem verletzlichen Moment erwischt hatte.

Und doch war ich nicht in der Lage, wegzusehen. Es ging einfach nicht.

Lautlos stellte ich meinen Kaffeebecher auf einem Beistelltisch ab und trat vor ihn, während ich mich fragte, warum ich ausgerechnet bei ihm immer wieder weich wurde. Und wieso reagierte mein verfluchtes Herz jedes Mal, wenn er in meiner Nähe war? Nicht einmal Ian hatte derart heftige Gefühle in mir ausgelöst – und ihn hatte ich geliebt.

Kanes Kopf ruckte so schnell hoch, dass sein Nacken knackte, und seine blutunterlaufenen Augen weiteten sich, als er mich entdeckte. Aber ebenso wenig wie ich zuvor seinen Schmerz hatte ignorieren können, schaffte er es nun, unseren Blickkontakt zu unterbrechen.

Ich hatte keine Ahnung, was ich sagen oder tun sollte. Es kam mir unaufrichtig vor, ihn mit Floskeln á la *Alles wird gut* abzuspeisen. Denn das stimmte einfach nicht. Kane würde den Verlust seiner Eltern wahrscheinlich niemals ganz verwinden. Deshalb würde es ihn jedes Mal triggern, wenn einer seiner Freunde in Gefahr geriet. Also folgte ich meinem Instinkt, streckte wortlos die Hand aus und legte sie auf seine unverletzte Wange. Seine Haut war warm und weich, trotz der feinen Stoppeln auf seinem Kiefer.

Mein Herz flippte völlig aus bei der Berührung. Was mir aber beinahe den Rest gab, war die Tatsache, dass er sich nicht dagegen wehrte. Stattdessen drückte er seine Wange kurz in meine Handfläche und schloss die Augen, als würde er meinen Trost genießen.

»Du musst aufhören, so nett zu mir zu sein.«

Seine Stimme klang jetzt ganz anders als zuvor. Ihr fehlte die ätzende Schärfe, die sonst die meisten seiner Worte begleitete. Jetzt war sie warm und ein bisschen rau. Sie kam mir vertraut vor. Weil ich sie schon einmal gehört hatte, als er vor dem Archiv seine Maske fallen gelassen hatte.

»Was ich vor ein paar Tagen zu dir gesagt habe, war nicht besonders nett«, widersprach ich leise.

Sein Mundwinkel zuckte. »Soweit ich mich erinnere, hast du mir viel Glück in Pasadena gewünscht.«

Das hatte ich nicht gemeint, und das wusste er auch. Ich ließ die Hand sinken, woraufhin sich seine Lider flatternd hoben. Sein Blick war jetzt wieder klar und weniger erschüttert, aber immer noch trostlos.

»Warum willst du mich nicht trainieren?«, fragte ich, weil ich wusste, dass ich nie wieder den Mut aufbringen würde, wenn ich ihn jetzt nicht zur Rede stellte. »Denkst du, es wäre zwecklos?«

Er schluckte schwer. »Nein.«

»Dann hilf mir, bitte.« Die Verzweiflung ließ meine Stimme zittern. »Vorher wird Una nicht nachgeben. Das hat sie sehr deutlich gemacht.«

Seufzend rieb Kane sich über das Gesicht. »Ich weiß, Eden. Sie gibt niemals nach.«

Das hatte ich befürchtet. Aber ich war dennoch wild entschlossen. Für Dad – und auch für mich selbst – wollte ich meine Gabe finden. Und dafür war ich zu allem bereit. Lawrence, Tori, Aaron – sie alle hatten gesagt, dass Kane der Beste war, wenn es darum ging, die Macht des Phönix aus einem Krieger herauszukitzeln. Deshalb schob ich meinen Stolz beiseite. »Ohne dich schaffe ich es nicht.«

»Ich werde dir wehtun.«

Ein trauriges Lachen platzte aus mir heraus. »Du kannst mich nicht noch mehr verletzen, als du schon getan hast.«

Sein Lächeln wurde zynisch. »Bist du dir da absolut sicher?«

Nein, das war ich keineswegs. Dennoch zwang ich mich zu nicken. »Ja.«

Kane öffnete den Mund. Doch was auch immer er sagen wollte, blieb unausgesprochen, weil in diesem Augenblick die Fahrstuhltür aufging und Lennox aus der Kabine trat.

Lieber Himmel!

Ich hatte gedacht, Kane wäre sauer. Aber Lennox' Gesichtsausdruck war schlichtweg mörderisch, als er ohne ein Wort an uns vorbeistapfte.

Sofort kam Kane auf die Beine. »Bei mir war es nur ein Spruch, dass ich Aaron eine reinhaue. Aber ich bin mir nicht sicher, was ihn betrifft.«

»Dann solltest du besser eingreifen«, schlug ich vor, bevor dem nächsten Phönixkrieger die Sicherung durchbrannte.

Kane schien das genauso zu sehen, denn er setzte sich umgehend in Bewegung. Kaum hatte er die Tür erreicht, da schallte auch schon Lennox'

Stimme durch den Gang. Doch anstatt schneller zu gehen, hielt Kane plötzlich inne und schaute über die Schulter.

»Übrigens«, meinte er beiläufig. »Dass du *Dumbo* magst, ist kein Grund, sich zu schämen, Blümchen. Es macht dich nur noch faszinierender. Wir treffen uns in zwei Stunden in der Arena.« Ohne auf meine Antwort zu warten, verschwand er im Krankenzimmer.

Mein Puls schoss durch die Decke, als seine Worte mein Bewusstsein erreichten. Ich hoffte inständig, dass ich das Training mit Kane nicht bereuen würde, aber wenn es stimmte, was alle behaupteten, konnte er mir vielleicht wirklich helfen. Solange ich eine professionelle Distanz hielt und die Ruhe bewahrte, sollte jedenfalls alles glattlaufen.

***

Nachdem Tori und ich ein ausgedehntes Frühstück genossen hatten, bei dem ich sie auf den neusten Stand gebracht hatte, machten wir uns auf den Weg in die Arena. Dort wärmten sich bereits einige Leute auf, und mein dummes Herz hüpfte erneut, sobald ich Kane bei Lawrence entdeckte. Als hätte er meine Anwesenheit gespürt, drehte er den Kopf in unsere Richtung und seine Mundwinkel hoben sich. Es reichte noch nicht ganz für ein Lächeln, dennoch stolperte ich beinahe über meine eigenen Füße. Leider entging Kane mein Missgeschick nicht, und seine Lippen verzogen sich belustigt.

Meine Wangen wurden heiß, doch glücklicherweise lenkte Lawrence jegliche Aufmerksamkeit auf sich, als er in die Hände klatschte. »Offenes Training, Leute. Alles ist erlaubt«, rief er und winkte mich sichtlich erfreut zu sich. »Wie ich hörte, kümmert sich Kane jetzt doch um dich.«

»Bitte, was?« Ein Lichtstab glühte in Meghans Hand auf, während sie sichtlich empört auf Kane zutrat. »Ich bin seit über zehn Jahren deine feste Trainingspartnerin.«

»Jetzt nicht mehr«, erwiderte er kühl, was mir einmal mehr verdeutlichte, dass ich bei Kane stets auf der Hut sein musste.

Meghan stieß ein Schnaufen aus. »Du kannst mich nicht einfach abservieren.«

Tja, so wie es aussah, tat er es gerade.

»Es ist ja nur vorübergehend«, wandte Lawrence in beschwichtigendem Tonfall ein, um die aufgebrachte Phönixkriegerin zu beruhigen. »Du kannst mit Lennox trainieren, bis Aaron wieder fit ist.«

Meghan reckte ihr Kinn vor. »Nichts für ungut. Aber Lennox ist mir nicht gewachsen.«

»Das habe ich gehört«, rief Lennox spöttisch. Anscheinend hatte er sich wieder beruhigt, denn er ließ seine Lichtflügel aufflammen und flatterte damit, als wollte er sich aufplustern.

Verärgert warf Meghan uns den Lichtstab vor die Füße und stolzierte davon, noch bevor dieser verglüht war.

Mit einem amüsierten Grinsen wandte Tori sich an Lennox. »Ich spiele gern mit dir.«

Er warf den Kopf in den Nacken und lachte schallend. »Du kannst es ja mal versuchen.«

Tori zwinkerte mir zu – und löste sich auf.

»Hey!«, rief Lennox und erhob sich in die Lüfte, um sich in Sicherheit zu bringen. »Das ist nicht fair. Du ... Argh ...«

Er schlug heftiger mit den Flügeln, als eine unsichtbare Kraft an seinen Füßen zog. Zwei Sekunden später stürzte er ab und kullerte über das Gras, während Tori wieder sichtbar wurde und ihm mit Gebrüll nachsetzte.

»Ziemlich beeindruckend, nicht wahr?«, sagte Lawrence, bevor er Kane auf die Schulter klopfte. »Viel Erfolg, ihr zwei.« Damit ließ er uns stehen und ging zu ein paar anderen Phönixkriegern.

Unbehaglich trat ich von einem Fuß auf den anderen. »Also, ich glaube nicht, dass ich so was schon hinkriege.«

Sein Mundwinkel zuckte erneut. »Ich auch nicht.«

Na, das fing ja gut an.

»Komm mit«, sagte er, wandte sich ab und spazierte in gemächlichem Tempo von der Wiese.

»Wo willst du hin?«, fragte ich irritiert.

»Frühstücken.«

»Ich dachte, wir trainieren.« Gut möglich, dass ich mich ein bisschen überschätzt hatte, was mein Nervenkostüm betraf. »Außerdem habe ich schon mit Tori gefrühstückt.«

»Aber ich nicht«, rief Kane über die Schulter zurück, machte sich aber nicht die Mühe, auf mich zu warten.

Ich stieß einen unzufriedenen Laut aus, bevor ich ihm folgte. Was blieb mir auch anderes übrig? Eigentlich rechnete ich damit, dass er mich zum Café schleppen würde. Aber zu meiner Überraschung ging er direkt in sein und Toris Apartment.

»Setz dich«, sagte er und deutete auf einen Barhocker, bevor er eine Pfanne auf die Herdplatte stellte. Anschließend holte er eine Schüssel aus dem Schrank und suchte verschiedene Zutaten zusammen.

»Was soll das werden?«, fragte ich, sobald ich auf dem Stuhl saß.

»Pancakes.«

Ich war so verdattert, dass ich fast den Faden verlor, als er den Teig in Windeseile zusammenrührte. Seine Bewegungen waren routiniert und geschickt. Er brauchte nicht mal einen Messbecher. »Das meinte ich nicht.« Mit einer unwirschen Geste deutete ich zwischen uns hin und her. »Was soll *das* hier?«

Kane musterte mich sichtlich amüsiert. »Ich versuche, meine neue Schülerin kennenzulernen.«

O mein Gott! Das konnte unmöglich sein Ernst sein. Ich lachte auf, um meine aufsteigende Panik zu verbergen. »Willst du etwa mein Vertrauen gewinnen?«

»Anders funktioniert es nicht, Blümchen.« Sein Blick glitt über mein entgeistertes Gesicht. »Und das weißt du auch.«

Verdammt, er hatte recht. Selbst ohne ein Psychologiestudium war mir klar, dass ich nichts von Kane lernen würde, wenn ich ihm nicht mit der nötigen Hingabe begegnete. Stöhnend rieb ich mir über die Stirn. »Also gut. Aber diese Tür schwingt in beide Richtungen.«

Das schien Kane nicht zu überraschen. »Schon klar.«

Herausfordernd sah ich ihn an. »Was willst du wissen?«

Kane schürzte die Lippen. »Willst du lieber Ahornsirup oder Schlagsahne auf deine Pancakes?«

Ich blinzelte. »Ist das eine ernst gemeinte Frage?«

Kane nickte, ohne eine Miene zu verziehen. »Ob du es glaubst oder nicht, davon hängt eine Menge ab.«

Neugierig spähte ich in die Pfanne, in der bereits ein dicker Pancake goldbraun buk. Mir lief das Wasser im Mund zusammen, obwohl ich eigentlich gar keinen Hunger hatte. »Wie sieht's mit frischen Früchten aus?«, erkundigte ich mich, nur um ihn zu ärgern. Außerdem sagte ein Kühlschrank viel über einen Mann aus.

Kane presste die Lippen zusammen, als müsste er sich mit aller Macht das Lachen verkneifen. Dann wandte er sich ab, holte eine Schale Obstsalat aus dem Kühlschrank und stellte sie vor mir ab. »Zufrieden, die Dame?«

Belustigt legte ich den Kopf schief. Bis mir auffiel, was er da tat. Er *flirtete* mit mir.

Ein Kribbeln schoss durch meine Adern, und ich senkte überfordert den Blick. »Wenn du kein Phönixkrieger wärst, was würdest du dann mit deinem Leben anfangen?«

Kane schwieg so lange, bis ich doch wieder aufsah. »Wahrscheinlich hätte ich mich für die Polizeiakademie beworben.«

»Du wärst ein Gesetzeshüter geworden?«

»Vermutlich.« Er zuckte mit den Schultern, als wäre das keine große Sache. Doch ich fand es ziemlich aufschlussreich, dass er einen nahezu identischen Beruf ausüben wollte, wenn man ihm die Wahl überließ.

»Im Grunde hast du gar kein Problem damit, ein Phönixkrieger zu sein, oder? Es gefällt dir einfach nicht, dass du dich nicht selbst dafür entscheiden durftest.«

Kane lachte, doch er klang nicht amüsiert. »Und wieder bin ich ein offenes Buch für dich. Ehrlich, wenn du so weitermachst, bitte ich dich, *mich* zu unterrichten.«

»Tut mir leid«, murmelte ich. »Ich wollte dir nicht zu nahe treten.«

Er kommentierte das nicht weiter, sondern lud den fertigen Pancake auf einen Teller und goss eine weitere Portion Teig in die Pfanne. »Erzähl mir, wie du deine letzten Tage hier verbracht hast.«

Der Themenwechsel fühlte sich abrupt und unnatürlich an. Aber da ich nicht gleich das nächste Fettnäpfchen mitnehmen wollte, spielte ich mit und berichtete ihm von den letzten Tagen, die überwiegend aus Training, Grübeleien und Telefonaten mit meinen alten Freunden bestanden hatten.

»Ich bin bei der Sommercamp-Geschichte von Dad geblieben«, erklärte ich. »Im Grunde ist das die perfekte Ausrede.«

»Als hätte er es geahnt, was?«

»Ja.« Gedankenversunken stützte ich das Kinn auf die Hand. »Seltsam ist nur, dass er ebenfalls daran festhält.«

Eine kleine Falte erschien auf Kanes Stirn. »Wie meinst du das?«

Erst wollte ich abwinken. Doch ich merkte, wie sehr mich der Zustand meines Vaters quälte. »Er fragt mich immer wieder, wie es im Camp ist und ob ich Spaß mit den Kids habe. Das macht mir langsam Angst. Ich habe den Eindruck, er taucht immer tiefer in seine eigene Realität ab.«

Kane wurde blass. »Ihr habt miteinander gesprochen?«

»Natürlich. Ich muss doch wissen, wie er zurechtkommt, wenn ich ihn schon allein lasse.«

»Wann?«, stieß er hervor.

»Gestern Abend. Er war zu Hause und hat gemalt. Sein neues Projekt nimmt ihn ziemlich gefangen, was etwas Gutes ist, vermute ich.«

Kane nickte, während er geistesabwesend den nächsten Pancake wendete. »Wie ist das Training bisher für dich gelaufen?«

Sein erneuter Themenwechsel irritierte mich. Aber da er mir tatsächlich helfen wollte, stieg ich drauf ein. »Gut, denke ich. Zumindest hat Lawrence mich nicht zur Schnecke gemacht. Und Alva auch nicht. Aber mit Diego trainiere ich trotzdem lieber.«

Sein Kopf ruckte hoch. »Du hast Diego kennengelernt?«

»Wir haben uns angefreundet, ja.«

Ich war mir nicht sicher, was Kane davon halten würde. Aber mit dem ehrlichen Lächeln, das nun auf seinen Lippen erschien, hatte ich nicht gerechnet. Sein Charme war entwaffnend.

»Es ist schön zu wissen, dass du an seiner Seite warst, als ich es nicht sein konnte«, sagte er. »Er ist ein toller Junge.«

Mein Eis bekam Risse, und bevor ich begriff, wie es passierte, saßen wir gemeinsam am Tresen, aßen Pancakes und führten wir eine schockierend gute Unterhaltung. Kane war geistreich, aufmerksam und witzig, und obwohl ich meine Worte nach wie vor mit Bedacht wählte, spürte ich, dass er mühelos die Zwischentöne heraushören konnte. Selbst sein Licht erschien mir plötzlich strahlender als das von Aaron.

22

EDEN

Donner grollt. Doch kein Regen bedeckt die karge Wüstenlandschaft. Stattdessen ist die Erde mit Blut getränkt. Schwermut und der Geruch des Todes hängen in der Luft, während der Phönix durch die Stille gleitet.

Seine Euphorie ist dahin. Er ist innerlich zerrissen. Ich kann seinen Kummer deutlich spüren, ebenso wie seine Schuldgefühle. Ich begreife nicht, warum er so empfindet, wo er doch so viel für die Menschen getan hat und noch tun wird.

In der Ferne kann ich sie bereits sehen. Unzählige Krieger, bewaffnet und bereit für ihren letzten Kampf. Sie stehen dicht gedrängt beisammen und blicken voller Staunen dem heiligen Geschöpf entgegen, das direkt auf sie zuhält. Ein Mann fällt ehrfürchtig auf die Knie, eine Frau beginnt zu weinen im Angesicht all dieser Herrlichkeit und Macht. Hinter ihr steht ein kleines Mädchen. Furcht schimmert in ihren Augen, doch sie lächelt. Nur der Mann, dem der Phönix bereits eine Feder geschenkt hat, ist nirgends zu sehen.

Anmutig landet der Phönix auf der Erde. Zwei Männer weichen keuchend zurück. Andere verneigen sich.

Der Phönix schreitet durch die Menge und bleibt schließlich vor einer jungen Frau stehen. Er schaut direkt in ihre Seele.

Auch sie senkt demütig den Kopf. Deshalb sieht sie nicht, wie der Phönix nach einem Moment sein Gefieder sträubt und eine lange Feder herauszupft.

Wie beim letzten Mal wirft er sie hoch, woraufhin sie durch die Luft tanzt und zu schimmernden Staub zerfällt. Sowie die Frau damit in Berührung kommt, beginnt die Phönixmagie zu wirken. Ein Ruck geht durch ihren Körper, und sie reißt die Augen auf, als eine Lanze aus Licht in ihrer rechten Hand erstrahlt.

Nach diesem Wunder breitet sich eine nervöse Energie unter den Menschen aus. Manche beginnen zu murmeln, andere stehen wie erstarrt da und warten auf das Urteil des heiligen Geschöpfes.

Als Nächstes ist ein Junge an der Reihe. Er ist nicht älter als vierzehn, aber hochgewachsen und kräftig. Die harte Arbeit in den Minen hat ihn viel zu schnell erwachsen werden lassen. Trotzdem ist er noch ein Kind. Er sollte nicht kämpfen oder gar töten müssen, sondern beschützt werden. Nichtsdestotrotz erhält auch er ein Geschenk vom Phönix. Ich bin erleichtert zu sehen, dass seine Gabe ein runder Lichtschild ist, groß genug, um jeden Angreifer abzuwehren.

Der Phönix geht weiter zwischen den Menschen umher, die ihn nun hoffnungsvoll umringen. Feder um Feder reißt er sich aus dem glänzenden Gefieder und verleiht seinen Auserwählten besondere Kräfte. Nicht alle sind auf Anhieb sichtbar, aber sie sind zweifellos da und ebenso einzigartig wie die Auserwählten selbst. Der älteste ist schon fast ein Greis, die jüngste ein kleines Mädchen mit flachsblonden Zöpfen und einem staubigen Kittel. Ihre Seele scheint die hellste von allen zu sein, denn bei ihr zögert der Phönix keine Sekunde.

Das Strahlen, das ihn umgibt, wird zunehmend schwächer. Seine Lebenskraft schwindet. Aber er hört nicht auf, sondern macht immer weiter.

Nachdem er über zwanzig Menschen mit besonderen Gaben beschenkt hat, zittert er vor Erschöpfung. Und doch reißt er sich eine weitere Feder aus.

Er wirft den Kopf in den Nacken und stößt einen gequälten Schrei aus. Wind kommt auf und erfasst die Feder. Seltsamerweise zerfällt sie nicht zu Staub, sondern wirbelt mit der Luftströmung davon, in den Himmel empor und weiter auf das Unwetter zu, das inzwischen näher gekommen ist.

Ein Sandsturm fegt über das Land. Er ist so stark, dass die Feder immer *wieder in dem Tosen verschwindet. Doch jedes Mal, wenn das geschieht, blitzt sie in dem diffusen Nebel auf, als wollte sie mich mit sich locken.*

Die Zeit dehnt sich endlos aus. Als sich der Himmel wieder klärt, habe ich kein Gespür mehr dafür, wie lange oder wie weit die Feder geflogen ist. Ich habe jede Orientierung verloren und bekomme auch keine Gelegenheit mehr, die Umgebung zu betrachten, weil die Feder mit einem letzten Aufbäumen des Windes in eine Felsspalte gedrückt wird. Dort sinkt sie inmitten einer Höhle herab.

Nun, am Ende ihrer langen Reise, sollte sie zerfallen wie die anderen. Doch sie strahlt mit unverminderter Kraft – fast, als würde sie darauf warten, eines Tages gefunden zu werden …

***

Ruckartig setzte ich mich in meinem Bett auf. Mein Herz trommelte wild in meiner Brust, während ich versuchte, mir das Abbild der Höhle in Erinnerung zu rufen. Die Felsspalte, durch die die Feder geflogen war, musste so groß sein, dass ein Erwachsener mühelos hindurchgehen konnte. Die Höhlenwände waren scharfkantig und rissig. Und vor dem Eingang hatte sich eine karge, flache Ebene erstreckt.

Dieser Traum hatte sich genauso real angefühlt wie die anderen Träume. Bisher hatte ich das lediglich für ein Zeichen gehalten, dass mein Unterbewusstsein allerhand zu verarbeiten hatte. Aber was, wenn diese Träume gar keine Produkte meiner Fantasie waren? Was, wenn sie *echt* waren?

Ich strampelte mir die Decke von den Füßen und lief in meinem Zimmer auf und ab.

Konnte es wirklich sein, dass ich im Traum die Vergangenheit sah? War das womöglich meine spezielle Gabe? Das wäre … absolut irre. Gleichzeitig wäre es verdammt ungünstig. Schließlich konnte ich so nicht beweisen, dass ich ebenfalls die Macht des Phönix in mir trug.

Beklommen rieb ich mir über die schweißnasse Stirn. In den alten Geschichten hieß es, dass der Phönix am Ende eines Zyklus verbrannte und aus seiner Asche wiederauferstand. Aber was, wenn ein Teil von ihm nicht verbrannt war? Was, wenn wir alle falschlagen und er gar nicht gestorben war, weil er seine Unsterblichkeit im Kampf gegen die Rogues aufgegeben hatte, sondern einfach nicht wiedergeboren werden konnte, weil ein Teil von ihm noch immer existierte? Was, wenn Tori recht hatte und eine Wiederauferstehung doch möglich war?

Allein die Vorstellung, dass irgendwo auf der Welt die letzte verbliebene Feder des Phönix in einer Höhle lag, ließ meine Nervenenden vibrieren. Konnte es nach mehr als hundert Jahren sein, dass die Feder immer noch dort war?

Ich war mir nicht sicher. Was ich aber mit hundertprozentiger Gewissheit wusste, war, dass ich diese Höhle finden musste.

Dummerweise hatte ich keine Ahnung, wie ich das anstellen sollte. Ich wünschte, ich hätte Tori von meiner Theorie erzählen können. Sie würde mir bestimmt glauben. Aber Una hatte sie vor zwei Stunden zusammen mit Aaron, Lennox und Meghan erneut auf die Jagd geschickt. Kane war als Einziger noch hier, und auch wenn wir uns heute Morgen überraschend gut unterhalten hatten, er nun doch gewillt war, mir zu helfen, und das Training mit Diego am Nachmittag viel Spaß gemacht hatte, vertraute ich ihm noch nicht genug, um mit ihm über meine Träume zu reden. Am Ende warf er mir doch nur wieder vor, dass ich allmählich genauso verrückt wurde wie mein Vater.

Mein Vater, der seit Kurzem an einem Bild von einer Höhle arbeitete …

Abrupt blieb ich stehen. Ein weiterer Zufall?

Es gab nur einen Weg, das herauszufinden. Ich ließ mich aufs Bett fallen, schnappte mir mein Handy und rief ihn an. Doch es sprang direkt die Mailbox an.

Ich stöhnte frustriert auf. Hoffentlich hatte Dad nicht die falsche

PIN in sein neues Telefon eingegeben. Zahlen verwirrten ihn. Ach, wem machte ich etwas vor? Technik im Allgemeinen überforderte ihn. Er war nicht wie Harpers Dad, der ständig neue IT-Spielerein ausprobierte, oder wie Ians Mom, die nur zum Spaß die angesagtesten Apps installierte. Mein Vater bezahlte ausschließlich bar und schrieb Briefe noch per Hand. Allerdings hatte er eine E-Mail-Adresse, über die er gelegentlich mit seiner Galerie kommunizierte.

Sofort hechtete ich zu meinem Laptop und öffnete mein Mailprogramm. Ich hatte eine neue Mail von Miss Rodriguez erhalten, die sich erkundigte, ob bei mir alles in Ordnung war. Mein plötzliches Verschwinden gefiel ihr nicht, und sie hoffte, dass ich bald zurückkehre. Sie schrieb auch von den Kids. Javier war unglücklich darüber, dass ich nicht mehr da war. Britney hatte sich komplett zurückgezogen, und Camille und Ace hatten sich in einer dramatischen Szene getrennt. Selbst Himal, der sich sonst nie in die Karten gucken ließ, hatte sich nach mir erkundigt.

Mir war klar, dass Miss Rod mir mit diesen Zeilen bloß deutlich machen wollte, wie sehr ich im Youth Center vermisst wurde. Dennoch hatte ich auf einmal wieder ein schlechtes Gewissen.

Ich schrieb meinem Vater schnell eine Mail und bat ihn, mir ein Foto von seinem Höhlenbild zu senden, ehe ich alle Fotos von meiner Kamera auf den Laptop lud. Dann suchte ich die schönsten Porträts der Kids von unserem letzten Ausflug heraus und schickte sie an Miss Rod. Ich versicherte ihr außerdem, dass es mir gut ging, dass ich ganz oft an sie dachte und dass ich sie bald besuchen würde.

Was hoffentlich auch stimmte. Schließlich beabsichtigte ich nicht, mein Leben dauerhaft neu auszurichten. Ich war bereit, so lange in den Dienst der Phönixallianz zu treten und meinen Teil dieser Abmachung zu erfüllen, bis es Dad besser ging. Doch danach wollte ich auf jeden Fall zurück nach San Francisco. Ich konnte mir einfach nicht vorstellen, die Kids oder meine Freunde nie wiederzusehen. Dort war schließlich mein Zuhause. Die Allianz hingegen war mir immer noch fremd, und auch wenn ich hier neue Freundschaften geschlossen hatte, fühlte sich mein Aufenthalt trotzdem an wie ein vorübergehender Zwischenstopp.

Nachdenklich klickte ich die Fotos durch, die ich vor ein paar Tagen im angrenzenden Wald von der Ruine gemacht hatte. Sie sahen aus wie Postkartenmotive. Mystisch und geheimnisvoll und ein bisschen unheimlich. Genau wie mein neues Leben.

Die Aufnahmen von dem Hexenhäuschen hinter der Ruine waren am besten gelungen. Während ich ein Bild in Großaufnahme betrachtete, überlegte ich, was das wohl für ein Ort war. Es gab keine Inschriften oder sonstige Hinweise. Allerdings fiel mir auf einmal ein seltsamer Schatten auf der Holztür auf.

Stirnrunzelnd vergrößerte ich den Ausschnitt. Erst glaubte ich, das wäre bloß ein zufälliger Lichteffekt, doch je länger ich auf diesen Punkt starrte, umso klarer konnte ich die Umrisse erkennen. Der Fleck schien eine Art Brandzeichen zu sein, das witterungsbedingt über die Jahre ausgeblichen war. Aber wenn ich mich nur darauf konzentrierte und alles andere ausblendete, sah der Fleck fast aus wie ein Kolkrabe mit unnatürlich stark gebogenen Flügeln. Irgendwo hatte ich das doch schon mal gesehen ... Aber wo?

In Gedanken ging ich sämtliche Bilder durch, die ich in letzter Zeit ausgiebiger betrachtet hatte. Und dann fiel es mir wie Schuppen von den Augen.

Ich sprang auf, schlüpfte in meine Flipflops und eilte hinaus in den Korridor. Vor dem großen Gemälde, das die Schlacht von Glorypeak zeigte, blieb ich stehen und ließ meinen Blick atemlos über die fein ausgearbeiteten Motive schweifen. Die Raben in der Luft hatte ich schon beim ersten Mal bemerkt. Doch da war noch ein weiterer verschwommener Rabe – und zwar auf Elijah Wheelers Brust. Zuvor war er mir nicht aufgefallen. Jetzt war die Ähnlichkeit mit dem Brandzeichen auf dem Hexenhaus unverkennbar.

»Hey, Kleine!«

Fergussons tiefe Stimme erschrak mich fast zu Tode. Er war wie aus dem Nichts aufgetaucht und stand nun direkt hinter mir.

»Was siehst du dir da an?«, fragte er.

»Den Raben.« Ich wählte bewusst die Einzahl und beobachtete, ob Fergusson eine Reaktion zeigte.

Er zog die buschigen Brauen zusammen. »Du bist sehr aufmerksam«, stellte er anerkennend fest. »Die meisten sehen nur die Schlacht, aber die wenigsten bemerken das Symbol, das Elijah als General der Rogue-Armee kennzeichnet.«

Neugierig legte ich den Kopf schief. »Warum ein Rabe?«

Fergusson zuckte mit den Schultern. »Vielleicht war es einfach das Naheliegendste, weil ein Rabe in vielen Kulturen Tod und Dunkelheit symbolisiert.«

Ja, das klang tatsächlich plausibel.

Ich lächelte Fergusson an. »Übrigens wollte ich mich noch bei dir bedanken.«

»Wofür?«, erkundigte er sich, als hinter ihm die Fahrstuhltüren aufglitten.

»Für unser nettes Gespräch und den Karton«, antwortete ich vage, weil in diesem Moment Una aus der Kabine trat.

Fergusson zwinkerte mir zu. »Ich weiß nicht, wovon du redest.«

Es war offensichtlich, dass er nicht wollte, dass Una etwas von den Fotos erfuhr. Deshalb ging ich nicht weiter ins Detail.

»Genau dich hab ich gesucht«, sagte Una und blieb vor Fergusson stehen.

Er gluckste. »Und ich war gerade auf dem Weg zu dir.«

Erst jetzt bemerkte Una meine Wenigkeit. »Solltest du nicht bei Kane sein und trainieren?«

Ich hatte keine Ahnung, wo Kane steckte, da ich mich nach dem Training mit Diego direkt aus dem Staub gemacht hatte. Das lag zum einen daran, dass ich nach einer schlaflosen Nacht im Archiv körperlich und geistig total erschöpft gewesen war, und zum anderen, dass ich mit dem neuen, freundlichen Kane nicht so recht umzugehen wusste. Trotzdem nickte ich, weil ich nicht wollte, dass Una mich für faul oder unmotiviert hielt. »Ich bin gerade auf der Suche nach ihm.«

Sie stellte meine Notlüge zum Glück nicht infrage. Stattdessen wandte sie sich wieder an Fergusson und bat ihn, ihr zu folgen. Er zwinkerte mir ein weiteres Mal zu, ehe die beiden davongingen.

Natürlich hatte ich nicht vor, nach Kane zu suchen. Die Atempause von ihm tat mir gerade ganz gut. Allerdings wollte ich noch mal einen genaueren Blick auf das verlassene Hexenhäuschen werfen.

Als ich eine Viertelstunde später bei der Ruine eintraf, war der Wald erfüllt vom Abendrot der untergehenden Sonne, die hier und da durch das Dickicht brach. Ich durchquerte das zerfallene Gemäuer, ging zu dem runden Bau und stieg die Treppe hinauf, die zu der alten, doppelflügeligen Holztür führte. Wenn man wusste, wonach man suchen musste, war der Schatten ganz deutlich als Brandzeichen zu erkennen.

Vorsichtig zeichnete ich die Linien des Kolkraben nach. Für meinen Geschmack war das Motiv ein bisschen grobschlächtig, fast schon plump. Nur der Schnabel war recht filigran. Er passte eigentlich überhaupt nicht zu einem Raben. Andererseits hatte Elijah vielleicht genauso wenig künstlerisches Talent besessen wie ich. Und den rabenschwarzen Vogel erkannte man ja ...

Ich legte den Kopf in den Nacken und betrachtete das Gebäude genauer. Es war nicht höher als drei Meter, und der Durchmesser betrug maximal vier Meter. Was sich wohl im Inneren verbarg? Sicher etwas, das mit Elijah und seinen Rogues zu tun hatte. Wozu sollte man sich sonst die Mühe machen, das Gebäude zu brandmarken? Ob ich mal einen Blick hineinwerfen sollte?

Konzentriert tastete ich die Eisenverzierungen ab. Sie schienen nicht nur als Schmuckelemente zu dienen, sondern zugleich als Verriegelung zu fungieren. Eine Schlossvorrichtung konnte ich zwar nicht finden. Aber sicher gab es einen Trick, um diese robuste Tür zu öffnen.

Hinter mir räusperte sich jemand.

Mit einem Schrei fuhr ich herum und entdeckte Kane, der vollkommen entspannt auf einer Seitenmauer der Ruine saß und mit dem Rücken an einer Säule lehnte. Er hatte die Beine angewinkelt und schien dort schon eine ganze Weile zu verharren, was nur bedeuten konnte, dass er schon vor meiner Ankunft hier gewesen war und mich seither beobachtete.

Der spöttische Zug um seine Mundwinkel war zurück. Allerdings war der harte Ausdruck in seinen Augen verschwunden. »Würdest du mir erklären, was du da tust?«

Mein Herz raste. Ich hätte es auf den Schreck geschoben. Aber leider hatte Fergusson mich vorhin ebenfalls überrascht, und er hatte meinen Puls nicht ansatzweise in vergleichbare Höhen getrieben. Es ärgerte mich, dass ich schon wieder so auf Kane reagierte. Warum er und nicht jemand, der nett war? Jemand wie Aaron zum Beispiel.

»Was machst du hier?«, fragte ich, weil ich keine Lust hatte, schon wieder einen dummen Spruch zu kassieren. Kane hatte vielleicht nachgegeben, was mein Training betraf. Aber ich war mir nicht sicher, ob sein Entgegenkommen auch außerhalb der Trainingszeiten galt.

Er zuckte mit den Schultern. »Das hier ist mein Lieblingsplatz. Ich komme her, wenn ich nachdenken muss.«

Ich blinzelte überrascht, weil ich nicht mit so einem Geständnis gerechnet hatte. Langsam ging ich die Stufen hinunter. »Und worüber musst du nachdenken?«

Seine Lippen verzogen sich zu einem zynischen Grinsen. Auf einmal erinnerte er mich wieder an den Kane, den ich eigentlich kannte. Doch es verschwand ebenso so schnell, wie es gekommen war. »Ich überlege, was ich zum Abendbrot esse. Heute ist Asian Night. Das Problem ist, ich kann Bambussprossen nicht ausstehen, und Miss Noodles – das ist die

Küchenchefin – schmeißt diese Dinger überall dran.« Er machte wieder diese großzügige Geste. »Aber ich will dich nicht mit meinen kulinarischen Vorlieben langweilen. Verrat mir lieber, warum du hier bist.«

Ich grinste, denn das Spiel konnte ich auch spielen. »Oh, na ja, das Wetter war so schön, und da dachte ich mir, ein Spaziergang wäre nett. Aber jetzt sieht es eher nach Regen aus. Deshalb dachte ich, ich suche mich schon mal vorsorglich ein Dach über dem Kopf.«

Sein raues Lachen überraschte und schockierte mich gleichermaßen. Was mich allerdings noch mehr entsetzte, war die Tatsache, dass mein Magen mit einem Kribbeln reagierte, als Kanes braune Augen zu funkeln begannen. »Touché.«

Ich gab mein Möglichstes, keinerlei verräterische Emotion preiszugeben, sondern schaute Kane nur ausdruckslos an.

Schließlich war er der Erste, der seine Maske fallen ließ. »Ich mache mir Sorgen um meine Schwester«, gestand er und verzog gequält das Gesicht. »Ich kann es nicht leiden, wenn sie ohne mich auf die Jagd geht.«

Natürlich. Für jemanden, der gern die Kontrolle über alles behielt, musste es schrecklich sein, einen geliebten Menschen einer Gefahr ausgesetzt zu wissen, ohne selbst eingreifen zu können.

Zögernd trat ich an die Mauer heran, hüpfte hoch und setzte mich neben ihn. Dann sah ich ihn wieder an. »Ich habe Tori im Kampf beobachtet. Sie hat jeden Gegner mühelos besiegt, weil dieser ihre Angriffe nie kommen sah. Ich denke, sie ist eine eurer besten Kriegerinnen, und sie hat viel von dir gelernt.«

Stolz huschte über Kanes Miene, bevor er amüsiert über sich selbst den Kopf schüttelte. »Ich sollte ihr wohl mehr vertrauen, was?«

»Es könnte zumindest nicht schaden«, erwiderte ich.

Seufzend lehnte er den Kopf zurück und musterte mich unter gesenkten Lidern. »Und was hattest du in Wheelers Mausoleum vor?«

Erschrocken riss ich die Augen auf. »Ich … Das … Ich wusste nicht, dass das sein Mausoleum ist.«

Er lachte leise. »Schön zu hören. Ich hatte schon befürchtet, du willst unter die Grabschänder gehen.«

»Lieber Himmel! Nein. Ich dachte, da drin wäre vielleicht ein weiteres Archiv oder so was.«

»Nope«, erwiderte Kane und klang mit einem Mal zutiefst erschöpft. »Da drin steht lediglich die einsame Urne von Elijah John Wheeler.«

Ich warf ihm einen schiefen Blick zu. »So ausgedrückt, ist es doch ziemlich seltsam, dass du dich gern hier aufhältst.«

»Ich mag die Ruhe«, erklärte Kane und nickte in Richtung des Mausoleums. »Die meisten Leute machen einen großen Bogen um Wheelers Grabstätte. Sie fürchten, seine Macht könnte auch über den Tod hinaus andauern – was natürlich völliger Schwachsinn ist. Mehr als ein Haufen Asche ist von dem Kerl nicht übrig geblieben.«

»Der Phönix hat auch nicht mehr gebraucht, um wiederaufzuerstehen«, wandte ich ein und dachte zugleich an meinen seltsamen Traum. Vielleicht lagen wir ja alle falsch?

Kane runzelte die Stirn. »Vergleichst du gerade ernsthaft ein magisches Geschöpf mit einem gewöhnlichen Sterblichen?«

»Wenn er so gewöhnlich war, wie konnte er dann plötzlich zum Rogue werden und Hunderte weitere Rogues erschaffen und kontrollieren?«

Moment mal! Mein Kopf fuhr zu dem Mausoleum herum. »Wieso gab es überhaupt sterbliche Überreste von ihm? Tori hat erzählt, dass man Rogues nur durch Phönixmagie töten kann, und dann zerfallen sie zu Lichtstaub. Also sollte es doch gar keine Asche geben, oder?«

»Stimmt. Eigentlich nicht.« Sichtlich frustriert schüttelte Kane den Kopf. »Aber warum Wheeler sich nach seinem Tod nicht aufgelöst hat, wird wohl ein weiteres, ewiges Mysterium bleiben.«

Lieber Himmel! Was wusste diese supergeheime Geheimorganisation überhaupt?

Ich schnaubte. »Ich kapiere einfach nicht, wie ihr so leben könnt. Mir kommt es vor, als würdet ihr einen Baum immerzu an den Zweigen stutzen. Ihr tötet einen Rogue, es tauchen zehn weitere auf. Aber so wird das nicht funktionieren. Man muss die Wurzeln zu fassen kriegen.«

»Ich hatte ja keine Ahnung, dass du dich mit Botanik auskennst.«

Meine Augen wurden schmal, woraufhin er lachend die Hände hob.

»Schon gut«, sagte er beschwichtigend und lehnte sich nach vorn. Er musterte mich einen Moment lang abwägend, ehe er seufzte. »Ich werde dir ein Geheimnis verraten, Blümchen.«

Noch immer skeptisch legte ich den Kopf schief.

»Ich bin ganz deiner Meinung«, gestand er nach kurzem Zögern, was mich nun doch überraschte. »Deshalb war ich im Archiv. Ich hatte gehofft, ich finde vielleicht ein paar Antworten in den Dokumenten, die nach dem Brand hier«, Kane deutete mit dem Daumen auf die Ruine, »geborgen wurden.«

Seinem unzufriedenen Gesichtsausdruck nach konnte ich mir die Frage sparen, ob seine Suche erfolgreich gewesen war. Besonders viele Quellen hatte man also nicht retten können. Klasse! Eine verlorene Vergangenheit und eine ungewisse Zukunft. Das waren ja spitzenmäßige Aussichten.

Eine Gänsehaut kroch meinen Nacken herauf. »Glaubst du, die Geschichte könnte sich wiederholen?«

Kanes Blick schweifte zu dem Mausoleum. »Ich weiß es nicht«, sagte er leise. »Rogues, die Fallen stellen und in Horden angreifen, hat es seit der großen Schlacht von Glorypeak nicht mehr gegeben. Ich verstehe einfach nicht, warum sie plötzlich anders agieren.«

Meine Kehle schnürte sich zu. »Vielleicht haben sie einen neuen General.«

Es war offensichtlich, dass Kane dieselbe Befürchtung hatte. »Beten wir lieber, dass es nicht so ist, denn diesen Kampf würden wir nicht gewinnen.«

Ich stieß ein atemloses Lachen aus. »Also weißt du, du solltest wirklich an deiner Einstellung arbeiten. Dein Pessimismus ist nicht gerade motivierend.«

Seine Mundwinkel zuckten, ehe er seine Aufmerksamkeit wieder auf mich richtete. »Deine permanente Kritik ist auch nicht sonderlich hilfreich.«

»Ich kritisiere dich doch gar nicht«, widersprach ich, spürte aber zugleich, wie meine Wangen heiß wurden. »Nicht permanent jedenfalls.«

»Trotzdem hast du mich verletzt.«

Seine Worte schockierten mich bis ins Mark.

»Weil du recht hattest«, fügte er leise hinzu, noch bevor ich zu einer Entschuldigung ansetzen konnte. »Ich halte Leute auf Abstand, weil ich es nicht ertragen könnte, sie zu verlieren.« Er schluckte angestrengt, während sein Blick zu meinen Lippen schweifte. »Und ich bin einsam.«

Ein Kribbeln schoss durch meinen Magen, doch egal, wie sehr ich versuchte, dieses Gefühl zu ignorieren, es ging nicht weg. Es blieb, als Kane das Thema zurück auf Tori lenkte, es blieb, als wir über unsere Kindheit und andere Dinge sprachen, und es blieb auch, als mir klar wurde, wie sehr ich mich in ihm geirrt hatte.

Vor nicht allzu langer Zeit hatte ich geglaubt, der zynische, grausame Kane wäre gefährlich, weil er es immer wieder schaffte, mich vor den Kopf zu stoßen. Aber das war falsch. Der neue, sensible Kane war weitaus gefährlicher für mich.

23

KANE

»Ich verliere allmählich die Geduld, Kane«, informierte Una mich, kaum dass ich ihr Büro betreten hatte.

Obwohl ich schon befürchtet hatte, dass Edens Fortschritte der Grund für die Privataudienz waren, gab ich mich gleichmütig. »Was hattest du denn erwartet? Dass ich innerhalb von ein paar Tagen aus ihr hervorlocken kann, was ihr ganzes bisheriges Leben verborgen blieb? Sorry. Da muss ich dich enttäuschen.«

Ihre Augen wurden schmal. »Ich habe dir zugesichert, das Mädchen nicht weiter in die Enge zu treiben, wie du es gefordert hast. Aber inzwischen ist eine ganze Woche vergangen, seit du ihr Training offiziell übernommen hast, und abgesehen von romantischen Waldspaziergängen ist nichts passiert.«

Es überraschte mich nicht im Geringsten, dass Una Bescheid wusste. Sie hatte ihre Augen und Ohren überall. In meinen Kopf konnte sie allerdings nicht hineinsehen, worüber ich in diesem Moment heilfroh war. Denn sonst hätte sie sofort erkannt, dass ich gar nicht beabsichtigte, Eden zu ihrer Gabe zu verhelfen. Diese ganze Nummer war ein gewaltiger Fake, der vor allem dazu diente, Eden zu beschützen.

Ich schenkte meiner Anführerin ein sarkastisches Lächeln. »Vergiss nicht unseren täglichen Frühstücksplausch. Der ist inzwischen besonders beliebt bei ihr.«

Mir wurde warm in der Brust, als ich daran dachte, wie Eden jeden

Morgen mit leuchtenden Augen vor unserer Tür auftauchte. Manchmal hatte sie Cookies oder andere Snacks aus dem Café für Tori dabei, und wir unterhielten uns zu dritt, bis Tori in die Arena musste. Danach waren Eden und ich allein und redeten.

Stundenlang.

Über Gott und die Welt.

Ich konnte nicht genug davon bekommen. Nicht von ihren Worten. Nicht von ihrer Stimme. Und erst recht nicht von ihrem Lachen, das ich nur deshalb zu hören bekam, weil sie anfing, mir zu vertrauen. Ich hatte zusehen können, wie die Skepsis mit jedem Tag ein bisschen mehr aus ihren riesigen blauen Augen schwand und mich gefühlt wie der verdammte Phönix höchstpersönlich. Es war lächerlich, und mir war klar, dass ich mit Anlauf in mein eigenes Unglück rannte. Aber ich war nicht fähig, es aufzuhalten.

»Ich könnte auch jemand anderen bitten, Eden unter die Arme zu greifen«, verkündete Una und holte mich damit ganz schnell auf den Boden der Tatsachen zurück. Sie lächelte kalt. »Aaron zum Beispiel. Er ist so enttäuscht, dass Eden und er kaum noch Zeit füreinander haben. Ich könnte aufhören, ihn auf die Jagd zu schicken, und ihm stattdessen deine Aufgabe übertragen.«

Zu meiner Verteidigung: Es war nicht meine Idee gewesen, Aaron nach seiner Genesung sofort wieder auf Missionen zu schicken. Aber ich hatte mich auch nicht darüber beklagt. Warum auch? Solange er nicht hier war, musste ich mir keine Sorgen machen. Eden mochte ihn, und seine Gefühle für sie waren noch viel stärker. Deshalb kostete es mich nun auch all meine Selbstbeherrschung, bei Unas Vorschlag ruhig zu bleiben und meine Miene ausdruckslos zu halten. »Ich habe Lawrence gesagt, ich kriege das hin.«

Una neigte nachdenklich den Kopf. »Warum kämpft ihr dann nicht?«

Dafür gab es sogar zwei Gründe: erstens, weil ich Eden nicht verletzen wollte, und zweitens, weil ich für nichts mehr garantieren konnte, wenn ich sie berührte. Es fiel mir sowieso schon schwer, mich in ihrer Gegenwart zusammenzureißen. Mein einziger Trost bestand darin, dass mich bisher niemand durchschaut hatte.

Na ja, abgesehen von Tori.

Wobei, wenn ich es recht bedachte, schöpften Una und Meghan vermutlich ebenfalls Verdacht.

Dass Eden und ich zusammen trainierten, ohne zu *trainieren*, warf natürlich auch bei den anderen Fragen auf. Glücklicherweise hatte ich hierfür eine gute Begründung: »Eden trainiert nachmittags unter meiner Anleitung mit Diego. Die beiden haben ungefähr dasselbe Leistungsniveau und profitieren gegenseitig voneinander.«

Tatsächlich hatten beide sogar erstaunliche Fortschritte gemacht, was ihre physischen Kampffertigkeiten betraf.

Doch für Una war das natürlich nicht genug. Sie faltete ihre spitzen Finger ineinander und maß mich mit strengem Blick. »Wenn sich nicht bald etwas tut, werden wir etwas Neues versuchen.«

Nun fluchte ich doch, was Lawrence sicher nicht gutgeheißen hätte. Aber er war ja zum Glück nicht da. »Ich brauche mehr Zeit, Una. So etwas passiert nicht von heute auf morgen.«

»Mag sein, aber wir haben in den letzten zwei Wochen mehr Rogues eliminiert als im gesamten Quartal davor.«

Meine Brust wurde eng, denn dieser Fakt war mir nicht entgangen. »Daran musst du mich nicht erinnern. Ich kann selbst zählen.«

Sie schlug mit der Hand auf den Tisch. »Dann bring endlich ihre Gabe zum Vorschein. Wir brauchen jeden Phönixkrieger da draußen, den wir kriegen können!«

Nur über meine verdammte Leiche.

»Sie ist noch nicht so weit«, knurrte ich. »Aber wenn es dich beruhigt, lege ich ein paar Nachtschichten ein und schalte ein paar von diesen Bastarden persönlich aus.«

Una zog eine Braue hoch. »Wirst du deine Gabe einsetzen?«

»Wozu?«, fragte ich lässig. »Ich komme auch gut ohne sie klar.«

Una presste die Lippen zu einem schmalen Strich zusammen. Ein deutliches Zeichen, dass ich mein Limit für heute erreicht hatte.

Ich bemühte mich um eine möglichst unbeteiligte Miene und wechselte das Thema. »Wurde Edens Vater inzwischen gefunden?«

Una schüttelte den Kopf. »Das Team in San Francisco hat gestern erneut die Wohnung aufgesucht. Er ist nicht zurückgekehrt, und ich gehe auch nicht davon aus, dass er das noch tun wird.«

Verdammt!

Ich trat ans Fenster und schaute hinaus, um meine Ungeduld zu verbergen. Der Hinterhof war wie leer gefegt, weil fast alle verfügbaren Krieger auf der Jagd waren. »Eden hat mir erzählt, dass er gestern schon wieder mit einer anderen Nummer angerufen hat. Angeblich hat er sein letztes Handy geschrottet, als es vom Tisch gefallen ist.«

Dieses Spielchen zog er schon seit Edens Ankunft bei uns durch, und jedes Mal hatte er eine andere Ausrede parat: ein Missgeschick hier, ein Versehen da …

Unas seufzte. »So ist es unmöglich, ihn zu orten. Klingt dieses Vorgehen für dich nach jemandem, der geistig verwirrt ist?«

Angespannt schüttelte ich den Kopf. »Nein.«

»Glaub mir, Kane. Er weiß genau, was er tut. Dieser Mann ist nicht verrückt.«

Das war mir längst klar. Deshalb war er auch Edens Ticket hier raus. Der einzige Trumpf, den ich noch besaß, denn lange würde ich nicht mehr auf Zeit spielen können.

Draußen vor dem Fenster ging die Tür auf, und Eden kam aus dem Seitengebäude. Sie sah wunderschön aus im Licht der Abendsonne, und ihr Lachen weckte eine Sehnsucht in mir, die ich nicht kannte. Tori, Aaron und Lennox waren bei ihr. Die vier schienen bester Laune zu sein, während sie über den Hinterhof zum Wohntrakt auf der anderen Seite gingen. Ich wäre bei ihnen gewesen, wenn Una mich nicht herkommandiert hätte. Alle glaubten, wir sprachen bloß über die nächsten Einsätze. Dabei verriet ich jeden Einzelnen von ihnen, indem ich ständig log.

»Worüber hat Anthony mit Eden geredet?«, erkundigte Una sich.

Der Druck in meinem Herzen wurde größer, und ich wandte mich vom Fenster ab. »Nur über das Bild, an dem er im Moment arbeitet. Eden hat ihn gebeten, ihr ein Foto zu mailen. Aber er sagte, er zeigt es ihr erst, wenn es fertig ist. Sie geht weiterhin davon aus, er wäre zu Hause und in Sicherheit.«

Ich hatte ganz subtil versucht, Edens Misstrauen zu schüren. Aber gebracht hatte es leider nichts. Sie vertraute ihrem Vater und stellte seinen Aufenthaltsort nicht infrage.

Una trommelte mit den Fingern auf ihrer Schreibtischplatte rum. »Hoffen wir, dass er bald unvorsichtig wird und Eden verrät, wo er sich befindet.«

Beinahe hätte ich gelacht. Denn darauf wartete ich jeden verfluchten Tag, seit Anthony das Weite gesucht und damit seine Zurechnungsfähigkeit bewiesen hatte. Schließlich würde Una sofort ein Team nach ihm schicken, und dann würde Eden auf schmerzhafte Weise erkennen, dass ihr Vater ihr die ganze Zeit über etwas vorgemacht hatte und keineswegs so verwirrt war, wie er vorgab zu sein.

Die Wahrheit würde ihr höllisch wehtun, aber unterm Strich würde es dazu führen, dass sie der Allianz vielleicht den Rücken kehrte, weil sie unsere Unterstützung nicht mehr brauchte. Und bis dahin musste ich weiter Zeit schinden und verhindern, dass sie ihre Gabe fand.

Ein schmerzhafter Stich fuhr mir ins Herz, als sich mein schlechtes Gewissen zurück an die Oberfläche drängte.

Ein Teil von mir war erfüllt von Missbilligung und Selbstekel, weil ich Edens Vertrauen derart missbrauchte. Davon abgesehen war sie kein hilfloses Rehlein, sondern hatte sich schon mehrfach im Kampf gegen die Rogues behauptet. Auch jetzt lernte sie jeden Tag dazu. Doch der andere, weitaus größere Teil von mir erinnerte sich noch viel zu gut an das Grauen in den Augen meiner Mutter, an diesen markerschütternden, gequälten Schrei und an meine Unfähigkeit, sie zu beschützen. Diesen Fehler würde ich nicht noch einmal machen.

24

EDEN

»Ist Kane immer noch nicht zurück?«, fragte Lennox, nachdem er sich in den Sessel in Kanes und Toris Wohnzimmer hatte fallen lassen.

»Ich bin die Einzige, die sich hier unsichtbar machen kann, du Genie. Wenn du ihn nicht siehst, ist er auch nicht da.« Tori kam mit ein paar Flaschen Cola aus der Küche und stellte sie auf den Tisch, bevor sie sich neben mich aufs Sofa setzte. »Wahrscheinlich ist er noch bei Una.«

»Oder er feiert Versöhnung mit Meghan.« Lennox wackelte vielsagend mit den Augenbrauen.

»Glaubst du?«, fragte Aaron, der inzwischen im Schneidersitz auf dem Boden saß, hoffnungsvoll, wohingegen mir das Herz in die Hose rutschte. Seit Meghan vor einer Woche stinksauer von der Trainingswiese abgerauscht war, hatte ich sie und Kane nicht mehr zusammen gesehen. Aber das musste ja nichts heißen.

»Nein.« Tori schüttelte den Kopf. »Ich denke, dieser Zug ist endgültig abgefahren.«

»Da wäre ich mir nicht so sicher«, erwiderte Lennox spöttisch, während er nach einer Flasche Cola griff und sie aufdrehte. »Wäre doch nicht das erste Mal, dass die beiden eine *Pause* eingelegt haben.«

Aaron nickte eifrig. »Sie kommen bestimmt wieder zusammen. Schließlich haben sie es noch nie lange ohne einander ausgehalten.«

Ein unangenehmes Ziehen machte sich in meiner Brust bemerkbar. Mir war klar, dass es mir egal sein sollte, was Kane in seiner Freizeit trieb.

Schließlich diente unsere jüngst entstandene Freundschaft dem alleinigen Zweck, meine Fähigkeiten hervorzulocken. Zwar waren wir diesbezüglich kaum vorangekommen, aber von meiner Arbeit im Youth Center kannte ich das Prozedere. Ohne Vertrauen ging in einer Schüler-Lehrer-Beziehung gar nichts. Daher hatte Kane zunächst auch hauptsächlich daran gearbeitet, mein Misstrauen ihm gegenüber abzubauen. Mit erstaunlicher Effizienz, wie ich mir selbst eingestehen musste.

Anfangs war ich reichlich überfordert mit seiner charmanten Seite gewesen. Doch je öfter wir zusammen gelacht hatten, umso mehr hatte ich mich in seiner Gegenwart entspannt. Inzwischen genoss ich die Trainingseinheiten mit ihm sogar und sah ihm gern dabei zu, wenn er Diego und mir verschiedene Bewegungsabläufe erklärte.

Zugegeben, das Spiel seiner Muskeln lenkte mich öfter ab, als mir lieb war, was er – seinem süffisanten Grinsen nach zu urteilen – auch genau wusste. Manchmal hatte ich sogar den Eindruck, er könnte diese seltsame Anziehung zwischen uns ebenfalls spüren. Allerdings achtete er penibel darauf, mich nicht anzufassen, was in mir seit Kurzem eine gewisse Enttäuschung hervorrief.

Ich wollte mir seine Berührung nicht herbeiwünschen, und doch tat ich es. Was mein ohnehin schon angespanntes Nervenkostüm auf ganz neue Art strapazierte.

Bisher hatte ich mir erfolgreich eingeredet, seine Zurückhaltung lag einfach daran, dass er sich mein Vertrauen verdienen wollte. Aber vielleicht irrte ich mich ja und an Lennox' Vermutung in Bezug auf eine Versöhnung mit Meghan war doch etwas dran?

Tori schüttelte den Kopf. Noch nachdrücklicher diesmal. »Auf keinen Fall! Ich sag's euch. Meghan ist Geschichte.«

»Meghan ist heiß und Kane ein Mann, der auf Frauen steht.« Lennox warf den Schraubverschluss nach Tori. »Mehr muss ich dir sicher nicht erklären, oder?«

»Mein Bruder ist nicht so oberflächlich, du Idiot. Meghan hat sicher noch andere Vorzüge.« Sie rümpfte die Nase. »Irgendwo ganz tief drin.«

»Ja, in ihrem Höschen«, ergänzte Lennox feixend.

Tori stieß einen Mix aus Kreischen und Lachen aus. Ich hingegen fand das gar nicht witzig.

Schmunzelnd beugte Aaron sich zu mir. »Schätze, nun ist es raus: Du bist in eine Daily Soap gepurzelt.«

»Was du nicht sagst«, erwiderte ich matt, da an diesem Vergleich durchaus etwas dran war. Immerhin war es ziemlich offensichtlich, was Lennox für Aaron empfand, der wiederum die Gefühle seines Freundes ignorierte und lieber mit mir flirtete. Zwar hatte er mich nicht noch einmal auf ein Date angesprochen, aber ich konnte ihm ansehen, dass er immer noch gern mit mir ausgehen wollte. Und ich? Ich dachte an Kane … Verdammt!

Lennox winkte ab. »Das Drama zwischen Kane und Meghan ist doch gar nichts.«

»Stimmt.« Tori kicherte. »Die älteren Generationen sind viel schlimmer. Über die könnte man wirklich eine Serie schreiben.«

»Ach ja?«, fragte ich, um das Kopfkino von Kane und Meghan loszuwerden.

»Klar! Fergusson zum Beispiel.« Lachend schlug Lennox sich auf den Oberschenkel und schaute die anderen beiden Phönixkrieger an. »Erinnert ihr euch noch an die Affäre mit dem Diplomatensohn aus Kanada?«

»Klar. Das war, kurz bevor er Hamish kennengelernt hat.« Mit funkelnden Augen lehnte Tori sich zu mir. »Du kannst dir nicht vorstellen, was das damals für ein Skandal war.«

Ich hab eine Braue. »Was ist passiert?«

»Besagter Diplomatensohn war so heiß auf unseren guten Fergusson, dass er ihn direkt auf einem Kulturdenkmal vernascht hat.« Lennox grinste breit. »Die Paparazzi waren begeistert.«

Ich prustete. »O mein Gott.«

Tori kicherte ebenfalls. »Lawrence hat zu dieser Zeit die Allianz geleitet. Der Ärmste hatte alle Hände voll zu tun, die Wogen wieder zu glätten.«

»Na ja, er hat ja auch Erfahrung auf dem Gebiet«, erwiderte Lennox amüsiert. »Sein alter Herr war schließlich auch nicht ohne.«

Toris Miene wurde finster. »Das ist nicht fair. Lawrence konnte nichts dafür.«

Ihre Reaktion ließ mich hellhörig werden. »Wofür konnte er nichts?«

Aaron verzog das Gesicht. »Na ja, sein Vater hat sich mit Lawrence' Kindermädchen eingelassen.«

Oh.

Lennox gluckste. »Was für ein Klischee.«

»Na ja, so viele Möglichkeiten gibt es hier ja auch nicht«, warf Aaron zögernd ein.

Lennox' Grinsen wurde ein bisschen zynisch. »Da hast du recht, mein Freund. Vielleicht sollten wir doch in eine Großstadt umziehen.«

Sowohl Aaron als auch Tori ignorierten diesen Vorschlag. »War Unas Mann nicht auch ein Angestellter hier?«, fragte sie und tippte sich nachdenklich ans Kinn. »Ich glaube, er war Koch oder so.«

»Una ist verheiratet?«, fragte ich überrascht.

»Eine ganze Weile sogar.« Plötzlich wurde sie wieder ernst. »Die beiden hatten eine Tochter. Sie ist vor ein paar Jahren gestorben.«

»Es war furchtbar«, ergänzte Aaron. »Dariah war erst zwanzig und eine der besten Phönixkriegerinnen, die wir jemals hatten. Fast so stark wie Kane. Wir hielten sie alle für unverwundbar – und dann verlor sie einen einzigen Kampf und wurde von der Jägerin zur Gejagten.«

Plötzlich füllten sich Toris Augen mit Tränen. »Es hat Una das Herz gebrochen, Dariah töten zu müssen.«

Pures Grauen erfasste mich. Ich konnte nicht glauben, was ich da hörte. »Sie hat ihre eigene Tochter umgebracht?«

Tori nickte betrübt. »Drüben im Death Valley. Seither lebt sie nur noch dafür, alle Rogues zu vernichten.«

Erneut regte sich Widerstand in mir, denn trotz der vielen Angriffe, die ich inzwischen miterlebt und überstanden hatte, konnte ich mir einfach nicht vorstellen, je einem Rogue ein Leid zuzufügen. Sie waren doch auch Menschen. Mütter. Töchter. Väter. Söhne. Freunde.

Ich hatte den Schmerz in ihren Augen gesehen, und noch immer hörte ich den Todesschrei des Rogues, der direkt vor mir ausgelöscht worden war. Jemand, der nichts fühlte, drückte sich nicht auf diese Weise aus. Wieso wollten die anderen das nicht wahrhaben?

Andererseits kannte ich Una inzwischen gut genug, um zu wissen, wie entschlossen sie war. Sicher hatte sie alles versucht, um Dariah zu retten, doch sie war gescheitert.

»Und ihr Mann?«, krächzte ich.

»Soweit wir wissen, ist er nach Spanien ausgewandert.« Lennox stellte die Flasche zurück auf den Tisch. »Sicher wollte er den ganzen Schmerz einfach hinter sich lassen.«

»Wer könnte es ihm verdenken?«, fragte ich, weil ich diesen Wunsch durchaus nachvollziehen konnte. Mein Blick wanderte zu Tori, die nun niedergeschlagen auf die Hände in ihrem Schoß schaute.

»So einfach funktioniert das nicht, Eden«, sagte sie leise. »Der Scheiß verfolgt dich sowieso. Du kannst nicht davor weglaufen.«

Aus einem Impuls heraus ergriff ich ihre Hand. »Das weiß ich. Aber zumindest solltet ihr frei entscheiden dürfen.«

Aaron sog die Luft ein. »Kane hat wohl keine Zeit verschwendet.«

Überrascht von seinem scharfen Tonfall drehte ich den Kopf. »Das hat überhaupt nichts mit Kane zu tun.«

»Ganz sicher?« Aaron schüttelte verärgert den Kopf, ehe er aufstand und auf mich herabschaute. »Denn er redet genau denselben Schwachsinn!«

»Aaron«, sagte Lennox warnend.

Doch dieser war viel zu sauer, um auf seinen Freund zu hören. »Ich werde dir jetzt mal was erklären, Eden. Wir *sind* Phönixkrieger. Wir jagen die Monster, die das Leben Tausender Unschuldiger zerstört haben und die niemals damit aufhören werden. Egal, wie sehr wir uns das wünschen. Das ist unser Schicksal, und davor kann man nicht einfach davonlaufen. Wenn du das nicht akzeptieren kannst, dann bist du hier falsch. So wirst du deine Gabe jedenfalls nicht finden. Du musst dich für eine Seite entscheiden.«

Verdattert starrte ich Aaron an. Mein Puls raste, doch ich bekam keine Gelegenheit mehr, seine Worte zu verarbeiten, weil plötzlich die Wohnungstür zukrachte.

Wir drehten uns erschrocken um.

Kane stand hinter uns. Ich hatte ihn noch nie so wütend gesehen. Sein Blick war kalt wie Eis. »Hast du den Verstand verloren?«

Aaron stieß ein bitteres Lachen aus. »Glaub mir, Kumpel. Ich war nie klarer im Kopf.«

Kanes Augen wurden schmal. »Raus!«

»Bin schon weg«, knurrte Aaron und marschierte ohne ein weiteres Wort an Kane vorbei. Sofort war auch Lennox auf den Beinen und folgte seinem Freund.

Nur wenige Sekunden später schlug Kane die Tür erneut zu. Seine Schultern waren angespannt, und seine Finger öffneten und ballten sich zu Fäusten. Aber als er sich wieder zu uns umdrehte, hatte er seine Wut weitestgehend unter Kontrolle. Ernst sah er mich an. »Du musst überhaupt keine Entscheidung treffen.«

Doch, das musste ich. Ich hatte es nur nicht wahrhaben wollen.

»Eden?«, fragte Tori zögerlich. »Alles in Ordnung?«

»Ja.« Meine Stimme klang rau, weil meine Kehle wie zugeschnürt war. Zittrig kam ich auf die Füße. »Ich muss nachdenken.«

»Nein, musst du nicht«, widersprach Kane. Etwas flackerte in seinen Augen auf. Doch sein Blick wurde zu schnell wieder klar, als dass ich die

Emotion hätte einordnen können. Langsam kam er näher. »Lass dich ja nicht unter Druck setzen.«

»Das tue ich nicht«, erwiderte ich, obwohl das nicht ganz stimmte. Ich fühlte mich, als würde mir jemand die Brust zusammenquetschen. Trotzdem lächelte ich erst Kane, dann Tori tapfer an. »Danke für den schönen Abend.«

Sie verzog gequält das Gesicht. »Ich wünschte, er wäre besser ausgegangen.«

»Mach dir darüber keine Gedanken.« Ich beugte mich hinab und drückte ihr einen Kuss auf die Wange. »Wir sehen uns morgen früh. Ich bringe dir die Cookies mit den superdicken Schokoladenstückchen mit.«

Sie wirkte erleichtert. »Okay.«

Ich wandte mich ab und marschierte zur Tür. Dabei ließ Kane mich nicht aus den Augen. Ihm schien eine ganze Menge durch den Kopf zu gehen. Doch er gab keinen einzigen seiner Gedanken preis, und er hielt mich auch nicht auf, als ich die Tür öffnete und hinter mir schloss.

***

Mein Wecker klingelte um drei Uhr morgens. Wie jede Nacht, seit Fergusson mir den Türcode zum Archiv verraten hatte. Im Gegensatz zu sonst schlief ich aber nicht, sondern starrte an die graue Zimmerdecke.

Aarons Worte hatten dafür gesorgt, dass ich keine Ruhe fand. Ich ging sie wieder und wieder in meinem Kopf durch, doch auch die hundertste Wiederholung änderte nichts an der Erkenntnis, dass er recht hatte und ich mir eingestehen musste, dass ich mich bisher vor dieser Entscheidung gedrückt hatte. Ich hatte mir eingeredet, dass ich – nachdem ich mich als Phönixkriegerin erwiesen hatte – eine Weile hierbleiben und meine Schuld begleichen würde, bis es Dad besser ging, und dementsprechend hatte ich mich auch verhalten.

Denn in San Francisco wartete immer noch ein Leben auf mich. Dad freute sich darauf, mir sein neustes Werk zu zeigen, sobald das Sommercamp vorüber war. Miss Rod rechnete mit meiner Rückkehr. Harper hatte mich zu ihrer Abschiedsparty eingeladen. Ian hatte geschrieben, dass er in zwei Wochen aus dem Yellowstone Park zurück war, und gefragt, ob wir zusammen einen Kaffee trinken gehen wollten.

Keinem von ihnen hatte ich gesagt, dass ich nicht mehr zurückkehren würde. Stattdessen hatte ich trainiert und versucht, meine Gabe zu finden, während ich die Konsequenzen vollkommen verdrängt und mir eingeredet hatte, dass dieses ganze Abenteuer eines Tages vorüber ging.

Aber es war, wie Aaron gesagt hatte: War man ein Phönixkrieger, konnte man nicht einfach kündigen und irgendwo anders hingehen. Es war eine Berufung, eine Lebensaufgabe. Man durfte sie nicht einfach ignorieren.

Vielleicht war das der Grund, warum ich meine Gabe bisher nicht gefunden hatte. Weil sich ein Teil von mir nach wie vor wünschte, in mein altes Leben zurückzukehren.

Der Druck auf meiner Brust wurde größer, als die Zukunft, die ich mir bisher ausgemalt hatte, in meinen Gedanken zerfiel und sich ein neues Bild zusammensetzte. Eines, in dem ich *hier* lebte. Es war noch diffus und unscharf, aber in gewisser Weise unausweichlich.

Beklommen richtete ich mich auf. War ich wirklich bereit, mich auf dieses neue, ungewisse Leben voller Gefahren einzulassen? Konnte ich eine *wahre* Phönixkriegerin sein? Es steckte in mir. Die Auren, die ich immer klarer sehen konnte, bewiesen das. Aber ich musste zugeben, die Vorstellung, meine gesamte Existenz der Allianz zu verschreiben, jagte mir eine Heidenangst ein.

Erneut klingelte mein Wecker und erinnerte mich daran, dass es Zeit war aufzustehen, wenn ich ungestört im Archiv herumstöbern wollte. Gestern Nacht hatte ich im hintersten Winkel des Archivs eine dicke Mappe gefunden, die auf 1906 datiert war, was hieß, dass die darin beschriebenen Ereignisse noch vor der Entstehung der Phönixkrieger und der letzten Schlacht stattgefunden hatten. Allerdings hatte mir die Zeit gefehlt, einen genauen Blick auf die Schriften zu werfen. Doch das würde ich jetzt nachholen.

Hastig zog ich mich an und eilte durch die stillen Gänge ins Archiv. Ohne mich mit irgendwelchen anderen Dokumenten aufzuhalten, holte ich die Mappe aus der kleinen Nische, in die ich sie gestern geschoben hatte, und machte es mir damit auf dem Stuhl bequem. Vorsichtig schlug ich die Mappe auf.

Gut hundert Seiten lagen darin. Das vergilbte Papier fühlte sich spröde und fragil zwischen meinen Fingerspitzen an, und der linke Rand war ausgefranst, als wären die Blätter in aller Eile irgendwo herausgerissen worden.

Ich beugte mich über das obere Blatt. Darauf waren verschiedene Wörter in krakeliger Schrift untereinandergeschrieben. Die schwarze Tinte war an vielen Stellen verschmiert oder ausgeblichen, weshalb die Zeilen schwer zu entziffern waren. Ich begriff erst, dass es sich dabei um eine Liste mit Städtenamen handelte, als ich auf der dritten Seite recht weit unten eines der Wörter eingekreist fand: *Glorypeak*.

Ich blätterte weiter und fand etwas mehr Text:

Glorypeak ist ganz anders, als ich erwartet habe. Zwar sind die Gebäude neu und ihr weißer Lack glänzt in der Sonne, aber die Menschen scheinen hier schon Hunderte Leben gelebt zu haben. Ihre Gesichter sind runzlig und wettergegerbt, die Rücken gebeugt, die Hände zerschunden. Ihnen allen sieht man die Furcht an, dass ihre Mühe keine Früchte trägt und dass das Gold, das sich in den Hügeln des Rainbow Canyons verbirgt, ein anderer findet.
Neid und Missgunst gären in der Stadt. Sie erhitzen die Gemüter, als wären die heißen Winde, die wie Todesboten aus dem Death Valley zu uns herüberwehen, nicht zermürbend genug. Aber Paulina ist voller Hoffnung. »Elijah Wheeler«, rief sie mir bei unserer Ankunft zu und lachte auf die

Art, bei der mir jedes Mal der Atem stockt. »Wir werden hier glorreich sein. Ich kann es spüren.«
Und ich nickte, wie es sich für einen Mann von Wert gehört, denn ich wollte meine Frau nicht enttäuschen. Sie ist mein Licht, mein ganzes Glück. Es gibt nichts, was ich nicht für sie tun würde.

Heilige Scheiße! Das hatte Elijah geschrieben. Der Mann, der für all das Leid verantwortlich war. Diese Seiten mussten aus seinem Tagebuch stammen und all die Jahre unentdeckt unter der Liste mit Städtenamen geblieben sein. Ich fühlte mich, als wäre ich selbst auf eine Goldader gestoßen.

Seltsamerweise klang er gar nicht so grausam, wie ich ihn mir vorgestellt hatte. Er war sogar verheiratet gewesen und schien seine Frau aufrichtig geliebt zu haben. Was war bloß passiert, dass er sich so sehr geändert hatte?

Aufgeregt blätterte ich weiter und las die nächsten Seiten. Vielleicht fand ich ja einen Hinweis, wie er die ersten Rogues erschaffen und kontrolliert hatte.

Doch auf den nächsten Seiten beschrieb er bloß, wie hart das Leben in Glorypeak gewesen war. Im Grunde schufteten sowohl Elijah als auch Paulina von Sonnenaufgang bis Sonnenuntergang in den Bergen und suchten nach Gold. Hin und wieder plagten Elijah Zweifel, ob sie das Richtige taten. Aber seine Frau war überzeugt davon, deshalb machte er weiter.

Gestern Nacht wurde der alte Henderson erschlagen. Er war ein guter Mann. Aber es war dumm von ihm, sich mit seinem Fund zu brüsten. Alle wissen, dass es die Arizona Boys waren. Doch niemand wagt es, sie anzuklagen. Auch der Sheriff schweigt und schaut lieber tiefer in seine Flasche Selbstgebrannten. Er hat Angst, wie alle anderen auch. Diese Männer sind skrupellos und gefährlich. Und ihre Gier wächst.
Jetzt, wo Paulina mein Kind unter dem Herzen trägt, möchte ich sie am liebsten an mich reißen und so weit von diesen Leuten wegbringen

> wie irgend möglich. Vielleicht sollten wir es weiter im Norden in den Cottonwood Mountains versuchen oder in den südlichen Canyons.
> Aber Paulina weigert sich. Sie sagt, nicht alle Menschen in Glorypeak wären schlecht. Viele seien ehrbar und fleißig, so wie wir. Sie ist überzeugt davon, dass die letzten drei Jahre hier in den Claims nicht umsonst waren.
> Ich möchte ihr so gern glauben. Ich will ihr und unserem Kind mehr bieten als eine winzige Holzlaube und einen leeren Traum vom Glück. Ich werde mit Sleepy Pete reden. Vielleicht kann ich mit ihm ins Geschäft kommen. Wenn ich noch härter arbeite, behält Paulina vielleicht recht.

Vollkommen widersprüchliche Emotionen fluteten über mich hinweg. Paulina war schwanger gewesen? Wusste jemand davon? Was war mit Elijahs Kind passiert? Was war überhaupt passiert? Und wie konnte dieser Mann, der zwischen Sorge, Angst und Hoffnung hin- und hergerissen war, erst zum Rogue werden und schließlich zum Anführer einer solch grausamen Armee?

Hektisch blätterte ich weiter und schrie frustriert auf, als ich sah, dass die nächsten Seiten vollkommen verschmiert und unlesbar waren. Die wenigen Worte, die ich entschlüsseln konnte, handelten von der unermüdlichen Suche nach einem Schatz, der Elijahs Leben und das seiner Familie für immer verbessern würde. Und dann zerfetzte mir die letzte Seite schier das Herz.

> Sie haben sie mir genommen.
> Paulina, meine Paulina.
> Abgeschlachtet wie Vieh.
> Sie ist tot, unser Kind verloren.
> Ich konnte sie nicht aufhalten.
> Ich konnte sie nicht retten.
> Ich habe versagt.

Wieder und wieder las ich diese Worte, während ein überwältigender Schmerz in meiner Brust tobte. Plötzlich tat mir Elijah unendlich leid. Ich konnte ihn praktisch vor mir sehen, wie er sich in den Bergen halb tot schuftete, weil er hoffte, sein Leben zum Guten wenden zu können. Aber das war nicht passiert. Stattdessen war seine schwangere Frau brutal ermordet worden. Wie furchtbar.

»Eden?«

Mit einem Schrei fuhr ich herum. Kane stand hinter mir und musterte mich mit gerunzelter Stirn. Erst glaubte ich, es läge daran, dass er mich mitten in der Nacht im Archiv erwischt hatte. Doch dann fragte er: »Warum weinst du?«

Ich war so aufgewühlt, dass ich weder meine Tränen noch Kanes Ankunft bemerkt hatte. Hektisch rieb ich mir über die Wangen. »Hast du gewusst, dass Elijah eine Frau hatte?«

Er blinzelte überrascht. »Nein.«

Ich konnte keine Minute länger still sitzen. Also stand ich auf und ging vor ihm auf und ab. »Sie war schwanger, Kane, und sie wurde getötet. Vermutlich von Leuten aus der Siedlung.« Aufgeregt zeigte ich auf die Schriften. »Dort steht, sie haben sie abgeschlachtet wie Vieh.«

Entsetzen huschte über sein Gesicht, bevor er sich an mir vorbeischob und die Seite überflog.

»Er war kein böser Mensch«, sagte ich, weil ich diese schockierende Erkenntnis mit ihm teilen wollte.

Ruckartig hob Kane den Kopf. Als er sich zu mir umdrehte, war seine Miene jedoch absolut kompromisslos. »Er hat schreckliche Dinge getan, Eden.«

»Das weiß ich. Aber das war nicht seine Schuld.«

»Soll das ein Witz sein?«, blaffte Kane mich an. »Er ist ein verdammter *Massenmörder*.«

Ich zuckte zusammen. »Ich will seine Verbrechen auch gar nicht verharmlosen…«

»Ganz sicher?«, unterbrach Kane mich schroff. »Denn für mich sieht es ganz danach aus.«

»Ich wollte damit nur sagen, dass sein Schmerz der Grund dafür sein könnte.«

Kane schnaubte. »Nur weil jemand eine beschissene Vergangenheit hat, rechtfertigt das keine miesen Entscheidungen. Glaubst du, für mich war es leicht, meine Eltern zu verlieren? Deshalb renne ich auch nicht rum und schlachte wahllos Leute ab.« Frustriert schüttelte er den Kopf. »Dein Mitgefühl wird dich noch umbringen.«

Nun wurde ich ebenfalls wütend. »Wenigstens versuche ich zu verstehen, wie alles zusammenhängt, anstatt voller Bitterkeit und Angst von einem Tag in den anderen zu leben.«

Kane lachte hart auf. »Immer langsam, Blümchen. Nur weil ich keine andere Wahl habe, bin ich noch lange nicht verbittert. Und ich habe definitiv keine Angst. Eher im Gegenteil. Ich halte mich sogar für ausgesprochen mutig.«

»Ach, wirklich?« Herausfordernd hob ich eine Braue. »Dann erklär mir mal, warum du deine Kräfte nicht mehr einsetzt, wenn du keine Angst vor dir selbst hast.«

Kane wurde blass, und ich bereute sofort, was ich gesagt hatte. Schließlich wusste ich genau, warum er Angst vor seiner Gabe hatte.

Schmerz flackerte in seinen Augen auf, doch er wurde schnell von Zorn verdrängt. »Hier geht es nicht um mich! Elijah war ein Rogue. Er war kompromisslos und grausam, und nur weil der Phönix bereit war, sich zu opfern, haben wir überlebt. Du tätest gut daran, das niemals zu vergessen.«

Bevor ich noch etwas sagen konnte, marschierte er an mir vorbei zur Tür hinaus, und ich war wieder allein.

Nie war mir das Archiv stiller vorgekommen.

25

EDEN

Als ich am nächsten Morgen wie versprochen die Cookies brachte, öffnete mir Tori die Tür zu ihrem Apartment. Nach dem Streit mit Kane im Archiv hatte ich überlegt, mich vor diesem Besuch zu drücken. Ich schämte mich für meine Worte, und mir war klar, wie sehr ich Kane mit meinem Vorwurf verletzt hatte. Er war zu Recht wütend auf mich.

»Kane ist schon weg«, informierte Tori mich, während sie die Cookies auf einen Teller lud. »Er hat aber einen Zettel dagelassen. Wir sollen nachher beide in die Arena kommen.«

Mir sank der Mut. »Hat er gesagt, wieso?«

»Nein, keine Ahnung.« Tori zuckte mit den Schultern, während sie an mir vorbei zum Küchentresen ging. Darauf standen bereits zwei dampfende Tassen Kaffee. Sie schob sich auf einen Hocker und langte nach einem Cookie. »Vielleicht will er heute etwas Neues ausprobieren.«

Oder mich abservieren. Genauso, wie er es mit Meghan getan hatte.

Ich konnte mich nicht rühren. Die Vorstellung, dass Kane sich wieder von mir zurückzog, schmerzte mehr, als ich erwartet hatte.

Langsam ließ Tori den Keks sinken. »Hör mal, Eden. Wegen dem, was Aaron gestern zu dir gesagt hat … Ich wollte nur, dass du weißt, dass ich seine Meinung nicht teile.«

Ihre Worte holten mich aus meinem Schockzustand. »Ach ja?«

»Du wärst nicht hier, wenn du dich nicht längst entschieden hättest«, erwiderte sie und lächelte mich voller Zuversicht an. Dabei erhellte ihr Licht den ganzen Raum. »Ich glaube, dass du deine Gabe noch nicht gefunden hast, liegt eher daran, dass du kein Vertrauen in dich und deine Fähigkeiten hast. Aber *ich* glaube an dich.«

Mir schossen Tränen in die Augen, und weil mir an diesem Morgen einmal mehr die Worte fehlten, beugte ich mich vor und umarmte sie. »Danke, Tor.«

Sie drückte mich kurz an sich, ehe sie anfing zu kichern. »Na ja, du bringst mir jeden Morgen Cookies. Da muss ich mich ja irgendwie revanchieren.«

Ich stieß ein ersticktes Lachen aus, ehe ich mich zurückzog und mir ebenfalls einen Cookie nahm. »Die sind aber auch lecker.«

»Das stimmt«, erwiderte Tori mit vollem Mund. Sie warf mir einen prüfenden Blick zu. »Bist du sauer auf Aaron?«

»Nein.« Angespannt strich ich mir eine Haarsträhne hinters Ohr. »Ich fürchte aber trotzdem, dass er recht hat. Ich kam her, um meinem Vater zu helfen, dann blieb ich, um mich vor Una zu beweisen. Ein Teil von mir sehnt sich danach, meine Gabe zu finden und allen zu zeigen, dass ich es auch in mir habe. Aber da gibt es noch den anderen Teil in mir, der einfach nur zurück nach Hause will.«

»Dein Zuhause ist jetzt hier«, erwiderte Tori sanft.

Ich seufzte leise. »Es wird wohl noch eine Weile dauern, bis ich mich daran gewöhnt habe.«

»Aber das wirst du.«

Toris Glauben in mich bedeutete mir viel. Ich wünschte nur, mir würde der Abschied von San Francisco nicht so schwer fallen.

Als wir kurz darauf zur Arena gingen, kehrte meine Nervosität zurück, weil ich Kane gleich gegenübertreten würde. Mir war klar, dass ich mich bei ihm entschuldigen musste. Doch noch bevor wir die Wiese erreichten, verstellte Aaron mir den Weg und bat mich um ein Gespräch.

Tori zwinkerte mir zu und zog einen weit weniger erfreuten Lennox hinter sich her, während ich Aaron unsicher ansah. Ein heller Schein erfüllte seine Aura, doch er war nicht mehr so hell wie zuvor.

Aufgewühlt fuhr er sich durch die blonden Haare. »Es tut mir leid.«

Ich wusste es zu schätzen, dass er das sagte. Aber im Grunde war es nicht nötig. »Ist schon okay.«

»Nein«, widersprach er. »Es ist nicht okay. Ich hätte dich nicht derart bedrängen dürfen. Das war falsch von mir.«

Zugegeben, der schroffe Tonfall war neu gewesen und hatte mich kalt erwischt. Aber Aaron war mit Leib und Seele Phönixkrieger, und nachdem Kane in der vergangenen Woche keinerlei Druck auf mich ausgeübt hatte, war die Standpauke ein krasser Kontrast gewesen. »Du hast nur deine Meinung vertreten. Wahrscheinlich hätte ich es an deiner Stelle nicht anders gemacht.«

Aaron verzog das Gesicht. »Du wärst auf jeden Fall feinfühliger gewesen.«

Leider stimmte das nicht. Das hatte ich gestern Nacht eindrucksvoll bewiesen, indem ich Kane als verbitterten Angsthasen bezeichnet hatte. Das war nun wirklich nicht feinfühlig gewesen. Andererseits hatten Kane und Aaron schon immer vollkommen gegensätzliche Reaktionen in mir ausgelöst. Ich lächelte Aaron versöhnlich an. »Vergiss es einfach, ja?«

Er runzelte die Stirn. »Sind wir noch Freunde?«

»Na klar.« Ich machte einen Schritt auf ihn zu und umarmte ihn, weil Freunde das eben so machten.

Aaron schien dieses Konzept allerdings nicht zu kennen, denn er verspannte sich von Kopf bis Fuß. Dann klopfte er mir unbeholfen auf den Rücken.

Mit einem verlegenen Lachen zog ich mich zurück und schaute zur Seite. Und natürlich stand ausgerechnet Kane keine fünf Meter neben uns und beobachtete uns mit ausdrucksloser Miene. Mein Puls schnellte in die Höhe.

Herrgott noch mal, warum musste ich immer derart heftig auf ihn reagieren?

Aaron bemerkte Kane ebenfalls. »Hey, Mann.«

Langsam kam Kane näher. »Liegt dir irgendwas auf dem Herzen, mein Freund?« Mit einer lässigen Geste deutete er auf mich. »Gibt es noch weitere Kritikpunkte hinsichtlich meiner Trainingsmethoden, die du gern loswerden willst?«

Aaron seufzte. »Sorry.«

»Ich verzeihe dir«, erwiderte Kane spöttisch und schlenderte an uns vorbei. Als sich unsere Blicke trafen, legte er mit falscher Sorge den Kopf schief. »Du siehst müde aus. Hast du etwa schlecht geschlafen?«

»Nicht schlecht, nur sehr wenig.« Damit wollte ich ihm suggerieren, dass ich durchaus ein schlechtes Gewissen hatte. Leider verstand er mich total falsch.

»Miese Bettlektüre gewählt?«, fragte er.

Meine Wangen wurden heiß. »Eventuell.«

»Wirklich?«, hakte Aaron nach. »Worum ging es denn?«

Ich zuckte mit den Schultern. »Um Liebe und Leid und wie alles zusammenhängt. Es war ziemlich aufwühlend.«

»Vielleicht hast du etwas missverstanden?« Kane lächelte kühl. »Ich empfehle alternativ *Die Schlacht von Glorypeak*. Da ist die Sachlage recht eindeutig.«

Tja, das klärte wohl die Frage, ob Kane noch sauer war.

Aaron schnappte nach Luft. »Dieses Buch solltest du auf keinen Fall lesen, Eden. Ich hatte nächtelang Albträume davon. Es ist echt nichts für schwache Nerven. Außerdem befindet es sich sowieso im Archiv.«

»Ach, richtig«, erwiderte Kane, ohne mich aus den Augen zu lassen. »Das Archiv ist ja tabu für dich. Das hatte ich ganz vergessen.«

Ich hätte wissen müssen, dass die freundschaftliche Stimmung zwischen uns nicht lange anhalten würde. Trotzdem fühlte sich dieser Rückschritt wie ein Schlag in den Magen an. »Kane ...«

»Hey, wo bleibt ihr denn?«, rief Tori und winkte aus der Ferne.

Ohne uns weiter zu beachten, wandte Kane sich ab und ging zu seiner Schwester. Aaron warf mir einen irritierten Blick zu, fragte aber zum Glück nicht nach.

Als wir unsere übliche Trainingsgruppe erreichten, winkte Lawrence uns zusammen. »Eden, du hast inzwischen sehr gute Fortschritte gemacht. Deshalb dachte ich, wir schauen heute Mal, wie du mit einem neuen Sparringpartner zurechtkommst.«

Ich warf Kane einen raschen Blick zu. Wut schimmerte in seinen Augen. Allerdings schien sich diese nunmehr gegen Lawrence zu richten. Er hatte also nicht um diese Übung gebeten.

Das erleichterte mich, denn es bedeutete auch, dass Kane mich nicht fallen gelassen hatte. Noch nicht jedenfalls …

»Wie sieht's mit dir aus, Meg?«, fragte Lawrence gut gelaunt.

Sie schnaubte. »Ist das dein Ernst? Ich würde sie innerhalb von zwei Sekunden k. o. schlagen.«

Oh, da unterschätzte die Gute mich aber. Entschlossen reckte ich mein Kinn vor. »Ich krieg das schon hin.«

Zumindest länger als zwei Sekunden.

Meghan musterte mich zweifelnd. »Bist du sicher? Ich will dir nicht wehtun.«

Zu meiner Überraschung glaubte ich ihr, auch wenn sie sich mir gegenüber nicht gerade von ihrer herzlichen Seite gezeigt hatte. Ich nickte. »Versuchen wir es.«

Lennox klatschte in die Hände. »Bitchfight.«

Belustigt trat Tori ihm gegen das Schienbein, Aaron hingegen brummte unzufrieden.

»Dann los«, sagte Lawrence und schenkte mir ein ermutigendes Lächeln, während alle außer Meghan und mir an die Seite gingen. »Schauen wir mal, wie weit du bist.«

Aufregung durchströmte mich, und ich rieb mir die feuchten Hände am Stoff meiner Trainingshose ab, ehe ich eine geduckte Haltung einnahm.

Zu meinem Erstaunen griff Meghan jedoch nicht sofort an, sondern begann ihre Attacken mit kontrollierten, langsamen Bewegungen, bis unsere Muskeln gelockert waren. Erst dann erhöhte sie nach und nach das Tempo. Ich blockte die Schläge mit den Unterarmen ab und wich ihren Tritten rechtzeitig aus, wie Kane es mir gezeigt hatte.

Ich will ja nicht angeben, aber das gelang mir tatsächlich ziemlich gut, und ich hielt deutlich länger durch als zwei Sekunden.

»Du machst das super, Eden.« Tori klatschte in die Hände, wie ich es früher als Cheerleaderin gemacht hatte. »Jetzt greif auch mal an!«

Das war der Teil, der mir immer noch schwerfiel. Ich fühlte mich einfach nicht gut dabei, auf jemanden mit der Absicht loszugehen, ihm zu schaden. Auch wenn es sich hier nur um ein harmloses Training handelte.

Wobei, ganz so harmlos war es nicht, wenn ich mir Meghans verkniffene Miene so ansah.

»Komm schon, Eden! Stell dir vor, sie wäre eine Rogue und trachtet nach deinem Licht«, rief Lennox, der mit den Händen ein Sprachrohr formte.

Tori kicherte. Unter anderen Umständen hätte ich das vielleicht auch lustig gefunden. Aber Meghan war keineswegs zu Späßen aufgelegt. Stattdessen begann sie damit, verschiedene Kombinationen auszuführen. Schneller, immer schneller platzierte sie Uppercuts, Punches und Kicks, und ich geriet zunehmend in Bedrängnis.

»Mach es auf deine Weise, Eden«, rief Aaron mir zu.

Erst verstand ich nicht, was er damit meinte. Doch dann erinnerte ich mich wieder daran, wie ich mit dem Rogue in dem Käfig eingesperrt war. Ich hatte mich ganz auf meinen Körper verlassen, und dasselbe tat ich jetzt auch. Als Meghan erneut ausholte, machte ich einen Flickflack zur Seite, um den Abstand zwischen uns zu vergrößern.

Meghan, die damit nicht gerechnet hatte, verlor kurz das Gleichgewicht. Das war genau die Zeit, die ich brauchte, um auch mal einen Angriff auszuführen. Ich wirbelte herum und schwang mein Bein in der Annahme, dass sie mir ausweichen oder meinen Fuß abblocken würde. Doch das tat sie nicht, weshalb ich sie mit voller Wucht am Kiefer traf.

Ihr Kopf flog zur Seite, und sie stolperte mehrere Schritte zurück.

Ryanne schrie auf, während ich bestürzt innehielt.

»O Gott, Meghan. Es tut mir ...«

Meine Entschuldigung blieb mir im Hals stecken, als ich den mörderischen Ausdruck auf Meghans Gesicht sah. Ein Lichtstab glühte in ihren Händen auf, und bevor ich kapierte, was sie da tat, holte sie aus, um mir mit dem Ding eins überzubraten.

Reflexartig schnellte mein Arm nach oben, und ich packte den Stab. Eigentlich erwartete ich, dass er in meiner Hand verglühen würde, genau wie Aaron es mir erklärt hatte. Aber ich konnte ihn fühlen. Er hatte kein Gewicht. Doch da war diese knisternde Energie, die ich auch bei Lennox' Flügel gespürt hatte.

Probehalber verstärkte ich meinen Griff und drückte den Stab von meinem Körper weg. Meghan, die noch immer das andere Ende festhielt, gab einen erstickten Laut von sich. Dann ließ sie den Stab los.

Eine unheimliche Stille breitete sich auf der Wiese aus, während wir alle die Luft anhielten und darauf warteten, dass der Stab sich auflöste.

Sekunden verstrichen. Die Zeit schien sich ewig auszudehnen. Doch Meghans Lichtstab leuchtete mit unermüdlicher Kraft weiter.

Vorsichtig schwenkte ich ihn hin und her, spürte seinen Widerstand in der Luft. Anschließend streckte ich die andere Hand aus, nahm den Stab in der Mitte und ließ ihn in meine freie Hand fallen. Ziemlich faszinierend, wenn man bedachte, dass das Teil eigentlich kein Gewicht besaß, das zur Erde hätte hingezogen werden können. Was wohl der gute, alte Newton dazu sagen würde?

»Was zum Teufel …?«, fluchte Lennox, um seiner Überraschung gebührend Ausdruck zu verleihen.

Langsam drehte ich den Kopf. Alle starrten auf Meghans Lichtstab in meiner Hand, und doch schien niemand glauben zu können, was er da gerade sah.

»Ich dachte, das wäre nicht möglich«, sagte ich nervös und stellte den Stab neben mir auf dem Boden ab. Wahrscheinlich sah ich aus wie Gandalf.

Lawrence kam zu mir und öffnete die Hand. »Kannst du ihn mir geben?«

Da ich keine Ahnung hatte, was ich konnte, hielt ich ihm wortlos den Stab entgegen. Lawrence packte ihn, doch als ich losließ, glühte der Lichtstab kurz auf und verschwand.

»Krass«, stieß Lennox aus.

Tori quietschte. »O mein Gott, Eden! Ich glaube, du hast gerade deine Gabe gefunden.«

Es sah ganz danach aus. Aufregung durchzuckte mich, als mir klar wurde, dass ich mein Ziel erreicht hatte. Das hier war der Beweis, den Una gefordert hatte. Endlich würde sie Dad helfen.

Mein Blick huschte zu Kane. Er war aschfahl geworden, und in seinen Augen schimmerte blankes Entsetzen. Wie erstarrt stand er da, während alle anderen auf mich zustürzten.

Aaron ließ einen Speer in seiner Hand erscheinen. »Nimm ihn.«

Zögernd ergriff ich den Lichtspeer. Auch bei ihm spürte ich eine knisternde Energie, aber kein Gewicht. »Und jetzt?«

Er nickte mir lächelnd zu. »Wirf ihn, so weit du kannst.«

Mit dem Speer in der Hand drehte ich mich um, holte aus und schleuderte ihn ein paar Meter weit von mir. Er flog in einem Bogen über das Gras und blieb schließlich in der Erde stecken, wo er verglühte.

»Eden?«, rief Lawrence.

Ich hatte mich kaum umgedreht, da sauste auch schon eine seiner

Lichtkugeln auf mich zu. Erschrocken fing ich sie auf. Das klappte also auch.

»Irre!« Lennox sprang auf mich zu, riss mir die Kugel aus den Händen, die bei ihm jedoch sofort verglühte, und ließ seine Flügel erscheinen. »Jetzt ich!«

Mit einem Anflug von Panik wich ich zurück. »Ich weiß gar nicht, was ich machen soll.«

Er breitete seine Lichtflügel aus. »Berühr einfach die Federn und stell dir vor, du könntest fliegen.«

Zögerlich streckte ich die Hand aus und folgte seiner Anweisung. Sobald ich seinen linken Flügel berührte, schoss ein Kribbeln meinen Arm hinauf, und ich spürte einen Druck am Rücken.

Ich schrie auf, als mich eine unsichtbare Kraft nach hinten zog.

»Sie sieht aus wie ein Engel«, sagte Aaron voller Ehrfurcht – während ich vollkommen die Kontrolle über meinen Körper verlor. Ich ruderte mit den Armen, um auf den Füßen zu bleiben. Doch gleichzeitig bewegten sich auch meine Lichtflügel, weshalb ich mit Schwung auf dem Hintern landete.

Meghan schien ihre Wut auf mich inzwischen verwunden zu haben, denn sie kicherte schadenfroh. »Ein ziemlich tollpatschiger Engel, wenn du mich fragst.«

»Wie kriege ich die wieder weg?«, rief ich und kämpfte gegen den Widerstand an, der mich unentwegt nach hinten zog. Ich konnte nicht verhindern, dass ich ein paar Mal vom Boden abhob und gleich darauf hart aufkam. Grundgütiger! »Lennox?«

»Äh ... du musst sie mit deinen Gedanken kontrollieren. Sie lösen sich auf, wenn du es willst.«

Ich kniff die Lider zusammen und tat, was er verlangte.

Löst euch auf! Löst euch auf! Löst euch auf!

Endlich ließ der Druck zwischen meinen Schulterblättern nach, und ich hüpfte nicht länger wie ein außer Kontrolle geratener Flummi über die Wiese. Keuchend stand ich auf und kehrte auf wackeligen Beinen zur Gruppe zurück. »Das mache ich nie wieder.«

Lennox warf den Kopf in den Nacken und lachte. »Du änderst deine Meinung, sobald du in den Wolken bist.«

Allein bei der Vorstellung drehte sich mir der Magen um.

»Ich bin dran«, rief Tori fröhlich und ergriff meine Hände. »Kannst du dich unsichtbar machen?«

Langsam kam ich mir vor wie eine Laborratte. Aber das war völlig okay. Schließlich wollte ich ja auch wissen, was ich alles konnte. Also versuchte ich als Nächstes, mich aufzulösen. Diesmal ohne Erfolg. »Es klappt nicht.«

»Und jetzt?« Tori verschwand vor meinen Augen. »Stell dir vor, um dich herum flimmern Milliarden winziger Lichtpartikel. Ich bin eine Licht*brecherin*. Das heißt, ich kann diese Partikel kontrollieren. Ich löse mich nicht wirklich auf, sondern hülle mich darin ein wie in einen Kokon.«

Es war ein bisschen seltsam, mit ihr zu reden, obwohl ich sie nicht sehen konnte. Dafür spürte ich das Knistern nun an den Stellen, an denen sie mich berührte. Ich konzentrierte mich auf die geheimnisvolle Energie und versuchte, sie auf mich zu übertragen, wie sie gesagt hatte. Aber ich war so erledigt, dass ich es einfach nicht hinbekam.

»Tut mir leid. Es geht nicht«, sagte ich und ließ die Hände sinken.

Tori wurde wieder sichtbar und lächelte mich ermutigend an. »Das erfordert auch sehr viel Übung. Ich habe Jahre dafür gebraucht. Wir probieren es einfach später noch mal.«

Aaron legte den Kopf schief, als würde er nachdenken. »Wie nennen wir dich denn?«

Ryanne, die zum Glück nicht auch noch anbot, mich mit Lichtgeschwindigkeit über die Wiese zu scheuchen, schürzte die Lippen. »Ich würde sagen, sie ist eine Lichtwandlerin.«

»Aber ich wandle doch gar nichts um«, widersprach ich, weil ich mich ja vielmehr der Fähigkeiten anderer bediente.

Meghan verschränkte die Arme. »Eigentlich ist sie eher eine Lichtdiebin.«

Ich wollte mich ja nicht beklagen, aber auf diesen Ruf war ich nun wirklich nicht scharf. Ich warf ihr einen unzufriedenen Blick zu. »Ich stehle nicht.«

»Tja, also eigentlich wissen wir das gar nicht so genau«, schaltete Aaron sich ein, ließ einen Speer erscheinen und reichte ihn mir. »Hier.«

Ein bisschen ängstlich nahm ich ihn an mich und betete im Stillen, dass Aaron dadurch nicht wirklich seine Gabe verlor. Als ein weiterer Speer in seiner Hand auftauchte, lächelte er.

»Siehst du? Nichts passiert.«

Ich atmete erleichtert auf. Nicht zu fassen, dass ich das wahrscheinlich schon die ganze Zeit über hätte tun können. All meine Zweifel wären überhaupt nicht nötig gewesen, wenn ich schon eher nach einem von Aarons Speeren gegriffen hätte.

»Überlegt mal, was das bedeutet.« Tori strahlte über das ganze Gesicht. »Eden kann *jede* unserer Waffen spiegeln, wenn sie sie berührt.«

»Also, ist sie eine Lichtspieglerin«, meinte Lennox und grinste breit.

Ryanne runzelte die Stirn. »Dieses Wort gibt es doch gar nicht.«

Das interessierte Lennox nicht die Bohne. »Ich find's trotzdem cool.«

»Ich auch«, stimmte Tori ihm begeistert zu.

»Damit dürften wohl alle Zweifel ausgeräumt sein. Eden gehört von nun an zu uns.« Aaron zwinkerte mir zu. »Ich wusste, dass du es in dir hast.«

Ein Mix aus Euphorie und Erleichterung überwältigte mich. Ich hatte es tatsächlich geschafft. Wahnsinn!

Meine Aufmerksamkeit wanderte von meinen Freunden zu Meghan und Ryanne, die zu meiner Überraschung gar nicht mehr so feindselig wirkten, weiter zu Lawrence, der gedankenversunken nickte, und blieb schließlich bei Kane hängen.

Aaron ließ einen neuen Lichtspeer auflodern und hielt ihn mir entgegen.

Ich biss mir auf die Unterlippe und nahm ihm dann den Stab ab. Die Bewegung fühlte sich völlig natürlich an. Meine Finger, die den Mittelteil umschlossen, kribbelten, als würde Strom durch sie hindurchfließen. Es war pure Energie. Demonstrativ schwenkte ich die Lichtwaffe hin und her.

Una schnappte nach Luft. »Sie kann Aarons Speere führen?«

»Nicht nur die«, antwortete Tori aufgeregt. »Auch die Waffen aller anderen. Vorhin hat sie sogar Lennox' Flügel gespiegelt. Mit etwas Übung wird sie bestimmt auch bald fliegen können.«

Ich fand den Gedanken immer noch ein wenig unheimlich. Was mich aber durchaus amüsierte, war Unas Gesichtsausdruck.

Regelrecht schockiert stützte sie sich auf dem Konferenztisch ab. »Das ... das ist gut.«

»Das heißt, Sie helfen jetzt meinem Vater, wie Sie es versprochen haben?«, erinnerte ich sie an unseren Deal und stellte den Speer beiseite, woraufhin dieser verglühte.

Una und Lawrence tauschten einen raschen Blick.

»Natürlich«, sagte sie dann und richtete sich wieder auf. »Das hatten wir schließlich vereinbart. Ruf ihn an und lade ihn ein. Er ist herzlich willkommen. Lawrence wird alles in die Wege leiten, damit er sich hier wohlfühlt.«

»Ich dachte, es wäre besser, wenn ich ihn persönlich abhole. Er tut sich schwer mit Reisen und Veränderungen im Allgemeinen.«

Una dachte einen Moment darüber nach. »In Ordnung. Gib mir Bescheid, sobald du mit deinem Vater gesprochen hast, dann werden dich Tori und die anderen nach San Francisco begleiten, damit du nicht allein fahren musst.«

Ich wusste ihr Angebot zu schätzen, zumal ich mich selbst auch sicherer mit meinen Freunden fühlte. »Okay, danke.«

Gott, ich hoffte wirklich, dass ich Dad diesmal erreichte. Ich wollte mir gerade eine ruhige Ecke zum Telefonieren suchen, als Una mich noch einmal aufhielt.

»Eine Sache noch, Eden«, sagte sie und musterte mich abwägend. »Sobald wir wissen, wie wir deinem Vater helfen können, werden wir auch über deine Zukunft sprechen müssen.«

Mir rutschte das Herz in die Hose, obwohl mir längst klar war, dass eine Therapie an weitere Bedingungen geknüpft war. Una hatte es selbst gesagt. Die Ressourcen der Allianz waren knapp, und damit war nicht das Kapital gemeint. Genau genommen brauchten sie jeden Phönixkrieger, den sie hatten – und ich war nun eine von ihnen.

***

Mit einem Schrei wirbelte ich herum und parierte mit dem Lichtspeer in meiner Hand eine Attacke von Aaron. Er verhakte unsere Speere miteinander und drängte mich ein Stück zurück. Doch ich drehte mich weg und brachte wieder Abstand zwischen uns.

»Sehr gut«, lobte er mich. Schweiß glänzte auf seiner Stirn, und seine Brust hob und senkte sich vor Anstrengung. »Genug für heute?«

Ich schüttelte den Kopf. »Nein, mach weiter.«

Aaron zögerte. »Vielleicht sollten wir es etwas langsamer angehen. Wir trainieren jetzt schon seit Stunden.«

Stimmt, das taten wir. Aber ich wollte nicht aufhören. Ich hatte jetzt meine Gabe gefunden – und da ich meinen Vater immer noch nicht erreicht hatte, brauchte ich dringend etwas, um mich abzulenken.

Zwei Tage waren vergangen, seit Una sich endlich einverstanden erklärt hatte, Dad zu helfen. Doch er meldete sich einfach nicht, und inzwischen machte ich mir wirklich Sorgen.

Unter anderen Umständen hätte ich meine Freunde längst gebeten, mit mir zusammen nach San Francisco zu fahren und ihn persönlich abzuholen. Aber erstens wollte ich Dad nicht wieder überfallen, und zweitens wollte ich nicht gehen, ohne mich mit Kane auszusprechen. Unser Streit belastete mich mit jedem Tag mehr, und ... na ja ... ich vermisste ihn.

Eigentlich hatte ich die Sache zwischen uns direkt nach dem Gespräch mit Una aus der Welt schaffen wollen und überall nach ihm gesucht. Doch er war nicht auffindbar. Erst später hatte ich von Tori erfahren, dass er Naruto, einen älteren Phönixkrieger, der Lichtdolche erschaffen konnte, auf eine Jagd nach Arizona begleitete. Er war einfach so gegangen, ohne sich zu verabschieden.

»Eden?«, fragte Aaron und ließ seinen Speer verglühen. »Alles okay?«

»Mir geht's gut.« Ich wollte die Hand heben, um mich für die nächste Runde bereit zu machen. Doch die knisternde Energie in meiner Hand war verschwunden und mein Speer verglüht. Seufzend ließ ich meine verspannten Schultern sinken. »Du hast recht. Das reicht für heute.«

Es war ohnehin schon fast dunkel, und das wollte wirklich was heißen angesichts der Tatsache, dass die Dämmerung erst nach acht Uhr abends einsetzte.

Aaron wirkte erleichtert. »Hast du Lust noch etwas trinken gehen? Am Owens Lake gibt es ein nettes Restaurant. Ist nicht weit von hier.«

Mit einem entschuldigenden Lächeln schüttelte ich den Kopf. »Sei mir nicht böse, aber ich bin wirklich erledigt. Außerdem will ich noch einmal versuchen, meinen Vater anzurufen.«

Das entsprach zwar der Wahrheit, aber wir wussten trotzdem beide, dass es nur eine Ausrede war. Allerdings war mir das lieber, als Aaron auf den Kopf zuzusagen, dass mir der Gedanke nicht ganz behagte, mit ihm allein etwas zu unternehmen. Denn da war immer noch diese Hoffnung in seinen blauen Augen, die in diesem Moment durch Enttäuschung ersetzt wurde.

»Wir treffen uns morgen zum Frühstück, ja?«, sagte ich schnell, weil ich mich nun doch ein bisschen schlecht fühlte. Er war so hilfsbereit gewesen in den letzten Tagen und hatte nicht eine Sekunde gezögert, als ich ihn gebeten hatte, mit mir zu trainieren. An den letzten beiden Abenden hatte er sogar Tori und Lennox versetzt, um mir zu zeigen, wie ich den Speer am effektivsten nutzen konnte.

Seine Mundwinkel hoben sich, doch glücklich sah er nicht aus. »Klar.« Aaron begleitete mich noch bis zu meinem Zimmer. Dort hielt er noch einmal inne. »Du lernst wirklich schnell.«

»Danke.« Ich lächelte müde. »Dann bis morgen.«

»Gute Nacht, Eden.«

Ich schlüpfte in mein Zimmer und zog als Erstes mein Handy hervor. Anschließend rief ich Dad unter jeder Nummer an, die er mir inzwischen gegeben hatte. Aber wieder hatte ich keinen Erfolg. Auch in meinem Posteingang gab es keine Nachricht von ihm.

Ich beschloss, noch einen Tag zu warten. Wenn er sich dann immer noch nicht gemeldet hatte, würde ich ohne Ankündigung nach San Francisco fahren. Dann musste ich eben in Kauf nehmen, dass er sich aufregte.

Nach einer ausgiebigen Dusche fiel ich erschöpft auf mein Bett. Mir tat jeder Knochen im Leib weh, und ich fühlte mich total ausgelaugt. Trotzdem kamen meine Gedanken einfach nicht zur Ruhe.

Ich machte mir Sorgen um Kane. Natürlich war mir klar, dass er ein erstklassiger Kämpfer war und ich sehr wahrscheinlich überreagierte. Aber was, wenn er und Naruto in einen Hinterhalt gerieten? Was, wenn er sich erneut verletzte? Würde er sich im Notfall dazu überwinden können, seine Kräfte einzusetzen?

Ich hatte immer noch keine Vorstellung davon, welche Fähigkeiten er besaß. Alle redeten immer nur davon, dass er sein Potenzial nicht ausschöpfte und dass ich es mit eigenen Augen sehen müsste. Nun wünschte ich mir, ich hätte ihn wenigstens gefragt, anstatt ihn mit seinen schlimmsten Ängsten zu konfrontieren.

Dass ich derart unsensibel war, passte eigentlich überhaupt nicht zu mir. Eigentlich hatte ich mir immer eingebildet, recht gute Antennen für die Sorgen meines Gegenübers zu haben. Aber dass Kane es derart kategorisch abgelehnt hatte, sich in Elijahs Schicksal hineinzufühlen, hatte mich so wütend gemacht, dass ich schlichtweg die Kontrolle verloren hatte.

Ich verstand einfach nicht, warum sich alle so sehr dagegen auflehnten. Ich bestritt ja gar nicht, dass Elijah unfassbar grausame Dinge getan hatte und dass auch die Rogues skrupellose Lichträuber waren, die unbedingt aufgehalten werden mussten. Aber war denn ein wenig Mitgefühl zu viel verlangt?

Nicht zum ersten Mal dachte ich an den Todesschrei des Rogues, den Aaron in Unas Lichtkäfig besiegt hatte. Ich war nach wie vor überzeugt davon, dass Wesen, die rein gar nichts fühlten, niemals derart gequälte Laute von sich geben konnten. Allerdings war es ziemlich offensichtlich, dass ich mit meiner Meinung allein dastand. An jenem Tag hatten gut dreißig Leute um uns herum gestanden. Und nicht einer hatte auch nur mit der Wimper gezuckt. Stattdessen waren sie zufrieden gewesen, weil nun ein Feind weniger auf dieser Welt wandelte. Keiner von ihnen hatte gehört, was ich hörte. Keiner hatte das Leid gesehen, das diesen Rogue erfüllte. Unwillkürlich frage ich mich, ob sie es nicht konnten oder einfach nicht wahrhaben wollten. Hatten sie wirklich alles versucht, um die Rogues zu retten?

Erneut dachte ich an die Feder, die ich in meinem Traum gesehen hatte. Vielleicht erschuf sie tatsächlich nur einen weiteren Phönixkrieger. Aber was, wenn sie wirklich in der Lage war, den Phönix wiederzuerwecken? Vielleicht war diese Feder der Schlüssel zur Heilung der Rogues? Aber wenn der Phönix dazu fähig war, Rogues zu heilen, warum hatte er das nicht schon vor hundert Jahren getan? Klammerte ich mich hier an eine törichte Hoffnung oder waren es damals einfach zu viele gewesen? Die Kräfte des Phönix waren schließlich nicht unerschöpflich. Möglicherweise hatte er die Phönixkrieger in diesem Kampf für wichtiger gehalten.

Im Archiv hatte ich einige Texte darüber gelesen, wie die Rogues zu jener Zeit die Gegend um Glorypeak überrannt hatten. Die Menschen waren ihnen schutzlos ausgeliefert gewesen. Insofern war es damals wohl tatsächlich die bessere Strategie gewesen, den Unschuldigen tapfere Wächter an die Seite zu stellen. Aber jetzt waren die Rogue-Horden wesentlich kleiner. Sie konnten besiegt werden.

Nur, musste man sie dafür wirklich töten?

Die Phönixkrieger waren davon überzeugt.

Ich allerdings nicht. Ich war fest entschlossen, ihnen zu beweisen, dass Rogues immer noch fühlen konnten. Und wer fühlen konnte, besaß auch eine Seele.

Nachdenklich biss ich mir auf die Unterlippe. Una hatte mich noch nicht wieder darauf angesprochen, wie ich mir meine Zukunft in der Allianz vorstellte. Aber mir war klar, dass sie mich am liebsten mit auf die Jagd schicken wollte. Bisher hatte ich dies kategorisch abgelehnt.

Vielleicht war das ein Fehler.

Ich konnte jetzt die Waffen anderer nutzen. Aber wer sagte denn, dass ich sie einsetzen musste, um Rogues zu töten? Genauso gut könnte ich sie nutzen, um den anderen zu zeigen, was ich sah. Und wenn mir das gelang, könnte ich sie vielleicht auch überzeugen, nach der Feder zu suchen.

Die Idee setzte sich in meinem Kopf fest und ließ mich die gesamte Nacht nicht mehr los. Da ich sowieso nicht schlafen konnte, schlich ich mich erneut ins Archiv und suchte nach Hinweisen, die meine Theorie stützen könnten. Leider fand ich nur Berichte darüber, wie immer mehr Menschen aus Glorypeak spurlos verschwanden, bis die einst so lebhafte Stadt nur noch ein Schatten ihrer selbst war.

Als ich mich am nächsten Morgen auf dem Weg zum Café machte, war ich todmüde. Gleichzeitig pulsierte eine wilde Entschlossenheit in mir. Ich war fast da, als ich eine Nachricht von Tori erhielt. Sie schrieb, dass sie sich verspätete, weil Una das Team in die Kommandozentrale beordert hatte, um den nächsten Einsatz zu besprechen.

Von wegen.

Ruckartig änderte ich die Richtung und platzte wenig später in die Teambesprechung.

Tori, Lennox und Aaron standen neben Una und blickten auf den Monitor, während Lawrence und Fergusson die Kontrolleinheiten besetzten. Sie alle drehten sich zu mir um.

»Was gibt es, Eden?«, fragte Una in ihrer typisch geschäftigen Art.

Ich hob das Kinn. »Ich wollte wissen, worum es bei diesem Einsatz geht.«

Bisher hatte ich es noch nicht oft erlebt, dass Una überrascht war. Doch ihrem verdutzten Gesichtsausdruck nach hatte ich dieses Kunststück zweifellos vollbracht. Allerdings hatte sie sich schnell wieder im Griff.

Sie verschränkte die Arme hinter dem Rücken. »Wir haben gerade einen Funkspruch abgefangen. Der Sheriff oben in Lone Pine hat vor einer Stunde eine junge Frau festgenommen, die sich verdächtig verhält.«

Mein Blick wanderte zu der Karte, auf der die Umgebung herangezoomt war. Ich konnte nicht erkennen, wo sich die anderen Teams befanden und wie der aktuelle Status war. Das bereitete mir immer noch etwas Sorge. Doch dann bemerkte ich den Maßstab und runzelte die Stirn. »Das ist ja gerade mal zwanzig Meilen von hier entfernt.«

Fergusson, der wie üblich Cowboystiefel, ein kariertes Hemd und eine Lederweste trug, nickte. »Normalerweise treiben sie sich eher in Großstädten rum.«

»Geht der Sache am besten gleich nach«, sagte Una zu meinen Freunden.

Ich trat einen Schritt vor. »Ich möchte mitfahren.«

Una zog eine Braue hoch, während Tori nach Luft schnappte.

»Was?«, rief meine Freundin aus. »Aber ich dachte, du willst keine Rogues jagen.«

Stimmt, das wollte ich nicht. Ich wollte sie *retten*.

Allerdings hätten die anderen mich für verrückt erklärt, wenn ich diesen Gedanken laut ausgesprochen hätte. Deshalb zuckte ich nur mit den Schultern. »Hab's mir anders überlegt.«

Tori wurde rot. »Aber Kane hat gesagt, du bist noch nicht so weit.«

So? Hatte er das?

»So ein Quatsch!«, widersprach Aaron. »Du hast Eden doch kämpfen sehen. Sie ist auf jeden Fall in der Lage, sich zu verteidigen.«

»Das denke ich auch.« Lawrence lächelte mich mit seiner unerschütterlichen Zuversicht an. Doch dann wurde sein Gesicht von Sorge überschattet. »Aber wenn Kane Bedenken hat, sollten wir das ernst nehmen.«

Empörung braute sich in mir zusammen. Kane mochte vielleicht denken, dass ich eine blutige Anfängerin war. Aber ich hatte verdammt hart trainiert. Die unzähligen Flecken, die meinen Körper in den schillerndsten Rot-, Grün- und Blaufärbungen zierten, bewiesen das. Und das wüsste er auch, wenn er nicht einfach abgehauen wäre. Ich wollte die anderen gerade darauf hinweisen, doch Tori kam mir zuvor.

»Du musst das nicht tun, Eden«, sagte sie und warf mir einen flehenden Blick zu. »Niemand macht dir einen Vorwurf, wenn du dich dieser Aufgabe noch nicht gewachsen fühlst.«

Ich unterdrückte ein Schnauben. So, wie sie das sagte, hörte es sich an, als wäre ich ein zartes Pflänzchen.

Aaron verdrehte die Augen. »Die Verdächtige sitzt bereits hinter Gittern.«

Lennox nickte zustimmend. »Noch einfacher geht es eigentlich kaum.«

»Trotzdem wäre es vielleicht besser, wenn wir den Job allein erledigen«, widersprach Tori. Sie konnte mich nicht mal ansehen.

Irgendwas entging mir hier.

Genervt warf Aaron die Hände in die Luft. »Eden ist doch kein kleines Kind mehr.«

Schön, dass es jemandem aufgefallen war.

»Das hat auch niemand gesagt«, mischte Lawrence sich in beschwichtigendem Tonfall ein.

Doch Aaron beachtete ihn gar nicht. Seufzend fuhr er sich durch die Haare. »Ich weiß, du hältst viel von deinem Bruder, Tor. Das tue ich auch. Aber er hat nun mal nicht in allem recht.« Voller Entschlossenheit und mit seinem hellsten Strahlen – und das war durchaus wörtlich zu nehmen – lächelte Aaron mich an. »Du wärst uns sicher eine Hilfe.«

Sein Vertrauen berührte mich. Das konnte ich nicht leugnen. Ich warf ihm einen dankbaren Blick zu, bevor ich mich in der Runde umsah. »Ich könnte euch wenigstens den Rücken freihalten.«

»Das denke ich auch«, sagte Fergusson. »Schwimmen lernt man am besten im Wasser.«

Was für eine bahnbrechende Erkenntnis.

Ich wandte mich an Una. »Ich will mitfahren.«

»Eden ...«, setzte Tori an, doch ich ließ sie gar nicht ausreden.

»Ich weiß deine Sorge zu schätzen, Tori. Aber Aaron hat recht. Ich kann helfen – und das möchte ich auch.«

Toris Armbanduhr piepte, und sie warf einen kurzen Blick darauf. Dann seufzte sie. »Also gut. Vorher hätte ich nur eine Bitte.«

»Und die wäre?«, fragte ich irritiert.

Ihre Augen blitzten gefährlich. »Du sagst es meinem Bruder.«

Ich stieß ein ungläubiges Lachen aus. »Ich werde bestimmt nicht warten, bis Kane aus Arizona zurückkehrt.«

»Das musst du auch nicht.« Sie verschränkte die Arme. »Er ist gerade angekommen.«

27

KANE

Angespannt starrte ich auf das zerfallene Bauwerk vor mir und musterte die Stelle, an der ich vor meiner überstürzten Abreise regelmäßig mit Eden zusammengesessen hatte. Früher war die Ruine mein Ruhepol gewesen. Jetzt sah ich Eden neben mir auf der Mauer sitzen. Mit diesem schüchternen Lächeln auf den Lippen und diesen großen Augen, in denen ich am liebsten versinken wollte.

Eigentlich hatte ich gehofft, dass mir der Abstand guttun würde, nachdem mein Plan, Eden von der Suche nach ihrer Gabe abzulenken, kolossal fehlgeschlagen war. Aber es hatte rein gar nichts gebracht. Ich hätte mir den Trip nach Arizona ebenso gut schenken können – zumal sich der Verdächtige nicht als Rogue, sondern einfach nur als aggressives Arschloch entpuppt hatte. Auch nach drei Tagen brodelte in mir immer noch diese Wut auf mich selbst, weil ich es nicht hatte verhindern können, dass Eden ihre Gabe fand, gewürzt mit Angst, weil ich genau wusste, was als Nächstes passieren würde.

Eden war eine gute Kämpferin, und mit dieser universellen Gabe standen ihr alle Möglichkeiten offen. Es war egal, wie lange sie es hinauszögerte, früher oder später würde sie anfangen, Rogues zu töten. Weil Phönixkrieger nun mal dazu bestimmt waren. Aber Eden war nicht mit dieser Aufgabe aufgewachsen. Sie hatte nicht erlebt, wozu Rogues fähig waren. Sie sah immer noch Menschen in ihnen. Verflucht noch mal! Sie hatte ja sogar Mitgefühl für Wheeler empfunden.

Sie würde an der Schuld zerbrechen.

Wenn sie nicht schon vorher draufging, weil sie im falschen Moment zögerte.

Allein der Gedanke schnürte mir dermaßen die Kehle zu, dass ich das Gefühl hatte zu ersticken.

Nur am Rande bekam ich mit, wie hinter mir ein paar Zweige knackten. Als ich mich umdrehte, war ich nicht überrascht, Eden zu sehen. Sie war die Einzige, die überhaupt wusste, dass ich hierherkam. Nicht einmal meine Schwester kannte meine Vorliebe für diesen Ort. Ich hatte es all die Jahre vor ihr geheim gehalten, weil ich hin und wieder einen Platz brauchte, der nur mir gehörte. Vielleicht war es ein Fehler gewesen, ihn mit Eden zu teilen. Andererseits hatte ich inzwischen so viele Fehler gemacht, da fiel einer mehr oder weniger vermutlich auch nicht mehr ins Gewicht.

Nervös kämmte sie sich eine Haarsträhne hinters Ohr, die sich aus ihrem hochgeflochtenen Zopf gelöst hatte. »Du bist zurück.«

Meine Mundwinkel hoben sich zu einem zynischen Grinsen. »Hast du mich etwa vermisst, Blümchen?«

»Ja«, sagte sie schlicht, woraufhin mein verdammtes Herz beinahe aussetzte, weil ich nicht mit dieser Antwort gerechnet hatte.

Ich verschränkte die Arme. »Tja, das ist eine Überraschung. Ich dachte, du warst zu beschäftigt damit, deine neue Gabe auszutesten.«

Tori hatte mir geschrieben, dass Eden wie eine Besessene trainierte, seit ich fort war, und dass sie sehr unglücklich war, weil sie ihren Vater nicht erreichen konnte. Sie hatte immer noch keine Ahnung, dass er verschwunden war. Und natürlich hatte Una es ihr weiterhin verschwiegen. Wahrscheinlich hoffte sie, dass Anthony aus freien Stücken aus seinem Versteck krabbelte, sobald Eden ihn einlud.

Ich sollte es ihr sagen. Aber wenn ich das tat, würde Eden alles stehen und liegen lassen, um nach ihrem Vater zu suchen.

»Was ich in jener Nacht im Archiv gesagt habe, tut mir leid, Kane«, unterbrach sie die Stille zwischen uns. »Ich wollte dich mit meinem Kommentar nicht verletzen.«

Das hatte sie aber – und zwar nicht zu knapp. Weil sie recht hatte. Ich hatte Angst vor mir selbst. Dennoch zuckte ich gleichmütig mit den Schultern. »Vergiss es einfach.«

Sie schüttelte den Kopf. »Das kann ich aber nicht.«

Genervt verdrehte ich die Augen. »Mach kein Drama draus, okay? So schlimm war es nun auch wieder nicht.«

Eden runzelte die Stirn. »Ich hatte gehofft, du hättest dein abweisendes Verhalten inzwischen hinter dir gelassen.«

Tja, und ich hatte gehofft, sie würde ihre Gabe nicht finden. Offensichtlich bekamen wir beide nicht, was wir wollten.

»Bist du noch aus einem anderen Grund wütend auf mich?«, fragte Eden leise.

»Meine Laune hat nicht das Geringste mit dir zu tun.« Gott! Ich musste dringend weg von ihr, bevor meine mühsam aufrecht gehaltene Fassade endgültig zusammenbrach. »Wenn du mich jetzt entschuldigst.«

Ich hatte mich bereits abgewendet, um über die Mauer zu springen, als sie mir auch schon das Messer in den Rücken rammte. »Ich werde heute mit den anderen auf Mission gehen.«

Langsam drehte ich mich wieder um. »Wie bitte?«

»Es gibt eine Verdächtige in Lone Pine. Wir sollen sie überprüfen.«

»Wow.« Ich stieß ein schnaubendes Lachen aus. »Una hat wirklich keine Zeit verschwendet, was?«

Ihre Lider wurden schmal. »Es war meine Entscheidung.«

Hoffnung keimte in mir auf. »Dann kannst du sie auch wieder rückgängig machen.«

Ärger blitzte in ihren Augen auf. »Ich weiß, dass du denkst, ich wäre noch nicht bereit für diesen Kampf. Aber lass dich von meinem Mitgefühl für Elijah und seine Frau nicht täuschen. Mir ist durchaus klar, wer in diesem Krieg auf welcher Seite steht.«

»Ist das so?« Mit einem teuflischen Grinsen schlenderte ich auf sie zu. »Dann kannst du es also mit deinem Gewissen vereinbaren, einen Rogue zu töten?«

Sie zuckte zusammen.

Mehr musste ich nicht wissen. Ich schüttelte den Kopf. »Du wirst auf keinen Fall mitfahren.«

»Ich bitte dich nicht um Erlaubnis.« Resigniert ließ sie die Schultern sinken. »Ich bin nur hergekommen, um mich mit dir auszusprechen. Ich kann es nicht leiden, wenn diese Stimmung zwischen uns herrscht. Es fühlt sich … einfach falsch an.«

Ich wünschte, ich könnte behaupten, dass ich nicht wusste, wovon sie sprach. Aber leider stimmte das nicht, denn mir ging es genauso.

Jedes Mal, wenn ich unfreundlich zu ihr war, um den Raum zwischen uns zu vergrößern, fühlte ich mich danach nur noch beschissener, und ich bezweifelte, dass sich das ändern würde, nachdem wir nun mehrere Tage voller Frieden und Harmonie und Zuckerwatte miteinander verbracht hatten. Denn jetzt rang mein schlechtes Gewissen mit dem Bedürfnis, sie an mich zu ziehen und so lange festzuhalten, bis wir nicht mehr wussten, wo der eine endete und der andere begann.

Mein Gesichtsausdruck musste mich wohl verraten haben, denn unvermittelt nahmen Edens Wangen ein hinreißendes Rot an. Was mich aber am meisten schockierte, war die Tatsache, dass sie einen Schritt auf mich zumachte, als würde eine unbestimmte Kraft sie ebenfalls zu mir ziehen. Meine Handflächen kribbelten, weil ich sie so dringend berühren wollte.

»Kanneth.«

Die Zärtlichkeit, mit der sie meinen Namen aussprach, hallte in meinem Inneren nach, und mein Herz schlug schneller. Ich wusste, ich sollte mich umdrehen und gehen. Aber ich stand da wie ein Volltrottel und starrte sie an.

Als sich ihre Brust in einem tiefen Atemzug hob und senkte, wanderten meine Gedanken in eine Richtung, die rein gar nichts Tugendhaftes an sich hatten. Plötzlich ging es nicht mehr nur um Edens Schutz, sondern auch noch um mein egoistisches Verlangen nach ihr.

Verdammt noch mal, ich wollte sie endlich an mich ziehen und küssen und herausfinden, ob sie so gut schmeckte wie sie roch. Ich wollte sie gegen die Ruine hinter uns drücken und meine Hand unter ihr Top schieben, um zu fühlen, welche Reaktionen meine Berührungen bei ihr auslösten. Ich wollte …

Edens Handy schrillte so laut, dass wir beide ertappt zusammenzuckten. Hektisch tastete sie ihre Leggings ab, zog es aus einer Seitentasche und schaute aufs Display.

»Das ist Aaron«, informierte sie mich.

Perfektes Timing, Kumpel.

Ich versuchte, mich wieder unter Kontrolle zu kriegen, während Eden das Gespräch annahm und Aaron versicherte, dass sie rechtzeitig im Foyer sein würde. Als ich wieder einigermaßen klar im Kopf war, rieb ich mir frustriert über das Gesicht. »Sag ihm, dass ich mitkomme.«

***

Als wir eine Stunde später mit dem SUV die Orteinfahrt von Lone Pine passierten, war ich gelinde ausgedrückt kurz davor, die Wände hochzugehen. Ich hatte ein mieses Gefühl bei der Sache, und dass Aaron praktisch ohne Unterlass mit Eden flirtete und ihr Mut für die bevorstehende Konfrontation zusprach, trug nicht gerade dazu bei, dass ich mich beruhigte.

Zu meiner Überraschung war Tori ziemlich still – und Lennox hatte schon nichts mehr gesagt, seit wir zusammen in den Wagen gestiegen waren. Insgesamt also hervorragende Voraussetzungen für einen Teameinsatz.

Lone Pine war ein winziger Ort am Fuße des Mount Whitney. Die

Stadt hatte Mitte des zwanzigsten Jahrhunderts weltweit Berühmtheit erlangt, nachdem Hollywood die beeindruckende Kulisse unweit der Sierra Nevada für sich entdeckt und zahlreiche Western-Filme in der Umgebung gedreht hatte. Heute lebten die wenigen Einheimischen von den Touristen, die in die Gegend kamen, um die umliegenden Nationalparks und Wildschutzgebiete zu besuchen.

Inzwischen war es Mittag, und die Sonne brannte erbarmungslos vom wolkenlosen Himmel, weshalb sich die meisten Leute in die klimatisierten Gebäude oder ihre Trailer zurückgezogen hatten, die überall am Straßenrand standen.

Als ich zehn Minuten später den Wagen vor dem Polizeirevier parkte, überlegte ich kurz, wie gut meine Chancen standen, dass Eden im Wagen blieb, wenn ich es ihr als Einsatzleiter befahl. Ich schätzte, mies bis utopisch. Ein Blick in den Rückspiegel bestätigte meine Vermutung. Eden hatte sich bereits abgeschnallt und kletterte hinter Tori aus dem Wagen.

Seufzend stieg ich ebenfalls aus und ging auf die Eingangstür zu. Die anderen folgten mir ohne zu zögern in den offenen Raum. Der Tresen, an dem üblicherweise ein gelangweilter Cop hockte, um Beschwerden aufzunehmen oder anderen Papierkram zu erledigen, war unbesetzt. Dahinter standen zwei Schreibtische. Ein Computer war eingeschaltet, und in einer Tasse dampfte Kaffee vor sich hin. In der Ecke drehte sich ein Ventilator, dessen Rotorblätter genug Wind verursachten, um einige Blätter vom Aktenschrank auf den Boden zu wehen.

»Wo sind die alle?«, fragte Aaron und sah sich irritiert um.

Tja, das wüsste ich auch gern.

»Lennox«, sagte ich, ohne auf Aarons Frage einzugehen. »Check den Hintereingang.«

Sofort machte er sich auf den Weg. Normalerweise hätte ich Aaron mitgeschickt. Aber so wenig mir das auch gefiel, ich brauchte ihn in Edens Nähe, weil sie ihn brauchte. Als Nächstes schickte ich Tori in den hinteren Teil des Gebäudes, wo ich weitere Büros vermutete. Sie brach das Licht um sich herum und verschwand vor unseren Augen, ehe sie davonschlich.

Anschließend holte ich tief Luft und brüllte aus Leibeskräften. »Hallo? Ist jemand hier?«

Ich rechnete nicht wirklich mit einer Antwort. Deshalb ging ich direkt weiter in den Raum hinein und spähte durch eine Glasfront in das Büro des Sheriffs. Auch dort war niemand zu sehen. »Tja, keiner zu Hause. Überprüfen wir die Zellen.«

Wir setzten uns gerade in Bewegung, als hinter uns die Tür aufflog und ein hagerer Kerl mit einer Schachtel Donuts hereinkam. Sofort konzentrierte ich mich auf seine Aura. Sein Licht war klar erkennbar, und ich entspannte mich etwas.

Als er uns bemerkte, blieb er abrupt stehen. »Oh! Äh, hi. Ich bin Deputy Mitchell. Kann ich euch irgendwie helfen?«

Ich zog eine Braue hoch. Der Typ war höchstens Praktikant. »Sie könnten mir sagen, wo ich den Sheriff finde.«

»Das wäre wirklich sehr freundlich«, schob Eden hinterher und schenkte dem Deputy ein Lächeln.

Mitchell blinzelte überrascht. Er schien nicht oft von hübschen Frauen angelächelt zu werden. Trotzdem warf er deshalb nicht gleich alle Vorsicht über Bord. Ein Hauch von Skepsis schlich sich in seine Miene, während er Eden, Aaron und mich beäugte. »Warum sucht ihr ihn denn?«

Ich wollte ihm gerade erklären, dass wir die Frau überprüfen wollten, die sich heute Morgen mit seinem Boss angelegt hatte, als Eden mir zuvorkam.

»Wir sind hier, weil wir eine Bekannte vermissen.« Sie zeigte mit dem Daumen auf mich. »Seine Freundin, um genau zu sein.«

Mir klappte die Kinnlade runter, während Aaron sich mit der Hand über den Mund rieb, um sein Lachen zu verbergen.

»Die beiden haben sich furchtbar gestritten«, fuhr Eden unterdessen fort. »Sie war wahnsinnig wütend. Er kann einem aber auch wirklich den letzten Nerv rauben.«

Der Deputy nickte, als wüsste er genau, wovon Eden da redete.

Aaron, dieser Verräter, stieg natürlich sofort in die Story ein. »Wir haben gehört, der Sheriff hat eine junge Frau festgenommen. Ist das richtig?«

»Ja«, sagte Mitchell und warf mir einen Blick zu, der deutlich besagte, dass er an meinem gesunden Menschenverstand zweifelte. Dann zeigte er auf den Gang, in den Tori verschwunden war. »Sie ist noch hinten in der Zelle.«

»Dürften wir sie vielleicht ganz kurz sehen?«, fragte Eden und nestelte am Saum ihres Tops.

Mitchell kratzte sich am Hinterkopf. Ihm schien jetzt erst aufzufallen, dass kein einziger seiner Kollegen anwesend war. »Eigentlich erledigt der Sheriff das immer selbst.«

Ungeduldig deutete ich auf den leeren Raum. »Aber er ist nicht hier, oder?«

Eden warf mir einen warnenden Blick zu, ehe sie sich wieder an den Deputy wandte. »Bitte, Mr Mitchell. Falls es sich bei der Frau wirklich um Kendra handelt, wird sie sicher froh sein, dass wir da sind und alles Weitere regeln.«

»Und natürlich will sich mein Kumpel auch bei ihr entschuldigen«, fügte Aaron gut gelaunt hinzu. Seine Mundwinkel zuckten, als würde er jeden Moment loslachen.

Neugier flackerte in Mitchells Augen auf. »Worum ging es denn bei dem Streit?«

Offenbar hatte Eden nicht damit gerechnet, dass der Typ nachhaken würde, denn nun fehlten ihr plötzlich die Worte.

Genervt warf ich die Hände in die Luft. »Ich war eifersüchtig, okay? Kendra ist die Liebe meines Lebens, und ich hatte Angst, sie zu verlieren.«

Jepp, Improvisation war voll mein Ding. Ich sollte Schauspieler werden.

»Das war ein bisschen dick aufgetragen«, flüsterte Tori, die immer noch unsichtbar war, mir ins Ohr und bescherte mir damit fast einen Herzinfarkt.

Ein Ruck ging durch meinen Körper, woraufhin der Deputy erschrocken einen Schritt zurückwich. Ziemlich sicher fand er, dass ich viel eher in diese Zelle gehörte, und ich fragte mich, warum ich dieses Theater überhaupt mitmachte. Früher hätte ich diesen Deputy einfach zur Seite geschubst. Aber derlei Konfrontationen waren natürlich nicht in Edens Sinn. Sie hoffte wahrscheinlich immer noch, *Kendra* wäre keine Rogue, sondern lediglich eine hysterische Touristin. Aber leider trog mich mein Bauchgefühl selten in solchen Dingen, und meine unsichtbare Schwester bestätigte meine Befürchtung, indem sie mir mit dem Zeigefinger dreimal gegen die Schläfe tippte.

Shit!

»Darf ich sie jetzt bitte sehen?«, presste ich hervor.

Mitchell überlegte einen Moment. Dann nickte er. »Na gut, aber nur ganz kurz.«

»Vielen Dank!«, sagte Eden und setzte sich in Bewegung.

Mit ausdrucksloser Miene verstellte ich ihr den Weg. »Ich will allein mit Kendra sprechen.«

Frust flackerte in Edens Augen auf. Zweifellos gefiel es ihr nicht, dass ich sie schon wieder ausgrenzte. »Aber was, wenn sie immer noch wütend auf dich ist?«

Aaron, der nicht wusste, was ich wusste, schnaubte verärgert. »Es ist ihre Entscheidung, Mann.«

Manchmal wollte ich ihm echt gern eine reinhauen. Ich verstand einfach nicht, wie jemand, der eigentlich recht empathisch war, derart ignorant sein konnte. War ihm denn nicht klar, was es mit Eden machen würde, wenn wir direkt vor ihr einen weiteren Rogue töteten?

Klar, diese Bastarde verdienten es nicht anders. Sie waren das pure Böse. Aber Eden hatte das längst noch nicht verinnerlicht. Sie hegte immer noch Hoffnung. Ich konnte es deutlich in ihrem Gesicht sehen.

»Gehen wir«, sagte Aaron und tätschelte ihre Schulter, als wollte er sie daran erinnern, dass sie eine toughe Phönixkriegerin war.

Er kapierte es nicht. Sie mochte jetzt zwar eine von uns sein, aber sie war nicht wie wir. Nicht so grausam und kompromisslos. Allerdings war sie leider genauso stur.

Entschlossen drückte sie den Rücken durch und schob sich an mir vorbei.

Ich stieß einen Fluch aus, ehe ich ihr, Aaron und dem Deputy folgte.

Am Ende des Ganges ging es durch eine Tür auf der linken Seite hinaus auf den Parkplatz. Durch das vergitterte Fenster konnte ich Lennox sehen, der dort die Stellung hielt. Rechts führte eine weitere Tür zu zwei Zellen. Eine war leer. In der anderen saß … definitiv meine neue *Ex*-Freundin.

»O Mann«, murmelte Aaron, während Eden sich versteifte. Auch sie konnte es jetzt mühelos erkennen.

Die junge Frau, die mit verschränkten Armen auf der Pritsche saß, war umgeben von erdrückender Leere. Nicht mal ein winziges Flackern erhellte ihre Seele. Ihr rotes Haar war zerzaust, das Minikleid zerrissen, weshalb wir alle sehr viel mehr von ihrem ausgemergelten Körper zu sehen bekamen, als uns lieb war. Um ihren Hals baumelte eine lose Silberkette mit aufgefädelten Pokerchips. Doch im Gegensatz zu den wenigen anderen Rogues, die wir bisher erwischt hatten, schien ihr das Eingesperrtsein keine Probleme zu bereiten. Jedenfalls tobte sie nicht wie eine Furie durch die Zelle, sondern saß still da und musterte uns mit kühlem Blick.

Eine Gänsehaut kroch mein Rückgrat herauf. Ich hatte keinen Schimmer, wie ich ihr Verhalten deuten sollte. Allerdings war ich nicht so blöd, sie zu unterschätzen. Sie lauerte. Das konnte ich spüren.

»Und?«, fragte Mitchell und verzog leicht angewidert das Gesicht, als er mich ansah. »Ist das deine große Liebe?«

Ich stieß ein humorloses Lachen aus. »Ja, Mann, nach ihr habe ich gesucht.«

Eden keuchte leise auf. Sie wusste, was jetzt kam. »Kane.« Ihre Stimme war kaum mehr als ein Flüstern. Ein gequälter Ausdruck trat in ihre Augen, und zum ersten Mal in meinem Leben verspürte ich leichte Hemmungen, den Feind zu erledigen.

Aaron entging mein Zögern natürlich nicht. Ungeduldig verlagerte er das Gewicht, während er die Hände zu Fäusten ballte. Er schien es nicht erwarten zu können, seine Waffe zu rufen und loszulegen.

Womit er absolut recht hatte.

Verärgert über mich selbst, schüttelte ich den Kopf. Offensichtlich färbte Edens Naivität allmählich auf mich ab. Aber diese Rogue mochte noch so unschuldig und wehrlos tun, es war klar, dass sie sich, ohne mit der Wimper zu zucken, auf uns stürzen würde, sobald wir die Zellentür öffneten.

»Okay, Kendra.« Mitchell klatschte in die Hände. »Wir werden schon mal die Formulare ausfüllen. Sobald alles mit dem Sheriff geklärt ist, können Sie gehen.«

Kendra legte den Kopf schief. Für den Bruchteil einer Sekunde wurde ihr kalter Blick durch ein gieriges Glühen ersetzt. Zweifellos stand der hagere Deputy ab sofort auf ihrem Speiseplan. Doch sie hatte sich schnell wieder im Griff.

»Kann ich kurz allein mit ihr reden?«, fragte ich Mitchell, ließ die Rogue jedoch keine Sekunde aus den Augen.

Der Deputy zögerte, woraufhin Tori sofort aktiv wurde. »Hallo?«, erklang von draußen ihre Stimme. »Ist jemand hier? Ich brauche dringend Hilfe.«

Sie war eindeutig das größere Schauspieltalent in der Familie, denn sie klang so verzweifelt, dass Mitchell sich sofort in Bewegung setzte. »Eine Minute!«, warnte er mich streng.

Ich nickte. Länger würde es sicher nicht dauern, auch wenn Tori dafür sorgen würde, dass der Deputy nichts mehr mitbekam.

»Warum greift sie nicht an?«, fragte Aaron, kaum dass der Deputy uns mit der Gefangenen allein gelassen hatte.

»Weil sie Angst hat«, flüsterte Eden. »Könnt ihr das denn nicht sehen?«

Was zum Teufel …?

Irritiert musterte ich die Rogue. Ich konnte beim besten Willen nicht verstehen, wieso Eden ihr Gefühle andichtete, die definitiv nicht da waren. Oder konnten nur wir sie nicht erkennen?

Aaron seufzte. »Ich wünschte, es wäre so, Eden. Aber du siehst doch selbst, dass sie kein Licht mehr besitzt. Sie wartet wahrscheinlich nur auf einen günstigen Moment, um anzugreifen.«

»Und was, wenn du dich irrst?«, fragte Eden, ehe sie mit ihrem einnehmenden Lächeln näher an die Zelle trat. »Hi.«

Die Rogue wirkte regelrecht gelangweilt. Sie schien Edens freundliche Begrüßung nicht mal wahrzunehmen. Ebenso gut könnte Eden sich mit einer Wand unterhalten.

»Sie wird dir nicht antworten«, erklärte ich. »Das tun sie nie.«

Eden ignorierte mich und probierte es weiter. »Weißt du, wie du heißt?«

Keine Reaktion.

Eden holte zittrig Luft. »Oder was mit dir passiert ist?«

Wieder kam keine Antwort. Doch Eden gab einfach nicht auf. Sie trat noch näher an die Zelle heran und umfasste einen Gitterstab. Diese Frau raubte mir noch den letzten Nerv. »Ich weiß, dass du Angst hast …«

»Eden!«, knurrte ich und streckte den Arm aus, um sie zurückzuziehen. Doch ich war nicht schnell genug. Noch bevor ich sie erreichte, war die Rogue mit unglaublicher Geschwindigkeit nach vorn geschossen und hatte Edens Kehle gepackt. Mir blieb fast das Herz stehen, als sie erschrocken die Augen aufriss und einen gurgelnden Laut ausstieß.

Aaron fluchte und ließ einen Speer aufblitzen, aber dieses Miststück nutzte Edens Körper nun als Schutzschild. Sie schaffte es immer wieder, ihm auszuweichen, während Eden panisch versuchte, ihre Angreiferin wegzudrücken. Tränen rannen ihr aus den Augenwinkeln, und ihr Gesicht verlor beängstigend schnell an Farbe.

»Lass sie los!« Ich hackte auf den dürren Arm der Rogue ein. Obwohl ich mit ganzer Kraft zuschlug, dauerte es eine gefühlte Ewigkeit, bis dieses Miststück endlich von Eden abließ.

Fauchend sprang sie zurück und kauerte sich am hinteren Ende der Wand zusammen, während Eden in meinen Armen zusammensackte und sich fast die Lunge aus dem Leib hustete.

»Schon gut«, murmelte ich und zog ihren bebenden Körper an mich. Ihr süßer Duft stieg mir in die Nase. Sie roch nach Jasmin, einem Hauch Zitrone und etwas, das ihr ganz zu eigen war. Es war nicht das erste Mal, dass ich diesen Geruch wahrnahm, der in mir stets das Bedürfnis auslöste, meine Nase in ihrem Haar zu vergraben und einfach nur zu atmen. Diesmal gab ich nach und senkte den Kopf. Meine Lippen streiften ihre schweißbedeckte Stirn. »Ich hab dich.«

Es fühlte sich seltsam richtig an, sie auf diese Art zu halten, obwohl ich verflucht sauer auf sie war. Zudem erwies Aaron sich als echter Stimmungskiller.

Unbeholfen klopfte er Eden auf den Rücken. »Geht's wieder?«

Eden nickte schniefend, bevor sie sich aus meiner Umarmung löste. Sie spähte über ihre Schulter zu der Rogue, die inzwischen neben der Pritsche auf dem Boden hockte. Sie hatte die dürren Arme um die Knie geschlungen, hielt den Kopf gesenkt und war nun wieder ganz ruhig. Hätte ich nicht selbst miterlebt, wie sie Eden gerade mit aller Härte angegriffen hatte, wären mir vermutlich erneut Zweifel gekommen. So aber war ich ihr fast dankbar für die Aktion, denn alles, was ich noch fühlte, war Zorn.

»Aaron.«

Ich musste mich nicht weiter erklären. Mein Befehl genügte. Diesmal würde er sein Ziel nicht verfehlen.

»Sie ist trotzdem kein Monster«, krächzte Eden.

Entgeistert fuhr ich zu ihr herum.

»Das kann unmöglich dein Ernst sein«, stieß Aaron nicht minder fassungslos hervor und zeigte aufgebracht auf die zusammengekrümmte Gestalt. »Was muss denn noch alles passieren, damit du begreifst, dass das die Bösen sind?«

Eden schluckte angestrengt. »Die Welt ist nicht nur schwarz-weiß, Aaron.«

Da war kein Trotz in ihrer Stimme. Aber es war klar, dass sie niemals von ihrem Standpunkt abweichen würde. Und sie würde auch nicht tatenlos zusehen, wie wir unserer Pflicht nachkamen. Ohne ein weiteres Wort wandte sie sich ab und verließ den Raum.

»Klasse.« Frustriert rieb ich mir über das Gesicht. »Ich hoffe, du bist zufrieden.«

Aaron biss die Zähne zusammen. »Ich begreife nicht, wieso sie in diesem Punkt so stur ist.«

Ich lachte auf. Aaron hatte selten dermaßen danebengelegen. Denn Eden war in vielen Punkten stur. »Aus ihr wird niemals eine Phönixkriegerin werden.«

Nicht wenn sie dafür alles verraten müsste, was sie ausmachte.

»Doch, das wird sie.« Aaron fuhr sich durch die Haare. »Sie braucht bloß noch etwas Zeit, um ihr Potenzial zu entfalten.«

Es war offensichtlich, warum er sich das wünschte. Mit ihren Qualitäten als Kämpferin hatte das allerdings recht wenig zu tun. Meine Brust krampfte sich vor Eifersucht zusammen.

»Wie auch immer.« Ich richtete meine Aufmerksamkeit wieder auf die Rogue, um meine unerwünschten Emotionen in angemessenere Bahnen zu lenken. »Bringen wir's hinter uns.«

Als ein weiterer Speer in Aarons Hand aufleuchtete, rechnete ich fest damit, dass sie uns erneut angreifen würde. Doch sie regte sie nicht, sondern starrte uns stumm durch ihr zerzaustes Haar hindurch an. Ihr Blick war immer noch kalt.

Aber jetzt lächelte sie.

28

EDEN

Benommen stieß ich mich von der Wand ab, an die ich mich gelehnt hatte, nachdem die Tür hinter mir zugefallen war. Meine Kehle brannte immer noch. Außerdem kündigte das Pochen in meinem Hals ein paar hässliche blaue Flecken an. Aber die physischen Auswirkungen der Attacke waren ein Kindergeburtstag verglichen mit dem Schmerz, der in meinem Inneren wütete.

Ich war mir ganz sicher gewesen, dass ich Angst und Verwirrung in den Augen dieser Rogue gesehen hatte. Doch dann hatte sich ihr Blick plötzlich geklärt, und sie war auf mich losgegangen. Mit absoluter Grausamkeit. Genau wie Kane und Aaron es gesagt hatten.

Aus ihr wird niemals eine Phönixkriegerin werden.

Ich stieß ein bitteres Lachen aus, als mir klar wurde, dass Kane im Grunde nicht ganz unrecht hatte. Zwar ahnte er nicht, dass ich nach einer Möglichkeit suchte, die Rogues zu heilen, anstatt sie zu töten, aber er kannte mich gut genug, um zu wissen, dass ich Mitgefühl für sie empfand. Immerhin trauerte ich schon wieder um ein Wesen, das seiner Ansicht nach längst verloren war.

Wahrscheinlich hatte Aaron inzwischen kurzen Prozess mit der Rogue gemacht. Allein der Gedanke daran, wie sie sich in Abermillionen Lichtpartikel auflöste, sorgte dafür, dass ich mich am liebsten übergeben hätte.

Ich überlegte, zu Tori und Mitchell in den vorderen Teil des Reviers zurückzukehren. Doch dann fiel mein Blick durch das vergitterte Fenster auf Lennox, der im Hinterhof umherlief. Da er ziemlich gelangweilt wirkte und mir sein fröhliches Gemüt gerade wesentlich lieber war, stieß ich kurzerhand die Tür auf und trat hinaus in die Hitze.

Meine Schritte wirbelten den staubigen Wüstensand auf, der das Terrain bedeckte. Man hatte sich hier hinten nicht die Mühe gemacht, zu teeren. Es war ohnehin nur Platz für fünf Parkplätze, von denen aktuell nur zwei mit Streifenwagen besetzt waren. Auch ein Zaun war nicht nötig, denn direkt hinter dem Bereich ragten dürre Zweige aus der Erde. Ein natürlicher Schutzwall, ähnlich einer Dornenhecke.

Lennox runzelte die Stirn, als er die Würgemale auf meinem Hals bemerkte. »Shit, Eden! Was ist passiert?«

Ich winkte müde ab. »Nichts weiter. Ich …«

Bevor ich mich weiter erklären konnte, nahm ich hinter Lennox eine Bewegung in dem dürren Gestrüpp wahr. Meine Augen wurden groß, als ich einen untersetzten Mann mit Halbglatze zwischen den stacheligen Zweigen entdeckte. Er trug eine khakifarbene Polizeiuniform, und dem glänzenden Stern nach, der auf seiner Brust prangte, war er der Sheriff dieser kleinen Stadt.

Nur dass er jetzt kein Sherriff mehr war, sondern etwas ganz anderes. Nicht einmal der kleinste Lichtschein umgab seinen bulligen Körper. Seine Seele war verloren. Am schlimmsten aber war, dass er nicht allein in dem Gestrüpp herumlungerte. Neben ihm tauchte ein weiterer Mann auf. Er war gebaut wie ein Schrank und trug ebenfalls eine Uniform. Auch ihm fehlte das Licht.

Keuchend stolperte ich zurück, woraufhin Lennox sich irritiert umdrehte. »Verfluchte Scheiße!«

Mein Herz begann zu rasen. »Kendra muss sie vor unserer Ankunft verwandelt haben.«

»Wer?«, fragte Lennox, schüttelte aber sogleich den Kopf und ließ seine Lichtflügel aufflammen. »Egal! Geh zurück ins Gebäude und sag den anderen Bescheid. Ich halte sie solange in Schach.«

Mir war klar, dass wir allein keine Chance gegen diese beiden Rogues hatten, die uns anglotzten, als wären wir genau die zwei eisgekühlten Flaschen Bier, auf die sie sich schon seit Dienstantritt freuten.

Ich wirbelte herum, während Lennox in Kampfposition ging. Die Hintertür war nur zwei Meter entfernt. Doch sobald ich sie erreicht hatte, musste ich zu meinem Entsetzen feststellen, dass sie verschlossen war. »Mist! Sie lässt sich nicht öffnen!«, rief ich Lennox zu, bevor ich gegen das Metall schlug. »Kane? Aaron?« Ich reckte mich auf die Zehenspitzen, um durch das vergitterte Fenster zu sehen. Doch der Korridor war leer. »Sie hören mich nicht.«

»Fantastisch«, grummelte Lennox und rückte ein Stück zu mir heran. »Schaffst du es außen rum?«

Ich sah zum Ende des Gebäudes und keuchte auf, als ich einen weiteren Rogue entdeckte, der sich mit gierigem Blick an uns heranpirschte. Offensichtlich war Kendra verdammt fleißig gewesen. »Da ist noch einer.«

»Das klärt wohl die Frage, wo die ganzen Cops abgeblieben sind.« Lennox fluchte. »Spiegel meine Flügel und flieg weg, Eden.«

»Spinnst du?« Voller Panik schüttelte ich den Kopf, obwohl er mich nicht sehen konnte. »Ich habe keine Ahnung, wie man das macht. Bei meinem Glück flattere ich denen direkt in die Arme.«

»Du musst es trotzdem versuchen.« Lennox streckte seine Flügel in meine Richtung. »Ich kriege dich nicht hoch.«

Ich stieß ein hysterisches Lachen aus. »Also weißt du, das ist nicht gerade das, was eine Frau gern hören will, kurz bevor sich drei alte, verschwitzte Kerle auf sie stürzen.«

»Sorry. Ich dachte, es wäre noch viel taktloser von mir, dich darauf hinzuweisen, dass wir komplett am Arsch sind, wenn die uns in die Finger kriegen.«

»Punkt für dich.« Zögerlich streckte ich die Finger aus, um Lennox' Flügel zu kopieren. Doch kurz bevor ich ihn berührte, stieß er sich plötzlich vom Boden ab und warf sich auf den Sheriff und seinen Kollegen, die inzwischen nur noch zwei Meter von uns entfernt waren.

Damit blieb für mich der Rogue, der sich von der Seite her näherte.

Korrektur: Die drei Rogues.

Es waren zwei Männer und eine Frau. Ich war nicht sicher, ob sie ebenfalls zum Polizeirevier gehörten, da sie keine Uniform, sondern typische Bürokleidung trugen. Aber letztlich war das auch nicht wichtig. Durch das Fehlen ihrer Lichtaura wusste ich zweifelsfrei, dass ich keine gewöhnlichen Menschen vor mir hatte. Das waren Jäger.

Und ich war ihre Beute.

Hinter mir erklangen Kampfgeräusche, als Lennox und die beiden Rogues über den Boden rollten.

Ich wich einen Schritt zurück, während ich fieberhaft nach einem Ausweg suchte. An Lennox kam ich nicht mehr heran, um mich seiner Kräfte zu bedienen. Ich könnte es um die andere Gebäudeseite versuchen. Aber was, wenn dort noch mehr Rogues lauerten? Der Pfad zwischen der Hauswand und der Dornenhecke schien mir auf dieser Seite sehr schmal. Im Falle einer Konfrontation hätte ich keine Chance, auszuweichen.

Im Grunde blieb mir also nur die Flucht nach vorn. Wenn ich es irgendwie an den dreien vorbei und um das Gebäude herumschaffte, könnte ich die anderen vielleicht alarmieren. In Menschenjahren waren die Rogues allesamt über fünfzig. Mit etwas Glück waren sie erst vor Kurzem verwandelt worden und hatten ihre Rogue-Kräfte noch nicht vollständig entwickelt.

Mein Blick huschte zu Lennox, der mit erbitterter Entschlossenheit Faustschläge verteilte, aber ebenso viele einstecken musste, weil er es gewohnt war, seine Flügel zu nutzen und von oben anzugreifen. Lange würde er diesen Kampf sicher nicht mehr durchhalten. Uns lief die Zeit davon.

Mach es auf deine Weise.

Mit Aarons Ratschlag im Ohr und bevor ich noch länger über diese absolut waghalsige Aktion nachdenken konnte, rannte ich direkt auf die drei Roques zu, die sich vor mir aufbauten. Erst im letzten Moment machte ich einen scharfen Ausfallschritt, stieß mich vom Boden ab und drehte mich in einen halben Flickflack. Dabei verpasste ich dem Rogue, der mir am nächsten war, einen brutalen Tritt gegen den Kiefer. Er stolperte grunzend zurück, während ich nach einer weiteren Drehung auf meinen Füßen landete.

Da flog die Hintertür des Reviers auf. Kane stürmte aus dem Gebäude und sah sich hektisch um. Sobald er mich unweit der drei Rogues entdeckte, wurde er blass. »Eden! Lauf!«

Es kam mir fast vor wie ein Déjà-vu, als er mit entsetzter Miene auf mich zurannte, um mich zu beschützen. Ein Teil von mir wusste diese Geste durchaus zu schätzen, doch der andere Teil erinnerte sich daran, dass ich nicht hier war, um gerettet zu werden. Ich wollte meinen Freunden wenigstens den Rücken freihalten, wenn ich schon nicht verhindern konnte, was mit den Rogues passierte. Nur würde ich mich mit einem von Aarons Speeren entschieden besser fühlen.

Wie aufs Stichwort tauchte Aaron hinter Kane auf. Er eilte umgehend Lennox zu Hilfe, der immer noch mit den beiden Rogues rangelte.

»Aaron!«, rief ich und streckte eine Hand aus. »Ich brauche einen Speer.«

»Bin in einer Minute da«, rief er zurück, ehe er einen der Rogues am Fuß packte und von Lennox wegschleuderte.

Kanes Gesichtsausdruck wechselte von ängstlich zu stinkwütend, als ihm klar wurde, dass ich keineswegs vorhatte, wegzulaufen. Doch das war mir egal. Er mochte glauben, dass ich nicht das Zeug zu einer Phönixkriegerin hatte, und vielleicht hatte er – zumindest was das Töten von Rogues betraf – nicht ganz unrecht. Aber ich war durchaus in der Lage, mich zu verteidigen.

Wie Kane es mir beim Training mit Diego gezeigt hatte, ging ich leicht in die Knie und hob die Arme, um etwaige Schläge abzublocken, während mich die drei Rogues umzingelten. Sie schienen sich von dem herannahenden Kane nicht aus der Ruhe bringen zu lassen.

Am Rande meines Sichtfeldes sah ich, dass Aaron einen Speer aufleuchten ließ. Doch der Rogue, den er gepackt hatte, brachte sich im letzten Moment außer Reichweite und stürzte sich ins Gebüsch. Sofort setzte Aaron ihm nach. Gleichzeitig flackerte Tori neben Lennox auf und versuchte, ihm zu helfen, weil er zusehends in Bedrängnis geriet.

Ich bekam keine Gelegenheit mehr, den Kampf weiter zu verfolgen, weil ich meine drei Gegner nicht aus den Augen lassen wollte. Aber als erneut Zweige knackten, war klar, dass Kane und ich mit den drei Rogues allein fertigwerden mussten.

Sie griffen synchron an, doch da ich darauf vorbereitet war, duckte ich mich rechtzeitig unter ihren Schlägen weg. Im selben Moment packte Kane einen von ihnen und trat ihm heftig in den Magen, woraufhin dieser zurückwich.

In der Zwischenzeit hatte ich etwas mehr Abstand zwischen mich und die anderen gebracht, aber nicht genug. Sofort schoss der größere der beiden auf mich zu.

Ich drehte mich zur Seite, doch er erwischte mich am Shirt und zerrte mich zurück. Der Stoff grub sich in meinen Hals, wo ich dank der Rogue im Gefängnis ohnehin schon empfindlich war. Ich schnappte nach Luft, aber zum Glück zerriss der Saum, und der Druck auf meinen Hals löste sich sogleich wieder. Ich stolperte zurück und überlegte fieberhaft, wie ich mich gegen meine beiden Feinde behaupten könnte. Ohne Aarons Lichtspeere würde das verdammt schwierig werden.

Schwierig, aber möglich.

Zumindest könnte ich es schaffen, sie aufzuhalten, bis Aaron zurückkam. Was hoffentlich bald der Fall war.

Ich riskierte einen Blick zu Kane, der plötzlich innehielt.

»Was machst du da?«, rief ich ihm zu, weil mir nicht ganz klar war, was er damit bezweckte. Ich wollte zu ihm laufen, doch die Rogues verstellten mir sofort den Weg. Ich kam nicht an ihnen vorbei. »Kane?«

Ich war so angespannt, dass ich fast meinte, die Luft um mich herum würde sich elektrostatisch aufladen. Mein ganzer Körper kribbelte auf einmal vor Energie.

Kane legte den Kopf in den Nacken. Seine Lider waren gesenkt und seine Stirn gefurcht vor Konzentration. Er atmete schwer, als er langsam die Arme hob.

Die Zeit schien still zu stehen. Selbst die Rogues schauten sich irritiert um, als könnten sie die Veränderung in der Luft ebenfalls spüren, sie aber genauso wenig zuordnen wie ich.

Mit einer ruckartigen Bewegung riss Kane die Arme nach unten. Gleißend helle Lichtblitze krachten zu Boden. Sie waren so heiß, dass ich das Gefühl hatte, ich würde bei lebendigem Leib verbrennen. Erschrocken sprang ich zurück. Aber nicht *ich* verbrannte, sondern die Rogues. Sie alle lösten sich im Bruchteil einer Sekunde einfach auf.

Ich blinzelte und starrte ungläubig auf die klaffenden Risse im Boden. Die Wucht der Blitze war so groß gewesen, dass die Löcher bis tief ins Erdinnere ragten.

Grundgütiger! *Das* war Kanes Gabe? Lichtblitze von solch gewaltiger Durchschlagskraft, dass sie die Erde spalten konnten?

Kein Wunder, dass er sich vor seinen eigenen Kräften fürchtete. Mir wäre es an seiner Stelle nicht anders ergangen, wenn solch eine Quelle der Zerstörung in mir schlummern würde.

Besorgt schaute ich zu ihm auf. Er war kreidebleich. Seine Lippen waren geöffnet, und er atmete schwer. Er schien sich komplett in seine eigenen Gedanken zurückgezogen zu haben.

Sofort rannte ich zu ihm und legte ihm die Hand auf die Wange. Sie war mit kaltem Schweiß bedeckt. »Geht es dir gut?«

Kane antwortete nicht. Stattdessen ließ er meine Berührung ohne jede Reaktion über sich ergehen. Vermutlich stand er unter Schock. Schließlich war es das erste Mal, dass er seine Kräfte eingesetzt hatte, seit seine Eltern auf diese tragische Weise verunglückt waren. Und er hatte es getan, um mich zu retten.

»Es tut mir so leid«, sagte ich und drückte die Stirn gegen sein Kinn, doch meine Worte schienen überhaupt nicht zu ihm durchzudringen.

Hinter uns knackten Zweige, und ich löste mich von ihm, als unsere Freunde herbeigelaufen kamen. Tori war zuerst an unserer Seite.

»O mein Gott, Kane«, rief sie. »Ist alles in Ordnung?«

Auch sie erhielt keine Antwort. Dafür schlug Lennox ihm anerkennend auf die Schulter. »Starkes Comeback, mein Freund.«

Aaron nickte zustimmend. »Dank dir waren die anderen so abgelenkt, dass wir leichtes Spiel hatten.«

Kane reagierte immer noch nicht.

»Kane?« Hilflos tätschelte Tori seine Wange.

Diesmal zog er abrupt den Kopf zurück. »Mir geht's gut.«

Ihm ging es kein bisschen gut. Doch bevor ich weiter nachhaken konnte, stolperte Deputy Mitchell aus der Hintertür. Mit weit aufgerissenen Augen sah er uns an. »Wo zur Hölle ist sie hin?«

Ich nahm an, dass er *Kendra* meinte, und warf einen schnellen Blick zu den anderen, weil ich keine Ahnung hatte, wie sie mit Zeugen umgingen. Glücklicherweise trugen wir keine sichtbaren Verletzungen. Wir waren verstaubt und verschwitzt, aber das war bei der Hitze nicht ungewöhnlich.

Tori warf dem Cop einen unschuldigen Blick zu. »Wer?«

Er sah zwischen uns hin und her, als versuchte er, ein komplexes Rätsel zu lösen. Dann zeigte er auf Kane. »Seine Freundin.«

In gespielter Verwirrung runzelte Tori die Stirn, bevor sie sich an Kane schmiegte, der kaum merklich schwankte. Sie neigte den Kopf. »Ich stehe doch genau hier.«

Mir klappte die Kinnlade runter.

»Hört auf, mich zu verscheißern«, blaffte Mitchell und wurde puterrot im Gesicht.« »Ihr habt gesagt, diese andere Frau wäre seine Freundin. Die, die ich zuletzt in der Zelle gesehen habe und die auf einmal spurlos verschwunden ist.«

»Sorry, Sir«, sagte Lennox und wippte auf den Füßen vor und zurück. »Wir waren nie in diesem Gebäude.«

Ein gehetzter Ausdruck trat in die Augen des Deputys. »Ich weiß doch, was ich gesehen habe.«

»Sie müssen uns verwechseln«, gab Aaron zurück. Auch er wirkte so aufrichtig, dass erste Zweifel in Mitchells Miene aufflackerten. Er zeigte auf die Löcher, die Kanes Lichtblitze in den Boden gerissen hatten. »Was ist denn hier passiert?«

»Ich denke, das war ein Erdbeben«, sagte Tori.

»Quatsch!« Lennox verschränkte die Arme. »Das sieht eher aus, als hätte ein Blitz eingeschlagen.«

Tori schnaubte. »Ein Blitz mit drei Armen, oder was?«

Die beiden diskutierten weiter, während der Deputy sichtlich überfordert zwischen ihnen und den Löchern hin- und hersah. Er war so abgelenkt, dass er nicht bemerkte, wie Aaron auf seinem Handy herumtippte. Sekunden später erklang im Inneren des Gebäudes das Telefon.

Ein Ruck ging durch Mitchells Körper. »Ihr wartet hier! Wir sind noch nicht fertig.«

»Okay«, sagte Lennox und klang so verdutzt, dass man wirklich meinen könnte, er hätte keinen Schimmer, was der Cop für ein Problem hatte.

Dieser zückte einen Schlüssel, sperrte die Hintertür auf und verschwand im Gebäude. Die Tür war noch nicht ins Schloss gefallen, da setzten sich die vier in Bewegung.

Entgeistert folgte ich ihnen. »Und das war's jetzt?«

Tori hatte Kane inzwischen losgelassen, blieb aber dicht bei ihm. Sie schaute mich nicht an. »Ich habe die Dokumente über die Rogue vernichtet, während der Deputy ein kleines Nickerchen gemacht hat.«

»Er ist doch nicht einfach so eingeschlafen«, protestierte ich.

Lennox gluckste. »Nee, ist er nicht.«

Ich blieb abrupt stehen und starrte meine Freundin entgeistert an. »Du hast ihn betäubt?«

»Sie hat ihm das Leben gerettet«, korrigierte Aaron und ließ sich ein wenig zurückfallen, bevor er mich mit einem sanften Lächeln weiterschob. »Rogues müssen schließlich in das Bewusstsein eines Menschen vordringen, um ihr Licht zu stehlen.«

Wir erreichten den SUV. Kane, der noch immer kein Wort gesagt hatte, zog den Schlüssel aus seiner Hosentasche und aktivierte die Entriegelung. Dann setzte er sich hinters Steuer.

Aaron öffnete mir die Hintertür, doch ich stieg nicht ein, sondern verschränkte die Arme. »Das ist eure Strategie, um mit unerwünschten Zeugen fertigzuwerden? Ihr betäubt sie, und wenn sie euch doch erwischen, gaukelt ihr ihnen einfach vor, sie hätten sich alles bloß eingebildet?«

Lennox zwinkerte mir zu. »Das war eher eine ungeplante Showeinlage. Eigentlich wollten wir längst weg sein.«

»Aber das ist grausam«, stieß ich hervor. »So geht man nicht mit Leuten um.«

»Was regst du dich so auf?«, fragte Tori ungewöhnlich kühl. »Du hast doch selbst bei dieser Scharade mitgemacht.«

Ich zuckte zusammen, denn sie hatte nicht ganz unrecht. »Da wusste ich ja auch nicht, dass ihr Unschuldigen schadet.«

Bedauern huschte über Aarons Miene. »Wir sind eine Organisation, die überwiegend im Geheimen agiert und von der nicht viele wissen. Unser Schutz hat oberste Priorität. Deshalb müssen wir sorgfältig abwägen, wen wir einweihen. Im Falle des Deputys war das hier die unkomplizierteste Lösung. Er wird schon bald nicht mehr darüber nachdenken.«

Ich schnaubte. »Das wage ich zu bezweifeln, nachdem sein ganzes Team ebenfalls spurlos verschwunden ist.«

»Wenn er nicht lockerlässt, schalten wir unsere Mittelsmänner ein. Die liefern ihm schon eine glaubhafte Erklärung«, erwiderte Lennox, und Kane ließ den Wagen an, sodass mir nichts anderes übrig blieb, als einzusteigen.

Den ganzen Weg zurück nach Little Meadows sagte niemand ein Wort. Stattdessen hing eine unerträgliche Anspannung in der Luft.

Ich wusste nicht, was ich von all dem halten sollte. Natürlich verstand ich, dass sich die Mitglieder der Allianz schützen mussten, aber die Methoden gefielen mir ganz und gar nicht. Hinzu kam, dass auch Kane immer noch völlig neben sich zu stehen schien, nachdem er seine Kräfte entfesselt hatte. Meinetwegen.

Niedergeschlagen sah ich aus dem Fenster und lehnte meine Stirn gegen das Glas. Es war von der Sonne aufgewärmt. Daher verfehlte es leider seinen kühlenden Effekt.

Die trockene Wüstenlandschaft zog in einer nicht enden wollenden Kombination aus Beige-, Braun- und Grautönen an uns vorbei. Abgesehen von ein paar roten und blauen Autos, die unseren Weg kreuzten, gab es kaum einen Farbtupfer in der Gegend. Vielleicht war es deshalb nicht weiter verwunderlich, als meine Aufmerksamkeit plötzlich von einer weißen Feder gefesselt wurde, die gegen das Fenster flog. Sie musste aus dem Bauchgefieder eines Wüstenvogels stammen, der im Mount Whitney lebte, denn sie glich eher weichem Flaum. Trotzdem dachte ich sofort an die strahlende Feder, die ich in meinem Traum in der Höhle gesehen hatte und die ich unbedingt finden wollte.

Mir war klar, dass ich den anderen davon erzählen sollte. Egal, wie unwahrscheinlich es auch war, dass es da draußen wirklich eine magische Feder gab, die seit hundert Jahren in einer Höhle verborgen lag und die die Macht hatte, den Phönix zurückzubringen.

Andererseits war die Stimmung eh schon auf dem Tiefpunkt. Vermutlich war es klüger, noch etwas abzuwarten, bis sich alle ein bisschen beruhigt hatten. Schließlich nützte es niemandem, wenn ich gleich den nächsten Streit vom Zaun brach. Davon abgesehen brauchte ich meine ganze Kraft für Kane. Denn sobald wir allein waren, hatten wir beide einiges zu besprechen.

29

EDEN

Als wir das Hauptquartier erreichten, parkte Kane den Wagen, stieg aus und stapfte ohne ein weiteres Wort davon. Mit jedem Schritt, den er sich entfernte, wurde mir schwerer ums Herz, aber es wuchs auch meine Entschlossenheit.

Seufzend sah Lennox ihm nach. »Ich hätte nicht gedacht, dass es ihn so sehr mitnimmt.«

»Was hast du denn erwartet?«, fragte Tori spitz und schlug die Wagentür zu.

Lennox runzelte die Stirn. »Du wolltest doch auch, dass er seine Kräfte wieder nutzt.«

»Aber nicht, weil er Angst hat, noch einmal jemanden zu verlieren.« Zum ersten Mal, seit wir beide uns angefreundet hatten, bedachte Tori mich mit einem wütenden Blick. »Wenn mein Bruder das nächste Mal sagt, du sollst laufen, dann mach das gefälligst.«

Frustriert rieb ich mir über das Gesicht. »Ich wollte nur helfen.«

»Das hast du auch«, mischte Aaron sich in beschwichtigendem Tonfall ein, ehe er sich an Tori wandte. »Hör auf, ihr Vorwürfe zu machen. Sie hat nur getan, wozu wir geboren wurden.«

»Sie ist noch nicht so weit«, fauchte Tori. »Krieg das endlich in deinen verdammten Schädel.«

»Das ist doch Blödsinn.« Aaron schenkte mir ein Lächeln. »Du hast dich super geschlagen.«

Leider konnte ich ihm da nicht vollends beipflichten.

»Blödsinn also, ja?« Mit einem herausfordernden Blick verschränkte Tori die Arme. »Dann sei doch so gut und klär mich kurz darüber auf, wo Eden diese hübschen Würgemale herhat.«

Aaron klappte den Mund zu.

Tori grinste, sah aber nicht besonders glücklich aus. »Das dachte ich mir.«

»Okay, jetzt kommen wir mal alle wieder runter«, schaltete Lennox sich ein und legte Tori einen Arm um die Schulter. »Kane ist ein großer Junge. Er wird damit fertigwerden.«

Aaron nickte. »Außerdem war es höchste Zeit, dass er wieder sein volles Potenzial ausschöpft. So, wie sich die Dinge derzeit entwickeln, werden wir es in Zukunft wohl öfter mit Rogue-Horden zu tun bekommen.«

»Drei auf einen Streich.« Lennox gluckste. »Wenn er weiter so macht, nenne ich ihn bald nur noch das tapfere Schneiderlein.«

Tori sah ihn an, als wäre er nicht ganz dicht. Doch sie verbiss sich einen Kommentar und setzte eine geschäftige Miene auf. »Geht und berichtet Una davon. Ich werde jetzt meinen Bruder suchen.«

Nervös befeuchtete ich die Lippen. »Kann ich bitte zuerst mit ihm reden?«

Tori musterte mich von Kopf bis Fuß. Dann stimmte sie zu meiner Erleichterung zu, und ich folgte Kane ins Gebäude in der Hoffnung, ihn in seinem Apartment zu finden.

Der Puls rauschte so laut in meinen Ohren, dass ich kaum das Klopfen an der Tür hörte, das ich selbst verursachte. Ich hatte keine Ahnung, was ich Kane überhaupt sagen sollte. Ich wusste nur, dass ich den Gedanken nicht ertrug, dass er meinetwegen litt.

Schritte erklangen im Apartment, und mein Herz machte vor Aufregung einen weiteren Satz, als Kane die Tür aufriss. Der Blick aus seinen dunklen Augen war starr, sein Kiefer angespannt.

Nervös nestelte ich am Saum meines T-Shirts. »Können wir kurz reden?«

Als er zögerte, rechnete ich fast damit, dass er mir im nächsten Moment einfach die Tür vor der Nase zuschlagen würde. Es wäre schließlich nicht das erste Mal, dass er mich zurückwies. Doch dann stieß er ein Seufzen aus und trat beiseite, um mich einzulassen.

Erleichtert schlüpfte ich an ihm vorbei ins Wohnzimmer. Er folgte mir in gemächlichem Tempo. Mit etwas Abstand zu mir blieb er stehen und verschränkte die Arme. Mir fiel auf, dass er immer noch keinen Ton gesagt hatte.

Ich lächelte schwach. »Wirst du je wieder mit mir sprechen?«

»Was willst du hier, Eden?« Er fragte das weder wütend noch aufgebracht. Stattdessen wirkte er einfach nur erschöpft.

Ich befeuchtete meine Lippen. »Du hättest deine Kräfte nicht einsetzen müssen, um mir zu helfen.«

Er stieß ein abfälliges Schnaufen aus und klang damit schon wieder eher wie er selbst. »Ansichtssache.«

Frust ballte sich in meinem Magen zusammen. Ich hasste es, wenn er so abweisend war. »Ich weiß es zu schätzen, dass du es getan hast. Wirklich! Aber ich wäre auch allein mit den Rogues fertiggeworden, bis Aaron mir seinen Speer gegeben hätte. Du musst mich nicht andauernd beschützen.«

Kane zog eine Braue hoch. »Tatsächlich?«

Ich wollte mich nicht aufregen, aber sein abweisendes Verhalten machte es mir unmöglich, gefasst zu bleiben.

»Allerdings«, fauchte ich und machte einen Schritt auf ihn zu. »Ich bin eine Phönixkriegerin, Kane. Genau wie ihr.«

»Das sind verdammt große Worte, Blümchen.« Er lehnte sich ein Stück in meine Richtung, während seine Maske fiel. Wut schimmerte in seinen Augen, doch seine Stimme blieb enervierend ruhig. »Aber verrate mir eins: Glaubst du selbst auch daran?«

Ich zuckte zusammen. »Sonst hätte ich wohl kaum meine Gabe gefunden.«

»Bullshit! Ich habe schon Neunjährige getroffen, die ihre Lichtmagie perfekt unter Kontrolle hatten. Trotzdem sind sie vor Furcht erstarrt, sobald sie einem Rogue gegenüberstanden.«

»Ich bin nicht erstarrt«, schoss ich zurück. »Ich habe mit euch gekämpft.«

»Und wie hat es sich für dich angefühlt?«

Schrecklich. Trotzdem hatte ich es getan. »Mein persönliches Empfinden steht hier nicht zur Debatte.«

»Doch, Eden. Genau darum geht es«, erwiderte er, offenbar genauso wenig fähig, sein Temperament länger zu zügeln. »Denn jedes Mal, wenn du zweifelst, zögerst du. Und das bringt nicht nur dich in Gefahr, sondern auch alle anderen. Du bist ein Risiko.«

Seine Worte taten weh – und sie machten mich entsetzlich sauer. »Ich habe weder gezweifelt noch gezögert, sondern getan, was getan werden musste. Nur bist du viel zu sehr von deiner eigenen Meinung überzeugt, als dass du die Wahrheit sehen könntest. Ja, ich habe Mitleid mit den Rogues, und ja, ich wünschte, es gäbe eine andere Lösung. Aber heute hatten wir keine andere Wahl. Ich wäre damit zurechtgekommen. Denn wenn ich mich zwischen meinen Freunden und den Rogues entscheiden muss, werde ich immer euch wählen.«

»Und ich werde immer *dich* wählen!«

Seine Worte hallten von den Wänden wider, während wir einander anstarrten. Wir atmeten beide schwer vor Aufregung, Wut und einem bittersüßen Gefühl, das ich nicht zu benennen wagte.

Und doch war es da. Es hatte sich leise in mein Herz geschlichen, wann immer Kane und ich zusammen geredet und gelacht hatten. Selbst, wenn wir gemeinsam schwiegen oder stritten …

Es war die Art von Anziehung, die sich rational einfach nicht erklären ließ. Andererseits hatte ich in letzter Zeit vieles erlebt, das weit entfernt von allem war, was ich bisher als Wirklichkeit kannte.

Kane schüttelte den Kopf. Ich konnte ihm ansehen, dass er seine Worte bereute, denn zweifellos machten sie alles zwischen uns noch komplizierter. Doch er nahm sie nicht zurück, sondern verzog gequält das Gesicht. Die Sehnsucht in seinen Augen raubte mir jede Vernunft.

»Eden.«

Er sprach meinen Namen mit solcher Zärtlichkeit aus, dass mein ganzer Körper anfing zu summen. Nur am Rande bemerkte ich, wie ich mit wenigen Schritten die Distanz zwischen uns überwand, während sich unsere Blicke verwoben.

Kanes Augen weiteten sich ein wenig, als ich unmittelbar vor ihm stehen blieb und mich auf die Zehenspitzen reckte. Er senkte den Kopf, lehnte seine Stirn an meine. Ein Beben ging durch seinen Körper. Sein warmer Atem strömte über meine Haut und kitzelte meine ungeduldigen Lippen.

»Kanneth«, flüsterte ich – und dann küsste ich ihn.

Zuerst regte er sich nicht. Doch dann erschauerte er, schlang die Arme um mich und zog mich an sich, bevor er unseren Kuss vertiefte. Seine Lippen waren überraschend weich. Gleichzeitig erforschte er meinen Mund voller Leidenschaft und setzte damit jedes meiner Nervenenden in Brand.

Meine Knie wurden weich. Ich hob die Hände und ließ meine Fingerspitzen über sein Gesicht tanzen. Ich konnte seine Bartstoppeln spüren und die warme Haut, die sich über seine oberen Wangenknochen spannte.

Die sanfte Berührung schien ihm zu gefallen, denn er stöhnte leise und verstärkte seinen Griff um mich, bis nichts mehr zwischen uns passte.

Hitze explodierte in mir. Mein ganzer Körper kribbelte vor Euphorie. Am stärksten war dieses Gefühl jedoch an den Stellen, an denen ich Kane berührte. Ich wollte diesen Moment einsperren und für immer festhalten.

Während er sachte an meiner Unterlippe saugte, wanderte seine Hand meinen Rücken hinab und strich über den Streifen nackter Haut, wo mein Shirt ein Stück hochgerutscht war.

Ich bekam eine Gänsehaut und wünschte mir plötzlich, er würde die Hand noch etwas weiter nach oben schieben. Ich sehnte mich nach seiner Berührung. Gleichzeitig wollte ich jede Stelle seines Körpers erkunden. Mein Verlangen wuchs.

Plötzlich fühlte ich mich stark, mutig und unbesiegbar. Ich überlegte schon ernsthaft, jede Vernunft fahren zu lassen und ihn in sein Zimmer zu schieben, da zog Kane ruckartig den Kopf zurück.

Überrascht öffnete ich die Augen, musste aber sogleich blinzeln, weil ich im wahrsten Sinne von Kane geblendet wurde. Das heißt, eigentlich nicht von ihm, sondern von den Händen, die sein Gesicht streichelten.

Meinen Händen.

»Was …?«, keuchte ich, während Kane meine Unterarme umklammerte und etwas Abstand zwischen uns brachte.

Er sah nicht minder schockiert aus. »Wie machst du das?«

»Keine Ahnung«, stammelte ich und betrachtete mit einer Mischung aus Unglauben und Faszination das Licht, das von meinen Händen ausstrahlte. Probehalber wackelte ich mit den Fingerspitzen. Sie bewegten sich ganz normal, und doch summte eine mir unbekannte Energie unter meiner Haut.

Stirnrunzelnd legte Kane den Kopf schief. Das Verlangen war aus seinem Blick gewichen. Stattdessen betrachtete er mich nun mit analytischer Neugier, während er den Zeigefinger ausstreckte und über meine Handinnenfläche strich.

Die Energie knisterte stärker in mir, doch ich zwang mich, stillzuhalten. »Tut es dir weh?«

»Nein.« Sichtlich erstaunt verschränkte Kane unsere Finger. »Es kitzelt.«

Ich nickte erleichtert. »Ich spüre es auch.«

»Kannst du etwas erschaffen?« Sein Mundwinkel zuckte, während er mich wieder losließ. »Etwas Kleines, bitte. Nicht, dass du mich aus Versehen aufspießt.«

»So schlecht war der Kuss nun auch wieder nicht«, scherzte ich, woraufhin er leise lachte.

Der Laut verursachte ein warmes Gefühl in meiner Brust. Prompt leuchteten meine Hände stärker.

»Freut mich, das zu hören«, erwiderte er belustigt, bevor er sich wieder auf mein Licht konzentrierte. »Versuch, dir eine Lichtkugel vorzustellen.«

Ich tat wie geheißen, doch nichts passierte. Meine Hände glühten einfach weiter. Auch andere Waffen, die ich mir im Geiste ausmalte, erschienen nicht wie durch ein Wunder in meiner Hand. »Es klappt nicht.«

»Also brauchst du trotzdem die anderen, um Phönixwaffen zu nutzen«, schlussfolgerte Kane. »Es sei denn natürlich, deine Hände selbst sind die Waffe.«

Mir wurde ein bisschen übel. »Du meinst, wenn ich einen Rogue mit diesen Händen berühre, könnte er …?«

Ich schaffte es nicht, diesen Gedanken zu Ende zu sprechen. Schließlich war das das exakte Gegenteil von dem, was ich wollte, auch wenn die anderen Phönixkrieger vermutlich ausrasten würden vor Begeisterung. Allein die Vorstellung, dass ich einem Rogue einfach nur auf die Schulter klopften musste, um ihn zu vernichten … Ich schauderte.

Kane schien mir mein Unbehagen anzusehen, denn er warf mir ein aufmunterndes Lächeln zu. »Vielleicht funktioniert dieses Licht auch wie eine Art Katalysator und verstärkt die Wirkung anderer Waffen.«

Das war im Grunde auch nicht wirklich besser. »Ja, vielleicht«, erwiderte ich und runzelte die Stirn. »Aber warum hat sich diese Fähigkeit ausgerechnet jetzt gezeigt?«

Kanes Aufmerksamkeit wanderte von meinen Händen zurück in mein Gesicht. Seine Mundwinkel zuckten. »Ich weiß nicht genau. Warst du eben besonders aufgeregt oder glücklich?«

Meine Wangen begannen zu glühen. »Ich hätte nicht gedacht, dass es jemand mit deinem Selbstbewusstsein nötig hat, nach Komplimenten zu fischen.«

»Was soll ich sagen? Auch Männer brauchen hin und wieder positives Feedback.« Ohne mich aus den Augen zu lassen, leckte er sich kurz über die Unterlippe, als wollte er dadurch meinen Geschmack einfangen. »Und ich für meinen Teil war es.«

»Was?«, fragte ich abgelenkt.

Sein Lächeln wurde atemberaubend sanft. »Glücklich.«

Himmel! Ich wollte ihn noch einmal küssen.

Leuchtende Hände hin oder her.

Ich reckte mich ihm entgegen, um seine Lippen erneut einzufangen. Doch da stieß jemand, der verdächtig nach Tori klang, einen schrillen Schrei aus.

Überrascht drehten wir uns zur Tür, wo sie wie angewurzelt stehen geblieben war und mit großen Augen meine leuchtenden Hände musterte. »Was zum Teufel ist das?«

Sofort rückte Kane ein Stück von mir ab.

Das gefiel mir nicht sonderlich, weshalb wohl auch das Leuchten schwächer wurde. Trotzdem sah ich vermutlich immer noch aus wie ein Fluglotse, als ich Tori unbeholfen winkte. »Schätze, meine Hände haben noch mehr drauf.«

Zögernd kam Tori näher. »Das ist absolut irre.«

Wie gebannt starrten wir auf meine Hände, die sich genau diesen Moment aussuchten, um ihr Licht erlöschen zu lassen.

»Hmm«, machte Tori und legte den Kopf schief. »Kannst du es wieder anknipsen?«

Ich konzentrierte mich darauf, das Licht wieder aufleuchten zu lassen. Doch nichts passierte. Enttäuscht schüttelte ich den Kopf. »Nein.«

»Was hast du denn gemacht, als es losging?«, hakte Tori nach.

Ich warf Kane einen Blick zu. Alles war so schnell gegangen. In einem Moment hatten wir noch gestritten, im nächsten küssten wir uns schon und ich sprühte im wahrsten Sinne des Wortes Funken. Ich hatte weder das eine noch das andere wirklich verdaut.

»Eden hat mich geküsst.« Kane sagte das in einem Ton, als würde er über das Wetter sprechen, während mir vor Schreck der Mund aufklappte.

Meine Freundin schien hingegen hocherfreut. Sie klatschte in die Hände. »Ha! Ich wusste es.«

Da war sie wohl die Einzige, denn abgesehen davon, dass der Kuss uns beide offenbar glücklich gemacht hatte, waren wir immer noch recht überrumpelt. Zumindest fuhr Kane sich nun durch die Haare und trat einen weiteren Schritt zurück.

Unterdessen legte Tori mir die Hand auf den Arm. »Du wirst mir später alles in Ruhe erzählen – außer die schlüpfrigen Details natürlich. Schließlich ist Kane mein Bruder, und das wäre so was von schräg ...« Sie schüttelte sich, ehe sie mich mit vor Aufregung leuchtenden Augen anlächelte. »Aber jetzt müssen wir schleunigst in den Konferenzraum.«

Ich nahm an, dass Una über die Ereignisse in Lone Pine reden wollte, nachdem die anderen ihr Bericht erstattet hatten. Aber wirklich Lust auf eine weitere Besprechung hatte ich nicht. Stattdessen wäre ich lieber wieder mit Kane allein, um meine Gabe weiter zu erforschen. Ich meine, immerhin lag es ja gewissermaßen in meiner Verantwortung, der Sache auf den Grund zu gehen und herauszufinden, inwieweit unsere Küsse meine Lichtkräfte beeinflussten ...

Leider bekam ich keine Gelegenheit mehr, mich vor dem anberaumten Meeting zu drücken, denn Tori zog mich bereits mit sich aus dem Apartment. »Nun kommt schon! Da gibt es jemanden, der dich unbedingt sprechen will, Eden.«

»Wer soll das sein?«, erkundigte Kane sich, während er vollkommen entspannt hinter uns her schlenderte.

Tori grinste breit. »Edens Vater ist hier.«

30

EDEN

»Dad ist hier?«, wiederholte ich – nur für den Fall, dass ich Tori nicht richtig verstanden hatte.

»Jepp.« Sie deutete hinter sich. »Er ist erst vor ein paar Minuten angekommen. Deshalb bin ich gleich los, um euch zu suchen.«

»Weiß Una schon Bescheid?«, fragte Kane und schien auf einmal ziemlich angespannt.

Tori nickte. »Das war total verrückt. Wir saßen gerade zusammen und haben über die Ereignisse in Lone Pine diskutiert, als es plötzlich an der Tür klopfte. Una war total genervt wegen der Unterbrechung.« Kichernd sah Tori über die Schulter, während wir durch den Gang liefen. »Ihr hättet ihr Gesicht sehen sollen, als Edens Dad reinkam und meinte: Kuckuck, hier bin ich. Wie bei diesem Versteckspiel, wisst ihr? Es war echt zum Totlachen.«

Ich kicherte. »Das hätte ich nur zu gern gesehen.«

»Wie ist er am Haupttor vorbeigekommen?«, fragte Kane hinter uns. »Er hätte sich anmelden müssen.«

Tori schnaubte. »Montgommery dachte, er gehört zu den Leuten, die gerade neue Vorräte anliefern, weil er einen schlichten weißen Van fuhr. Er hat Edens Vater einfach in der Kolonne mit durchgewunken. Schätze, das gibt eine saftige Abmahnung.«

Wir eilten in den Konferenzraum, der ziemlich voll war. Aaron und Lennox besetzten die Stühle am linken Ende des langen Eichenholztisches. Bei ihnen waren auch Meghan, Ryanne und Fergusson. Die Anführerin der Phönixkrieger saß an der Stirnseite, zu ihrer Rechten Lawrence. Ich hatte ihn noch nie derart missmutig dreinschauen sehen. Mit versteinerter Miene taxierte er den Mann, der ihm gegenübersaß: meinen Vater.

Er war wirklich hier. Ich konnte es kaum glauben.

»Dad!« Ich schob mich an Tori vorbei, während er aufsprang.

Lächelnd breitete er die Arme aus, und ich warf ihn beinahe um, als ich ihn erreichte. Sein vertrauter Duft nach Terpentin und Ölfarbe hüllte mich ein, und ich schloss für einen Moment die Augen, um das Gefühl von Zuhause zu genießen, das er in mir wachrief.

Seine schlanken Finger strichen liebevoll durch mein Haar. »Hey, Spätzchen.«

»Du bist so dünn geworden«, stellte ich unzufrieden fest und legte den Kopf in den Nacken, um ihm ins Gesicht zu sehen. Er sah müde aus. Tiefe Falten gruben sich in seine Augenwinkel, und sein Vollbart war struppiger denn je. »Du hast mir doch versprochen, auf dich Acht zu geben.«

»Das hab ich«, erwiderte er und tätschelte meine Wange. Seine Fingerkuppen waren rau und tiefschwarz.

Stirnrunzelnd musterte ich seine Hände. »Seit wann zeichnest du wieder mit Kohle?«

»Es war ein bisschen zu aufwendig, mein ganzes Equipment einzupacken – und offen gestanden fehlte mir auch die Zeit dafür.« Dad grinste verschmitzt in Unas Richtung. »Ihre Leute waren wirklich schnell da.«

Mein Kopf fuhr zu Una herum. »Wir hatten ausgemacht, dass Sie meinen Vater in Ruhe lassen!«

Una reckte das Kinn vor. »Er war ein Risiko, das wir nicht einschätzen konnten. Deshalb habe ich meine Leute in San Francisco gebeten, nach ihm zu suchen.« Ihre Aufmerksamkeit wanderte zurück zu Dad. »Interessanterweise war er bereits fort, als sie ankamen, und wir konnten ihn auch nicht über sein Handy orten.«

Deshalb also die verschiedenen Telefonnummern. Entgeistert sah ich meinen Vater an. »Du ... du warst die ganze Zeit untergetaucht?«

Dad senkte den Blick. »Ich hab bloß eine alte Freundin besucht.«

»Wen?«, fragte ich sofort, denn er hatte überhaupt keine Freunde. Jedenfalls nicht, dass ich wüsste.

Er bekam rote Wangen. »Das ist privat.«

Privat? Das durfte doch echt nicht wahr sein.

»Und warum hast du mir das nicht einfach erzählt?«, bohrte ich verärgert nach, weil ich die ganze Zeit über geglaubt hatte, mein Vater säße friedlich zu Hause und malte in seinem Atelier. Stattdessen war er sonst wo gewesen.

»Tja ... na ja...«, stammelte Dad und kratzte sich am Hinterkopf.

»Ich fürchte, die Antwort auf diese Frage wird dir nicht gefallen«, mischte Una sich ein und legte eine Pause ein, vermutlich um meinem Vater die Möglichkeit zu geben, selbst die Wahrheit zu sagen.

Was er nicht tat.

Deshalb fuhr Una fort: »Wir gehen davon aus, dass dein Vater dich und die anderen in San Francisco belogen hat. Er wusste von Anfang über die Phönixallianz und sein Erbe Bescheid.«

Nein, das konnte nicht sein! Mein Herz verkrampfte sich, während ich zurückwich. »Ist das wahr?«

Dad blinzelte. »Was denn, Spätzchen?«

Ich tat einen zittrigen Atemzug. »Du wusstest die ganze Zeit, dass wir Phönixkrieger sind?«

Mein Vater schaute mich einige Sekunden ausdruckslos an. Dann hellte sich seine Miene auf. »Ich kenne ein Märchen über Phönixkrieger. Deine Großmutter hat es mir früher oft erzählt.« Geistesabwesend rieb er sich über den Bart und verschmierte dabei Kohlereste in den hellen Stoppeln. »Wie ging das doch gleich?«

Er begann, unverständliches Zeug vor sich hinzumurmeln, während ich ihn fassungslos beobachtete. Was Una da behauptete, überstieg meine

Vorstellungskraft. All die Jahre sollte mein Vater mir nur etwas vorgemacht haben? Das konnte ich einfach nicht glauben. Warum sollte er so etwas tun? Das ergab doch keinen Sinn.

Im Geiste spielte ich unser früheres Leben ab. Wie wir über die alten Legenden diskutiert hatten, nachdem Mom uns verlassen hatte – *wegen seiner wirren Episoden*. Wie unser Alltag in den Jahren danach abgelaufen war. Wie seine Gedanken zunehmend verworrener geworden waren ... und plötzlich hatte ich meine Antwort. Ich spürte es bis in den hintersten Winkel meiner Seele. Una irrte sich. Ebenso wie die anderen, denen die Zweifel deutlich ins Gesicht geschrieben standen. Mein Vater wusste nichts von seinem Erbe. Das hieß aber nicht, dass er vollkommen ahnungslos war.

»Dad«, sagte ich leise und deutete auf unsere Umgebung. »Warum hast du mich hierhergeschickt? Mit Leuten, die du nicht einmal kanntest?«

Er warf mir einen reumütigen Blick zu. »Ich hatte da so ein Gefühl ...«

Ein Gefühl.

Meine Augen füllten sich mit Tränen. »Du wusstest, dass das hier kein Sommercamp ist, oder?«

»Was für ein Sommercamp?«, murmelte Ryanne irritiert.

Meghan schüttelte den Kopf. »Keine Ahnung.«

Ich ignorierte sie beide, während ich Dad ansah. Er reagierte nicht auf meine Frage, stattdessen huschte sein Blick kreuz und quer durch den Raum und blieb schließlich bei Kane hängen, der hinter uns stand. »Ich kenne dich.«

»Ja, Sir. Wir sind uns in San Francisco begegnet«, erwiderte Kane ruhig. »Sie baten mich, Ihre Tochter zu beschützen.«

Dad nickte eifrig, als würde er sich erinnern. Dann wurden seine Augen plötzlich groß. »Sie kommen!«

»Wer?«, fragte Una streng.

Panik verzerrte seine Miene. Er packte mich an den Oberarmen. Nicht grob, aber fest genug, um mir einen Schrecken einzujagen. »Das hatte ich ganz vergessen. Deshalb bin ich hier. Ich wollte dich warnen. Er wird zurückkehren.«

Mein Herz begann zu rasen. »Wer wird zurückkehren, Dad?«

Erneut schüttelte er den Kopf und brabbelte wirr vor sich hin, während ich mich schmerzhaft an unseren letzten gemeinsamen Abend zurückversetzt fühlte.

»Meinst du den Phönix?«, hakte ich nach und streichelte seine Wange, um ihn zu beruhigen, obwohl mir vor Angst der Schweiß ausbrach. »Oder Elijah?«

Ein Beben ging durch seinen Körper, und er kniff die Lider zusammen, wie ein Kind, das sich vor der Welt verstecken wollte.

»Moment«, stieß Meghan hervor. »Wie zur Hölle kommst du darauf, dass einer der beiden zurückkehren könnte?«

Ich holte tief Luft. »Weil mein Vater ebenfalls ein Phönixkrieger ist.«

»Aber wir haben nicht den kleinsten Hinweis über deine Vorfahren gefunden«, sagte Lennox leise. »Du könntest deine Kräfte ebenso gut von deiner Mutter haben.«

Lawrence nickte zustimmend. »Dass dein Dad Rogues malt, ist kein hinreichender Beweis dafür, dass er selbst das Licht sehen kann.«

Aaron schien mit ihm einer Meinung zu sein, denn er warf mir einen entschuldigenden Blick zu. »Dein Dad könnte auch einfach Informationen visualisieren, die er von Eingeweihten aufgeschnappt hat, und da er selbst keine Gabe zeigt ...«

Mir entwich ein hysterisches Lachen, woraufhin Aaron verstummte. »Tja, da liegst du falsch.«

»Äh, wie meinst du das?«, fragte Tori irritiert.

Ich sah zu meinem Vater, der immer noch mit zusammengekniffenen Augen die Welt um sich herum ausblendete, während er leise irgendetwas vor sich hin brabbelte. Leider verstand ich nur Bruchstücke, aber es genügte, um auch die letzten Zweifel auszuräumen.

»Ich denke, mein Vater hat Visionen«, erklärte ich meiner Freundin und auch allen anderen im Raum. »Das ist seine Lichtgabe.«

Eine ohrenbetäubende Stille schlug mir entgegen. Doch ich war mir absolut sicher. Denn nur das ergab Sinn. Dad wusste vielleicht nichts über die Phönixallianz, aber er hatte mich nicht grundlos hergeschickt. Hier war ich sicher vor Rogues und hatte innerhalb kürzester Zeit meine eigenen Fähigkeiten entdeckt. Außerdem glaubte ich nicht mehr daran, dass das Auftauchen von Tori und den anderen ein Zufall war.

»Visionen?« Meghan lachte auf. »Ist das dein Ernst, Eden?«

Obwohl ihre Skepsis an meinen ohnehin schon angespannten Nerven zerrte, zuckte ich bloß mit den Schultern. »Ihr könnt Schutzschilde und Waffen aus Licht erschaffen, euch unsichtbar machen und sogar fliegen. Warum sollte es nicht auch jemanden geben, der Botschaften durch das Licht empfangen kann?« Ich sah einen nach dem anderen an, bis ich bei Kane landete. Er würde mir sicher glauben. »In der Nacht, als wir uns zum ersten Mal begegnet sind, wusste mein Vater plötzlich die Telefonnummer von eurem Hauptquartier, erinnerst du dich?«

Kane nickte. »Wir dachten, er hätte sie von einer eingeweihten Person erhalten.«

»Das wäre schon möglich«, räumte ich ein. »Aber was, wenn diese Theorie falsch ist? Überleg doch mal! Warum seid ihr in jener Nacht überhaupt in San Francisco gewesen?«

Nachdenklich rieb Kane sich über das Kinn. »Unser Algorithmus hat am Morgen einen Anruf beim San Francisco Police Department abgefangen. Wir waren eigentlich nur wegen einer Routineüberprüfung dort.«

»Und trotzdem seid ihr genau in dem Moment auf der Bildfläche erschienen, in dem ich in Schwierigkeiten steckte. Glaubst du wirklich, dass das bloß ein Zufall war?«

Kane tauschte einen Blick mit Una, die sich nun an Fergusson wandte. »Such den Anruf raus.«

Sofort zog Fergusson den Laptop von der Tischmitte heran und tippte darauf herum. Der Beamer sprang an, und wir alle verfolgten, wie Fergusson die Akte vom Einsatz in San Francisco öffnete und eine Audiodatei anklickte. Sekunden später poppte ein Textfeld auf, und die Stimme meines Vaters drang klar und deutlich aus dem Lautsprecher:

```
Hallo. Ich rufe an, weil sich in meiner Nachbar-
schaft ein verdächtiger Mann aufhält. Er ist sehr
brutal und rücksichtslos. Bisher hat er mehrere
Autos zerstört und einen Store überfallen. Sie
müssen dringend Hilfe schicken. Er ist ein
Psychopath, der ohne Rücksicht handelt. Hayes
Valley ist nicht sicher. Spätestens heute Abend
wird er wieder angreifen, und wer weiß, wie
viele Unschuldige er dann verletzt.
```

Jedes Wort, bei dem der Algorithmus ansprang, wurde in dem Sprechtext gelb unterlegt, weshalb der gesamte Text am Ende leuchtete wie ein Weihnachtsbaum.

Aaron holte tief Luft. »Ich denke, wir sind uns einig, dass es kein Zufall war.«

»Visionen.« Staunend musterte Tori meinen Vater, der immer noch völlig bei sich war. »Also war seine Gabe schon seit Jahren vorhanden?«

»Ich denke schon.« Betrübt ergriff ich seine Hand. »Nur haben sie alle als Wahnvorstellung interpretiert.«

»Wenn das wahr ist«, sagte Lennox und verlagerte sein Gewicht, bevor er sich an meinen Vater wandte. »Haben Sie dann auch gesehen, *wer* zurückkehren wird?«

Dad wimmerte.

»Er muss den Phönix meinen«, sagte Tori, die immer an dessen Wiederauferstehung geglaubt hatte.

»Blödsinn!«, widersprach Meghan und verschränkte die Arme. »Der Phönix hat sich für die Menschheit geopfert. Er ist für immer verloren. Er kann es nicht sein.«

Ryanne stieß einen erstickten Laut aus. »Dann hoffen wir mal, dass er nicht von Wheeler spricht. Das wäre nämlich der Super-GAU.«

»Zumindest würde es erklären, warum sich die Rogues plötzlich zu Horden zusammenrotten«, warf Aaron mit ungewohnt besorgter Miene ein.

Doch Meghan schüttelte entschieden den Kopf. »Ich glaube nicht an Wiedergeburt.«

Tori trat an den Tisch heran. »Aber der Phönix ist auch immer wiederauferstanden. Warum sollte das für seinen Feind nicht ebenfalls möglich sein?«

»Der Phönix entstieg seiner eigenen Asche«, wandte Lawrence mit einem milden Lächeln ein. Er sah nicht mehr ganz so missmutig aus und versuchte wie immer, die Wogen zu glätten. Wahrscheinlich hatte ihn Dads Ankunft einfach überrumpelt. »Elijah Wheeler ist seit über hundert Jahren tot. Es ist doch recht unwahrscheinlich, dass er plötzlich wieder auf der Bildfläche erscheint.«

Fergusson lachte schnaubend. »Wollen ausgerechnet wir jetzt wirklich eine Diskussion über Wahrscheinlichkeiten anstellen?«

Una musterte meinen Vater nachdenklich. Zu meiner Überraschung schien sie meine Theorie zumindest in Erwägung zu ziehen. »Was haben Sie gesehen?«

»Nicht viel«, stammelte Dad und schnitt eine Grimasse. »Es war so dunkel dort.«

»Wo?«, fragte Una barsch. Die Frau musste wirklich dringend an ihren Kommunikationsfähigkeiten arbeiten. »Von welchem Ort reden Sie, Mr Bricks?«

Ich schnappte nach Luft, als sich ein weiteres Puzzleteil in seinen Platz fügte. »Er spricht von der Höhle.«

Aufgeregt zog ich an Dads Arm, woraufhin er blinzelnd die Augen öffnete.

Als er mich erkannte, lächelte er breit. »Eden, ich hab dich gefunden!«

Kurz fragte ich mich, ob er alles vergessen hatte, worüber wir gerade geredet hatten. Aber letztlich war das jetzt nicht wichtig. »Erinnerst du dich an das Höhlenbild, von dem du mir erzählt hast?«

Mein Vater lachte leise. »Selbstverständlich. Du hast mich gebeten, es dir zu mailen. Dabei weißt du doch, dass ich überhaupt keine Ahnung von Technik habe.«

»Stimmt«, erwiderte ich sanft, obwohl ich kurz davor war, von Anspannung aus der Haut zu fahren. »Hast du das Bild zufällig mitgebracht?«

»Es ist noch nicht fertig.« Gequält rieb Dad sich über das Gesicht und verteilte abermals Kohle auf seiner Haut. »Alles, was ich habe, ist eine Skizze, und die ist zu ungenau. Die Schatten stimmen noch nicht, und das Licht fällt im falschen Winkel ein. Und die Wände … Sie verändern sich. Ich kriege es einfach nicht richtig hin.«

»Zeig es mir trotzdem, bitte.«

Er schüttelte den Kopf. »Ich muss erst sicher sein, dass alles richtig ist.«

»Lass mich nur einmal einen kurzen Blick draufwerfen, ja? Es würde mir wirklich viel bedeuten.«

»Also schön«, nuschelte er, doch er wirkte nicht besonders glücklich darüber. »Aber mach mir nachher keine Vorwürfe.«

»Das würde ich niemals tun.«

Eigentlich erwartete ich, dass wir zu seinem Van gingen, doch zu meiner Überraschung zog er ein Stück Papier aus der Brusttasche seines Flanellhemdes und reichte es mir. Das Blatt war über und über mit schwarzen Fingerabdrücken versehen und voller Kohlespuren. Trotzdem faltete ich das schmutzige Papier so vorsichtig auf, als handelte es sich dabei um die *Magna Carta* höchstselbst.

In meinem Körper setzte ein Summen ein, und kurz hielt ich erschrocken inne, weil ich fürchtete, gleich wieder mit leuchtenden Händen dazustehen. Das würde für eine ganze Menge mehr dummer Gesichter sorgen, so viel stand fest.

Tori und Kane rückten an mich heran, um mir über die Schulter zu schauen, während mich die anderen nicht aus den Augen ließen.

Ich hielt den Atem an, als ich das Blatt zum letzten Mal auseinanderfaltete.

Und da war sie: die Höhle aus meinem Traum.

Die Höhle sah fast so aus wie in meiner Erinnerung. Details waren anders. Außerdem verlieh die schwarze Kohle der Höhle etwas Finsteres und Bedrohliches. Wäre die strahlend schöne Feder nicht gewesen, die darin schwebte ...

»Du lieber Himmel«, flüsterte Tori ehrfürchtig.

»Und?« Ungeduldig trommelte Una auf der Tischplatte herum. »Was ist drauf?«

»Eine Höhle«, antwortete Kane tonlos und schaute seine Anführerin an. »Mit einer Phönixfeder.«

»Es ist die letzte«, flüsterte Dad so laut, dass wir ihn trotzdem alle verstehen konnten.

Ein kollektiver Ruck ging durch die Gruppe, und alle sprangen gleichzeitig auf, um einen Blick auf die Zeichnung zu werfen.

»Zeig her!«, rief Lennox. Er war natürlich am lautesten.

Bevor mir noch jemand das Blatt aus der Hand riss, trat ich vor und legte es in die Mitte des Konferenztisches, damit jeder etwas sehen konnte.

»Heilige Scheiße«, stieß Ryanne aus. »Glaubt ihr, die ist wirklich echt?«

»Ganz bestimmt«, antwortete ich und strich vorsichtig das Blatt glatt. »Und ich glaube auch, dass wir mit ihrer Hilfe den Phönix zurückbringen können.«

Ich hatte nicht wirklich mit tosendem Beifall für diese Theorie gerechnet. Trotzdem schmerzte es mich, dass ausgerechnet Kane entschieden den Kopf schüttelte.

»Du irrst dich, Eden«, sagte er. »Das ist unmöglich.«

»Nur weil etwas unmöglich erscheint, heißt das nicht, dass es das auch ist«, widersprach ich. »Aus den Legenden wissen wir, dass der Phönix nach seinem Tod jedes Mal aus seiner Asche wiederauferstand. Aber was ist, wenn ein Teil von ihm gar nicht verbrannt ist, sondern immer noch existiert? Vielleicht ist das der Grund dafür, warum er damals nicht zurückkehrte.«

»Eine Feder besitzt nur die Kraft, einen Phönixkrieger zu erschaffen«, sagte Una und richtete sich auf. »Ihre Macht reicht nicht aus, um den Phönix zurückzubringen.«

Tori legte den Kopf schief. »Und woher wissen wir das so genau?«

Stille trat ein, und ich warf meiner Freundin einen dankbaren Blick zu, weil sie mir sofort zur Seite gesprungen war.

»Vielleicht hat Eden recht«, meinte Aaron nachdenklich. »Schließlich war niemand von uns dabei, als die ersten Phönixkrieger erschaffen wurden.«

Streng genommen stimmte das eventuell nicht ganz. Zumindest fühlten sich meine Träume nicht an wie Hirngespinste. Möglicherweise gestattete meine Phönixkraft ja einen Blick in die Vergangenheit, wohingegen Dad die Zukunft sah?

Ich überlegte, den anderen davon zu erzählen. Aber ich war mir nicht sicher, ob das wirklich klug war, denn ich konnte meine Theorie nicht beweisen.

Bevor ich allerdigs eine Entscheidung treffen konnte, nickte Tori eifrig. »Die Überlieferungen in unseren Archiven könnten falsch sein oder unvollständig oder die Gründungsmitglieder wussten es einfach nicht besser. Ich meine, immerhin hat der Phönix sich nie erklärt. Konnte er überhaupt sprechen?« Sie kicherte aufgeregt. »Seltsam, dass ich mich das nie zuvor gefragt habe.«

Kane schnaubte. »Der Phönix war ein heiliger *Vogel*, Victoria. Selbstverständlich konnte er nicht sprechen.«

Stirnrunzelnd verschränkte ich die Arme. »Weil das im Gegensatz zu magischen Lichtkräften ein superkrasser Skill wäre, oder wie?«

Zugegeben, in meinen Träumen hatte der Phönix auch nicht gesprochen. Aber es gleich kategorisch abzulehnen, fand ich angesichts seiner sonstigen Fähigkeiten recht absurd.

Kane klappte den Mund auf, schien allerdings selbst festzustellen, dass mein Argument nicht einer gewissen Logik entbehrte.

Lennox gluckste. »Punkt für Eden, würde ich sagen.«

»Das ist hier kein Wettstreit«, ging Meghan dazwischen, bevor sie auf Dads Zeichnung tippte. »Wenn ihr mich fragt, ist das reine Zeitverschwendung.«

»Dich hat aber niemand gefragt«, knurrte Tori. »Sollte es da draußen wirklich eine Phönixfeder geben, müssen wir sie finden. Das ist unsere Pflicht.«

Meghan kniff die Lider zu schmalen Schlitzen zusammen. »Unsere Pflicht ist es, Rogues zu vernichten.«

Natürlich war Ryanne sofort auf ihrer Seite. »Wir können diese Aufgabe nicht vernachlässigen, um nach einer versteckten Höhle zu suchen. Wir wissen ja nicht mal, wo sie ist.«

Da konnte ich ihr leider nicht widersprechen. Selbst mein Traum hatte mir keinerlei Ansatzpunkte geliefert. In einem Moment hatte der Phönix noch seine Federn an die Auserwählten verschenkt, im nächsten war die Sicht so diffus gewesen, dass ich rein gar nichts hatte erkennen können.

»Ihr werdet das Leben nur im Tod finden«, krächzte Dad.

Mein Kopf ruckte zu ihm herum. »Was hast du gesagt?«

Er starrte gedankenversunken auf seine Zeichnung. Er schien komplett in seiner Welt gefangen zu sein. Seine Lippen bewegten sich, doch diesmal verließ kein Laut seinen Mund.

»Dad!« Ich trat dicht vor ihn, um seinen Blick einzufangen. »Was meinst du damit?«

Er blinzelte. »Was?«

Hinter mir stieß Meghan ein leises Schnaufen aus. »Das ist doch sinnlos. Er weiß ja gar nicht, was er da redet.«

Das glaubte ich nicht. Bisher hatte alles, was Dad gesagt hatte, auf verquere Weise Sinn ergeben, und ich bezweifelte nicht, dass auch in diesem Satz etwas Wahres steckte. Ich musste ihn nur entschlüsseln.

»Das Leben im Tod«, murmelte ich nachdenklich.

»Wo alles seinen Ursprung hat«, flüsterte Dad. »Am Anfang beginnen.«

»Was für eine bahnbrechende Erkenntnis«, sagte Ryanne und kicherte leise. »Und am Ende aufhören. Wirklich, toll. Gut, dass wir das geklärt haben.«

Mit einer ruppigen Bewegung hob ich die Hand, um sie zum Schweigen zu bringen.

Wo alles seinen Ursprung hat.

Irgendwo hatte ich das schon einmal gehört. Aber wo? Wann? In welchem Zusammenhang?

Tori seufzte. »Woher sollen wir wissen, wo der Ursprung des Lebens war?«

Ihre Stimme gab mir den entscheidenden Hinweis. Denn sie war es, die diese Worte zu mir gesagt hatte. Aufgeregt sah ich sie an. »Nicht des Lebens, sondern der Phönixkrieger.«

Tori quietschte leise. »Glorypeak! Glorypeak liegt am Rande des Death Valleys.«

Ich nickte. »Ich denke, wir sollten dort suchen.«

»Natürlich!«, stimmte Lennox mir zu. »Das *Leben im Tod*. Er kann nur das Death Valley meinen.«

»Oh, na dann.« Mit einem zuckersüßen Lächeln verschränkte Meghan die Arme. »Wenn es weiter nichts ist. Das wären dann ja nur ein bisschen mehr als fünftausendzweihundert Quadratmeilen. Ein Spaziergang, mehr nicht.«

Ryanne kicherte erneut, während Fergusson hektisch auf der Tastatur herumklimperte. Sekunden später erschien ein Satellitenbild des gewaltigen Terrains.

Unzufrieden rieb Lawrence sich über das Kinn. »Wir würden Jahre brauchen, um alles nach dieser Höhle abzusuchen. Selbst wenn wir das Gebiet aufteilen und all unsere Kräfte zusammennehmen.«

»Aber die Rogues vermehren sich seit Wochen stetig und agieren nun in Horden«, wandte Aaron ein. »Wenn wir nicht aufpassen, werden sie uns innerhalb kürzester Zeit überrennen.«

Lennox ließ die Schultern sinken. »Und dann heißt es Game over.«

Ungläubig schaute ich zwischen den Phönixkriegern hin und her. »Also werden wir einfach gar nichts tun?«

»Wenn diese Phönixfeder wirklich existiert, dann hat sie nur deshalb ein ganzes Jahrhundert überdauert, weil sie gut versteckt ist«, wandte Lawrence ein und sah Una an. »Wir sollten es dabei belassen.«

»Was?«, riefen Tori und ich gleichzeitig aus.

Ich schüttelte den Kopf. »Ihr habt selbst gesagt, dass die Rogues immer stärker und zahlreicher werden. Hier haben wir die Lösung für unser Problem. Oder zumindest die Hoffnung darauf.« Aufgeregt tippte ich auf die Zeichnung. »Mit dieser Feder könnte der Phönix vielleicht wiederauferstehen und uns alle retten. Wir dürfen diese Chance nicht einfach ignorieren.«

Fergusson räusperte sich. »Nehmen wir mal kurz an, wir finden diese Feder, wie genau sollen wir den Phönix damit wiedererwecken?«

»Ich ...« Nervös befeuchtete ich meine Lippen. »Ich weiß es nicht.« Das zuzugeben fühlte sich wie ein Rückschlag an. Aber ich war nicht bereit aufzugeben. »Vielleicht müssen wir sie mit der restlichen Asche des Phönix verbrennen?«

»Die Asche ist verloren«, wandte Kane leise ein.

Entgeistert sah ich ihn an. »Was?«

Seine Lippen verzogen sich zu einem zynischen Grinsen. Er wusste genau, was mir gerade durch den Kopf ging.

»Verstehe ich das richtig?«, fragte ich und spürte, wie Entrüstung und Wut wie ein Tsunami über mich hinwegrollten. »Für den Erzfeind dieser Allianz und praktisch der gesamten Menschheit errichtet ihr ein Mausoleum und verwahrt seine sterblichen Überreste seit seinem Tod hier auf. Aber das heiligste Geschöpf der Welt, das sein Leben für uns *opferte*, habt ihr einfach in der Wüste verrotten lassen?«

Die letzten Worte schrie ich so laut, dass mein Vater zusammenzuckte und die meisten Anwesenden beschämt den Blick senkten.

Nur Una sah mir ruhig entgegen. »Niemand weiß, was damals geschehen ist. Daher sollten wir uns kein Urteil erlauben.«

Da war ich anderer Ansicht. »Eigentlich finde ich ...«

Dads Wimmern ließ mich innehalten. Er krümmte sich zusammen. »O nein!«

Erschrocken streckte ich die Hand nach ihm aus, doch im nächsten Augenblick begann der Boden zu vibrieren. Der schwere Eichenholztisch wackelte, und Risse zogen sich durch die Betonwände, während wir alle mit den Armen ruderten, um nicht das Gleichgewicht zu verlieren.

Es dauerte nur ein paar Sekunden. Aber mir kam es vor wie eine Ewigkeit. Als das Ruckeln nachließ, starrten wir einander entsetzt an.

»War das ein Erdbeben?«, fragte ich.

Mein Vater gab erneut einen gequälten Laut von sich. Horror schimmerte in seinen Augen, als er den Kopf hob. Seine Stimme war kaum mehr als ein Flüstern. »Sie sind hier.«

31

KANE

Normalerweise neigte ich nicht zur Panik. Ich meine, wenn man als Phönixkrieger aufwächst, kriegt man eine ganze Menge Mist mit, und nach allem, was mit meinen Eltern passiert war, hatte ich angenommen, dass es nicht noch schlimmer kommen könnte. Aber die Worte von Edens Dad ließen mir das Blut in den Adern gefrieren.

Sie sind hier.

Wenn Eden richtiglag und ihr Vater tatsächlich Visionen empfing, ließ das im Grunde nur einen Schluss zu: Wir wurden angegriffen.

Als hätte ich diesen verfluchten Gedanken laut ausgesprochen, heulte die Sirene des Anwesens los, und auf dem Monitor poppte ein Fenster auf: *Alarmstufe Rot. Sofortige Evakuierung.*

»Alle raus hier!«, brüllte Una.

Sofort setzten sich alle in Bewegung. Eden packte ihren Vater und zerrte ihn mit sich aus dem Raum. Unzählige Leute stürmten über den Gang. Sie rannten durch den Korridor in den Hinterhof, wie es das Sicherheitsprotokoll vorschrieb.

Georgie kam uns aus der Kommandozentrale entgegen. Normalerweise war sie die Ruhe in Person. Jetzt war ihr Gesicht aschfahl, während sie schützend ihren gewölbten Bauch hielt. »Rogues haben das Anwesen gestürmt und das Überwachungssystem mit Steinen zerstört. Wir sind blind.«

Una fluchte. »Sind sie schon im Gebäude?«

Mit weit aufgerissenen Augen schüttelte Georgie den Kopf. »Ich weiß es nicht. Ich glaube nicht.«

»Das Hauptgebäude wird von den Seitenflügeln abgeschottet«, sagte ich. »Hier drinnen wären die Leute, die nicht kämpfen können, sicherer.«

Una nickte zustimmend. »Ryanne, überprüf mit Meghan und Fergusson die oberen beiden Etagen. Aaron, Lennox – ihr übernehmt das restliche Erdgeschoss.«

Die fünf stürmten davon, während wir hinaus in den Hinterhof rannten, um uns einen Überblick über die Lage zu verschaffen.

Aber dort herrschte das reinste Chaos.

Sichtlich unter Schock strömten die Leute aus den Gebäuden. Alva führte eine Gruppe mit Jugendlichen an. Diego war ebenfalls unter ihnen. Auch Santiago hatte seinen Posten in der nutzlosen Kommandozentrale verlassen und half nun Familien mit kleinen Kindern, während sich alle auf der Wiese versammelten.

Plötzlich erklang ein Schrei am Ende des Hinterhofs, und die Menschen wichen in Panik zurück.

Ich stieß einen Fluch aus. Unzählige Rogues stürmten hinter dem Schulungsgebäude auf der linken Seite hervor. Es waren so viele, dass ich sie nicht mal zählen konnte.

»O mein Gott«, rief Eden hinter mir, während Alva mit kratziger Stimme Befehle brüllte.

Die Phönixkrieger weiter vorn formierten sich und ließen ihre Lichtwaffen erstrahlen, um die Wehrlosen zu schützen. Leider waren es viel zu wenige, weil die meisten auf der Jagd waren. Auf dem Anwesen befanden sich hauptsächlich gewöhnliche Angestellte und Familien mit Kindern. Sie hatten keine Chance gegen diese Übermacht von Rogues. Genauso wenig wie wir.

Trotzdem rannten Una, Lawrence, Tori und ich ebenfalls los. Ich warf einen Blick über die Schulter. Eden war deutlich anzusehen, wie sehr sie uns folgen wollte. Aber ihr Vater war völlig außer sich, und sie hatte Mühe, ihn festzuhalten.

»Es ist zu spät!«, jammerte er und zappelte wie wild herum, um sich aus Edens Umklammerung zu befreien. »Sie sind hier, und schon bald wird er ebenfalls zurückkehren.« Er schluchzte auf. »Zu spät. Viel zu spät. Ich hätte eher da sein müssen.«

Mann! Dieser Kerl half einem nicht gerade, optimistisch zu bleiben.

»Bring ihn zurück ins Gebäude, sobald es sicher ist«, rief ich Eden zu und richtete meine Aufmerksamkeit auf die Rogues, die sich nun vor der Phönixkriegerfront versammelten. Zwar besaßen sie nicht die erforderliche Feinmotorik, um Schusswaffen zu führen. Aber sie waren trotzdem mit Baseballschlägern, Knüppeln und Eisenstangen bewaffnet. Noch griffen sie nicht an, sondern suchten einen Weg durch die Blockade. Aber lange würden sie nicht mehr zögern. Und dann würde es richtig hässlich werden.

Alva ließ ihre Lichtpeitsche knallen und drängte damit zwei Rogues zurück, die sich etwas weiter vorgewagt hatten. Gleichzeitig erschuf Una eine Barriere, um mindestens zehn Rogues auf der linken Seite zu blockieren.

»Ich will keine Ausreden mehr hören, Kane«, rief sie mir zu. »Du wirst deine Gabe einsetzen.«

Mir entwich ein frustriertes Lachen. An jedem anderen Tag hätte ich ihrem Befehl umgehend Folge geleistet. Diesmal ohne Diskussion. Aber nachdem ich in Lone Pine etwas über die Stränge geschlagen hatte, um kurzen Prozess mit dem Sheriff und seinen Kollegen zu machen, bewegte sich mein Energielevel nur noch auf maximal dreißig Prozent.

Aaron und Lennox tauchten neben uns auf.

»Das Gebäude ist sicher«, berichtete Aaron. »Aber die Leute kommen nicht mehr rein. Das Beben hat das Sicherheitsprotokoll aktiviert. Die Türen gehen nur noch in eine Richtung auf.«

»Okay. Wir bringen sie über die Aula rein«, entschied Una. »Ich werde im Hinterhof einen Lichtkorridor erschaffen, Kane und Aaron, ihr werdet ihn bewachen. Lasst nur die passieren, deren Licht ihr seht. Tori! Lauf zurück und sag Meghan und Ryanne, sie sollen den Vordereingang sichern. Du öffnest die Terassentür!«

Tori nickte und verschwand.

Als Nächstes wandte Una sich an Lawrence. »Du leistest medizinische Hilfe, wo es nötig ist. Lennox, sorg dafür, dass der Weg frei ist.«

Sofort stieß Lennox sich vom Boden ab und schwang sich in die Lüfte, während Lawrence zurück zum Gebäude rannte.

»Macht Platz!«, brüllte ich und bedeutete den Leuten, aus dem Weg zu gehen. Sie stoben ängstlich auseinander. Hinter uns riss Tori die Terrassentür der Aula auf. Ich nickte Una zu. »Alles bereit.«

Sie hielt die Barriere vor den Rogues noch einen Moment aufrecht, damit wir uns formieren konnten. Dann wirbelte sie herum und erschuf einen Lichtkorridor, der über den Hinterhof direkt zur Aula führte.

»Alle hier rein!«, brüllte ich und winkte die Leute in den Tunnel. Anfangs waren es so viele, dass es kaum möglich war, die Aura jedes Einzelnen genau zu überprüfen. Aber da ich die meisten kannte, reichte mir ein kurzer Blick, um ihren Zustand einschätzen zu können.

Unser Versuch, die Unschuldigen in Sicherheit zu bringen, schien das Aggressionslevel der Rogues beträchtlich in die Höhe zu schrauben. Denn sie versuchten nun nicht mehr, einen günstigen Weg zu ihrer Beute zu finden, sondern griffen frontal an.

Am liebsten hätte ich es erneut Lichtblitze vom Himmel regnen lassen. Aber diesmal waren viel zu viele Leute auf dem Feld, und sie bewegten sich zu unvorhersehbar. Ich hatte Angst, jemanden zu verletzen. Deshalb streckte ich die Hände aus und versuchte, den Rogue, der mir am nächsten war, mit einem Lichtblitz direkt aus meiner Hand zu eliminieren.

Leider war der Mistkerl zu schnell. Er warf sich auf die Seite, und mein Angriff ging ins Leere. Ich wollte ihm gerade nachsetzen, doch im selben Moment wurde ich von einem anderen Rogue zu Boden gerissen.

Fluchend bäumte ich mich auf, schüttelte den Rogue ab, der mir auf dem Rücken klebte, und streckte die Hand nach ihm aus. Glücklicherweise war sein Shirt zerrissen, sodass ich seine Brust direkt erreichen konnte. Ich bündelte meine Lichtkraft und jagte einen Blitz in sein seelenloses Herz. Schon zerfiel er zu Staub.

Erleichtert sprang ich auf die Beine und wollte mir den nächsten Rogue vornehmen. Doch da löste sich plötzlich Unas Korridor auf.

Ich wirbelte herum.

Una stand nur wenige Meter vor der Aula, wo sie eine Lichtbarriere errichtet hatte, um das Gebäude zu sichern. Vier Rogues hieben gleichzeitig auf die Barriere ein. Unas Knie gaben nach, doch sie hielt stand.

»Verdammt«, knurrte ich und rannte los, um ihr zu helfen, weil es sonst niemand konnte. Aaron wurde von zwei Rogues attackiert, und die anderen waren ebenfalls in Kämpfe verwickelt.

Ich sprang über einen Rogue, der mir praktisch vor die Füße fiel, weil Alva ihre Peitsche um seine Füße geschlungen hatte. Kurz hielt ich inne und erledigte ihn. Dann setzte ich meinen Weg fort.

Unas Schutzwall flackerte bereits bedrohlich, und ihre Gesichtsfarbe war besorgniserregend bleich. Lange würde sie das nicht mehr durchhalten. Und wenn der Schutzwall brach, würde es das reinste Massaker in der Aula geben. Das durfte auf keinen Fall passieren.

Ich nahm Anlauf, machte einen Bogen und rammte die Rogues seitlich von Una weg. Zwei von ihnen sprangen auf und rannten davon, wahrscheinlich, um sich neue Ziele zu suchen. Die beiden anderen hingegen griffen mich an und hieben mit Baseballschlägern auf mich ein. Erst schaffte ich es noch, ihnen auszuweichen. Aber dann stolperte ich über jemanden, der hinter mir auf dem Boden lag.

Shit!

Ich ruderte mit den Armen und fiel über eine Frau, die sich auf dem Boden zusammengerollt haben musste, als Unas Lichtkorridor erloschen war. Grauen erfasste mich, sobald ich die liebenswürdige Miss Noodles erkannte. Das war nicht ihr richtiger Name. Ich nannte sie nur so, weil sie hier schon seit meiner Kindheit Köchin war und die weltbesten Nudeln machte. Sogar dann, wenn sie gar nicht auf dem Speiseplan standen.

Einer der beiden Rogues packte die ältere Frau an den ergrauten Haaren und bog ihren Kopf zurück. Sie stieß einen heiseren Schrei aus und starrte ihn mit schreckgeweiteten Augen an.

»Nein!«, brüllte ich und bündelte meine Kräfte, um sie gegen den Rogue einzusetzen. Gleichzeitig holte der andere Rogue mit seinem Baseballschläger nach mir aus.

Ich biss die Zähne zusammen, streckte die Hand aus und schickte einen Lichtblitz zu dem Rogue, der gerade dabei war, sich über Miss Noodles' Licht herzumachen. Mir blieb keine Zeit zu überprüfen, ob ich getroffen hatte. Hastig duckte ich mich weg, doch der andere Rogue traf mich mit voller Wucht gegen die Rippen.

Obwohl ich im Grunde darauf vorbereitet war, raubte mir der Schmerz den Atem, und mir stülpte sich der Magen um. Ich war mir ziemlich sicher, dass mindestens zwei Rippen angeknackst waren. Allerdings hatte ich in meinem Leben auch schon Schlimmeres erlebt. Deshalb wusste ich, wie ich die physischen Alarmsignale meines Gehirns ignorieren konnte.

Was leider nicht hieß, dass ich gleich wieder heldenhaft auf die Füße sprang. Tatsächlich hatte ich nämlich genug damit zu tun, meinen Kopf zu schützen, damit dieser Penner mir nicht auch noch den Schädel spaltete.

»Kane!«

Wie durch dichten Nebel drang Santiagos entsetzter Schrei zu mir durch. Drei Sekunden später hörten die Schläge auf. Schwer atmend hob ich den Kopf und sah gerade noch, wie Miss Noodles in die Sicherheit der Aula verschwand. Ihr Licht schimmerte mit unverminderter Kraft.

Der Rogue mit dem Baseballschläger kassierte in der Zwischenzeit ein paar ziemlich fiese Faustschläge von Santiago, der nun auf seinem Oberkörper hockte und ihn so auf dem Boden hielt.

Ich atmete an dem Schmerz in meinen Rippen vorbei und rappelte mich auf. Sterne tanzten vor meinen Augen und erschwerten mir das Sehen, während ich den Hinterhof nach weiteren Rogues absuchte.

Überall leuchteten die Waffen der Phönixkrieger. Aber es waren jetzt noch weniger als zu Beginn des Kampfes. Unzählige Verletzte lagen auf dem Boden oder versuchten, sich mit bloßen Händen zu verteidigen. Über einem Mann, den ich nicht kannte, kauerte eine Rogue und entzog ihm sein Licht. Für ihn kam jede Hilfe zu spät. Dafür zerfiel etwas weiter hinten ein weiterer Rogue zu gleißendem Lichtstaub. Trotzdem waren immer noch viel zu viele Feinde übrig.

Aaron wurde gleich von drei Rogues in die Mangel genommen. Wieder und wieder glühten seine Lichtspeere auf, doch diese Bastarde schlugen sie ihm jedes Mal mit brachialer Gewalt aus den Händen. Er konnte nichts gegen sie ausrichten.

Benommen stolperte ich auf meinen Freund zu. Ich wollte mein Licht in seine Richtung schleudern, doch es kostete mich sämtliche Energie, mich überhaupt auf den Beinen zu halten. Dennoch lief ich schneller, um Aaron zu helfen. Uns trennten nur noch wenige Meter, als mir plötzlich ein scharfer Stich in die linke Schulter fuhr.

Eine Welle der Übelkeit schlug über mir zusammen. Ich schaute zurück und sah einen Rogue. Der Penner hatte ein verdammtes Küchenmesser in der Hand und stach damit auf mich ein.

Reflexartig hob ich den Arm, bündelte meine Lichtkraft und warf sie in seine Richtung. Der Rogue riss erschrocken den Mund auf, dann wanderten Risse über seine Haut, und er explodierte in Tausende Funken.

Ich spürte weder Erleichterung noch Genugtuung. Stattdessen wurde mir schwarz vor Augen. Ich blinzelte hektisch, um wieder klar zu sehen.

Nur verschwommen nahm ich wahr, wie Lennox herabstürzte. Er riss zwei der Rogues, die Aaron auf dem Boden fixierten, mit sich. In einem wirren Knäuel rollten sie über das blutgetränkte Gras. Irgendwie hatte es einer der Rogues geschafft, sich einen großen Stein zu krallen, mit dem er nun auf Lennox' Kopf einschlug.

Er ging sofort k. o.

Ich fluchte und änderte meine Richtung, um nun zu Lennox zu laufen. Aber erneut kreuzte ein Rogue meinen Weg und hinderte mich daran, meinen Freund zu erreichen. Ich wollte ihn ebenfalls ausschalten. Doch da meine Energiereserven aufgebraucht waren, dauerte es eine gefühlte Ewigkeit, bis ich den Mistkerl endlich auf die Matte schickte. Genau zur richtigen Zeit tauchte Aaron neben uns auf und jagte einen Lichtspeer in die Brust des Rogues.

Keuchend taumelte ich weiter. »Lennox«, stieß ich hervor. »Lennox braucht unsere Hilfe.«

»Wo ist er?«, rief Aaron mir zu, geriet aber sogleich ins Straucheln.

Absoluter Horror erfasste uns, als wir Lennox entdeckten. Er kniete auf dem Boden, hinter ihm ein Rogue, der seinen Hals in einem unnatürlichen Winkel zurückbog. Panik verzerrte Lennox' Züge, während er mit seinen Lichtflügeln wild um sich schlug. Doch er kam nicht von der Stelle.

Ein anderer Rogue kauerte über seinem Gesicht – und raubte ihm das Licht.

»Nein!«, brüllten Aaron und ich gleichzeitig und stürmten los.

Die wenigen Meter, die zwischen uns lagen, fühlten sich an wie Tausende Meilen, während Lennox' Licht schwächer und schwächer wurde.

Obwohl ich das Gefühl hatte, meine Rippen würden jeden Moment meine Lunge aufspießen, stürzte ich mich auf den Rogue, der Lennox festhielt. Mit letzter Kraft jagte ich ihm einen Lichtblitz ins Herz. Gleichzeitig stieß Aaron seinen Speer in einen anderen Rogue.

Lennox war vornüber auf die Hände gefallen. Mit weit aufgerissenen Augen starrte er ins Gras. Sein Licht flimmerte. Es war ein letztes, verzweifeltes Aufbäumen.

»Lennox!« Aaron packte ihn an den Schultern. »Geht's dir gut?«

»Nein.« Lennox keuchte. Er wusste es auch. Langsam hob er den Kopf und schaute seinem besten Freund in die Augen. Die Leere in seinem Blick zerfetzte mir das Herz. »Töte mich.«

Ein Schluchzen brach aus Aaron hervor. »Du solltest doch in der Luft bleiben, du Idiot!«

Lennox' Mundwinkel hoben sich zu einem traurigen Lächeln. »Dann hätten sie dich gekriegt.«

Tränen rannen aus Aarons Augenwinkeln. »Ich hätte das schon geschafft.«

Lennox stieß ein ersticktes Lachen aus. »Lügner.«

Er hatte recht. Das wussten wir alle. Hätte Lennox sich nicht eingemischt, wäre Aaron derjenige gewesen, der sein Licht eingebüßt hätte. Schuld und Kummer verzerrten seine Miene. »Du musst dagegen ankämpfen.«

»Ich kann nicht.« Lennox' Hände zitterten, als er Aarons Unterarme umfasste. »Du wirst mir fehlen, mein Freund.«

Aaron schüttelte den Kopf. »Ich werde dich auf keinen Fall umbringen.«

»Ich weiß.« Lennox schluckte schwer. Sein Licht wurde immer schwächer. »Das hätte ich nicht von dir verlangen sollen. Aber lieber sterbe ich, als einer von denen zu werden.« Er drehte den Kopf in meine Richtung. Seine sonst so lebhaften blauen Augen waren kalt und trostlos. »Passt aufeinander auf.«

Was er eigentlich sagen wollte war: *Pass auf Aaron auf.*

Weil er Aaron liebte und selbst in seinem eigenen Todeskampf ausschließlich daran dachte, ihn zu beschützen.

Ich hätte ihm den Himmel auf Erden versprochen, um ihn aufzuhalten. Aber mir war klar, dass ich das nicht konnte. Lennox hatte sich entschieden.

Hoffnungslosigkeit schlug ihre grausamen Krallen in mein Herz. Ich konnte nicht atmen, nicht reagieren. Stattdessen sah ich mit stummem Entsetzen zu, wie Lennox die Augen schloss. Ein letztes Mal flammte sein

Licht auf, als er seine Flügel ausbreitete. Er stieß Aaron zurück, sprang nach oben und schwang sich in die Lüfte.

»Nein!«, schrie Aaron mit derselben abgrundtiefen Verzweiflung, die auch ich empfand.

Aber Lennox schaute nicht zurück. Er stieg höher und höher, der Abendsonne entgegen, die bereits die Baumwipfel berührte. Er sah aus wie Ikarus – und genau wie er stürzte er ab.

32

EDEN

Schweiß klebte mir im Nacken. Ich hatte Seitenstechen, und jeder Muskel in meinem Leib schmerzte. Doch ich gestattete es mir nicht, zu verschnaufen, sondern hob meinen Arm, an dem ein Lichtschild hing, den ich zuvor von einer älteren Phönixkriegerin gespiegelt hatte. Mit einem wütenden Schrei stieß ich den Rogue zurück, der sich gerade von hinten an einen anderen Krieger heranpirschte.

Ich wusste nicht, wie lang dieser Kampf nun schon andauerte. Ich hatte jedes Zeitgefühl verloren, seit ich auf dem Hinterhof war. Es war mir nicht leichtgefallen, meinen Vater in der Aula zurückzulassen. Er hatte sich weinend an die Wand gekauert und den Kopf zwischen den Armen vergraben wie ein Kind, das sich vor der Welt verstecken wollte. Er war so aufgelöst und voller Angst gewesen. Aber wenigstens war er da drin in Sicherheit.

Genauso wie alle anderen, die sich nicht mit Phönixkräften verteidigen konnten. Ryanne und Meghan bewachten mit zwei weiteren Phönixkriegern den Vordereingang zur Aula, ein paar andere hielten vor der Terassentür die Stellung. Deshalb hatte ich beschlossen, draußen zu helfen.

Eigentlich hatte ich vorgehabt, sofort nach Kane zu suchen. Doch immer wieder hatte ich jemanden gesehen, der Hilfe brauchte oder eine kurze Verschnaufpause. Also rannte ich seither über den Hinterhof und tat mein Möglichstes, um Angriffe abzublocken oder Rogues auf Abstand zu halten. Mittlerweile war ich durch das Kampfgeschehen so weit von der Aula abgedrängt worden, dass es mir unmöglich erschien, wieder dorthin zurückzukehren. Da waren immer noch über zwanzig Rogues, die unerbittlich auf die wenigen verbliebenen Phönixkrieger einschlugen.

Der Rogue, den ich gerade zurückgeschubst hatte, senkte den Kopf, vermutlich, um mich nun seinerseits zu rammen und damit von den Füßen zu reißen. Allerdings war ich nicht so töricht anzunehmen, dass ich es mit ihm aufnehmen konnte. Als er losrannte, wartete ich, bis er mich beinahe erreicht hatte, dann drehte ich mich geschwind weg, woraufhin er wie ein wütender Stier gegen die Wand hinter mir krachte und bewusstlos zusammensackte.

Ich wollte schon erleichtert aufatmen, als ich einen dumpfen Schmerz in meiner Brust spürte. Erst hielt ich es für Angst, doch da hörte ich in der Ferne einen markerschütternden Schrei.

Ich hätte Kanes Stimme überall erkannt. Aber selbst wenn nicht, wusste ich instinktiv, dass er litt. Ich konnte mir nicht erklären, warum ich seine Qual spürte. Vielleicht war es auch einfach bloß Einbildung, weil wir in tödlicher Gefahr schwebten. Trotzdem überwältigte mich plötzlich der Wunsch, mich davon zu überzeugen, dass es ihm gut ging.

Entschlossen hob ich den Schild vor mich und huschte durch das Kampfgeschehen. Ich hatte vielleicht die Hälfte des Hinterhofs erreicht, als direkt vor mir jemand vom Himmel fiel.

Diesmal schrie ich selbst auf, als ich Lennox erkannte, der bewusstlos auf dem Boden lag. Seine Brust hob und senkte sich schwerfällig. Ich hatte keine Ahnung, aus welcher Höhe er gefallen war, aber auch wenn es nur ein paar Meter gewesen waren, musste er sich jeden Knochen im Leib gebrochen haben.

Ich wollte schon auf ihn zugehen, um ihm zu helfen, als ich es bemerkte.

Sein Licht ... Es fehlte.

Ungläubig schüttelte ich den Kopf. Wie war das möglich? Lennox war die ganze Zeit in der Luft gewesen. Er hätte in Sicherheit sein sollen. Aber nun war er ein Rogue.

Unser Feind.

Tränen verschleierten mir die Sicht, als ich auf meinen ohnmächtigen Freund hinabschaute. Die Vorstellung, dass er für immer verloren war, schnürte mir die Kehle zu. Es musste doch irgendeinen Weg geben, ihn zu heilen. Vielleicht …

»Eden!«, rief jemand hinter mir, und ich stellte entsetzt fest, dass sich der Lichtschild aufgelöst hatte, weil ich zu sehr mit Lennox' Verlust beschäftigt gewesen war. »Pass auf!«

Ich wirbelte herum und schnappte nach Luft. Diego stand direkt hinter mir. Er hatte die Arme ausgestreckt. In seinen Händen hielt er ein Lichtschwert, dessen spitzes Ende in der Brust eines Rogues steckte.

Dieser klappte den Mund auf. Doch kein Laut verließ seine Lippen. Stattdessen zogen sich weiße Blitze über seine Haut, und er explodierte in gleißendes Licht.

Langsam ließ Diego den Arm sinken. Das Lichtschwert verglühte.

»O mein Gott!«, keuchte ich, ergriff Diegos Schultern und drehte ihn zu mir herum. »Alles in Ordnung?«

Er war blass, seine dunklen Augen waren vor Schreck weit aufgerissen. Bei unseren Trainings in den vergangenen Tagen hatten wir oft darüber gesprochen, wie sehr er sich wünschte, endlich seine Gabe zu finden. Er wollte einer der besten Phönixkrieger aller Zeiten werden und so viele Rogues wie möglich vernichten. Ich hatte ihm ansehen können, dass er sich all das in den glühendsten Farben ausmalte. Aber es war, wie Kane gesagt hatte: Obwohl er im Gegensatz zu mir mit all dem Wissen aufgewachsen war, hatte er nicht begriffen, welche Last seine Siege überschatten würde.

Plötzlich sah er so viel jünger und verletzlicher aus. Schuldgefühle schimmerten in seinem Blick. Dass er nun endlich in der Lage war, ein mächtiges Lichtschwert zu erschaffen und seinen Traum vom ruhmreichen Phönixkrieger anzugehen, schien plötzlich nebensächlich.

»Du hast mich gerettet«, sagte ich, weil ich ihm wenigstens einen positiven Gedanken geben wollte. Sanft drückte ich seine Schulter. »Danke.«

Er nickte benommen – und ich beschloss, dass dieser Kampf für ihn vorbei war. Ich fragte mich ohnehin, was ein Kind hier zu suchen hatte. Andererseits lag die Vermutung nahe, dass Diego sich schlichtweg geweigert hatte, in den Schutz des Gebäudes zu fliehen, weil er sich vor den anderen beweisen wollte.

Hinter mir erklang ein Stöhnen, und mein Magen krampfte sich zusammen. Obwohl ich entsetzliche Angst vor dem hatte, was ich sehen würde, warf ich einen Blick über die Schulter.

Lennox begann sich zu regen. Er schlug die Augen auf. Sie waren kalt wie Eis.

Ein Schluchzen entwich meiner Kehle. Mir war klar, dass er jetzt jemand anderes war. Trotzdem konnte ich nicht gegen ihn kämpfen. Er war immer noch mein Freund.

Im Geiste schwor ich mir selbst, eine Lösung zu finden, bevor ich Diegos Hand ergriff und ihn von Lennox wegzog. Wir rannten an mehreren Leuten vorbei, die zu erbittert miteinander kämpften, um uns zu bemerken. Es waren so viele …

Ich wollte nur noch, dass dieser entsetzliche Kampf vorbei war.

Die Tür der Aula war bereits in Sicht, als ich Kane endlich entdeckte. Er war unheimlich blass. Blut rann an seiner rechten Schläfe herab. Das Shirt an seinem Rücken war zerrissen und schimmerte ebenfalls blutrot. Mit bloßen Händen kämpfte er gegen drei Rogues gleichzeitig. Er teilte wie wild Schläge aus. Doch seine sonst so eleganten Bewegungen waren schleppend, und diese Rogues – zwei Frauen und ein Mann – waren verdammt schnell. Sie erwischten ihn immer häufiger.

»Diego!«, rief ich, als Kanes Kopf zur Seite flog, weil eine Rogue ihn getroffen hatte. Ihre scharfen Fingernägel hatten blutige Kratzer auf seiner Haut hinterlassen. Wut und Entschlossenheit brauten sich in mir zusammen. »Kannst du ein neues Schwert erschaffen?«

»Ich versuche es.« Diego runzelte konzentriert die Stirn und ballte die Hände zu Fäusten, während ich betete, dass es funktionierte.

Ich hielt die Luft an, während wir beide auf die Stelle starrten, an der das Schwert erscheinen sollte. Doch abgesehen von einem Flimmern passierte nichts.

Hilflos schaute der Junge zu mir auf. »Es klappt nicht.«

Kein Wunder nach allem, was er heute erlebt hatte.

»Nicht schlimm«, beruhigte ich ihn und schob ihn weiter auf den Eingang der Aula zu, den Una, Alva und zwei weitere Phönixkrieger inzwischen mit allen Kräften verteidigten.

»Lauf!«, befahl ich Diego.

Obwohl ein Teil von mir fast erwartete, dass er mir widersprechen würde, nickte er, duckte sich leicht und huschte davon.

Ich hätte mich gern vergewissert, dass er sein Ziel unversehrt erreichte. Aber Kane war verletzt, und mein Bedürfnis, ihm zu helfen, überwog alles andere. Hektisch suchte ich den Boden nach einer Waffe ab und entdeckte einen Baseballschläger.

Allein die Vorstellung, damit auf eine andere Person einzudreschen, ließ meinen Magen rumoren. Aber was ich zu Kane gesagt hatte, war die Wahrheit gewesen: Ich würde niemals tatenlos danebenstehen, wenn Rogues ihn oder einen unserer Freunde verletzten.

Ich rannte los, schnappte mir den Schläger und steuerte direkt auf die Rogues zu, die Kane umzingelt hatten. Direkt neben ihnen blieb ich stehen und brüllte so laut, dass sie irritiert innehielten, bevor sie wie dressierte Hunde zu mir herumfuhren.

Kane stöhnte auf. Nur er schaffte es, dabei erleichtert und genervt zugleich zu klingen. Trotzdem war ich froh, seine warme Stimme in meinem Bauch zu spüren.

Die drei Rogues legten synchron den Kopf schief und musterten mich mit unverhohlener Gier, während ich den Baseballschläger hob.

»Das wird höllisch wehtun, wenn ich euch damit erwische«, prophezeite ich ihnen und verstärkte meinen Griff. »Seid ihr sicher, dass ihr das wollt?«

Ich erwartete keine Antwort. Aber darum ging es auch nicht. Ich wollte sie lediglich von Kane ablenken, damit er kurz verschnaufen und seine Kräfte sammeln konnte.

Kane verstand zum Glück auch ohne Erklärung, was ich vorhatte. Er ballte die Hand zur Faust und hob den Arm. Er zitterte vor Anstrengung, aber da er ebenso stur war wie ich, gelang es ihm, einen weiteren Lichtblitz zu erzeugen und damit auf die Rogue zu zielen, die ihm zuvor das Gesicht zerkratzt hatte.

Ich war mir sicher, dass sie sich jede Sekunde in Lichtpunkte auflösen würde. Doch sie sprang im letzten Moment zur Seite. Wütend kreischte sie auf, was nicht nur für die anderen beiden das Zeichen zum Angriff zu sein schien, sondern noch weitere Rogues anlockte.

Bevor ich wusste, wie mir geschah, hatten mich drei weitere Rogues umzingelt. Einer von ihnen stürzte sich sofort auf mich. Ich konnte ihm gerade noch rechtzeitig ausweichen. Allerdings trat er mit solcher Gewalt gegen den Baseballschläger, dass ich ihn loslassen musste, um mir nicht das Handgelenk zu brechen. Mit einem dumpfen Aufprall landete er im Gras, während ich zurückstolperte.

Die Zeit schien sich zu verlangsamen, und plötzlich fühlte ich mich wieder wie in Unas Lichtkäfig. Ich nahm kaum wahr, was um mich herum geschah. Meine Aufmerksamkeit richtete sich einzig und allein auf meine Angreifer – und auf die zwei Rogues, denen es gelungen war, Kane zu ergreifen. Sie fixierten seine Arme, während ein dritter ausholte und ihm mit unvorstellbarer Kraft in den Magen boxte. Kane krümmte sich vor Schmerz zusammen, bevor er sich wütend hin- und herwarf, um sich zu befreien.

Aber es gelang ihm nicht.

Mein Herz begann zu rasen. Vor mir standen drei Rogues wie eine undurchdringliche Mauer. Ich würde nicht an ihnen vorbeikommen. Nicht schnell genug jedenfalls. Kane würde entweder sterben oder einer von ihnen werden.

Ich würde ihn verlieren.

Bei Lennox war diese Erkenntnis schmerzhaft gewesen. Bei Kane konnte ich die Vorstellung schlichtweg nicht ertragen.

Die Verzweiflung trieb mir Tränen in die Augen, während ich einen Schritt zurückwich. Ich konnte Kane nicht im Stich lassen. Selbst wenn ich mich nicht in ihn verliebt hätte …

Obwohl sein Gesichtsausdruck grimmiger denn je und er am Ende seiner Kräfte war, strahlte sein Licht mit hypnotisierender Schönheit. Ich durfte nicht zulassen, dass er es verlor.

Entschlossen machte ich mich bereit. Ich musste einen Weg zu ihm finden. Im Zweifelsfall würde ich die Rogues eben einfach umrennen wie ein Linebacker. Ich wünschte nur, ich hätte die passende Statur dazu oder wenigstens einen Lichtschild.

Meine Hände kribbelten erneut, und plötzlich fiel mir ein, was Kane nach unserem Kuss gesagt hatte.

Vielleicht sind deine Hände selbst die Waffe.

Die drei Rogues kamen näher, und ich riss abwehrend die Hände hoch.

Sie leuchteten nicht.

Verdammt!

»Stopp!« Mein Puls rauschte mir in den Ohren, während die Rogues den Kopf schief legten, als wüssten sie nicht so recht, was sie von meiner Anweisung halten sollten.

Im Geiste schrie ich meine Hände an, endlich aufzuleuchten. Doch ich konnte mich nicht konzentrieren, weil mir zu viele unterschiedliche Gedanken durch den Kopf schossen.

Ich dachte an Kane. An seine düstere Miene, sein spöttisches Grinsen und die Qual in seinen Augen. Ich wollte sie lindern und nur noch dieses fröhliche Funkeln sehen, das in letzter Zeit immer öfter in dem warmen Braun geschimmert hatte.

Ich dachte an meine Freunde. Die alten in San Francisco und die neuen hier auf dem Anwesen. Und an Dad, der immer noch voller Verzweiflung in der Aula verharrte, aber wenigstens in Sicherheit war.

Ich dachte sogar an Elijah, der so viel verloren hatte, bevor er zum General der Rogues aufstieg. Sie waren einmal normale Menschen gewesen, mit Träumen und Zielen im Leben, bevor sie sich in diese grausamen, gewissenlosen Geschöpfe verwandelt hatten.

Und dann dachte ich an den Phönix, der sein Leben gab, um uns zu retten.

Weil er an uns glaubte.

Die Frage war bloß: Glaubte ich auch an mich? Glaubte ich daran, dass ich etwas Außergewöhnliches vollbringen konnte?

Entscheidend ist, wie wir selbst uns sehen. Nur das macht uns außergewöhnlich.

Es war noch nicht lange her, seit Dad das zu mir gesagt hatte. In jenem Moment hatte ich seine Worte nur für eine leere Floskel gehalten. Aber plötzlich verstand ich, dass er recht hatte.

Ich konnte das Licht des Phönix in mir spüren. Es war ein Teil von mir.

Weil ich eine Phönixkriegerin war.

Ich stieß ein überraschtes Lachen aus, als die Erkenntnis bis tief in meine Seele sickerte. Das Gefühl war genauso klar und kraftvoll wie das Glück, das ich empfand, als Kane mich geküsst hatte.

Meine Hände flammten auf.

Der Rogue, der gerade im Begriff war, nach mir zu greifen, sprang reflexartig zurück, als würde er die Gefahr spüren.

Mit ausgestreckten Händen ging ich vorwärts. Es war fast komisch mitanzusehen, wie die drei vor mir zurückwichen. Und dann passierte das Unvorstellbare: Sie drehten sich um und rannten weg.

Ich hatte keine Zeit, mich darüber zu freuen. Stattdessen marschierte ich in Kanes Richtung. »Hey!«, schrie ich die Rogues an, die ihn immer noch fixierten, und hob drohend meine leuchtenden Hände. Das Licht reichte nun sogar bis zu meinen Ellenbogen hinauf. »Lasst ihn sofort los!«

Sie gehorchten. Und mehr als das, sie flüchteten ebenfalls. Ich konnte es kaum glauben.

Kane fiel stöhnend nach vorn ins Gras. Er sah furchtbar aus, und am liebsten wäre ich sofort zu ihm gelaufen. Aber ich wusste nicht, wie lange ich das Licht halten konnte. Also drehte ich mich um und schritt auf den nächsten Rogue zu, der gerade einen älteren Phönixkrieger in die Mangel nahm.

Der Rogue erstarrte, als er meine Hände sah. Panik breitete sich unter den Rogues aus und griff auf die anderen über. Sie alle unterbrachen ihre Kämpfe und sahen sich irritiert um. Sobald sie meine Hände erblickten, ließen sie ihre Waffen fallen und stürmten davon.

Ich hob die Hände so weit in die Luft, wie ich konnte. Nur am Rande nahm ich wahr, dass mich die meisten Phönixkrieger mit offenem Mund anstarrten oder fassungslos hinter den flüchtenden Rogues herschauten. Sie schienen ebenso wenig wie ich glauben zu können, was hier passierte.

Etwas weiter hinten entdeckte ich Aaron. Er war einer der wenigen Krieger, die die Panik der Rogues ausnutzten und ein paar von ihnen mit ihren Waffen erledigten. Auch er war schwer verletzt. Doch sein Blick war voller Hass, und es war deutlich, dass er all seinen Zorn an den Rogues ausließ.

Mitgefühl zog sich in meiner Brust zusammen, und sofort wurde das kraftvolle Leuchten in meinen Händen schwächer. Ich hielt es noch so lange aufrecht, bis der letzte Rogue hinter dem Nebengebäude verschwunden war. Dann ließ ich erschöpft die Arme sinken.

Irgendjemand errichtete eine Lichtmauer. Sie reichte vom Wohnungstrakt bis zu dem anderen Nebengebäude und war so hoch, dass niemand – nicht einmal ein Rogue – sie überwinden konnte. Wir waren in Sicherheit.

33

EDEN

Ich fühlte mich, als hätte mir jemand den Stecker gezogen. Auf wackeligen Beinen taumelte ich zu Kane und sank neben ihm ins Gras. Noch saß er aufrecht auf den Knien. Aber er war so schlimm verletzt, dass ich Angst hatte, ihn zu berühren.

Kane schien diesbezüglich keine Sorgen zu haben, denn er packte mich und zog mich mit einer energischen Geste zu sich. »Geht's dir gut?«, murmelte er und strich zärtlich über mein zerzaustes Haar.

Ich lachte erstickt auf. »Ich hab dir doch gesagt, ich komme klar.«

»Und wie du klargekommen bist …« Kopfschüttelnd löste er sich von mir. »Das war unglaublich, Blümchen.«

Unglücklich verzog ich das Gesicht. »Ich wünschte nur, ich wäre eher darauf gekommen. Vielleicht hätten wir dann nicht so viele Verluste zu beklagen.«

»Hör auf.« Sanft umfing Kane meine Wange und strich mit dem Daumen über meine Unterlippe. »Du darfst dir deshalb kein schlechtes Gewissen einreden. Du hast die Rogues in die Flucht geschlagen. Nur das zählt.« Er drückte mir einen hauchzarten Kuss auf die Lippen. »Danke.«

Obwohl mir seine Worte viel bedeuteten, füllten sich meine Augen mit Tränen. »Wir haben Lennox verloren.«

Kane schwieg. Was hätte er auch sagen sollen? Er hätte alles gegeben, um seinen Freund zu retten, aber schon wieder hatte er nichts tun können.

»O mein Gott, Kane!« Schluchzend fiel Tori neben uns auf die Knie. »Wie siehst du denn aus, verdammt noch mal?«

Kane lächelte müde. »Mir geht's gut. Das sind bloß ein paar Kratzer.«

»Willst du mich auf den Arm nehmen?«, fauchte Tori. Sie war kreidebleich vor Angst um ihren Bruder. »Du siehst aus, als hätte dich jemand durch den Fleischwolf gedreht. Und was ist das?« Vorsichtig tastete sie seinen Rücken ab und schrie erneut auf. »Heilige Scheiße! Ist das etwa eine Stichwunde?«

Ihre Stimme überschlug sich, während mir ebenfalls flau im Magen wurde.

»Wir müssen dich sofort zu Lawrence bringen.«

Mein Tonfall duldete keinen Widerspruch. Deshalb nickte Kane und ließ sich von mir und Tori aufhelfen. Er schwankte leicht. Doch als ich seinen Arm um meine Schultern legen wollte, lehnte er dankend ab. »Ich bin okay. Ehrlich.«

Skeptisch betrachtete ich sein blasses Gesicht und rückte trotzdem etwas näher an ihn heran. Tori tat dasselbe auf seiner anderen Seite, ehe wir zum Hauptgebäude gingen. Inzwischen waren viele Leute wieder nach draußen zurückgekehrt, um den Verwundeten zu helfen. Einige steckten die Köpfe zusammen und begannen zu flüstern, als wir an ihnen vorbeiliefen.

»Sie reden über dich«, raunte Tori mir zu. Ihre Augen blitzten. Sie wirkte so erleichtert, dass ihr Bruder aufrecht neben ihr stand und dass der Kampf vorbei war, dass ich es nicht über mich brachte, ihrer Freude einen Dämpfer zu verpassen, indem ich Lennox und all die anderen Verluste erwähnte, über die wir eher reden sollten als über mich. »Wir haben dich alle vom Fenster aus beobachtet. Als du die Arme gehoben hast und deine leuchtenden Hände über das ganze Areal erstrahlten, hast du ausgesehen wie die Göttin des Lichts persönlich. Das war das Krasseste, was ich je erlebt habe.«

»Welche Göttin des Lichts?«, fragte ich verwirrt.

Tori kicherte. »Such dir eine aus. Es gibt ja genug Kulturen, die Lichtgottheiten verehren.«

»Aber die meisten sind männlich«, wandte ich ein.

»Wirklich?«, fragte Tori verdutzt. »Ist mir nie aufgefallen.«

»Amaterasu ist weiblich«, nuschelte Kane. »Sie gilt als Begründerin des japanischen Kaiserhauses.«

Überrascht sah ich Kane an. »Woher weißt du das?«

Er schenkte mir ein verlegenes Grinsen. »Hab mal eine Doku darüber gesehen.«

»Du bist so ein Freak«, zog Tori ihn auf.

Ich lächelte. »Ich find's niedlich.«

»Als hätte mein Ego heute nicht schon genug gelitten«, murmelte Kane in trockenem Ton, doch seine Wangen bekamen wieder etwas mehr Farbe. »Vielen Dank auch.«

Una empfing uns bereits am Eingang zur Aula. Auch sie war verletzt. Ihre Unterlippe war aufgeplatzt, und mehrere Schnittwunden zogen sich über ihre Arme. Doch sie hielt sich nicht mit etwas so Trivialem wie der Versorgung ihrer eigenen Wunden auf. »Seid ihr okay?«

»Mir geht's gut«, antwortete ich. »Aber Kane hat ganz schön was abgekriegt.«

Sorge schimmerte in Unas Augen, als sie ihren analytischen Blick über uns wandern ließ. Ich war mir sicher, dass sie unsere Auren prüfte. Aber nach allem, was heute geschehen war, konnte ich es ihr nicht verübeln. Schließlich winkte sie uns weiter. »Lawrence ist gerade runter zur Krankenstation.«

»Okay«, sagte ich, ehe wir die Aula betraten.

Sofort suchte ich nach meinem Vater, doch im Inneren herrschte das pure Chaos. Überall saßen Leute auf dem Boden. Manche starrten gedankenversunken vor sich hin, andere weinten herzzerreißend, wieder andere trösteten ihre aufgelösten Kinder und Freunde. Einige Leute liefen mit Verbandsmaterial umher, andere verteilten Getränkeflaschen, die sie aus dem Restaurant geholt haben mussten. Ihnen allen sah man die schrecklichen Nachwirkungen dieses Kampfes an, und ich fragte mich unweigerlich, wen sie alles verloren hatten.

»Wo ist Dad?«, fragte ich und reckte den Kopf.

»Er war die ganze Zeit dort hinten in der Ecke«, versicherte Tori mir und zeigte auf die linke Seite, wo sich mehrere Stühle stapelten. »Er muss hier irgendwo sein.«

Kane gab ein Stöhnen von sich und begann, wieder stärker zu schwanken. Lange würde er sich nicht mehr auf den Beinen halten können.

»Na komm«, sagte ich und zog ihn behutsam weiter. »Bringen wir dich zu Lawrence. Er muss dringend deine Wunden versorgen.«

Wir durchquerten die Aula, als plötzlich Unruhe am Vordereingang aufkam. Jemand schrie.

»Was ist da los?«, fragte Tori irritiert.

»Ich weiß nicht.« Ein ungutes Gefühl regte sich in meiner Brust. »Ich glaube, da stimmt was nicht.«

Ehe Kane oder Tori mich aufhalten konnten, setzte ich mich in Bewegung. Ich schob mich an den Leuten vorbei, die sich mir entgegendrängten. Furcht verzerrte ihre Gesichter. »Rogues!« Jemand rempelte mich grob an der Schulter an. »Im Foyer sind Rogues!«

O nein! So schnell ich konnte, kämpfte ich gegen den Strom panischer Menschen an.

Eine Frau lief mir mit tränennassem Gesicht in die Arme. Sie klammerte sich an mich wie eine Ertrinkende. »Rette uns!«

Ich hatte keine Ahnung, ob ich es noch einmal schaffen würde, meine Kräfte zu aktivieren. Aber ich musste es wenigstens versuchen. Deshalb nickte ich nur, schob sie sanft beiseite und setzte meinen Weg fort.

An der Tür hatte ein Phönixkrieger Posten bezogen. In seiner Hand schimmerte ein straff gespannter Lichtbogen, und seinem Gesichtsausdruck nach würde er auf jeden Rogue schießen, der es auch nur wagte, sich der Aula zu nähern.

Weiteres Geschrei erklang, und ich beschleunigte mein Tempo. Sobald ich das Foyer erreicht hatte, stolperte ich allerdings beinahe über meine eigenen Füße vor Schreck.

Die Eingangstür stand sperrangelweit offen. Mehrere Rogues waren in das Gebäude gelangt, zogen sich aber gerade zurück, weil die vorhandenen Phönixkrieger einen nach dem anderen erledigten. Meghan, Lawrence, Aaron und sogar Fergusson arbeiteten sich mit tödlicher Effizienz voran. Kaum hatten sie den letzten Rogue vernichtet, setzte Meghan ihnen nach. Doch Lawrence hielt sie fest.

»Lass mich los!«, schrie sie aufgebracht. Tränen strömten ihr übers Gesicht, während sie sich mit Händen und Füßen gegen ihren Mentor wehrte.

»Meghan, hör auf«, sagte Lawrence sanft. »Es ist zu spät.«

»Nein!« Widerwillig schüttelte sie den Kopf. »Ich muss zu ihr.«

Übelkeit bündelte sich in meinem Magen, als ich zu ihnen ging. »Was ist passiert?«

Meghan fuhr zu mir herum. Als sie mich sah, erschien blanker Hass in ihrer Miene. »Du!«, fauchte sie mich an. »Das ist alles nur deine Schuld. Wärst du bloß niemals hierhergekommen.«

»Was?« Ich wich zurück und stieß gegen Kane und Tori, die mir gefolgt waren und direkt hinter mir standen.

Aaron warf mir einen kummervollen Blick zu. »Hör nicht auf sie, Eden. Sie meint es nicht so.«

Fergusson rieb sich den Schweiß von der Stirn. »Sie haben Ryanne und zwei weitere Phönixkrieger überwältigt. Wir konnten ihnen nicht mehr rechtzeitig helfen. Sie sind mit den restlichen Rogues geflohen.« Unglücklich deutete er zum Ausgang. »Lennox war bei ihnen.«

»Nein!«, rief Tori und begann bitterlich zu weinen. »Nicht Lennox! Nicht er!«

Kane sprach beruhigend auf sie ein, doch Tori war außer sich vor Kummer. Schluchzend verbarg sie ihr Gesicht in seiner Halsbeuge, und obwohl er wahnsinnige Schmerzen haben musste, hielt er sie fest und streichelte immer wieder über ihren Rücken.

Bestürzt sah ich mich um. »Aber wie sind die denn hier reingekommen? Die Türen waren doch blockiert.«

»Dein Vater hat den Haupteingang geöffnet«, spie Meghan mir entgegen. »Dieser Schwachkopf hat sie einfach reingelassen.«

»Was?« Der Raum begann sich zu drehen. »Wo ist mein Vater?«

Ohne mich bewusst dafür entschieden zu haben, lief ich los. Doch Aaron verstellte mir sofort den Weg. Tieftraurig sah er mich an. »Du solltest da wirklich nicht rausgehen, Eden.«

»Lass sie!«, zischte Meghan. »Sie soll ruhig sehen, was ihr verrückter Vater angerichtet hat.«

Alles in mir kam irgendwie zum Stillstand. Die Angst, die seit dem Angriff der Rogues omnipräsent gewesen war, verschwand urplötzlich, und ich wusste, was folgen würde, war Schmerz. Es war die Art von Schmerz, die sich tief in deine Seele brannte und dich für immer veränderte.

»Lasst mich vorbei.« Meine Stimme klang selbst in meinen Ohren völlig emotionslos.

Lawrence ließ den Kopf hängen, trat jedoch beiseite. Aaron regte sich nicht, hielt mich aber auch nicht auf, als ich ihn umrundete.

Langsam, so als würde ich meinen eigenen Füßen nicht trauen, ging ich auf die Eingangstür zu. Mit jedem Schritt offenbarte sich mir ein größeres Bild des Grauens.

Am Fuß der Treppe lag mein Vater, bleich und leblos, inmitten einer Blutlache. Die Fingerkuppen, sonst mit schwarzer Kohle verschmiert, waren nun rot gefärbt. Ein Dolch streckte in seiner Brust.

»Dad?« Wie paralysiert sank ich neben ihm auf die Knie. Meine Hand zitterte, als ich seine Schulter packte und leicht daran schüttelte. »Dad, wach auf! Bitte.«

Erst regte er sich nicht. Doch dann öffneten sich flatternd seine Lider. »Spätzchen?«

»Ich bin hier.« Leise Hoffnung regte sich in mir. Ich ergriff seine blutverschmierte Hand. »Du musst wach bleiben, hörst du? Hilfe kommt gleich.«

Ich wollte mich zu Aaron umdrehen und ihm sagen, dass er einen Krankenwagen rufen sollte. Doch Dad schüttelte schwach den Kopf. Er nahm einen rasselnden Atemzug. »Ich werde … es nicht schaffen.«

Ein Schluchzen brach aus mir hervor. »Doch, das wirst du. Du musst!«

Er lächelte. »Ist schon gut, Eden. Das war es wert.«

Schniefend drückte ich seine Hand. »Oh, Dad! Warum bist du nur rausgelaufen? Du solltest doch auf mich warten.«

»Ich wollte … einmal so mutig sein … wie meine Tochter.« Eine Träne rann aus seinem Augenwinkel. »Ich konnte sie nicht aufhalten. Sie haben … sie haben sie einfach mitgenommen.«

Vermutlich meinte er Ryanne, obwohl das eigentlich nicht sein konnte. Schließlich hatte Dad zuerst die Tür geöffnet, und danach waren die Rogues hereingestürmt und hatten sie geholt. Oder waren sie schon vorher im Gebäude gewesen?

»Es tut … es tut mir leid«, krächzte er und verzog das Gesicht.

»Nicht, Dad.« Vorsichtig streichelte ich seine Wange. »Es war nicht deine Schuld.«

Seine Augen zuckten ziellos umher, bis sie mich fanden, und abermals erschien ein mattes Lächeln auf seinen Lippen. »Du musst … mir etwas versprechen.«

»Was denn?«, krächzte ich.

»Sieh …« Er atmete zitternd aus. »Sieh richtig hin. Achte …« Er schluckte schwer. »Achte auf die Perspek… Perspektive.«

Ich hatte keine Ahnung, was er damit meinte. Verzweifelt schluchzte ich auf. »Welche Perspektive, Dad? Wovon sprichst du?«

Eine weitere Träne lief ihm über die Wange. »Es tut … tut mir leid um deine … deine Freundin. Sie ist so ein nettes Mädchen.«

Eigentlich hatte ich Ryanne kaum gekannt. Aber das machte ihren Verlust nicht leichter.

»Du darfst nicht zweifeln, hörst du?«, fuhr Dad fort und begann zu zittern, als würde er seine letzten Kraftreserven aufbrauchen. »Nicht bei ihr.«

»Okay«, versprach ich und wischte ihm mit dem Daumen sanft die Tränen fort.

Ein mattes Nicken, für mehr reichte seine Kraft nicht mehr. »Ich musste ... ich musste dich doch warnen.«

Wie so oft ergaben seine Worte zunächst keinen Sinn für mich. Doch dann trafen sie mich umso härter. »Du wusstest, dass das passieren würde, nicht wahr?«

»Man muss Opfer bringen ... für die Liebe.« Dads Miene wurde ganz sanft. »Und ich liebe dich ... Spätzchen.« Seine Lider flatterten und senkten sich schließlich herab. Er schluckte hart. »Immer.«

Seine Gesichtszüge erschlafften.

»Dad?« Meine Hand glitt von seinem Gesicht zurück zu seiner Schulter, und ich ruckelte erneut daran. »Dad, wach auf.«

Ich starrte ihn an, wartete, hoffte.

Doch diesmal blieben seine Augen geschlossen.

34

EDEN

»Eden?«

Toris Stimme drang nur leise durch den dichten Nebel aus Kummer und Schmerz zu mir durch, der mich gefangen hielt. Ich wusste weder, welchen Tag wir heute hatten, noch, wie spät es war. Vermutlich Vormittag, wenn ich den Stand der Sonne richtig deutete. Einige Strahlen leuchteten durch die abgedunkelten Jalousien und fielen auf mein Bett. Die Decke senkte sich, als Tori sich zu mir setzte.

Sie seufzte leise. »Ich weiß, wie schwer das für dich ist. Aber du musst endlich etwas essen. Es sind jetzt schon fast drei Tage.«

Drei Tage.

Das erklärte, warum sich meine Muskeln wie Wackelpudding anfühlten. Der Schock über Dads Verlust schien jedes meiner Grundbedürfnisse ausgelöscht zu haben. Ich konnte nicht mal sprechen. Ich wollte nur allein sein und schlafen, mich in eine bessere Welt träumen, in der die Dinge noch in Ordnung waren. In der Dad in seinem Atelier malte und ich mit Ian und meinen Freundinnen Filmabende veranstaltete oder Konzerte besuchte.

»Bitte, Eden.« Zögerlich streckte Tori die Hand aus und strich mir über das verfilzte Haar. »Ich vermisse dich. Wir alle tun das.«

Das glaubte ich ihr sogar. Sie waren alle hier gewesen. Aaron, Lawrence, Una, sogar Fergusson und natürlich Kane.

Nur Lennox nicht. Lennox fehlte. Er war fort, zusammen mit Ryanne und den anderen Rogues geflüchtet. Weil er jetzt einer von ihnen war.

Ein Stich fuhr mir durch die Brust, und ich lenkte meine Gedanken in eine Richtung, die nicht so sehr schmerzte. Ich dachte an Kane.

Er kam abends, wenn alle anderen schliefen. Anfangs schien er unsicher zu sein, wie er mit meinem Schweigen umgehen sollte. Schließlich kannte er diese Seite nicht von mir.

Ach, wem machte ich etwas vor? Ich kannte sie selbst nicht. Trotzdem empfand ich seine Nähe als tröstlich und rückte nicht von ihm ab, wenn er mich an seine unverletzte Seite zog. Manchmal hauchte er mir sanfte Küsse aufs Gesicht und versuchte, mich zum Sprechen zu bewegen. Aber die meiste Zeit hielt er mich einfach nur fest und ließ mich trauern. Irgendwann schlief ich dann ein, und wenn ich aufwachte, war er wieder verschwunden, was für mich auch okay war. Ich wollte ohnehin nicht reden. Was gab es auch noch zu sagen?

Mein Vater war tot. Ich war seinetwegen hergekommen, hatte bis zum Umfallen trainiert und war eine Phönixkriegerin geworden. Aber jetzt spielte das alles keine Rolle mehr. Ich hatte ihn verloren.

Und es war meine Schuld.

Wenn ich ihn nicht in der Aula zurückgelassen hätte, wäre das alles nicht passiert. Dann hätte ich verhindern können, dass Dad nach draußen lief, und dann würde er jetzt noch leben.

Ryanne wäre noch hier.

Und die beiden anderen Phönixkrieger auch.

Nur weil ich meinen Vater in falscher Sicherheit gewähnt hatte, waren sie jetzt fort.

»Willst du wirklich nichts essen?«, hakte Tori sanft nach. Ich wusste nicht, woher sie ihre Geduld mit mir nahm. »Ich habe dir frische Truthahnsandwiches mitgebracht und die Cookies, die wir beide so mögen. Und hier ist auch Kaffee mit Vanillearoma. Probier doch wenigstens ein bisschen davon.«

Ich wollte nichts essen. Ich wollte einfach nur, dass dieser allesumfassende Schmerz verschwand.

Nach einer Weile erklang ein Seufzen, und Tori stand auf. »Also gut, ich sehe später noch mal nach dir.«

Sie ging genauso leise, wie sie gekommen war, und ich blieb allein zurück in der Stille.

Die Zeit zog sich träge dahin. Ich musste eingeschlafen sein, denn das Nächste, was ich spürte, war ein kräftiger Ruck an meiner Decke. Erschrocken fuhr ich hoch und blinzelte überrascht, als ich ausgerechnet Meghan am Fußende meines Bettes entdeckte.

Sichtlich aufgebracht musterte sie meinen desolaten Zustand. »Das reicht jetzt.«

Ich ließ mich kraftlos zurück in die Kissen fallen. »Wenn du gekommen bist, um mir noch mehr Vorwürfe zu machen, kannst du dir den Atem sparen.«

Es waren die ersten Worte, die ich seit Tagen laut aussprach. Deshalb fühlte sich meine Stimme rau und kratzig an. Aber es musste gesagt werden. Ich fühlte mich auch so schon elend genug.

Meghan verzog das Gesicht, warf meine Decke beiseite und verschränkte die Arme. »Was ich gesagt habe, tut mir leid«, brachte sie schließlich mit einigem Widerwillen hervor. »Aber du bist nicht die Einzige, die an diesem Tag einen wertvollen Menschen verloren hat.«

Mein Herz verkrampfte sich. Ich hatte Ryanne nicht besonders gut gekannt. Aber es war offensichtlich, wie viel sie Meghan bedeutet hatte.

Ebenso wie Lennox.

»Also, ich habe nachgedacht«, verkündete die Phönixkriegerin und begann, am Fußende meines Bettes auf und ab zu marschieren. Sie sah vollkommen erschöpft aus, schien aber gleichzeitig nicht zur Ruhe zu kommen. »Diese Feder … Glaubst du wirklich, dass sie den Phönix zurückbringen könnte?«

Ich verstand nicht, warum sie mich das fragte. Trotzdem nickte ich, denn ich sah keinen Grund, sie anzulügen. Für mich ergab es absolut Sinn, dass der Phönix nur deshalb nicht zurückgekehrt war, weil ein Teil von ihm noch immer lebte. Davon abgesehen war mir diese Variante wesentlich lieber als die Alternative, die bedeuten würde, dass Elijah erneut die Bühne betrat.

»Okay.« Meghan klatschte in die Hände. »Dann würde ich vorschlagen, du schwingst endlich deinen Hintern aus dem Bett und wir fangen an, sie zu suchen.«

Ich schluckte trocken. »Hattest du nicht gesagt, dass es unmöglich ist, den Phönix wiederzuerwecken?«

»Ja, das habe ich«, räumte Meghan ein. »Aber ich dachte auch, es wäre unmöglich, eine fremde Phönixwaffe zu führen, und doch bist du dazu in der Lage. Von deinem seltsamen Licht, das selbst die brutalsten Rogues fürchten, ganz zu schweigen.«

Ich runzelte die Stirn. »Aber ich habe keine Ahnung, wo diese Höhle ist, und selbst wenn wir die Feder finden, weiß ich nicht, wie wir den Phönix erwecken sollen.«

»Das werden wir dann schon sehen«, erwiderte Meghan ungeduldig. »Also, was ist jetzt? Bist du dabei?«

Sprachlos starrte ich sie an – und dann kapierte ich es.

»Du glaubst, der Phönix kann sie heilen«, flüsterte ich.

Unvermittelt füllten sich ihre Augen mit Tränen, und die toughe, selbstbewusste Phönixkriegerin ließ vor mir sämtliche Masken fallen. »Ich bin nicht blöd, okay? Ich weiß, dass es mehr als unwahrscheinlich ist, dass wir diese verfluchte Höhle finden, ganz zu schweigen von einer magischen Feder, die das heiligste aller Wesen wiedererweckt. Aber ich muss einfach daran glauben, dass es möglich ist, verstehst du? Ich brauche diesen Silberstreif am Horizont.« Sie schniefte geräuschvoll. »Also, wirst du mir jetzt helfen, oder nicht?«

Mein Herz kannte nur eine Antwort auf diese Frage. Zwar hätte ich nie für möglich gehalten, dass ausgerechnet Meghan mir dabei helfen wollte, eine Heilung für die Rogues zu finden. Aber mir sollte es nur recht sein. Ungelenk rappelte ich mich vom Bett auf und sah sie entschlossen an.

»Du kannst auf mich zählen.«

Ein grimmiges Lächeln erschien auf ihren Lippen. »Das will ich dir auch verdammt noch mal geraten haben.« Mit einer eleganten Geste wischte sie sich über die Wangen. »Okay, dann würde ich vorschlagen, du isst endlich was und genehmigst dir eine ausgiebige Dusche inklusive einer extralangen Haarkur. Danach setzen wir die anderen ins Bild.«

Ich lächelte matt. »Einverstanden.«

Ganz wie es ihrer Natur entsprach, stolzierte sie aus meinem Zimmer, während ich ihr hinterherschaute. Ich wusste nicht, ob Meghan und ich jemals Freundinnen werden würden. Aber zumindest waren wir Verbündete – und das fühlte sich überraschend gut an.

Wie versprochen stopfte ich mir eines von den Sandwiches in den Mund, die Tori mir am Morgen gebracht hatte. Mein Magen rumorte, dennoch fühlte ich mich danach ein bisschen kräftiger.

Ich reckte mich, um den Teller zurück auf den Nachttisch zu stellen. Da fiel mir eine kleine Schatulle auf, die direkt neben meinem Handy lag. Stirnrunzelnd nahm ich sie an mich und klappte den Deckel auf. Ein Keuchen entwich meiner Kehle, als ich die Kette erblickte. Sie war auf einem roten Samtbett drapiert, und der Anhänger sah genauso aus wie der von Tori und Aaron.

Im ersten Moment wollte ich die Kette aus dem verdammten Fenster schmeißen. Doch dann ertappte ich mich dabei, wie ich mit der Fingerspitze andächtig über die filigranen Konturen des Phönixanhängers strich.

Damit war es wohl offiziell. Ich war eine Phönixkriegerin, ein etabliertes Mitglied der Allianz.

Tränen schossen mir in die Augen. Genau das hatte ich mir gewünscht. Und jetzt war Dad tot. Ich konnte nichts mehr für ihn tun.

Aber vielleicht für Lennox und Ryanne und all die anderen.

Ich hielt an dem Gedanken fest, während ich den Deckel zuklappte und aufstand.

Nach einer langen Dusche – einschließlich der verordneten Haarkur – schlüpfte ich in abgeschnittene Jeans und ein Tanktop. Anschließend drehte ich meine nassen Haare zu einem Knoten auf dem Hinterkopf zusammen und kehrte in mein Zimmer zurück, wo mein Blick auf den schwarzen Leinenkarton fiel, den Tori mir vor zwei Tagen vorbeigebracht hatte. Sie hatte Dads persönliche Sachen hineingelegt und den Deckel mit einer getrockneten Blume geschmückt, um ihm ihren Respekt zu zollen.

Ich wusste diese Geste zu schätzen. Gleichzeitig brachte sie seinen Tod wieder stärker in mein Bewusstsein.

Bei ihrem Besuch hatte Una mir angeboten, Dad mit allen Ehren der Phönixkrieger auf dem *Feld der Helden* beizusetzen. Das war ein kleines Areal im Wald, das mir die Gelegenheit einräumen würde, Dad zu besuchen, wann immer ich wollte. Ich hatte nicht widersprochen, also hatte Una alles in die Wege geleitet und gesagt, ich könnte eine Abschiedszeremonie abhalten, wenn ich so weit war. Aber ich war definitiv noch nicht so weit.

Ich schaffte es nur, die Blüte beiseitezulegen und den Deckel der Schachtel zu heben, weil ich Meghan versprochen hatte, ihr bei der Suche nach der Höhle zu helfen. Und dazu brauchte ich Dads Zeichnung. Meine Hände zitterten, und ich war kurz davor, das Sandwich wieder von mir zu geben.

»Reiß dich zusammen, Bricks«, sprach ich mir selbst Mut zu, bevor ich in den Karton schaute.

Die Zeichnung war nicht da. Alles, was ich sehen konnte, waren Dads Portemonnaie, sein Autoschlüssel, ein paar Stückchen zerbrochene Zeichenkohle und ein paar zerknitterte Kassenbons. Es lag nicht mal ein Handy dabei.

Vorsichtig nahm ich sein Portemonnaie an mich. Ich hatte es ihm vor ein paar Jahren zum Geburtstag geschenkt. Es war aus braunem Leder, und an einem dünnen Lederbändchen hing ein silberner Spatz. Er hatte sich so darüber gefreut.

Meine Augen füllten sich mit Tränen, während ich sanft über die abgegriffene Oberfläche rieb. Ich klappte das Portemonnaie auf, und ein Schluchzen brach aus mir hervor, als ich die winzige Collage sah, die Dad von uns gebastelt hatte. Die Fotos waren kaum größer als Briefmarken. Auf einem saß ich auf Dads Schoß und präsentierte stolz meine erste Zahnlücke, auf einem anderen waren wir über und über mit Farbe beschmiert und grinsten breit in die Kamera. Auf einem weiteren Bild war ich etwa fünfzehn Jahre alt. Dad hatte den Arm um mich gelegt und betrachtete mich wie der liebevolle Vater, der er gewesen war. Schniefend zog ich die Collage heraus und presste sie an mein Herz.

»Für immer, Dad«, flüsterte ich und erlaubte mir einen kurzen Moment der Trauer, ehe ich die Collage beiseitelegte und noch einmal das Portemonnaie durchsuchte.

In einem Seitenfach steckten mehrere Geldscheine und eine einzige Kreditkarte, die allerdings schon vor zwei Jahren abgelaufen war. Außerdem gab es einen Zettel, auf den mein Vater in seiner krakeligen Schrift meine Handynummer notiert hatte. Ich wollte ihn gerade zurückschieben, als mir die glatte Rückseite des Papiers auffiel.

Stirnrunzelnd drehte ich es um und schnappte nach Luft.

Das war gar kein Notizzettel, sondern ein Foto.

Die Frau auf dem Schwarz-Weiß-Bild war höchstens zwanzig. Deshalb dauerte es einen Moment, bis ich in ihr meine Großmutter erkannte.

Laney Bricks war wahnsinnig hübsch gewesen. Sie hatte die gleichen hellen Augen wie Dad. Nur ihre Gesichtszüge waren weniger scharf.

Warum hatte Dad mir nicht gesagt, dass er noch ein Foto von ihr besaß? Hatte er es einfach vergessen, oder wollte er ihre Identität absichtlich verbergen? Aber warum hätte er das tun sollen? Er wusste doch, wie wichtig es für mich war, mehr über meine Vorfahren herauszufinden.

Nachdenklich klappte ich das Portemonnaie zu und legte es zurück in den Karton. Anschließend schob ich das Foto meiner Großmutter in die hintere Tasche meiner Jeans und machte mich auf den Weg zu Toris und Kanes Apartment.

Sie sollten zuerst erfahren, dass ich mich wieder gefangen hatte. Außerdem hatte ich ein schlechtes Gewissen, weil sie die ganze Zeit für mich da gewesen waren. Tori hatte mich liebevoll umsorgt, während Kane meinen Wunsch zu schweigen respektiert und mich einfach festgehalten hatte.

Umgekehrt hatte ich sie jedoch im Stich gelassen. Dabei trauerten sie ebenfalls. Lennox war schließlich einer ihrer besten Freunde gewesen, und auch mit Ryanne waren sie zusammen aufgewachsen. Sicher vermissten sie die beiden schrecklich.

Ich war ein bisschen nervös, als ich an ihre Tür klopfte. Mir war klar, dass sie meine Situation verstanden und mir keine Vorhaltungen machen würden. Dennoch konnte ich nicht ganz einschätzen, wie sie auf Meghans Besuch und unseren Plan, die Feder zu suchen, reagieren würden. Bei Tori war ich mir recht sicher, dass sie uns unterstützen würde. Aber Kane war immer schon skeptisch gewesen, was die Wiedergeburt des Phönix betraf.

Am Ende des Ganges ging eine Tür auf, und Fergusson trat in den Flur. Er schien ebenso überrascht zu sein wie ich. Doch seine Freude war unverkennbar. Mit ausgebreiteten Armen kam er auf mich zu. »Hey, Kleine, geht's dir besser?«

Ich umarmte ihn kurz, wobei er mir ein bisschen zu fest auf den Rücken klopfte. »Ja.«

Das war weit entfernt von der Wahrheit. Aber ich vermutete mal, dass es in der bevorstehenden Teambesprechung nicht sonderlich hilfreich wäre, wenn ich zuvor einen psychisch labilen Eindruck vermittelte.

»Dein Verlust tut mir sehr leid«, sagte er betrübt.

Ich lächelte tapfer. »Danke.«

Er deutete auf das Apartment meiner Lieblingsgeschwister. »Victoria und Kane sind unten und helfen beim Aufräumen. Ich bin gerade auf dem Weg dorthin. Kommst du mit?«

»Ja.« Gemeinsam schlenderten wir den Gang entlang. »Und wie geht es dir?«

»Mein altes Knie macht seit dem Kampf ein bisschen Probleme. Aber ansonsten bin ich in Ordnung.«

Ich schaffte es nicht, ihn anzuschauen. »Wie viele waren es?«

Es war nicht nötig, präzise zu werden. Fergusson verstand mich auch so. »Insgesamt haben wir sechs Phönixkrieger und drei Zivilisten an die Rogues verloren, fast zwei Dutzend Leute sind schwer verletzt. Die meisten können wir auf der Krankenstation und in ihren Apartments versorgen, aber vier mussten wir mit schweren Stichwunden nach Bakersfield ausfliegen.«

Sofort sah ich meinen blutüberströmten Vater wieder vor mir. »O Gott.«

»Sie werden wieder«, sagte Fergusson schnell. »Una hat sämtliche Teams zurückbeordert. Sie sind überall auf dem Anwesen postiert. Außerdem wird gerade ein neues Tor angeliefert. Das kann niemand mehr wegsprengen.«

Vor Schreck stolperte ich beinahe über meine eigenen Füße. »Sie haben das Tor weggesprengt?«

Fergusson runzelte die Stirn. »Hat dir das niemand erzählt?«

»Nein«, krächzte ich. »Ich hatte keine Ahnung.«

»Das war die Erschütterung, die wir gespürt haben. So sind sie reingekommen.«

Wir blieben vor dem Fahrstuhl stehen, und ich drückte den Rufknopf. »Rogues bauen jetzt also Bomben und greifen in Armeen an?«

Seufzend rieb Fergusson sich über den buschigen Vollbart. »Ich würde es selbst nicht glauben, wenn ich es nicht erlebt hätte.«

Das waren wirklich beunruhigende Neuigkeiten. Noch beunruhigender war allerdings, dass es im Grunde nur eine Erklärung für das strategische Verhalten der Rogues gab: Sie hatten einen neuen Anführer. Einen Alpha, der in der Lage war, sie zu kontrollieren.

Angst schnürte mir die Kehle zu, während ich mich fragte, ob Dads Prophezeiung vielleicht schon eingetreten und *er* zurückgekehrt war. Aber wenn dem so wäre, hätte Dad vor seinem Tod nicht von der Zukunft geredet, sondern von der Gegenwart. Er hätte gesagt: Er *ist* zurückgekehrt. Aber das hatte er nicht. Da war ich mir sicher. Also war es nicht zu spät. Wer immer die Rogues lenkte, konnte noch aufgehalten werden. Doch dafür brauchten wir den Phönix.

Mit einem leisen *Pling* glitten die Fahrstuhltüren auf, und wir traten in die kleine Kabine. Ich drückte den Knopf für die untere Etage. »Sag mal, hast du zufällig eine Ahnung, wo die Höhlenzeichnung von meinem Vater abgeblieben ist?«

»Wer? Ich?« Fergusson schüttelte den Kopf. »Nein, keine Ahnung. Ich habe sie zuletzt gesehen, als wir zusammen im Konferenzraum waren. Aber dort war sie nicht mehr, als ich später meinen Laptop geholt habe.«

»Bei den persönlichen Sachen meines Vaters ist sie auch nicht dabei.«

Ratlos zuckte Fergusson mit den Schultern. »Vielleicht hat Una sie sichergestellt.«

»Ja, vermutlich.« Ich holte tief Luft. »Übrigens habe ich inzwischen ein Foto von meiner Großmutter gefunden. Du brauchst deine Fotoalben also nicht mehr durchforsten.«

Fergusson warf den Kopf in den Nacken und lachte schallend. »Ich habe überhaupt keine Fotoalben. Die hat alle meine Mutter mitgenommen, als sie nach Denver gezogen ist.«

Mir klappte die Kinnlade runter. »Dann hast du gar keine alten Fotografien für mich rausgesucht?«

»Sorry, Kleine. Da muss ich passen.«

Aber wenn diese Box nicht von Fergusson war, von wem war sie dann?

Die Fahrstuhltüren glitten wieder auf. Am Ende des Ganges stand Kane.

Mein Puls beschleunigte sich, und meine Gedanken gerieten ins Stocken, während ich seinen Anblick gierig in mich aufsaugte. Obwohl er seit der Schlacht jede Nacht bei mir gewesen war, hatte ich plötzlich das Gefühl, ihn tagelang nicht gesehen zu haben, und nun regte sich zum ersten Mal, seit ich Dad verloren hatte, ein warmes, schönes Gefühl in meiner Brust.

Als Fergusson aus dem Fahrstuhl trat, wollte ich nichts lieber, als an seinem Körper vorbeischlüpfen und mich in Kanes Arme werfen. Er hatte mich noch nicht gesehen, weil er mit dem Rücken zu uns stand und mit Lawrence und Aaron in ein Gespräch vertieft war.

»Hast du es zufällig dabei?«, fragte Fergusson.

»Was?«

»Das Foto.« Verlegen kratzte er sich am Hinterkopf. »Hab dir zwar gesagt, dass mein fotografisches Gedächtnis eine Katastrophe ist. Aber ein Versuch kann nicht schaden, oder?«

Das sicher nicht. Vorsichtig zupfte ich das Porträt meiner Großmutter aus meiner Hosentasche. Dann hielt ich es Fergusson vor die Nase. »Kennst du sie?«

Fergusson beugte sich vor und kniff die Augen zusammen. Dann zischte er leise. »Das darf nicht wahr sein.«

Er kannte sie! Mein Magen machte einen Satz. »Wer ist das?«

»Das ist Lenora Thompson.« Mitgefühl huschte über Fergussons Miene, ehe sein Blick zum Ende des Ganges schweifte. »Sie war Lawrence' Kindermädchen.«

35

EDEN

Fassungslos starrte ich Fergusson an. Ich wartete darauf, dass er wieder mit diesem lauten Lachen rausplatzte und mir sagte, dass das bloß ein blöder Scherz war. Aber dann fiel mir ein, dass er gar nicht wusste, dass Tori und die anderen mir von dem Skandal erzählt hatten, den die Affäre von Lawrence' Vater mit dem Kindermädchen damals ausgelöst hatte.

Fergusson zog den Kopf ein. »Grundgütiger! Vielleicht hätte ich dir das besser nicht sagen sollen.«

»Ist schon okay«, erwiderte ich, obwohl ich überhaupt nicht wusste, was ich davon halten sollte.

Die ganze Zeit über hatte ich angenommen, meine Großmutter wäre die geheimnisvolle Phönixkriegerin gewesen, der ich meine Kräfte verdankte. Aber das stimmte gar nicht.

Mein Blick wanderte zu Lawrence, der in diesem Moment meine Anwesenheit bemerkte. Als er meinen Gesichtsausdruck registrierte, runzelte er die Stirn, ließ Kane und Aaron stehen und kam direkt auf mich zu.

Aaron lächelte, als er mich sah, und nun drehte Kane sich ebenfalls um.

Ich erschrak ein bisschen wegen seiner zahlreichen Verletzungen. Sein Gesicht war zerschunden und von Blutergüssen gezeichnet. Sein linker Arm steckte in einer Schlinge, um seine Schulter zu fixieren. Ich wollte gar nicht erst wissen, wie er unter dem grauen Pullover aussah, den er trotz der Hitze trug.

Unsere Blicke begegneten sich über den Flur hinweg, und ich sah seine Erleichterung, weil ich es endlich aus dem Bett geschafft hatte. Er lief sofort los, um Lawrence zu folgen. Seine freie Hand zuckte vor, als könnte er es nicht erwarten, mich in die Arme zu schließen. Doch dann drängte Lawrence sich zwischen uns und zog meine Aufmerksamkeit auf sich.

»Eden, wie geht es dir?«, fragte er freundlich.

Immer wieder diese Frage. Wie sollte es einem schon gehen, wenn man gerade seine engste Bezugsperson verloren hatte? Ich ging nicht darauf ein, sondern kam direkt zum Punkt. »Ich muss mit dir reden.«

Kane, der meinen scharfen Ton gehört hatte, blieb abrupt stehen und legte besorgt den Kopf schief. Ich schenkte ihm ein beruhigendes Lächeln. Ich würde es ihm später erklären.

»Das trifft sich gut. Ich wollte auch etwas mir dir besprechen.«

»Entschuldigt mich«, murmelte Fergusson mit gesenktem Kopf und lief zu einem älteren Mann am Ende des Ganges. Er war etwa in seinem Alter und lächelte ihm liebevoll entgegen. Das musste dann wohl Hamish sein.

Lawrence deutete auf eine Tür. »Gehen wir in den kleinen Besprechungsraum?«

Ich nickte und ging voran in einen lichtdurchfluteten Raum, der sonst wohl eher für hochrangige Leute vorgesehen war, denn er glich eher einer Lounge im Empirestil als einem klassischen Konferenzraum. Die Wände waren mir cremefarbener Ornamenttapete ausgestattet. Neben den hohen Fenstern hingen schwere Samtvorhänge mit goldenen Kordeln. In der Mitte der Decke befand sich, umgeben von Stuck, ein Kristallleuchter. Direkt darunter verteilten sich Sofas und Sessel, deren Bezüge mit goldgelben Schmuckelementen verziert waren und damit perfekt zum Rest des Raums passten.

»Möchtest du dich setzen?«, fragte Lawrence und schloss die Tür. »Oder vielleicht etwas trinken?«

Ich schüttelte den Kopf. »Nein danke.«

Lawrence musterte mich mit einem geduldigen Lächeln, und mir wurde klar, dass er darauf wartete, dass ich mein Anliegen vorbrachte. Ich beschloss, das Pflaster mit einem Ruck abzureißen, und zeigte ihm das Foto. »Weißt du, wer das ist?«

Sein Lächeln verblasste. »Woher hast du das?«

»Von meinem Vater«, erklärte ich und achtete genau auf Lawrence' Reaktion. »Es ist das einzige Foto, das er von seiner Mutter aufbewahrt hat.«

»Ihr Name ist Lenora. Sie lebte vor etlichen Jahren hier auf dem Anwesen.« Er runzelte die Stirn. »Soweit ich weiß, war sie allerdings keine Phönixkriegerin.«

»Sie nicht«, erwiderte ich schlicht und wartete, bis Lawrence mich wieder anschaute. »Aber der Mann, mit dem sie vor ihrer Abreise eine Affäre auf diesem Anwesen hatte, schon.«

Lawrence wurde aschfahl im Gesicht. »Du weißt davon?«

»Es kam zufällig zur Sprache«, erklärte ich, schob das Foto zurück in meine Jeans und verschränkte die Arme. »Wusstest du, dass dein Vater noch einen Sohn hatte?«

Fassungslos sank Lawrence auf den Sessel, der ihm am nächsten war. »Noch einen Sohn …«

Entweder war er der beste Schauspieler der Welt, oder er hatte wirklich genauso wenig Ahnung gehabt wie ich.

Mit bebenden Händen fuhr er sich über den Mund, während Tränen in seinen haselnussbraunen Augen glitzerten. »Dann war Anthony mein kleiner Bruder?«

»Sieht ganz danach aus.« Schmerz presste meinen Brustkorb zusammen, doch ich schob ihn entschlossen beiseite. Mir durfte jetzt nichts entgehen. »Du wusstest wirklich nichts davon?«

»Ich schwöre dir, Eden, ich hatte keine Ahnung.« Er verzog das Gesicht, und plötzlich sah er meinem Vater so ähnlich, dass ich mich fragte, warum mir das zuvor nie aufgefallen war. Abgesehen von der unterschiedlichen Augenfarbe besaßen sie die gleiche leicht gekrümmte Nase und die gleichen schmalen Lippen. Sogar ihre Kinnpartie ähnelte sich. Darüber hinaus war Lawrence mir immer schon extrem sympathisch gewesen. Jetzt verstand ich auch, warum.

»Um ehrlich zu sein, kannte ich meinen Vater nicht besonders gut«, sagte Lawrence und raufte sich die Haare. »Ich war noch ein Kind, als er starb. Kurz zuvor hatte er mir erklärt, dass er uns bald verlassen würde. Ich habe erst Jahre später begriffen, dass er damit nicht seinen Tod meinte.«

Er klang so traurig, dass ich auf einmal gegen den Impuls ankämpfen musste, ihn zu trösten. Ich hatte immer gewusst, dass die Beziehung zwischen meinen Großeltern nicht nur eine flüchtige Affäre gewesen war. Dazu hatte Dad viel zu liebevoll von seinem Vater gesprochen, was zweifellos an Laney lag. Aber niemand hatte je erwähnt, dass mein Großvater zuvor eigentlich zu einer anderen Familie gehört hatte. Ich wusste aus eigener Erfahrung, wie es sich anfühlte, verlassen zu werden. Zwar war das Lawrence zu jener Zeit nicht bewusst gewesen, dafür hatte es ihn später sicher umso härter getroffen. Er tat mir leid.

Gleichzeitig empfand ich auch großes Mitgefühl mit Laney. Wie furchtbar musste es für die junge Frau gewesen sein, sich auf eine Zukunft mit ihrem Liebsten zu freuen, nur um ihn letztlich doch zu verlieren?

Jetzt war mir auch klar, wie sie einfach hatte verschwinden können. Kane hatte es selbst gesagt: Eingeweihte mussten nur die Verschwiegenheitserklärung unterzeichnen und schon waren sie frei. Vermutlich hatte niemand von Laneys Schwangerschaft gewusst, als sie nach dem Tod meines Großvaters beschloss, der Phönixallianz für immer den Rücken zuzukehren. Sonst hätten sie sie niemals gehen lassen. Wahrscheinlich waren sie sogar froh gewesen, dass sie nach dem Drama weg wollte. Alles, was sie danach noch tun musste, war es, ihren Namen zu ändern und ihr Geheimnis zu bewahren.

Plötzlich stand Lawrence auf und legte die Hände auf meine Schultern. Sein Blick wanderte über mein Gesicht. Dann erschien ein vorsichtiges Lächeln auf seinen Lippen. »Du bist meine Nichte!«

Und er war mein Onkel. Was für eine seltsame Entwicklung.

»Gott, Eden. Es tut mir so leid.« Er atmete zitternd aus. »Ich hatte keine Gelegenheit mehr, meinen Bruder kennenzulernen, und mir ist klar, dass du gerade eine schwere Zeit durchmachst, aber wenn du es gestattest, möchte ich gern für dich da sein.«

Seine Worte berührten mich – und in gewisser Weise schenkten sie mir unverhofft Trost. Trotzdem konnte ich mit diesem Angebot gerade nicht umgehen. Das ging mir alles viel zu schnell. Doch da ich Lawrence auch nicht vor den Kopf stoßen wollte, versuchte ich, die emotionsgeladene Stimmung aufzulockern. Ich lachte erstickt auf. »Ich werde dich nicht Onkel Lawry nennen.«

Sein warmes Lachen grollte in meinem Brustkorb. »Das erwarte ich auch nicht.«

»Gut.«

Lawrence wischte sich peinlich berührt über die Augen. »Danke. Das bedeutet mir wirklich viel.«

Ich nickte und fühlte mich plötzlich ebenfalls verlegen. »Was wolltest du eigentlich mit mir besprechen?«

»Ach ja. Ich wollte dich um Nachsicht mit Kane bitten.« Bedauernd verzog Lawrence das Gesicht. »Er hat nur getan, was wir von ihm verlangt haben.«

Mir wurde flau im Magen. »Was meinst du?«

»Es war allein unsere Schuld. Kane wollte dir von Anfang an sagen, dass Anthony verschwunden war. Aber dann konnten wir ihn davon überzeugen, dass es so besser ist.«

Ungläubig sah ich ihn an. Tori hatte so entsetzt reagiert, dass ich automatisch davon ausgegangen war, dass Kane ebenfalls keine Ahnung von Dads Verschwinden gehabt hatte. »Er wusste davon?«

Lawrence stutzte. »Ich dachte, deshalb hast du ihn vorhin so wütend angesehen.«

Ich war kein bisschen wütend gewesen. Nun lagen die Dinge allerdings etwas anders. Ich konnte nicht fassen, dass Kane mir etwas derart Wichtiges verschwiegen hatte. Wenn Dad sich nicht immer wieder zwischendurch gemeldet hätte, wäre ich vermutlich durchgedreht vor Angst.

»Sorry, da habe ich wohl etwas falsch verstanden«, murmelte Lawrence, doch mein Misstrauen war bereits geweckt.

Meine Lider wurden schmal. »Gibt es sonst noch etwas, das Kane mir vorenthalten hat?«

Lawrence zögerte. »Das besprichst du besser mit ihm persönlich.«

»Ich will es aber von dir wissen«, widersprach ich und spürte, wie mein Herz erneut schneller schlug.

Unglücklich verzog Lawrence das Gesicht. »Kane ist wie ein Sohn für mich.«

»Und ich bin deine Nichte.«

Eine angespannte Stille dehnte sich zwischen uns aus. Lawrence schien hin- und hergerissen zu sein. Aber da klar war, dass es da noch mehr gab, verlor ich schon bald die Geduld. Wortlos wandte ich mich ab.

»Warte!«

Ich hielt inne und sah über die Schulter zu ihm zurück.

Erneut raufte Lawrence sich die Haare. Mittlerweile standen sie ihm in alle Richtungen vom Kopf ab. »Die ganze Sache war nicht seine Idee. Wir haben ihn praktisch gezwungen, besonders nett zu dir zu sein. Er sollte deine Zuneigung gewinnen, damit du ihm vertraust und leichter zu beeinflussen bist. Wir dachten, so findest du deine Gabe schneller.« Er schenkte mir ein reumütiges Lächeln. »Und es hat ja auch geklappt, oder nicht?«

Mit einem Mal war mir so schlecht, dass ich Lawrence am liebsten vor die Füße gekotzt hätte.

Kane hatte Stunden über Stunden mit mir verbracht, mich trainiert und mit mir geflirtet. Er hatte sich für mein Leben interessiert, mir zugehört und meine Meinung eingefordert. Er hatte so getan, als wäre ich ihm wichtig, als würde ich ihm etwas bedeuten.

Und er hatte mich geküsst.

Aber wie sich herausstellte, war nichts davon freiwillig gewesen. Alles zwischen uns war eine einzige, verdammte Lüge.

36

KANE

Zum ersten Mal seit drei Tagen kroch Eden aus ihrem dunklen Loch aus Trauer und Schmerz – und würdigte mich nur eines kurzen Blickes.

Das tat weh. Mehr noch als die verdammte Stichwunde in meiner Schulter oder mein zermatschtes Gesicht.

Ich hatte keine Ahnung, worüber sie und Lawrence geredet hatten. Aber als sie den Raum verließen, sprach mein Mentor leise auf sie ein, bevor sie mit ausdrucksloser Miene in die entgegengesetzte Richtung verschwand, ohne sich noch einmal zu mir umzudrehen. Dabei hatte ich angenommen, dass sie auch mit mir reden wollte.

»Eden sieht immer noch total fertig aus«, stellte Aaron fest, der neben mir an der Wand lehnte. Er selbst war ebenfalls ein Bild des Elends. Ein Hämatom prangte auf seiner Wange, und ich wusste, dass sein Oberkörper unter dem Pullover aussah, als hätte ihn jemand als Sandsack benutzt. Was ja irgendwie auch stimmte.

Alle, die gegen die Rogues gekämpft hatten, waren danach ziemlich lädiert gewesen. Aber diese Wunden würden heilen. Im Gegensatz zu den seelischen.

Der Verlust unserer Freunde hatte eine klaffende Wunde durch unsere Gruppe gerissen. Aaron wurde von Schuldgefühlen zerfressen, Meghan benahm sich seit Tagen wie eine Furie, und meine Schwester klammerte sich an das Ziel, Eden über ihren Schmerz hinwegzuhelfen. Sie wollte jede Minute bei ihr sein. In der ersten Nacht hatte sie sich sogar geweigert,

Eden allein zu lassen, und sich erst eine Pause gegönnt, nachdem ich ihr geschworen hatte, bis zu ihrer Rückkehr bei ihr zu bleiben.

Nie war mir ein Versprechen leichter über die Lippen gekommen. Schließlich hatte es nichts gegeben, was ich nach dem Schrecken dieses Kampfes lieber getan hätte, als Eden in den Armen zu halten. Ich wusste, dass sie Zeit brauchte, um mit diesem überwältigenden Schmerz fertigzuwerden, denn leider hatte ich diesen Höllentrip selbst schon durchgemacht.

Bisher hatten wir nicht herausgefunden, was genau passiert war. Ich grübelte darüber nach, warum Edens Vater überhaupt die Eingangstür entriegelt und damit Rogues in das Gebäude gelassen hatte. Aber ich fand einfach keine Antwort darauf, und letztlich blieb mir nichts anderes übrig, als davon auszugehen, dass Anthony in seinem verwirrten und aufgelösten Zustand schlichtweg die Orientierung verloren und die falsche Tür geöffnet hatte.

Ich wünschte, ich hätte es kommen sehen. Stattdessen hatte ich angenommen, Eden würde ihren Vater nicht aus den Augen lassen. Was für eine fatale Fehleinschätzung, die uns nicht nur Anthony, sondern auch noch Ryanne, Broderick und Naruto gekostet hatte.

Ich kannte Eden gut genug, um zu wissen, dass sie sich die Schuld dafür gab. Aber das stimmte nicht, und da es nichts gab, was ich hätte sagen können, um es leichter für sie zu machen, hatte ich sie einfach nur gehalten und ihrem gleichmäßigen Atem gelauscht.

Für mich was das genug gewesen.

Ich hatte gehofft, dass meine Anwesenheit ihr helfen würde. Und tatsächlich hatte Eden sich stillschweigend an mich gekuschelt, bevor sie einschlief. Als würde sie meine Nähe genauso brauchen wie ich ihre.

Nun regten sich allerdings Zweifel in mir.

Mit einem ungutem Gefühl im Bauch stieß ich mich von der Wand ab und folgte Eden. Sie stand vor dem Haupteingang am Fuß der Treppe und starrte auf die Stelle, an der ihr Vater gestorben war.

Inzwischen war nichts mehr davon zu sehen, dass dort ein Mann sein Leben verloren hatte. Ich hatte mich selbst darum gekümmert, weil ich nicht wollte, dass Eden diesen Anblick noch einmal ertragen musste. Sie war auch so schon traumatisiert genug.

Aber nach allem, was geschehen war, hatte ich keinen Schimmer, wie ich mich ihr gegenüber nun verhalten sollte. Einerseits wollte ich sie einfach wieder an mich ziehen und festhalten. Andererseits mahnten mich ihre steifen Schultern und ihre kerzengerade Haltung zur Vorsicht.

»Ich hab mich immer gefragt, warum du plötzlich so nett zu mir warst«, sagte sie unvermittelt.

Eigentlich war ich gerade im Begriff gewesen, zu ihr zu gehen, doch nun hielt ich inne.

Sie drehte sich nicht zu mir um, als sie mit ruhiger Stimme weitersprach. »Ich meine, seien wir ehrlich: Von dem Moment an, in dem ihr mir in San Francisco geholfen habt, warst du unhöflich und abweisend. Du hast mich beleidigt, provoziert und bloßgestellt – und dann hat es plötzlich einfach aufgehört.« Ein Lachen, so bitter, dass es überhaupt nicht zu ihr passte, platzte aus ihr hervor. »Ich dachte, das liegt daran, dass du angefangen hast, mich zu mögen. Dabei hast du mich nur manipuliert, weil Una es von dir verlangt hat.«

Entsetzen machte sich in mir breit. »Eden ...«

»Ist es nicht so?«, unterbrach sie mich scharf und drehte sich nun doch zu mir um. In ihren Augen schimmerten Tränen. Aber diesmal war da keine Traurigkeit, sondern abgrundtiefer Zorn.

Shit! Sie wusste Bescheid. Lawrence hatte ihr offenbar die Wahrheit gesagt. Ich hatte keine Ahnung, warum er das getan hatte. Aber letztendlich spielte es auch keine Rolle.

Scham fegte über mich hinweg. Ich wünschte, ich hätte behaupten können, dass das alles ein großes, dummes Missverständnis war. Aber leider stimmte das nicht.

»Antworte mir!«, fauchte sie, während eine Träne aus ihrem Augenwinkel quoll und langsam über ihre Wange rollte.

»Eden, hör zu …«

Bevor ich auch nur einen Schritt auf sie zumachen konnte, hatte sie die Hände gehoben. Pures Licht strahlte von ihnen ab. Wie es aussah, hatte sie die volle Kontrolle über ihre Gabe erlangt.

»Glückwunsch! Ihr habt jetzt, was ihr wolltet. Du musst nicht länger so tun, als würde ich dir etwas bedeuten.«

Okay, das reichte jetzt. »Verflucht noch mal! Ich tue nicht nur so, als ob.«

Weitere Tränen benetzten ihre Wangen. »Erzähl das jemandem, den es interessiert.«

Meine Brust zog sich zusammen. Dennoch machte ich einen Schritt auf sie zu. »Bitte lass es mich wenigstens erklären.«

»Ich will deine Ausreden nicht hören«, zischte sie und verbarg nichts von ihrem Schmerz.

Schmerz, den ich ihr zugefügt hatte.

Mein Herz begann zu rasen. Ich war dabei, sie zu verlieren. Dabei war sie das Schönste gewesen, was mir seit Langem passiert war.

»Es tut mir leid«, stieß ich hervor, kam ihr aber nicht näher. »Du ahnst nicht, wie sehr. Wenn ich könnte, würde ich vieles anders machen.« Frustriert schüttelte ich den Kopf. »Vom ersten Moment an, in dem wir uns begegnet sind, bist du mir unter die Haut gegangen wie nie jemand zuvor. Das hat mir eine Scheißangst eingejagt, und deshalb habe ich dich weggestoßen. Ich weiß, dass das falsch war, aber ich wusste einfach nicht, wie ich mit diesen Gefühlen umgehen sollte. Ich wusste nur, dass ich alles dafür tun würde, um dir diesen ganzen Wahnsinn hier zu ersparen. Ja, ich habe gelogen und dich manipuliert, aber nicht, weil Una es verlangt hat, sondern weil ich verhindern wollte, dass du deine Gabe zu findest. Ich wollte dich *beschützen*.«

»Mich beschützen?«, schrie sie mich an. »Indem du mir vorgaukelst, mich zu mögen, und mir verschweigst, dass mein Vater verschwunden ist? Mein Vater, der jetzt *tot* ist?«

Ich zuckte zusammen. Mir war klar, dass niemand die Schuld daran trug, dass Anthony nach draußen gelaufen war. Aber wenn Eden über sein Verschwinden Bescheid gewusst hätte, wären sie beide vermutlich nicht hier gewesen, und er wäre noch am Leben.

Eden schien zu demselben Schluss gekommen zu sein. Ihre Hände loderten auf. Zugleich wurde ihr Blick eiskalt. »Komm mir nie wieder zu nahe, hörst du? Nie wieder, Kane!«

Hilflosigkeit überwältigte mich, als ich begriff, dass es nichts gab, was ich sagen könnte, um Edens Wut auf mich zu lindern. »Eden, bitte …«

»Nein!« Schniefend trat sie einen Schritt zurück und schüttelte den Kopf. »Ich wünschte, ich hätte dich nie kennengelernt.«

Ich starrte sie an, unfähig mich zu rühren.

Langsam ließ sie die Hände sinken. Das Licht verglühte. Nach einem letzten, wenig schmeichelhaften Blick in meine Richtung drehte sie sich um und ließ mich einfach stehen.

Ich sah ihr nach, bis sie aus meiner Sicht verschwand. Jeder Schritt, mit dem sie sich weiter von mir entfernte, vergrößerte dieses ätzende Brennen in meiner Brust, bis ich mich vollkommen ausgehöhlt und elend fühlte.

Unmittelbar neben mir erklang ein Seufzen, das ich nur allzu gut kannte. Natürlich musste meine Schwester ausgerechnet jetzt lauschen.

Ich stöhnte. »Es ist einfacher, mir dir zu reden, wenn ich dich sehen kann, Tor.«

Sie wurde sichtbar, und ich bereute meinen Wunsch, von Angesicht zu Angesicht mit ihr zu sprechen, sofort, denn nie hatte ich in ihrer Miene so viel Enttäuschung gesehen. »Wie konntest du nur, Kane? Eden hat dir vertraut.«

Reue überflutete mich, und ich konnte dem Blick meiner Schwester nicht länger standhalten. »Ich weiß.«

Sie wartete, ob ich noch mehr dazu sagen würde, aber meine Kehle war wie zugeschnürt.

»Tja«, sagte sie schließlich gedehnt und verschränkte die Arme. »Und was hast du jetzt vor?«

Ich hatte nicht die leiseste Ahnung. Ich wusste nur, dass es vermutlich besser war, Edens Wunsch zu respektieren. »Ich werde für eine Weile fortgehen.«

»Was?«, rief Tori bestürzt aus. »Das kann nicht dein Ernst sein, Kane. Du kannst jetzt nicht einfach abhauen.«

Erneut stach es heftig in meiner Brust. »Du hast gehört, was sie gesagt hat. Sie will nichts mehr mit mir zu tun haben.«

»Hör zu! Eden ist traurig, wütend und verletzt – und zwar vollkommen zu Recht. Aber ich bin mir sicher, dass sie dir irgendwann vergeben wird. Keine Frau klammert sich auf diese Weise an einen Mann, wenn er ihr nichts bedeutet, und kein Mann hält eine Frau derart fest, wenn sie ihm egal ist. Ihr beide habt ausgesehen, als wärt ihr zwei Teile eines Ganzen.«

Obwohl mich ihre Worte berührten, zog ich spöttisch eine Braue hoch. »Du hast uns beim Schlafen beobachtet? Ganz schön übergriffig, Schwesterchen.«

»Ich … also, das war keine Absicht«, stotterte sie. »Ich wollte nur sichergehen, dass ihr alles habt, was ihr braucht.«

Tja, ich für meinen Teil hatte es in jenen Nächten gehabt – und jetzt hatte ich es wieder verloren. Vermutlich verdiente ich es nicht anders.

»Ich halte das für einen Fehler«, fuhr Tori fort. »Außerdem bist du immer noch verletzt.«

Ich schnaubte. »Als hätte uns das jemals davon abgehalten, auf die Jagd zu gehen.«

Tori schwieg lange, ehe sie etwas erwiderte. »Und wohin willst du gehen?«

»Eden hat wahrscheinlich recht mit ihrer Vermutung.« Ich richtete meine Aufmerksamkeit zum Horizont. »Irgendwo da draußen gibt es jemanden, der in der Lage ist, Rogues zu kontrollieren. Ich werde ihn suchen.«

Darüber hatte ich schon eine ganze Weile nachgedacht. Allerdings hatte ich es bisher nicht über mich gebracht, Eden und meine Schwester für längere Zeit hier zurückzulassen. Die Angst, dass in meiner Abwesenheit etwas Schreckliches passieren könnte, war zu groß gewesen. Aber nun war der Worst Case eingetreten.

Das einzig Gute an dieser ganzen Scheiße war, dass ich mir um die Sicherheit der beiden keine Sorgen mehr machen musste – dank Edens neuer Fähigkeit, Rogues mit ihrem Licht in die Flucht zu schlagen, und den verstärkten Sicherheitsmaßnahmen auf dem Anwesen. Bis auf Weiteres war es höchste Priorität, die Allianz zu schützen. Niemand durfte das Gelände verlassen, was bedeutete, dass ich mich voll auf meine Jagd konzentrieren konnte. Ganz wie es ein guter Phönixkrieger tun sollte.

Ein zynisches Lächeln umspielte meine Lippen. Una wäre sicher aus dem Häuschen vor Begeisterung, wenn sie erfuhr, dass ich mein Schicksal endlich akzeptiert hatte.

Mit etwas Glück fand ich sogar Ryanne und Lennox und brachte es über mich, sie von ihrem Elend zu befreien. Sie hätten dieses Leben als seelenlose Scheintote niemals gewollt. Ich wäre ein verdammt schlechter Freund, wenn ich sie einfach sich selbst überließ. Aber mit diesem Plan musste ich Tori nicht belasten.

»Was soll der Blödsinn, Kane?«, fuhr sie mich an. »Du hast doch überhaupt keine Ahnung, wer geschweige denn wo der Alpha sein könnte.«

Das nicht, aber ich hatte eine Vermutung. Ich ließ meine Nackenmuskeln knacken. »Ein Rogue mit einem Baseballschläger trug ein Fantrikot der Aviators, und Kendra hatte eine Kette mit Spielchips um den Hals. Zusammen mit dem Casino-Boy, den Una Eden auf den Hals gehetzt hat, sind das drei Rogues, die nach Las Vegas zeigen. Ich denke also, dort wäre ein guter Anfang.«

Tori überlegte einen Augenblick. »Okay, wenn das so ist, trommle ich das Team zusammen, und wir ziehen gemeinsam los. Eine neue Aufgabe wird uns allen gut tun.«

»Ich werde allein gehen, Tor.«

Natürlich brauchte meine Schwester nur den Bruchteil einer Sekunde, um mich zu durchschauen. Sie kannte mich einfach zu gut. »Du bist ein Feigling, Kane Huntington.«

Ja, vermutlich.

Allerdings war Feigheit nichts Verkehrtes, sondern nur eine alternative Form des Selbstschutzes. Ich konnte vieles ertragen. Aber nicht Edens Hass.

Das Problem war nur, wenn ich das zugab, würde Tori mich erst recht nicht gehen lassen. Also brachte ich das einzige Argument vor, das sie akzeptieren musste: »Ich brauche Abstand von allem.«

Die Art, wie Tori zittrig Luft holte, verriet mir, dass ich gewonnen hatte. »Und was ist mit mir?«

»Du musst jetzt für Eden da sein.« Ich würgte den Kloß in meinem Hals herunter. »Sie braucht dich.«

»Dich braucht sie auch«, wandte meine Schwester betrübt ein. »Sie ist nur zu verletzt, um das einzusehen.«

Ich schüttelte den Kopf, als ließen sich meine Gedanken auf ähnlich simple Weise zerstreuen. Dann legte ich den unverletzten Arm um Tori.

Sie schmiegte sich sofort an mich, während ich an ihren blauen Strähnchen zupfte. »Ich weiß, du bist eine hoffnungslose Romantikerin, Schwesterchen. Aber dieses Mal wird es kein Happy End geben. Ich hab's versaut – und zwar so richtig. Für Eden und mich gibt es keine Zukunft.«

37

EDEN

Der Phönix ist mir so nah, dass ich fast meine, ihn berühren zu können. Doch ich kann ihn nicht erreichen.

Furcht überkommt mich, als ich bemerke, dass das einst so strahlende Geschöpf nur noch dezent schimmert. Seine Bewegungen sind träge und angestrengt, während er durch die Lüfte gleitet. Er hat kaum noch genug Kraft, die Balance zu halten.

Die Wolken lichten sich, und mein Herz zieht sich vor Entsetzen zusammen, als ich das Schlachtfeld unter uns erblicke. Glorypeak hat jeden Glanz verloren. Zurück geblieben sind nur Gewalt, Blut und Elend.

Der Phönix schreit.

All das hat er nie gewollt. Er hat geglaubt, die Kraft seiner Liebe wäre heilsam. Stattdessen hat sie bloß Tod und Zerstörung gebracht.

Mir bricht das Herz, als ich all die Menschen sehe, die sich dort unten gegenseitig bekämpfen. Sie sind so grausam, so gnadenlos.

Etwas abseits entdecke ich einen Mann, der das Kampfgeschehen mit kalter Gleichgültigkeit verfolgt. Sein Leinenhemd ist zerrissen und mit Blut getränkt. Tiefe Schnittwunden ziehen sich über seinen Oberkörper, doch er scheint den Schmerz überhaupt nicht wahrzunehmen. Auf seiner Brust prangt ein Rabe.

»Elijah, hör auf.«

Da ist eine Stimme in meinem Kopf. Sie klingt flehend und so gequält, dass mir plötzlich zum Weinen zumute ist. Ich weiß nicht, wem sie gehört.

Mir selbst oder dem Phönix. Aber letztlich ist das nur ein Detail, das nebensächlich für mich wird, als der Phönix auf der feuchten Erde landet. Direkt vor dem Krieger.

Mit einer ungeduldigen Geste wischt er sich sein langes schwarzes Haar aus der Stirn. Purer Hass lodert in seinem Blick – und doch schimmert da ein Schmerz in seinen Augen, der mir vage vertraut ist. Ich habe ihn schon einmal gesehen.

Der Phönix spricht mit betörender Sanftmut auf Elijah ein. Selbst jetzt – angesichts all dieses Grauens – ist er erfüllt von Mitgefühl, Hoffnung und Liebe.

»Es ist genug.«

»Nein«, knurrt Elijah. »Sie haben mir mein Licht genommen – und jetzt nehme ich ihnen das ihre.«

Ein Dolch blitzt in Elijahs Hand auf.

Ich schreie. Aber es ist zu spät. Mit unvorstellbarer Kraft stößt Elijah zu. Er trifft den Phönix mitten ins Herz.

Und mein ganzes Sein verwandelt sich in Schmerz …

***

Mit einem Schrei fuhr ich hoch und tastete hektisch meinen Brustkorb ab. Gleichzeitig brach ein Schluchzen aus mir hervor. Hatte Dad dasselbe gefühlt, bevor er starb? Oder hatte der Schock rechtzeitig eingesetzt, um ihm das Schlimmste zu ersparen?

Gott, ich hoffte wirklich, dass es so war. Ich hasste den Gedanken, dass er derart gelitten haben könnte. Als wäre sein Tod nicht schon schrecklich genug.

»Eden?«, sagte Tori besorgt und drückte meine Schulter. »Hey, beruhige dich. Alles ist gut. Es war nur ein Albtraum.«

Irritiert hielt ich inne und schaute mich um. Ich lag auf dem Sofa in Toris Apartment. Hinter ihr lief der Fernseher, und mir fiel wieder ein, dass wir zuvor Pizza gegessen und uns eine Komödie angesehen hatten, weil sie meinte, etwas Fröhliches würde uns beiden guttun. Dabei musste ich eingeschlafen sein.

Verlegen wischte ich mir die Tränen aus den Augen und versuchte, den Schmerz über den Tod des Phönix wegzuatmen. »Sorry.«

»Schon in Ordnung.« Sie setzte sich neben mich und musterte mich unsicher. »Möchtest du darüber reden?«

Ich wusste ihr Angebot zu schätzen. Aber leider hatte meine Fähigkeit, anderen zu vertrauen, empfindlich nachgelassen, seit ich von Kanes Spielchen erfahren hatte. Mir war klar, dass Tori nichts für die Entscheidungen ihres Bruders konnte. Sie hatte ja nicht mal etwas davon gewusst. Trotzdem verteidigte sie ihn, wann immer er zum Thema wurde, was für meinen Geschmack viel zu häufig der Fall war.

Zwei Tage war es jetzt her, seit er Little Meadows klammheimlich verlassen hatte, um auf eigene Faust nach dem Alpha zu suchen. Ich glaubte nicht, dass er damit Erfolg haben würde. Allerdings war ich froh, dass er weg war.

Ich wollte ihn nicht sehen.

Gleichzeitig hasste ich es, dass ich nicht wusste, wie es ihm ging und ob er sich inzwischen von seinen Verletzungen erholt hatte. Ich vermisste ihn. Ohne ihn fühlte sich alles irgendwie unvollständig an. So als hätte ich etwas Wichtiges verloren.

Er hatte mich gewarnt, dass er mir wehtun würde. Ich hätte mal lieber auf ihn hören sollen. Aber wie hätte ich auch wissen können, dass ich mich schon nach so kurzer Zeit so heftig in ihn verlieben würde?

Meine Brust zog sich schmerzhaft zusammen. Ich musste aufhören, darüber nachzudenken, und erst recht wollte ich nicht darüber reden. Deshalb schüttelte ich stumm den Kopf.

Tori nickte verständnisvoll und zog sich in den Sessel zurück. Sofort flammte mein schlechtes Gewissen auf, weil ich sie zurückwies, obwohl sie im Grunde nichts falsch gemacht hatte. Es war ihr gegenüber nicht fair.

Schon gar nicht, nachdem sie mir den Rücken gestärkt hatte, als ich versuchte, Una von der Suche nach der Feder zu überzeugen. Wenn auch vergeblich.

In einem Gespräch, das keine fünf Minuten gedauert hatte, hatte Una uns verboten, das Anwesen zu verlassen, und auch Lawrence hatte sich klar gegen unsere Pläne ausgesprochen. Sie glaubten weder, dass eine Rückkehr des Phönix möglich war, noch daran, dass wir unsere Freunde retten konnten. Sie zogen die Möglichkeit nicht einmal in Betracht, stattdessen konzentrierten sie all ihre Kräfte darauf, das Anwesen zu schützen. Und das Allerschärfste: Una hatte eiskalt abgestritten, dass sie Dads Zeichnung konfisziert hatte. Natürlich glaubte ich ihr nicht.

Meghan war total ausgerastet, und der kurze Hoffnungsschimmer, der in Aaron aufgeflammt war, war sofort wieder erloschen. Aber ein Befehl war ein Befehl, und meine Freunde hielten sich daran. Ob es mir nun gefiel oder nicht.

Frustriert sank ich wieder in die Kissen. Mein Brustkorb brannte immer noch, als hätte Elijah mir den Dolch ins Herz gerammt und nicht dem Phönix. Unruhig zuckten meine Gedanken zwischen Traum und Wirklichkeit hin und her.

Elijahs Grausamkeit. Das Messer zwischen Dads Rippen.

Dieser gequälte Ausdruck in Elijahs Augen. Dieser Schmerz in Dads Stimme.

Ich konnte sie nicht aufhalten.

Exakt dieselben Worte hatte der verzweifelte Mann in meinem Traum auch verwendet, bevor ihm der Phönix seine Feder geschenkt hatte. Ich versuchte, die Szene noch einmal aus meinem Gedächtnis zu ziehen. Dieses Schlachtfeld mit den vielen Toten. Den Mann, der neben einem leblosen Körper kauerte.

Ein Bild blitzte vor meinem geistigen Auge auf, und plötzlich sah ich die Konturen des Opfers klarer. Schmale Schultern, runder Bauch …

Ruckartig setzte ich mich auf. »O mein Gott!«

Das war gar kein Mann, kein Kämpfer. Das war eine Frau.

»Was?«, rief Tori erschrocken. »Was ist?«

Mit klopfendem Herzen sah ich meine Freundin an. Wie hatte ich das übersehen können? Der Trauernde … das war niemand Geringeres als … »Elijah Wheeler.«

Tori runzelte die Stirn. »Was ist mit ihm?«

»Er war gar kein Rogue«, flüsterte ich. »Er war der allererste Phönixkrieger.«

Tori wurde blass. »Das kann nicht sein.«

»Doch.« Aufgeregt strampelte ich mir die Decke, die Tori über mir ausgebreitet hatte, von den Beinen. Ich musste nachdenken, und dazu brauchte ich Bewegung. »Ich bin mir absolut sicher. Das Kompendium der Phönixallianz, das Gemälde auf dem Gang … es ist alles falsch.«

Tori schüttelte den Kopf. »Du täuschst dich, Eden. Es gibt Hunderte Augenzeugenberichte, die zweifelsfrei belegen, dass Elijah ein Rogue war, dem jedes Licht fehlte. Damals beschrieben sie es allerdings noch als *Dunkelaura*.«

Ich versuchte mich zu erinnern, ob Elijah in meinem Traum eine Aura gehabt hatte. Aber es gelang mir nicht. Könnte er vielleicht beides gewesen sein?

»Wie kommst du überhaupt darauf?«, fragte Tori. Ihre Miene war aufgeschlossen und interessiert, kein bisschen ablehnend. Weil sie meine Freundin war – und weil sie mir vertraute.

Ich konnte sie nicht länger für die Fehler ihres Bruders bestrafen. Sie verdiente mein Vertrauen ebenso. Deshalb holte ich tief Luft. »Ich denke, dass ich die Fähigkeit, Visionen zu empfangen, ebenfalls besitze. Nur habe ich sie nicht mitten am Tag, sondern in meinen Träumen.«

Ihr fiel die Kinnlade runter. »Aber Phönixkrieger besitzen nur *eine* Gabe. Du hast besondere Hände.«

Da hatte sie allerdings recht. Außerdem konnte ich die Fähigkeiten der anderen Phönixkrieger nur nutzen, wenn ich sie berührte. Dad hingegen hatte ich vor meinen Träumen nie berührt und jetzt … Ich schluckte schwer. Wie konnte ich etwas spiegeln, das gar nicht mehr da war?

»Es könnte natürlich auch sein, dass eine Berührung bei Verwandten nicht nötig ist«, überlegte Tori. »Schließlich ist die Phönixkraft deiner Vorfahren bereits *in* dir.«

»Ja.« Ich schenkte ihr ein mattes Lächeln. Wenn das stimmte, musste ich Lawrence unbedingt fragen, welche Gabe mein Großvater besessen hatte. Vielleicht konnte ich sie ebenfalls spiegeln.

Tori musterte mich neugierig. »Was genau hast du denn geträumt?«

Mein Blick glitt ins Leere. »Anfangs habe ich nur den Phönix gesehen, wie er durch die Lüfte flog. Er war glücklich. Doch dann begegnete er einem Mann, der vollkommen verzweifelt war. Mir ist gerade eben erst klar geworden, dass das Elijah war, der um seine Paulina trauerte.«

»Wer ist Paulina?«, fragte Tori irritiert.

»Das war seine schwangere Frau. Ich habe Tagebucheinträge im Archiv gefunden, die …«

»Du warst im Archiv?«

Ups!

Hitze stieg mir in die Wangen. Aber jetzt war es zu spät, mich herauszureden. »Erinnerst du dich an den Karton vor meiner Tür, über den du beinahe gefallen wärst? Darin waren nicht nur alte Fotos, sondern auch ein Zugangscode.«

»Fergusson hat dir einen Zugang zum Archiv gegeben?« Sie klang nicht überzeugt. »Da musst du ja wirklich Eindruck hinterlassen haben. Er bricht sonst nie die Regeln.«

»Na ja, wie es aussieht, habe ich mich geirrt. Fergusson sagt, er war es nicht.« Nervös befeuchtete ich mir die Lippen. »Ich denke, der Karton kam von Kane.«

Bisher war es nur eine Vermutung, aber im Grunde war es die einzig logische Erklärung. Schließlich hatten die Fotos am Abend seiner Rückkehr aus Pasadena vor meiner Tür gelegen. Außerdem hatte er nicht einmal sonderlich überrascht gewirkt, als er mich ein paar Nächte später im Archiv erwischte, auch wenn er mich am nächsten Tag damit aufgezogen hatte.

»Natürlich.« Mit einem Stöhnen rieb Tori sich über das Gesicht. »Mein Bruder hatte schon immer seinen eigenen Kopf, und er wusste, wie viel es dir bedeutet hat, deine Vorfahren zu finden. Das war wohl seine verquere Art, dir zu helfen.«

Entweder das oder es war eine Vorabentschuldigung für all die Lügen, die er mir danach auftischte. Wer wusste das schon so genau?

Meine Brust krampfte sich zusammen, und ich lenkte das Gespräch schnell zum eigentlichen Thema zurück. »Wie auch immer. In einem meiner Träume habe ich gesehen, wie der Phönix dem verzweifelten Elijah eine Feder schenkte und ihn zum Phönixkrieger machte. Er tat das sicher in guter Absicht, aber offenbar war Elijahs Schmerz einfach zu groß und er wandelte seine Gabe in etwas Dunkles um. Anstatt das Licht in der Seele eines Menschen zu verstärken, nahm er es und erschuf so die ersten Rogues.«

»Aber das ergibt keinen Sinn, Eden«, wandte Tori ein. »Auch Rogues können schließlich weitere Rogues erschaffen, ganz ohne Phönixkraft. Sie rauben anderen einfach das Licht.«

»Vielleicht ist *rauben* der falsche Begriff«, überlegte ich. »Vielleicht wird das Licht eher zerstört. Wie eine Kerze, die man auspustet.«

Tori blieb skeptisch. »Dann sind unsere Freunde also für immer verloren?«

»Eben nicht! Was vernichtet werden kann, kann auch erschaffen werden – und der Phönix muss als ursprüngliche Quelle die Macht dazu haben. Mit seiner Hilfe können wir Lennox und die anderen vielleicht wirklich retten.«

Hoffnung erschien in Toris Miene. Sie schluchzte leise auf. »Wir brauchen diese Feder, Eden.«

»Ich weiß.« Mit wilder Entschlossenheit sah ich meine Freundin an.

Es war mir egal, wie viele Befehle wir verweigern mussten. Ich war sogar bereit, höchstpersönlich in Unas Büro einzubrechen und Dads Zeichnung zurückzuklauen, wenn sie die Skizze nicht freiwillig rausrückte. Aber ich würde sicher nicht länger tatenlos hier herumsitzen. Ich hatte diese Träume nicht ohne Grund. Davon abgesehen hatte Kane auch nicht um Erlaubnis gebeten. Er war einfach gegangen.

Erneut zog sich mein Herz zusammen, doch zum ersten Mal seit Tagen breitete sich ein Lächeln auf meinen Lippen aus. »Wir werden die Feder finden, Tori, und dann bringen wir den Phönix und unsere Freunde zurück.«

Epilog

ALPHA

Unzufrieden strich ich über das zerknitterte Papier und verwischte dabei die filigranen Kohlestriche. Ich fluchte. Hätte dieser Schwachkopf keinen anderen Stift verwenden können?

Mein Blick glitt über die scharfkantigen Felswände und den Höhleneingang, als würde sich wie durch Zauberhand ein neuer Hinweis offenbaren. Aber da war nichts als diese verfluchte Finsternis, in der eine Feder schwebte und mich verspottete.

Ich wollte diese Feder.

Ich *brauchte* diese Feder.

Wenn ich sie nicht vor ihnen fand, könnte alles umsonst gewesen sein. Und das wäre wirklich jammerschade, wo ich doch so nah an meinem Ziel war.

Ich grinste zufrieden. Diese Idioten hegten keinerlei Verdacht, dass ich direkt vor ihrer Nase rumspazierte. Und das, obwohl sich der Strick um ihren Hals immer schneller zuzog. Vermutlich würden sie es erst begreifen, wenn es längst zu spät war.

Allerdings musste ich zugeben, dass Edens außergewöhnliche Fähigkeiten eine unerwartete Hürde darstellten. Das gefiel mir nicht. Aber ich schlotterte auch nicht vor Angst. Dazu war sie viel zu verweichlicht.

Wir hatten alle gesehen, was der Tod ihres Vaters mit ihr angerichtet hatte. Wenn ich ihr nach und nach alles nahm, was ihr wichtig war, würde sie im Handumdrehen aufgeben.

Vielleicht machte ich sie sogar zu einer Rogue.

Mein Grinsen wurde breiter. Der Gedanke gefiel mir. Eden Bricks, meine ergebenste Dienerin.

Was wäre das für ein Spaß …

Danksagung

Ich habe das riesige Glück, dass es in meinem Leben nicht nur eine, sondern ganz viele, strahlende Seelen gibt, die mich unermüdlich unterstützen und mir helfen, meinen Traum zu leben.

Mika, ich weiß nicht, was ich ohne dich tun würde. Dass du mir in unserem Alltag immer wieder Freiräume zum Schreiben schaffst, mir stundenlang zuhörst, mich bestärkst und beruhigst, wenn ich mal unsicher bin – für all das und die Dinge, die unser Leben erst vollständig machen, kann ich dir gar nicht genug danken. Ich liebe dich.

Ich danke meinen Kindern, die mich jeden Tag aufs Neue inspirieren. Manchmal sehe ich euch an und finde doch keine Worte dafür, wie wunderbar ihr seid. Ich bin so stolz auf euch, meine Spatzen.

Besonders möchte ich auch meiner Schwester danken. Sanni, du beeindruckst mich jeden Tag mit deiner inneren Stärke, seiner Selbstlosigkeit und deinem Talent. Ich hoffe, du findest bald wieder mehr Zeit, deine eigenen Ideen auf die Leinwand zu bringen, auch wenn ich wahnsinnig froh und stolz bin, dass du Anthony deine Hände geliehen hast.

Mama und Mopi, ich brauche keine Phönixkraft, um euer Licht zu sehen, das mich selbst durch die dunkelsten Momente leitet. Ich danke euch von Herzen für eure Unterstützung, euren Zuspruch, eure Freude und eure Geduld mit mir.

Ganz besonders möchte ich mich auch bei dem tollen Team im Ravensburger Verlag bedanken. Ich bin so glücklich, dass ihr mich zu einer

Ravenqueen gemacht und den Phönixkriegern ein Zuhause gegeben habt. Auch dir, liebe Tamara, danke für das tolle Lektorat und deine hilfreiche Kritik.

Ich danke auch meiner Agentur und ihren Mitarbeiter:innen, die von Anfang an voller Begeisterung für dieses Projekt waren und eifrig Ideen mit mir gewälzt haben.

Und natürlich sende ich allen Leser:innen ein riesiges Dankeschön, dass ihr mit Eden nach Little Meadows gereist seid, um herauszufinden, was es mit der Phönixallianz auf sich hat. Ich hoffe, ihr hattet eine tolle Zeit, und kommt bald mit auf die Suche nach der »Schicksalsfeder« …

Eure Greta

Die epische Romantasy-Saga geht weiter!

BAND 2
ERSCHEINT IM FRÜHJAHR 2024
BEI RAVENSBURGER.

Greta Milán
Die Legende des Phönix
Band 2: Schicksalsfeder
ISBN: 978-3-473-40229-8